나를 찾아서 1

The Power of One

브라이스 커트니

나를 찾아서 1

김옥수 옮김

비꽃

'Courtenay, Bryce. The Power of One. Australia: William Heinemann(1989)'을 중심으로 'Courtenay, Bryce. The Power of One. New York: Random House Young Readers' Condensed edition(2005)'을 참고해서 번역했다.

목 차

나를 찾아서 9

〈독자에게 보내는 편지〉

저는 홀어머니 밑에서 1933년에 태어나, 남아프리카 레봄보 산악지대 조그만 마을에서 어린 시절을 보냈습니다. 산간벽지 외딴 마을로, 주변에는 농장에서 일하는 흑인이 많았습니다.

다섯 살에 기숙학교에 들어갔는데, 초등학교라기보단 고아원과 소년원을 합쳐놓은 학교에 가까운 곳으로, 그곳에서 권투를 시작했습니다. 운동이 아니라 죽지 않으려는 몸부림이었지요.

어쨌든 저는 살아남아, 남아프리카 북동부에 있는 바버톤이란 조그만 산골 마을로 갔습니다. 여기에서 음악을 가르치는 독일인 '박사'를 만나, 산악지대를 함께 돌아다니며 경이로운 자연을 가녀린 마음에 가득 담았습니다. 나중에 명문 사립고등학교와 영국 옥스퍼드에서 받은 교육보다 훌륭한 교육이었지요.

영국에서 공부를 마친 뒤, 저는 남아프리카로 돌아갈 수 없어서 호주로 갔습니다. 고등학교 때 주말에 학교 강당에서 야학을 열어 흑인을 가르쳤다는 이유로 경찰이 들이닥쳐, 흑인을 가르치는 걸 반역행위로 규정하고 저를 공산주의자로 낙인찍어, 남아프리카 입국 자체를 금지했기 때문입니다.

영국에서 저널리즘을 공부할 때 호주 여인 베니타를 만났습니다. 베니타는 "우리나라로 와!"라 하고, 저는 그렇게 한 다음에 호주에서 결혼했습니다. 베니타는 아들을 셋이나 낳고, 큰애는 손자를 셋이나 낳았습니다.

저는 호주 시드니에서 광고와 홍보 일로 평생을 보내다, 55세에 비로소 글을 써야 하겠다고 마음먹었습니다. 다섯 살 때부터 글 쓰는 걸 좋아해서 결국엔 소설가가 될 수밖에 없다고 여기던 터에, 더는 미루지 말자며 대담하게 도전했습니다. 그래서 나온 게 '나를 찾아서'입니다.

1

1939년 남아프리카 북부 트랜스발

내가 겪은 일이다.

나 역시 울면서 세상에 태어났다. 젖도 열심히 빨았다. 까만 살이 크고 부드러운 젖가슴이었다. 유모는 줄루족 출신이었다. 나는 아프리카 관습에 따라 2년 반 동안 젖을 빨았다. 그런 다음에 유모는 보모가 되었다. 잘 웃는, 부드럽고 포근한 사람이었다.

보모는 나를 가슴에 꼭 껴안고 황금처럼 빛나는 머리칼을 쓰다듬곤 했다. 머리를 모두 덮을 정도로 커다란 손이었다. 내가 투정부릴 때는 용감한 전사가 사자를 잡는 노래와 비비가 저물녘에 물을 마시러 나온다는 강변 커다란 바위에서 여인네들이 빨래하며 부르는 노래를 불러주었다.

진짜배기 인생은 다섯 살 때부터 겪는다. 어머니가 신경쇠약에 걸려, 하얀 이를 드러내며 웃는 검은 피부의 포근한 보모와 떨어져서 기숙학교로 가야 했다.

노란 바탕에 모서리가 까맣게 타서 쓰디쓴 호박 요리, 으깨서 동그랗게 뭉친 고구마, 황소가 헤엄치고 지나간 고깃국, 당근 조각, 미지근하고 푸석푸석한 채소, 아침이면 축축한 침대, 외로움이라는 낯선 감정이 내 인생에 틀어박혔다.

학교에서 내가 제일 어렸다. 바로 위가 나보다 두 살이나 많았다. 영어를 사용하는 사람은 나 하나고, 다른 아이들은 아프리카너 보아 말을 하는데, 보아는 남아프리카에 정착한 네덜란드 출신을 말한다. 이들은 영국계 정착민을 루이넥이라고 부르는데, 루이넥이란 '빨간 모가지'라는 뜻으로, 40년 전에 영국계 정착민과 네덜란드계 정착민 사이에서 보아 전쟁을 할 때 뜨거운 태양에 익숙하지 않은 영국 병사들이 목에 심한 화상을 입곤 해서 붙은 별명이었다.

전쟁은 영국계가 이겼지만, 너무 치열하게 싸운 나머지 보아인은 영국인을 마음속 깊이 증오하며 자식 대대로 물려주었다. 그런데 가장 어린 내가 학교에 나타나서 자기네가 세상 무엇보다 증오하는 언어를 사용한 것이다. 그들 할아버지를 처형하고 그들 할머니를 지구 최초의 집단 수용소로 보내라고 명령한 언어였다. 집단 수용소에서 그들 조상은 이질과 말라리아와 흑수열로 파리 목숨처럼 죽어 나갔다. 우리 조상이 저지른 죄악은 아들과 손자에게 떨어졌다. 나 역시 예외는 아니었다. 그들이 생전 처음 만난 루이넥이니, 나로선 여기가 바로 지옥일 수밖에 없었다.

나는 내가 죄인이라고 미리 경고받은 적이 없다. 따라서 형벌은 조금도 예상 못한 공포로 다가왔다. 열한 살짜리 아이 두 명이 악취가 끔찍한 담요에서 나를 갑자기 끌어내 상급생 기숙사로 질질 끌고 갔다. 그래서 군사 재판을 시작했다. 나는 엉엉 울어댔다.

물론 대충 흉내만 낸 모의재판이었다. 하지만 내가 그런 사실을 어떻게 알겠는가? 나는 적진 깊숙한 곳에 사로잡힌 포로였다. 다섯 살짜리 꼬마가 생각하기에 그것은 죽음이었다. 나는 더듬거리며 대답했다. 열두 살짜리 판사가 커다랗게 떠들어댔다. 무슨 말인지 알아들을 수 없었다. 판결을 내리자 주변에서 환호했다. 도대체 영문을 알 수 없었다. 어쨌든 나로선 최악을 예상하지 않을 수 없었다.

나는 죽음이 무언지 정확히 몰랐다. 내가 아는 건 농장 도살장에서 돼지나 염소나 어린 암소가 그렇게 된다는 정도였다. 돼지가 비명을 꽥꽥 내지르는 걸 보면 그다지 유쾌한 일은 아닌 것 같았다.

내가 알기에 죽는 것보다는 사는 게 좋았다. 하지만 삶이 어떤지도 모르는 상태에서 죽음이 코앞에 다가왔다. 나는 사형장으로 질질 끌려가면서 안 울려고 무던히 애썼다.

샤워실에 푸른빛이 가득하던 걸 보면 그날 밤에 보름달이 뜬 것 같다. 축축한 시멘트 바닥에 단단한 화강암 벽으로 사방을 막은 곳이었다. 나는 샤워실을 그때 처음 보았다. 농장 도살장과 비슷하게 보였다. 심지어 오줌 냄새와 석탄산 비누 냄새까지 똑같았다. 사형장이 분명했다.

울어서 약간 부은 눈에 쇠갈고리가 보였다. 화강암 석판마다 파이프가 하나씩 걸렸다. 끝에는 손잡이까지 있었다. 거기에 돼지처럼 매달려서 죽을 게 분명했다.

누군가 잠옷을 벗고 구석으로 기어가서 벽을 마주 보고 앉으라고 명령했다. 나는 바닥에 뚫린 구멍을 보며 피가 그곳으로 빠져나가겠다고 생각했다.

두 눈을 감고 울먹이며 조용히 기도했다. 신에게 기도하지 않고 보모에게 기도했다. 그래야 할 것 같았다. 보모는 나를 구할 수 없다면

'위대한 주술사 인코시-인코시카지[1]한테 기도해. 그분이 방법을 알려 주실 거야'라고 말할 게 분명했다. 인코시-인코시카지에게 실제로 기도한 적은 없지만, 그건 아무래도 괜찮다. 필요할 때 도움을 받는 거로 충분했다. 하지만 보모에게 도움을 요청하기엔 너무 늦었다. 그러니 보모 역시 인코시-인코시카지에게 도움을 요청할 수 없을 터였다. 액체가 목덜미를 갑자기 때리더니, 따뜻한 피가 덜덜 떠는 몸뚱이로 넘쳐흘렀다. 피가 차가운 시멘트 바닥으로 떨어져서 구멍으로 흘러드는 것 같았다. 이상했다. 죽음을 느낄 수 없었다. 하기야 죽는 느낌이 어떤지 누가 알겠는가?

판사와 배심원들이 내 몸뚱이에 오줌을 갈긴 다음에 떠났다. 정적이 감돌았다. 머리 위 어디에선가 물방울이 뚝, 뚝, 떨어지는 소리와 다른 곳에서 들리는 듯한 내 숨소리만 들렸다.

나는 샤워실을 본 적이 없어서 수도 트는 방법을 몰랐다. 그래서 몸을 씻을 수 없었다. 예전에는 보모가 난로 앞 양철 욕조에서 몸을 씻겨주었다. 욕조에서 일어나면 보모가 구석구석에 비누칠했다. 고추에 비누칠할 때면 쌍둥이 자매 부엌 하녀 디와 덤이 손으로 입을 가린 채 낄낄대곤 했다. 고추가 저절로 일어설 때도 있었다. 그러면 모든 사람이 박장대소했다. 그래서 나는 고추가 특별한 물건이라고 생각했다. 하지만 왜 특별한지는 몰랐는데, 그 이유를 이제 비로소 알 것 같았다.

나는 바닥에 있는 파자마로 몸을 닦았다. 파자마가 군데군데 젖었다. 몸에 그대로 걸쳤다. 단추를 채울 순 없었다. 두 손이 심하게 떨렸기 때문이다. 어두운 길을 이리저리 헤매다 마침내 저학년이 잠자는 기숙사를 찾았다. 내 침대로 기어올랐다. 내 인생 첫날은 그렇게 지나

1) 성인 가운데서도 가장 탁월한 성인.

갔다.

둘째 날도 첫날보다 좋은 게 조금도 없었다. 잠에서 깬 바로 그 순간부터 상황은 심상치 않게 돌아갔다. 아이들이 내 침대를 에워싼 채 코를 틀어막고는 역겨운 소리를 내질렀다. 이유가 있었다. 카피르 종족이 쓰는 화장실보다 더한 악취가, 돼지우리보다 더한 악취가 코를 찔렀다. 아니, 두 곳을 합친 것보다 더한 악취였다.

커다란 덩치에 콧수염이 얼룩덜룩한 여자가 들어오자 아이들이 흩어졌다. 어젯밤에 나를 여기로 데려온 여자였다.

아이들이 각자 자기 침대 앞에서 차려자세를 한 채 인사했다.

"안녕하세요, 메브로우 선생님!"

메브로우라는 커다란 여자가 나를 노려보며 날카롭게 소리쳤다.

"맙소사, 침대에다 오줌을 쌌잖아! 역겨운 놈이로군!"

그러더니, 대답도 안 기다린 채 한 손으로 내 귀를 잡곤 악취가 진동하는 침대에서 끌어내, 간밤에 아이들이 내 몸에 오줌싼 곳으로 데려갔다. 그래서 파자마를 벗게 한 다음, 속옷을 무릎 밑으로 끌어내리며 날카롭게 소리쳤다.

"벗어!"

절망감이 몰려들었다. 메브로우는 보모보다 컸다. 나에게 오줌을 갈긴다면 몸뚱이가 흥건하게 젖을 게 분명했다. 나는 옷을 벗었다. 메브로우가 나를 샤워실 구석으로 밀쳤다. 갑자기 쫘악 소리가 나더니 차가운 물줄기가 온몸을 바늘처럼 때렸다. 눈을 꼭 감았지만, 무자비한 물줄기는 그칠 줄 몰랐다.

샤워라는 걸 해본 적이 없다면, 그래서 얼음같이 차디찬 물줄기 세례를 받은 적이 없다면, 바로 이게 죽는 거라고 여길 수 있다. 날카로운 물줄기 수천 가닥이 몸속으로 파고들었다. 한 사람이 한꺼번에 이렇게 많은 오줌 줄기를 뿜어댄다는 게 신기했다. 따듯하지 않고 얼음처럼 차갑다는 게 웃기지만, 당시에는 그런 걸 조금도 몰랐다.

죽음이 얼음처럼 차가웠다. 지옥은 유황불로 가득하다는데, 나는 얼어 죽을 판이었다. 정말 끔찍했다. 그러나 당시에 흔히 그런 것처럼 결과는 예상을 완전히 벗어났다.

"기숙학교는 큰 방에서 많은 친구가 함께 자니, 어둠이 무섭지 않을 거야."

보모가 하는 말을 듣고서 나는 얼마나 기뻐했던가!

끔찍한 물소리가 작아지면서 얼음 같은 물줄기도 그쳤다. 두 눈을 떴다. 메브로우 선생이 안 보였다. 눈앞에는 판사가 있었다. 파자마 소매를 걷어붙인 상태였다. 샤워기를 끄려고 내민 팔이 물기에 젖었다. 뒤에는 배심원들, 나와 방을 같이 쓰는 조그만 아이들이 있었다.

나는 눈에 남은 물기를 닦아내고 웃음을 지으려 했다. 판사가 젖은 손을 내밀어 내 팔목을 잡더니 샤워실 밖으로 질질 끌고 나왔다. 두려워서 벌벌 떠는데 배심원들이 주변을 에워쌌다. 나는 두 손으로 고추를 가렸다. 이가 덜덜 떨렸다. 머릿속이 윙윙거렸다. 판사가 다시 큰 손을 내밀어 내 팔목을 잡아채더니, 조그만 고추를 가리키며 물었다.

"침대에다 오줌을 왜 갈겼어, 루이넥?"

"야, 저것 봐! 불알이 까졌어!"

누군가 소리치자, 아이들이 다가와서 흉하게 생겼다며 놀려댔다.

"까진 불알! 까진 불알!"

조그만 아이 한 명이 소리쳤다. 그러자 저학년 모두 똑같이 소리쳤다. 판사가 설명했다.

"무슨 말인지 알겠어, 꼴통? 거기에 살이 없잖아. 거기에 붙은 살을 잘라버렸나, 까진 불알?"

나는 판사가 가리킨 부분을 내려다보았다. 이가 덜덜 떨리던 게 조금 가라앉았다. 푸르스름한 귀두를 살갗이 살포시 감싼 모습이었다. 특별히 이상한 게 없었다. 나는 무슨 말인지 모르겠다는 표정으로 판사를 올려다보았다.

판사는 내 팔을 놓고서 두 손으로 파자마 지퍼를 내리더니 자기 '고추'를 꺼냈다. 괴물처럼 커다란 고추였다. 길게 늘어진 살갗이 귀두를 완전히 가리면서 앞으로 삐져나왔다. 밑에는 털이 듬성듬성했다. 보기 좋은 모습은 아니었다.

앞으로 겪을 고통이 눈앞에 선했다. 나는 루이넥인 데다 까진 불알이었다. 사용하는 언어도 엉뚱했다. 별종이 분명했다. 하지만 아직은 살았으며, 내 신조는, 살아 있는 한 희망은 있다는 거다.

첫 학기가 끝날 즈음에는 처형 시간을 하루에 한 시간 안짝으로 줄였다. 생존기술도 터득했다. 하지만 문제가 하나 생겼다. 습관성 오줌싸개가 된 것이다. 아침마다 축축하게 젖은 침대에서 일어난 사람이 주변 생활에 완벽하게 적응할 순 없을 터였다.

나는 침대에 오줌싼 벌로 메브로우 선생에게 종아리를 맞고 혼자 샤워실로 가서, 고무 이불을 세탁하는 거로 하루를 시작했다. 처음에는 고무 이불에 석탄산 비누를 칠하고 잎사귀가 달린 나무를 구해서 문질렀는데, 그럴 때마다 매운 비눗방울이 눈에 튀곤 했다. 하지만 나중에는 비누를 칠하지 않았다. 샤워기를 한참 틀어놓으면 그런대로 쓸 수 있었다.

나는 매일 아침 시간을 힘겹게 보내면서 '세상에 적응하려면 울어선 안 된다'는 교훈을 떠올렸다. 이윽고 나는 '회초리 맞기 기록 보유자'라는 평판까지 얻었다. 판사가 그렇게 말했다. 이건 내가 주변 상황에 적응하면서 최초로 얻은 긍정적인 평판이었다. 경멸스러운 루이넥이자 까진 불알이긴 해도, 이제 기록 보유자가 된 것이다. 기분이 좋았다.

판사는 나를 조금씩 때리라고 명령했다. 주먹 한 대와 따귀 한 대로 형벌이 줄었다. 살갗이 자라서 귀두를 덮으면 형벌이 완전히 사라질 것 같기도 한데, 그래도 루이넥인 건 어쩔 수 없으니 완전히 사라지진 않을 것 같기도 했다. 고백건대 나는 그들이 가하는 형벌에 완벽하게 적응했다. 마음을 강하게 먹고 보모나 주술사에게 아무리 기도해도 효과는 없는 것 같았다.

고추가 이상하게 생겨서 그런가? 나는 바지 주머니에 구멍을 뚫어서 손가락을 넣고 아무도 몰래 고추 껍질을 계속 잡아당겼다. 껍질을 늘려, 다른 아이처럼 되고 싶었다. 하지만 고추만 쓰라릴 뿐 껍질은 늘어나지 않았다. 일생을 까진 불알로 살아갈 운명이었다.

마침내 첫 학기가 끝났다. 집에 돌아가서 오월 방학을 보낼 수 있었다. 집에는 보모가 있다. 내가 처한 운명을 보모에게 구슬프게 하소연하다 무릎을 베고 잠들리라. 그러면 도깨비도 나타나지 않으리라. 어머니가 신경쇠약에서 풀렸는지도 물어보리라. 풀렸다면 집에 머물 수 있으리라.

나는 헨리 보쇼프 박사가 모는 신형 쉐보레 승용차를 타고 집으로 흥겹게 달렸다. 헨리 보쇼프 박사는 우리 구역을 맡은 의사로, 북부 트랜스발 럭비팀에서 플라이 하프로 뛰는 지역 영웅이었다. 그 사람이 데리러 온 것을 보고 판사가 내 손을 잡고 흔들면서 다음 학기에는 잘해주겠다고 약속했다.

나는 헨리 박사에게 어머니 신경쇠약증이 어떤지 물었다. 헨리 박사는 우리 어머니가 '점차 나아지는 중이다'고 장담했다. 하지만 아직

완쾌되지 않아서 집에 돌아올 수는 없다고 했다. 불행하게도 내가 우리 할아버지 나이가 되도록 아무 데도 안 가고 집에만 머물 가능성은 사라졌다. 아니, 그 나이가 돼도 못 그럴 것 같았다.

창문을 열고 바람과 햇빛을 맘껏 즐기면서 달리니, 나는 루이넥도 까진 불알도 아니었다. 의기양양한 대왕이었다. 자동차가 아프리카 원주민 마을을 가로지르며 달렸다. 닭들이 꼬꼬댁대면서 날개를 퍼드득거리고, 갈비뼈가 앙상하고 주둥이가 삐쭉 나온 얼룩무늬 개들은 멍멍대며 그 뒤를 쫓았다. 물론 그건 대왕이 앉아계신 자동차가 지나간 다음이었다. 그런 일상사는 대왕답게 가볍게 흘려보냈다. 장담컨대 살았다는 건 진짜 좋은 것이다.

보모는 나를 보자마자 펑펑 울었다. 눈물이 두 뺨을 지나 내가 그리워하던 거대한 가슴으로 줄줄 흘러내렸다. 나를 꼭 껴안은 채 구슬피 울면서 까맣고 커다란 손으로 빡빡머리를 계속 쓰다듬었다. 나 역시 집에 도착하면 눈물이 쏟아질 거라 생각했지만, 보모가 우는 것에 비하면 상대가 안 됐다.

늦은 여름이었다. 들판에는 여인네들이 목화를 따면서 외치는 소리로 가득했다. 기다란 줄을 이룬 채 햇볕에 그을린 목화 꼬투리에서 푸석푸석한 목화송이를 따며 잡담과 노래를 즐겼다. 완벽한 합창이었다.

보모는 어린애가 자다가 오줌싸는 문제를 도와달라는 취지로 인코시-인코시카지에게 왕림을 부탁하는 신호를 보냈다. 북소리에 실어서 보냈다. 우리는 보름 뒤에 위대한 주술사가 위대한 비의 여신 모자디를 찾아가는 길에 방문하겠다는 연락을 이틀 뒤에 받았다. 보모는 눈을 동그랗게 뜨고 입에 거품을 물면서 인코시-인코시카지의 위대한 권능을 자랑하며 약속했다.

"그분이 성스러운 하얀 소 정강이뼈를 한 번만 던지면 오줌싸개 버릇을 단번에 고칠 거야."

"고추 껍질이 자라나게 할 수도 있어?"

내가 묻자 보모는 나를 꼭 껴안고 박장대소했다. 나는 가슴에 파묻힌 채 아무 대답도 들을 수 없었다.

들판에서 일하는 여인네들이 오줌싸개 버릇을 둘러싸고 심각하게 토론했다. 그래서 사소한 문제로 위대한 성인을 성가시게 하는 건 온당치 못하다고 마무리했다.

"잠자는 담요는 풀로 만들어서 아침에 해가 뜨면 금방 마르지 않아? 아프리카에서 제일가는 주술사가 그까짓 문제까지 신경 써야 한다는 건 말도 안 돼."

그들로선 판사와 메브로우가 있는 학교로 갈 필요가 없으니, 그 정도는 당연히 사소한 문제겠지!

우리가 신호를 보내고 2주일이 거의 지나자 인코시-인코시카지가 검은색 대형 승용차를 타고 나타났다. 승용차는 막강한 권능과 재화를 상징했다. 악마의 화신이라고 경멸하는 보아인(아프리카너)까지도 내심 그를 두려워했다. 그들도 결국엔 신을 두려워하는 무지몽매한 인간에 불과했다. 독일 개혁교회 교리에 근거해서 늙은 흑인 도깨비를 논박할 사람 역시 어디에도 없었다.

그날 모든 여인네가 식량을 가져와서 선물로 바치니, 늦은 오후에는 카피르 옥수수와 밀, 잼 스쿼시, 시금치, 수박, 말린 담뱃잎 더미가 차곡차곡 쌓이고, 깡마른 카피르 수탉도 여섯 마리나 되는데, 아주 늙어서 네 시간은 끓여야 먹을 만큼 질긴 것들로, 다리와 날개를 끈에 묶여, 털조차 없이 가느다란 모가지와 먼지로 범벅이 된 대머리를 돗자리에 대고 옆으로 누운 상태였다. 가끔 '꼬꼬댁' 소리를 내지르며 동그란 눈을 부릅떠서 아직 살았다는 걸 알리는 정도였다.

회색 반점이 있는 제일 깡마르고 늙은 수탉 한 마리는 우리 할아버지와 정말 비슷하게 생겼다. 두 눈만 빼고 말이다. 우리 할아버지 눈은 연청색으로 고향산천 영국을 응시하는 듯 물기가 늘 촉촉했다. 하지만 늙은 수탉은 동그란 눈에 화톳불처럼 빨간 눈빛이었다.

우리 할아버지는 계단을 내려와서 흑색 대형 승용차로 다가가다, 수탉 한 마리를 걷어찼다. 할아버지는 샹간족을 싫어하는 만큼이나 카피르 수탉을 싫어했다. 당신이 키우는 검은 오링톤 암탉 백 마리와 커다란 수탉 여섯 마리만 늘 자랑스럽게 여기며 좋아했다. 꽁꽁 묶었다 해도 카피르 수탉 여섯 마리가 농장에 나타났다는 건 더럽고 늙은 거지 여섯 명이 발레 공연장에 나타난 것과 마찬가지였다.

할아버지는 인코시-인코시카지를 존경했다. 언젠가 인코시-인코시카지에게 담석증을 치료받고 이렇게 말한 적도 있다.

"그 사람이 만든 녹색 알약을 먹으니 갑자기 담석이 우르르 나오더라고! 그러더니 흔적도 없이 사라지더군! 내가 보기엔 그 늙은 원숭이가 근방에서 제일가는 의사 같아."

우리는 인코시-인코시카지가 검은 승용차에서 나오기만 기다렸다. 늙은 주술사는 보모와 똑같은 줄루족이었다. 딘간 대왕이 낳은 마지막 아들이라는 소문도 있었다. 딘간 대왕은 보아인과 영국인에게 굳세게 대항한 줄루족 왕이었다. 보아인은 '피의 강' 전투에서 줄루족 부대를 마지막으로 섬멸하고 2세대가 지났는데도 딘간 대왕을 여전히 두려워했다.

딘간 대왕은 2년에 걸친 전쟁 끝에 이종 동생과 보아인 연합군에 패하고, 레봄보 산맥 꼭대기에 사는 냐워 부족에게 피신했다. 하지만 냐워 부족은 딘간 대왕을 살해하기로 모의했다. 살해하기 전날 밤에는 대왕에게 아름다운 처녀 한 명을 바쳤다. 그래서 역사상 두 번째로 위대한 대왕이 14살짜리 여성의 자궁에 씨를 뿌렸다. 그리고 나워 여자에게 말했다.

"나는 피를 선택했지만 내 마지막 아들은 지혜를 선택할 것이다. 너희는 그를 인코시-인코시카지라 부르라. 그는 아프리카 전체를 구원할 것이다."

그래서 조그만 체구에 나이가 백 살이 된 쭈글쭈글한 흑인 노인이 생겨났다.

인코시-인코시카지는 어울리지 않는 의상을 입었다. 재킷은 낡아서 빛이 바래고 바지는 푸른 줄무늬였다. 풀 먹인 목깃을 다는 하얀 셔츠를 걸쳤는데, 목깃은 없고 금으로 장식한 커다란 보랏빛 단추를 달았다. 어깨에는 더럽게 보이는 표범 가죽 망토를 걸쳤다. 아프리카 관습에 따라 두 발은 당연히 맨발인데, 넓은 발바닥이 여기저기 갈라졌다. 오른손에는 구슬로 멋들어지게 장식한 총채를 들었다. 중요한 인물이라는 징표였다.

나는 그렇게 나이 많은 사람을 본 적이 없다. 몇 올 없는 머리칼은 목화송이보다 희고 턱밑에는 새하얀 수염이 몇 가닥, 입안에는 샛노란 이가 세 개만 남았다. 노인이 우리를 보았다. 늙은 수탉처럼 날카롭고 지혜로운 눈빛이 번뜩였다.

여인네 몇 명이 통곡하자 노인이 나무라며 말했다.

"어리석은 중생들 같으니! 죽음이 내 생명을 앗아가진 못해. 이 거대한 가슴속에 용솟음치는 소리가 안 들리나?"

우리 할아버지가 다가오자 주위가 조용해졌다. 할아버지는 인코시-인코시카지를 간단하게 환영하고 농장에 오늘 하루 머물도록 허락했다. 그분은 고개를 끄덕거렸다. 다른 사람과 달리 아첨하는 기색이 없었다. 할아버지는 노인의 깡마른 손을 잡고 악수한 다음, 위에 있는 의자로 돌아갔다.

다른 여인네들과 마찬가지로 땅에 이마를 대던 보모가 마침내 입을 열었다.

"주인이시여! 우리네가 음식을 가지고 왔습니다. 막 발효시킨 맥주도 있습니다."

인코시-인코시카지는 그 말에 아무런 반응도 안 보이고 여인네 한 명에게 닭을 모두 풀어주라고 명령했다. 내 눈엔 정말 대담하게 보였다. 여인네 두 명이 달려가서 끈을 풀었다. 닭들은 그 자리에 가만히 누워있었다. 풀렸다는 사실을 실감하지 못하는 것 같았다. 마침내 노인이 총채를 흔드니, 닭들이 갑자기 꼬꼬댁대면서 힘차게 날갯짓하다 기다란 다리로 땅을 박차며 허둥지둥 도망쳤다. 하지만 한 마리는 예외였다. 할아버지를 닮은 늙은 수탉이 천천히 일어나서 목을 길게 내뽑더니, 얼마 안 남은 깃털을 퍼덕이고 머리를 좌우로 저으며 조그맣게 꼬꼬댁거렸다. 그러더니 곡식이 쌓인 곳으로 가서 쪼아먹기 시작했다.

"저것들을 잡아라. 내가 오늘 저녁에 잡수실 닭을 잡아라."

인코시-인코시카지가 갑자기 소리치자, 여인네들이 기뻐하며 닭들을 열심히 잡기 시작했다. 여인네 다섯 명이 각자 한 마리씩 잡았다. 그래서 다리를 움켜쥐고 거꾸로 들어 올린 채 노인이 지시하기만 기다렸다. 인코시-인코시카지는 웅크리고 앉아 손가락으로 마당에 지름 60센티만 한 동그라미를 하나 그렸다. 그러더니 늙은 침팬지처럼 껑충껑충 뛰면서 조그만 동그라미 다섯 개를 더 그렸다. 그러면서 혼자 뭐라고 계속 중얼거렸다.

주술이 끝나자, 여인네 한 명에게 닭을 가져오라고 지시했다. 그래서 늙은 닭을 받아 기다란 목과 두 다리를 움켜쥐고 부리로 흙을 긁으며 첫 번째 동그라미를 그대로 따라가더니, 그 닭을 동그라미 안에 놓았다. 닭은 두 다리를 날개로 품고 두 눈을 꼭 감은 채 꼼짝을 안 했다. 노인은 다른 닭 다섯 마리도 똑같이 했다. 마침내 동그라미 안에 닭을 한 마리씩 놓았다. 모든 닭이 꼼짝을 않고 엎드려서 잠자자, 여인네들은 탄성을 내질렀다. 저급한 마술이었다. 하지만 사람들을 놀라게 하기에는 충분했다.

인코시-인코시카지가 자리를 옮겨 돗자리 가운데에 앉아서 책상다리하더니 나에게 오라고 손짓했다. 노인이 나를 쳐다본 건 그게 처음이다. 나는 무서워서 덜덜 떨며 보모 치맛자락에 매달렸지만, 보모는 살짝 밀면서 약간 커다랗게 속삭였다.

"어서 가. 이런 영광도 없어. 추장과 돗자리에 함께 앉는 사람은 추장뿐이란다."

노인에게선 아프리카인 특유의 달콤한 냄새가 강했다. 담배 냄새도 섞였다. 나는 학교 기숙사에서 온갖 냄새에 충분히 적응했다. 그래서 노인 옆에 책상다리하고 앉아 땅만 내려다보았다.

인코시-인코시카지는 줄루어로 말했다.

"내일 너한테 닭을 저렇게 하는 비법을 가르쳐 주마. 너도 알겠지만 저건 마술이 아니란다. 그러나 어리석은 샹간족은 저걸 마술이라고 생각하지. 저들이 지닌 한계란다."

"고맙습니다, 할아버지."

나는 부드러운 목소리로 말했다. 비법을 배운다고 생각하니 아주 기뻤다. 설사 마술이 아니라도 학교에서 사방으로 도망치는 닭을 잡아 저렇게 한다면 판사와 배심원들이 깜짝 놀랄 터였다. 나는 노인이 '까진 불알'도 고칠 수 있다고 확신했다.

인코시-인코시카지는 보모에게 밤에 오줌싸는 버릇에 대해 말하라고 지시했다. 여인네 두 명이 불을 피워서 음식을 만들기 시작했다. 나머지 여인은 돗자리를 안 건들려고 애쓰면서 그 주변에 자리를 잡고 앉았다.

아프리카 이야기는 끝없이 길다. 시시콜콜한 부분까지 소중하게 여긴다. 보모는 혼자 서서 여명을 받으며 걱정거리를 이야기했다. 보모로서는 평생 못 잊을 영광스러운 순간이었다. 샹간어로 말해서 모든 사람이 알아들었다. 사람들은 이야기를 들으면서 두 눈을 동그랗게 뜨고 안타까워하는 소리를 뱉어내며 고개를 끄덕이다 한숨을 내쉬곤 했다.

사람들은 메브로우라는 여자가 커다란 덩치에 콧수염까지 달렸다는 얘기를 듣고 깜짝 놀랄 뿐, 판사와 배심원의 부도덕한 행위는 아무렇지 않게 넘어갔다. 백인은 위법을 안 따지고 마음 내키는 대로 판결한다는 사실을 그들 모두 잘 알기 때문이다. 하지만 사람들은 판사와 배심원들이 내 몸에 오줌을 갈겼다는 이야기를 듣고 깜짝 놀라면서 슬퍼하다 급기야 두 손으로 귀를 막아버렸다. 그렇게 심한 형벌을 생전 처음 들어서 그런 걸까?

아프리카에는 어둠이 갑자기 찾아온다. 사방에 어둠이 깃들었다. 파란 나뭇조각 하나가 불 속에서 사방에 불꽃을 팍팍 튕겼다. 갑자기 올라온 화염이 보모 얼굴을 밝혔다. 사람들은 보모 입에서 나온 슬프면서도 경이로운 이야기를 영원히 기억할 게 틀림없었다. 거대한 덩치에 콧수염마저 달린 여자가 허리에서 차가운 오줌 줄기를 폭포수같이 뿜어내고 그로 인해 죽는다고 느꼈다는 부분에서는 모든 사람이 눈물을 펑펑 쏟아댔다.

물론 나도 크게 감동했다. 하지만 내가 생각할 때 가장 심각한 부분은 까진 불알인데, 보모가 내 불알에 모자가 없다고 얘기할 때는 모든 사람이 손으로 입을 가린 채 찔끔찔끔 눈물까지 흘리면서 배꼽을 잡고 웃어댔다.

보모는 내가 밤에 오줌싸는 건 남자같이 콧수염 달린 여자가 폭포수 같은 오줌을 갈겨대서 달라붙은 악령 때문이라고 했다. 그 여자가 그렇게 한 이유는 나처럼 연약한 어린애에게 아침마다 채찍으로 때리려는 거라 결론 내리고, 인코시-인코시카지 같은 위대한 주술사만이 그 악령을 물리칠 수 있다면서 이야기를 끝냈다.

보모는 구슬피 흐느끼며 자리에 앉았다. 모닥불은 커다란 충격에 휩싸인 여인네들 얼굴을 비추었다. 이런 이야기는 처음이며, 따라서 상간 전설로 영원히 전해지리란 사실을 누구도 의심하지 않았다.

여기에서 한 가지 밝혀둘 게 있다. 나는 다른 사람이 아닌 바로 내가 그렇게 끔찍한 일을 견디어냈다는 사실에 정말 깊이 감동했다.

인코시-인코시카지는 자리에서 일어나 궁둥이를 문지르며 하품했다. 그리곤 구슬피 흐느끼는 보모를 총채 손잡이로 쿡쿡 찌르며 말했다.

"카피르 맥주 좀 가져오너라, 여인아."

보모는 깡마른 노인에게 술 시중을 들어야 했다. 그래서 쌍둥이 부엌 하녀 디와 덤이 나에게 저녁을 주었다. 두 여자애는 동그란 눈으로 쳐다보고 감탄하면서 자기들이 아는 사람 가운데 내가 가장 용감하다고 말했다.

잠자리에 들 시간이 되자 여느 때처럼 보모가 다가왔다. 손에는 커다란 고구마가 있었다. 숟갈로 파서 가운데가 움푹 들어간 고구마였다. 김이 가느다랗게 올라와서 숟갈 손잡이에 맺혔다.

고구마는 기분이 우울할 때면 사기를 북돋고 기분이 좋을 때면 더 좋게 하는 뭔가가 있다. 군고구마는 사람을 편안하게 하는 묘한 느낌이 있다.

보모는 흥분을 억누르지 못했다. 나를 잡아 커다란 가슴에 꼭 껴안고 통쾌하게 웃으면서, 나로 인해 아프리카에서 최고로 위대한 주술사를 초대하는 영광을 누렸을 뿐 아니라, 밤에 오줌싸는 이야기를 줄루족 여인이 어떤 상간족보다 훌륭하게 해낼 수 있음을 증명했다고 말했다.

나는 학교에서 '회초리 맞기 기록'을 세운 걸 까맣게 빼먹었다고 지적했다. 그러자 보모는 커다란 눈물방울을 뚝뚝 떨구면서 말했다.

"백인은 상대편이 초주검이 될 때까지 매질을 멈추지 않는다는 걸 아프리카 흑인이라면 누구나 알아. 그러나 정신만은 안 꺾이지. 우리는 땅이야. 그래서 우리 피부도 땅 색이야. 마지막에는 땅이 이긴다는 걸 아프리카인이라면 누구나 안단다."

무슨 말인지 모르겠지만 내가 지적한 내용은 아니었다. 이제 보모도 자러 갈 때가 되자, 파라핀 램프에 불을 붙이고 심지를 낮추었다. 그러나 도깨비 같은 노인이 내 방으로 들어올 때 못 알아챌 정도로 어두운 불은 아니었다. 보모가 이불을 덮어주면서 말했다.

"오늘 밤에 인코시-인코시카지께서 네 꿈속에 찾아오셔서 밤에 오줌싸는 문제를 해결하실 거야."

다음 날 아침에 인코시-인코시카지와 돗자리에 다시 앉았다. 노인은 낡은 가죽 가방에서 성스런 하얀 소 정강이뼈 12개를 꺼냈다. 그리곤 마술을 부리려고 웅크리고 앉아 뼈를 던지려 하면서 주문을 커다랗게 읊조리기 시작했다. 멀리서 천둥이 치는 소리 같았다.

이상하게 생긴 노란 뼈들이 오줌싸개 버릇을 고쳐주려고 노인 손안에서 덜그럭거렸다. 이윽고 노인은 뼈를 땅에다 뿌려 집게손가락으로 뒤적이면서 천둥 같은 소리를 계속 뱉어냈다. 그러다 주술을 마치고 뼈를 주워서 낡은 가죽 가방에 다시 넣더니, 주름살투성이 얼굴에서 날카롭게 반짝이는 눈으로 나를 똑바로 바라보며 말했다.

"나는 네 꿈속에 들어갔다 왔다. 나는 너와 함께 폭포와 강이 가득한 곳에 다녀왔다. 폭포 세 개가 이어지고, 돌 열 개가 강을 가로질렀다. 성스러운 하얀 소 정강이뼈는 너를 그곳으로 다시 데려가서 폭포 세 개를 차례대로 뛰어내린 다음, 급류에 안 휩쓸리도록 돌에서 돌로 건너뛰며 강을 건너가라고 말한다. 그러면 오줌싸는 몹쓸 버릇을 고칠 것이다."

나는 어떻게 대답해야 좋을지 몰라 고개만 끄덕였다. 다섯 살짜리 꼬마로선 조금도 이해할 수 없는 수수께끼 같은 말이었다. 그런데도 노인은 원숭이처럼 웃으며 말했다.

"네가 그 일을 끝내면 닭을 잠재우는 비법을 가르쳐 주마."

지난 밤에 그린 동그란 흔적은 희미하게 보이나 닭은 한 마리도 안 보였다. 마을 사람들 뱃속으로 모두 들어갔다는 생각이 들었다. 나는 노인이 우리 할아버지의 검은 오링톤에게 마술을 안 걸기만 바랐다. 검은 오링톤을 그렇게 하면 소동이 벌어질 게 분명했다.

"자, 내 말을 자세히 들어라. 주의해서 들어야 한다. 주의해서 들어야 해!"

노인이 새삼 강조한 다음에 설명했다.

"눈을 감으라 하면 그렇게 하도록. 알겠니?"

나는 노인을 기쁘게 하고 싶어서 두 눈을 꼭 감았다.

"지금이 아니야! 내가 그러라고 하면 그렇게 해. 꼭 감지 말고, 하루를 다 보내고 잠잘 때 눈이 무겁게 내리감기는 듯 감도록."

나는 두 눈을 뜨고 노인이 앞에서 쭈그리고 앉는 모습을 지켜보았다. 내 눈 바로 위에 총채가 있었다. 말꼬리 털이 흘러내려 눈앞에서 천천히 흔들거렸다.

"말꼬리를 보아라."

내 눈은 이리저리 흔들리는 꼬리털을 따라다녔다.

"눈을 감아라. 귀는 닫지 말아라. 물 떨어지는 소리가 커다랗게 들릴 테니 잘 들어라."

갑자기 물 떨어지는 소리가 귀에 가득하더니 폭포수 세 개가 나타났다. 나는 가장 높은 폭포수 위로 불쑥 튀어나온 바위에 올라섰다. 밑에서는 강물이 빠르게 흘러 좁다란 골짜기로 빨려들며 으르릉댔다. 강물이 골짜기로 흘러드는 바로 앞, 거품이 무성한 곳에 징검다리 돌 열 개가 있었다. 입에 박힌 새까만 이빨 열 개 같았다.

인코시-인코시카지가 부드러운 목소리로 천천히 말했다.

"늦은 시간이다. 산비둘기도 어둠이 깔릴 줄 알고 둥우리로 돌아갔다. 지금은 하루 가운데 물결이 가장 거세게 흐르는 시간이다. 강물은 어둠이 깔리면 그러는 법이다. 너는 제일 높은 폭포수 위로 볼록 튀어나온 바위에 섰다. 너는 어린 용사로 이제 막 사자를 죽였다. 이제 너는 가장 무서운 딘간 군대에서 싸울 자격이 있다. 심지어 가장 위대한 왕 샤카가 지휘하는 군대에 들어가서 싸울 수도 있다. 지금 너는 사자 꼬리로 만든 치마를 입고 석양을 바라본다. 이제 태양은 줄루 땅 뒤로 넘어갔다. 드디어 스와지 땅도 지나, 샹간족과 비의 여왕 모자디를 섬기는 마을에 어둠이 깔렸다. 아프리카 위로 떠오른 달이 보인다. 너는 밤이 무섭지 않다. 너는 밤에 몰래 다가오는 거대한 악마 스코키잔도 두려워하지 않고 악마의 검은 살을 찢어발긴다. 마침내 어둠이 끝나고 새 빛이 나타나서 목동을 깨워 음매 하고 우는 소 떼를 돌보게 한다."

나는 커다란 바위에서 물로 뛰어내리기 전에 천둥소리를 내뿜는 폭포수 위로 반짝이는 달이 금화처럼 떠오르는 광경을 바라보았다.

"숨을 깊이 들이쉬고 셋을 외치면서 뛰어내린다. 수면 위로 올라와서 숨을 다시 내쉬고 두 번째 폭포수에서 숨을 다시 깊이 들이마시고 둘을 외치면서 뛰어내려 세 번째 폭포수로 간다. 그런 다음에는 첫 번째 돌로 헤엄친다. 그리고 열에서 하나까지 거꾸로 세며 돌에서 돌로 뛰어 급류가 흐르는 강을 건넌다."

주술사 노인은 내가 자세히 기억하도록 충분한 시간을 주고서 다시 말했다.

"이제 뛰어내려라. 꼬마 용사, 위대한 왕이여."

나는 숨을 깊이 들이마시고 어둠 속으로 뛰어내렸다. 물방울 섞인 공기가 얼굴을 차갑게 때렸다. 이윽고 물 밑으로 가라앉다 수면 위로 떠올라 같이 들이켠 숨을 길게 내쉬었다. 그리곤 두 번째 숨을 들이켜자마자 두 번째 폭포수 가장자리로 곧장 헤엄쳐서 세 번째 폭포로 뛰어내렸다. 이번에는 폭포 바닥까지 가라앉았다. 하지만 수면으로 다시 올라와서 달빛이 번뜩이는 검은 돌로 팔을 힘차게 저었다. 열에서 하나까지 거꾸로 세며 돌에서 돌로 펄쩍펄쩍 뛰어서 마침내 강 건너편 자갈밭에 뛰어내렸다.

노인이 말하는 소리가 우렁찬 물소리를 뚫고 메아리처럼 선명하게 들렸다.

"우리는 밤에 강을 건넜다. 다 끝났으니 눈을 떠라, 어린 용사."

인코시-인코시카지가 나를 꿈에서 깨웠다. 주변을 둘러보았다. 익숙한 농장이 눈에 들어와서 살짝 놀랐다.

"내가 필요하면 밤의 나라로 오너라. 나는 거기서 너를 언제나 기다리겠다. 폭포가 세 개고 징검다리 돌이 열 개 있는 곳으로 오면 나를 찾을 수 있다."

노인이 텅 빈 옥수수 포대 같은 걸 가리키며 다시 말했다.

"저 닭을 가지고 오너라. 잠재우는 비법을 가르쳐 주겠다."

나는 자리에서 일어나 포대로 다가가서 안을 살폈다. 우리 할아버지를 닮은 늙은 닭이 날카로운 눈매로 쳐다보며 껌뻑거렸다. 나는 포대를 질질 끌고 인코시-인코시카지가 어제 그린 동그라미로 다가갔다. 그러자 노인이 자리에서 일어나, 땅에 동그라미를 새로 그리라고 말했다. 그리고 늙은 닭을 훈련하는 법을 가르쳐 주었다. 백파이프를 껴안듯 겨드랑이 밑으로 몸통을 껴안고 왼손으로 닭 모가지를 잡아 닭 머리가 집게손가락과 엄지손가락 사이로 나오게 했다. 그런 다음에 오른손으로 두 다리를 꽉 잡고 천천히 웅크리고 앉으면서 닭을 45도 각도로 경사지게 조금씩 내려서 닭 부리가 땅에 안 닿을 높이에 멈춘다. 그리곤 닭 부리로 동그라미를 세 번 따라간 다음에 그 안에 내려놓는 것이다.

노인은 연습을 세 번 시켰다. 놀랍게도 늙은 닭은 진흙땅에 떨어진 씨라도 되는 듯 동그라미 안에서 얌전히 둥지를 틀었다. 노인도 흥겨워했다. 닭을 원래대로 돌려놓으려면 몸통을 건드리면서 무뚝뚝한 목소리로 이렇게 말해야 한다.

"닭아, 자라. 닭아, 깨라. 안 깨어나면 먹어치우겠다!"

닭에겐 진짜 소름 끼치는 협박이 아닐 수 없었다.

나는 노인에게 샹간족 닭이 줄루어를 어떻게 알아듣느냐고 물어보지 않았다. 아프리카 최고 주술사에겐 그런 걸 묻는 게 아니다. 그 닭이 아프리카어 두세 개 정도는 특별히 알아듣는다는 사실을 당시엔 몰랐다.

"닭을 잠재우는 비법으로 우리는 하나가 되었다. 그 비법으로, 그리고 꿈속에 폭포가 있는 곳을 아는 거로 우리는 형제가 되었다. 그 비법을 알고 그곳에 갈 수 있는 사람은 너와 나뿐이다."

분위기가 정말 엄숙했다. 노인이 농장 저편으로 소리쳐서 운전사를 불렀다. 운전사는 승용차 뒷좌석에서 낮잠을 즐기는 중이었다. 우리는 커다란 승용차로 걸어갔다. 인코시-인코시카지가 승용차 뒷좌석에 올라타면서 말했다.

"저 닭으로 계속 연습하거라."

어디서 나타났는지, 갑자기 자동차 주변에 여인네들이 우글거렸다. 하나같이 전날 가져온 선물을 다시 가져와서 자동차 트렁크에 집어넣었다. 보모는 노인에게 색깔이 밝은 사각형 옷감을 선물하는데, 한쪽 모서리에 동전 몇 개가 대롱대롱 달렸다. 인코시-인코시카지는 정중하게 거절했다. 보모에게 그 선물은 두 달 치 월급이었다.

"이번엔 나와 저 아이 문제다. 나는 비의 여왕 모자디를 만나러 몰로토찌 강으로 가는 길에 들렀을 뿐이다."

노인은 창문 밖으로 머리를 내밀고 하늘을 올려다보며 덧붙였다.

"줄루 땅에 비가 오랫동안 안 왔다. 그 문제는 모자디가 나보다 신통력이 강하다."

드라켄스버그 산맥 지역엔 원래 비가 풍부했다. 보모는 걱정스러운 표정으로 자기 종족은 어떤지 묻고, 노인은 한숨을 내쉬며 대답했다.

"들판을 삼 개월 동안 갈고 뿌릴 씨도 충분히 준비했는데 비가 안 와서 먼지만 휘날린다. 우리는 비가 오기만 기다린다."

보모는 가뭄 소식을 여인들에게 통역했다. 가뭄은 언제나 모든 마을에 걱정거리였다. 여인들은 한숨을 푹푹 내쉬더니, 자동차 주변을 돌면서 춤추며 노래했다. 비를 내려주고 애가 없는 사람에게 아들을 낳게

하며 커다란 독사에게 물렸을 때 독을 치료하는 위대한 인물을 찬양하는 노래였다.

인코시-인코시카지는 늙은 머리를 창밖으로 다시 빼내고 총채를 신경질적으로 휘두르며 소리쳤다.

"저리 가라, 어리석은 흑인들아. 모자디를 찬양하라. 하늘에서 빗방울을 떨구도록 애쓰는 건 비의 여왕이다."

커다란 흑색 승용차는 강력한 8기통 엔진을 우르릉대며 길을 따라 쏜살처럼 내달리고, 그 뒤로 먼지가 구름 같이 일었다.

방학이 끝날 즈음에 병아리 할아버지와 나는 사실상 떨어질 수 없는 사이가 되었다. 병아리 할아버지란 내가 선물 받은 닭에게 붙인 이름이다. 닭을 '병아리'라고 부르는 건 엄마와 나만 아는 비밀이다. 한번은 호주에 사는 먼 친척이 사진 한 다발을 보냈는데, 내 나이 또래 사내아이가 닭에게 모이를 주는 사진이 있었다. 사진 뒤에는 '우리 아들 레니가 와가와가 농장에서 병아리에게 먹이를 주는 광경'이라고 적혔다. 우리는 농장 주변을 꽥꽥거리며 돌아다니는 늙은 오리 두 마리를 와가와가라 부르고 할아버지가 기르는 오링톤 닭을 '병아리'라고 부르기 시작했다.

병아리 할아버지라는 별명은 내가 부엌문에 나타나는 순간에 잽싸게 달려오는 말라빠진 늙은 수탉에게 정말 잘 어울렸다. 그 닭이 나에게 홀딱 반한 건 의심할 여지가 없었다. 고백하건대 나 역시 그 수탉에게 푹 빠져들었다.

우리는 닭 잠재우기를 계속 연습했다. 하지만 이틀이 지나자 내가 마당에 동그라미만 그리면 그놈이 동그라미 안으로 약삭빠르게 들어와 얌전하게 앉아서 둥지를 틀었다. 적극적으로 협조한다는 의미겠지만, 나에겐 그놈에 대한 지배력이 사라진 걸 의미할 뿐이었다.

병아리 할아버지는 내가 세상에 태어나서 처음으로 지배한 생명체다. 그런데 영리한 닭이 나와 동등해지는 방법을 발견한 것이다. 나로선 진짜 짜증 나지 않을 수 없었다.

2

방학이 끝났다. 자다가 오줌싸는 습관은 고쳤다. 하지만 기숙학교로 돌아가야 한다는 사실이 불안하게 다가왔다. 모자 없는 불알을 고칠 수 있냐고 물었을 때 인코시-인코시카지는 자신도 마찬가지라고 암시하면서 우리 둘은 특별한 사람이라 그런 거라고 대답했다. 당시에는 마음이 조금 놓이는 것 같았으나, 학교로 돌아갈 날이 막상 닥쳐오니 다시 자신이 사라졌다.

어젯밤에는 보모와 함께 마냥 울었다. 보모는 카키색 바지와 셔츠, 파자마 두 벌, 어머니가 휴양소에서 보낸 빨간색 윗도리를 가방에 넣었다. 우리는 눈물을 흘리다 갑자기 웃었다. 어머니가 보낸 윗도리 소매 한쪽이 다른 쪽 소매보다 25센티나 짧았기 때문이다. 신경쇠약에 걸리면 옷을 그렇게 만드는 모양이다. 보모가 기다란 소매를 잘라서 멋진 옷으로 만들었다.

아침을 들고 나서 할아버지가 모는 구형 포드 트럭에 올라탔다. 길을 가는 도중에 보스터 부인을 태워주었다. 이웃에서 농장을 경영하는 나이 많은 과부였다. 할아버지는 영어만 쓸 뿐 아프리카너를 사용하지 않았다. 하지만 그 할머니는 아프리카너만 쓸 뿐 영어를 사용하지 않았다. 그래서 할머니는 입을 꼭 다문 채 낡은 트럭이 덜컹거릴 때마다 얼굴을 가슴에 푹 박고는 위아래로 흔들리는 몸을 트럭에 맡길 수밖에 없었다.

나는 보모와 병아리 할아버지를 데리고 뒷좌석에 탄 게 기뻤다. 병아리 할아버지는 옥수수 포대에 넣어서 숨겼다. 그는 쥐죽은 듯 조용히 있어 누가 보더라도 빈 포대라고 생각할 수밖에 없었다. 보모는 줄루 땅에 사는 가족이 가뭄을 이겨내도록 돕고자 돈을 보내려고 읍내로 가는 중이었다.

병아리 할아버지 날갯죽지에는 깃털이 다시 많이 자란 데다 달리기 연습과 오므렸다 펴는 운동을 많이 해서 이제 아무 때나 공중으로 박차고 올라서 높은 나뭇가지에 앉을 수 있었다. 하지만 몸이 좋아진 것에 비해 생김새는 별로 좋아지지 않았다. 머리는 여전히 밋밋하고 벼슬은 쭈글쭈글한 불알처럼 한쪽 옆으로 축 늘어지고 기다란 모가지에 깃털이 없었다. 새까만 오링톤에 비하면 정말 형편없는 모습이었다.

우리는 학교 정문에서 차를 멈추었다. 병아리 할아버지가 죽은 듯이 숨은 포대와 옷 가방을 보모가 나에게 건넸다.

"포대에 무엇이 들었니, 얘야?"

할아버지가 물었다.

내가 미처 대답하기도 전에 보모가 대답했다.

"고구마를 조금 넣었습니다, 나으리."

눈물이 보모 뺨을 타고 다시 흘러내렸다. 그대로 돌아가서 넉넉한 보모 품에 안기고 싶었다. 트럭이 연기를 내뿜고 기우뚱거리며 떠났다. 학교 정문 앞에 나 혼자였다. 정문에 들어서면 끔찍한 메브로우와 판사와 배심원들이 나를 맞을 터였다.

홀로서기를 다시 시작해야 한다. 인간 하나하나는 지옥 같은 고통에 시달리면서도 가슴속에 자존의 열망이 불타고 그 열망은 절대 포기할 수 없다는 사실을 얼마나 절실하게 깨달았는가! 그런 열망이 존재하는 한 우리 인간은 절대 좌절하지 않는다.

포대에서 병아리 할아버지를 꺼내 등을 쓰다듬었다. 루이넥이자 까진 불알, 고추에 모자조차 없는 내가 학교로 돌아왔다. 하지만 이번에는 혼자가 아니다. 나에게는 아프리카 최고 주술사가 준 선물이 있다.

운동장에는 아무도 없었다. 병아리 할아버지는 여기저기를 쏘다니며 태양이 작열하는 메마른 땅에서 폴짝폴짝 뛰어다니는 메뚜기를 잡아먹었다. 메뚜기도 나처럼 적진에 들어온 게 분명했다. 태양이 쨍쨍 내리쬐는 운동장에 풀 한 포기 없었다. 안전한 지역으로 가려면 폴짝폴짝 뛸 수밖에 없었다. 그럴 때마다 병아리 할아버지가 잽싸게 쪼아먹었다. 그러나 그들은 숫자라도 많았다. 자기네는 수백 마리인데 병아리 할아버지는 한 마리에 불과했다. 반면에 나는 혼자서 수많은 적을 상대해야 한다.

너무 일찍 도착한 것 같았다. 그래서 남몰래 가곤 하던 망고나무로 갔다. 운동장 반대편이었다. 옷 가방을 바닥에 내려놓고 나무에 올라 잎사귀가 우거진 그늘로 갔다. 병아리 할아버지가 날갯짓하면서 막 달려오다 힘차게 날아올라 내 옆 나뭇가지에 앉더니, 이리저리 쓸데없이 뒤뚱대며 귀찮게 굴었다.

가만히 바라보니, 자리에 홰 틀고 앉아서 볼품없는 벼슬을 흔들며 소리를 질러댔다. 나는 여기는 농장이 아니라서 그러면 안 된다고 설득하려 애썼다. 하지만 인코시-인코시카지 먹이가 될 뻔한 위기를 넘기고 동그라미로 들어가는 마술을 습득할 정도라면 진짜 뛰어난 닭일 수밖에 없어, 잔소리를 많이 하진 않았다. 병아리 할아버지는 생존자다. 그런 친구가 있어서 다행스러웠다.

잠시 뒤에 망고나무에서 내려와 운동장 가장자리를 돌아 조그만 아이들 기숙사가 있는 호스텔로 다가갔다. 황폐한 과수원을 둘러보았다. 포도나무마다 삐쩍 말라서 이파리조차 안 났다. 계수나무 여섯 그루가 오랜 세월에 걸쳐 저절로 자라나 샛노란 봉우리를 피웠다. 죽어가는 과수원에 돋아난 생기라곤 그게 전부였다. 바닥엔 어깨까지 닿는 황갈색 잡초만 가득했다. 아무도 안 오는 곳이었다. 메브로우 선생에게 내가 왔다고 알릴 동안 병아리 할아버지를 놓아두기에 딱 좋은 장소였다.

나는 과수원으로 깊숙이 들어가서 냄새가 무성한 잡초 사이에 조그만 공터를 만들기 시작했다. 잡초를 뽑자 뿌리를 갉아먹는 벌레가 한 마리 따라 나왔다. 머리는 회색이고 목둘레엔 노란 띠가 있었다. 병아리 할아버지로서는 생애 최고의 날이었다. 꼬꼬댁대면서 통통한 벌레를 단번에 쪼아먹었다. 벌레가 털 없이 기다란 병아리 할아버지 모가지를 볼록하게 하면서 밑으로 내려가는 모습이 눈에 들어왔다.

조그만 공터가 생겨나자 동그라미를 그렸다. 병아리 할아버지가 얌전하게 들어와서 둥지를 틀었다. 마술을 하기도 전에 미리 들어와서 앉는 걸 보니까 살짝 화났다. 하지만 어찌할 도리는 없었다. 닭과 다툴 수는 없는 일 아닌가!

메브로우 선생은 세탁실에서 담요를 개다, 경멸하는 표정으로 나를 쳐다보고 탈수기 옆에 놓인 양철통을 가리키면서 말했다.

"네 고무 담요는 저 안에 있다. 가져가거라."

나는 두렵지 않은 목소리로 말하려 했다. 하지만 더듬거리는 목소리가 흘러나왔다.

"나는, 나는 치료되었습니다, 메브로우 선생님."

“흥! 할아버지 채찍질이 내 채찍질보다 효과가 있나 보군, 안 그래?”

나는 머리를 숙이고 가만히 서서 대답했다. 메브로우 신생 앞에서는 그러는 법이다.

“아닙니다, 선생님. 선생님 채찍질이 효과는 제일 좋습니다, 우리 할아버지 채찍질보다. 저절로 치료됐습니다. 그냥 그쳤습니다.”

“이제 내 채찍이 심심하겠군.”

메브로우는 대나무 막대기를 언제나 채찍이라 불렀다. 메브로우가 올이 굵고 거친 수건과 담요를 주며 말했다.

“너무 일찍 왔어. 점심은 없어. 다른 아이들은 점심시간이 지난 다음에 올 거야.”

담요에서 방충용 나프탈렌 냄새가 났다. 코에 익숙한 냄새를 맡으니 걱정이 일었다. 침대에서 오줌싸는 습관을 정말 고친 걸까?

작은 애들이 쓰는 기숙사에 담요와 수건을 내려놓고는 병아리 할아버지가 있는 곳으로 돌아갔다. 점심은 없어도 괜찮았다. 보모가 옷가방에 커다란 고구마 두 개를 넣어주었다. 고구마 한 개를 병아리 할아버지와 나누어 먹을 생각이었다.

황폐한 과수원으로 다가가니, 병아리 할아버지가 무서워서 꼬꼬댁대는 소리를 내지르다, 갑자기 짧은 날개를 퍼덕이며 잡초 위로 날아올랐다. 그러다 잡초 밑으로 다시 사라졌다. 이윽고 잡초 위로 다시 날아올랐다. 모가지를 구부리고 두 다리를 쭉 뻗은 채 발톱을 곧추세운 모습이었다. 다시 땅으로 떨어졌다. 그곳에서 잡초가 심하게 흔들렸다. 이제 다시 공중으로 오르지 않았다. 꼬꼬댁 소리도 멈추었다. 하지만 잡초는 계속 흔들렸다. 심장이 빠르게 뛰었다. 어떤 짐승이 병아리 할아버지를 잡아먹은 게 틀림없다. 족제비일까, 살쾡이일까? 내 잘못이다. 동그라미 안에 가만히 있게 한 게 잘못이다.

병아리 할아버지를 놓아둔 조그만 공터로 쏜살같이 달려갔다. 잡초가 때리면서 발길을 잡아끌었다. 동그라미 안에서 병아리 할아버지가 90센티에 달하는 비단뱀을 부리로 물었다. 그러더니 머리를 힘차게 흔들어서 뱀 머리를 잘라내, 그대로 꿀꺽 삼켰다. 뱀 머리가 통통한 벌레와 마찬가지로 기다란 모가지를 볼록하게 만들며 아래로 내려갔다. 싸움이 끝난 걸 모르는 듯 번지르르한 녹색 몸통이 잡초 사이에서 꿈틀거렸다.

세상에서 가장 힘센 닭이 머리를 부르르 흔들더니 번뜩이는 눈빛으로 나에게 윙크했다. 자신을 만족스럽게 여기는 게 분명했다. 나는 그를 탓하지 않았다. 힘이 그렇게 센 친구와 사이가 틀어지면 곤란할 것 같았다.

마침내 뱀이 축 늘어져, 나는 그걸 집어서 침대 근처 창문에서 몇십 센티밖에 안 떨어진 계수나무 가지에 걸쳐놓았다. 모자 없는 고추와 마찬가지로 머리 없는 뱀이 생겨난 것이다.

오후가 되자 아이들이 학교로 오는 소리가 점차 커다랗게 일어났다. 누구 할 것 없이 담요와 옷 가방을 기숙사에 던져넣고 운동장으로 달려나갔다. 나는 병아리 할아버지와 함께 잡초 사이에서 골 함석 조각을 찾아내, 오후 내내 닭장을 만들었다. 새로 만든 집이 마음에 드는 듯 병아리 할아버지는 잡초를 뽑아낸 곳에서 벌레를 잡아먹느라 바빴다. 이제 짐승이 침범할 수 없어 안전할 터였다. 게다가 비가 와도 걱정이 없었다.

25분 전 5시에 목욕 시간을 알리는 종이 울렸다. 잡초를 뽑고 집을 짓느라 온몸이 엉망진창이었다. 나는 병아리 할아버지가 새집으로 들어가서 즐거운 저녁을 보내도록 한 다음, 과수원 옆 건물 구석 수도꼭지에서 몸을 씻었다. 늦은 오후 햇살로 몸을 다 말릴 즈음에 식사

종이 울렸다. 옷을 새로 입은 것 같았다. 가능한 한 늦게 식당에 들어가서 조그만 아이들이 있는 식탁 끝자리에 앉았다.

그날 밤 전등이 나가자마자 호출당했다. 나는 판사와 배심원들 앞에 섰다. 밖에는 만월이 떴다. 학교에 처음 온 날과 똑같은 달이었다. 하지만 꿈속에서도 폭포 위로 똑같은 달이 떠올랐다. 나는 두려움을 이겨낸 용사였다.

침대에 책상다리하고 앉은 판사는 내가 기억하던 모습보다 체구가 컸다. 파자마 바지만 입은 채 왼쪽 팔을 높이 들어, 이상하게 새긴 문신까지 과시했다. 문신은 예전에도 많이 보았다. 아프리카 흑인 여성은 누구나 얼굴에 문신을 새겼다. 하지만 하얀 피부에 새긴 문신은 처음 보았다. 뱀 두 마리가 서로를 가로지르며 얽힌 형상이었다. 파란 문신 가장자리에는 연분홍 피부가 아직 또렷했다.

판사는 문신을 무심코 쓰다듬다 머리를 천천히 흔들며 말했다. 숨을 쉴 때마다 왼쪽 콧구멍에서 콧물 한 덩이가 나오다 들어갔다.

"네놈은 바보야. 다시 돌아오다니 바보가 틀림없어, 까진 불알."

"팔에 카피르 여자와 비슷한 표시가 있군요."

내 입에서 무심코 흘러나왔다.

판사는 눈이 얼굴에서 빠져나오는 것처럼 보였다. 어이없다는 표정으로 콧바람을 날렸다. 그러자 콧구멍을 오르내리던 콧물 덩어리가 내 얼굴로 날아왔다. 곧이어 손바닥이 날아들었다. 나는 머리통이 깨져나가는 걸 느끼며 바닥에 나뒹굴었다.

다시 일어섰다. 만화책에 나오듯 눈앞이 노랗고 별이 어른거렸다. 귓속이 윙윙거렸다. 하지만 울지 않았다. 어리석은 나를 저주했다. 방학이 생존 감각을 무디게 만들었다. 살아남으려면 주변에 순응하며 어울리고, 꿔다놓은 보릿자루처럼 가만히 있어야 한다. 위장을 잘해야, 바위나 나뭇잎이나 대나무 벌레가 되어야 한다. 그들 같은 아프리카너가 되려고 모든 노력을 다해야 한다. 판사는 자기 팔에 새긴 문신을 카피르 흑인 여자가 새긴 문신과 비교하는 대담무쌍한 말에 기가 차다는 듯 멍하니 쳐다보았다. 내 코에서 핏방울이 흘렀다. 입술을 지나 턱으로 흘러내렸다.

판사는 파자마 앞자락을 잡고 나를 자기 얼굴로 끌어올리며 말했다. 나는 발가락 끝으로 간신히 서야 했다.

"이 문신은 루이넥을 모두 죽여서 깨끗이 쓸어버리겠다는 표시다. 너, 까진 불알이 첫 번째 대상이다."

판사가 갑자기 놓자, 나는 뒤로 뒤뚱대다 몸을 간신히 안정시킨 다음에 말했다. 약간 대담한 목소리였다.

"알겠습니다, 각하."

"이건 나치스 기장이라고, 이놈아! 이게 무슨 표식인 줄 알기나 해?"

"모, 모릅니다, 각하."

"신은 아돌프 히틀러를 통해 우리한테 표식을 보내셨다. 아돌프 히틀러는 우리 아프리카너를 증오스러운 영국인 손에서 해방할 것이다!"

나는 판사가 말하면서 크게 감동하는 걸 느꼈다. 나 역시 크게 감동했다.

판사는 나치스 기장을 문지르며 배심원들에게 엄숙하게 선언했다.

"우리는 아돌프 히틀러한테 피의 맹세를 해야 한다."

배심원들이 판사 주변으로 몰려갔다. 모두 흥분한 듯 두 눈을 번뜩였다.

"나도 맹세하겠습니다."

내가 잔뜩 기대하며 말했다. 코에서는 피가 계속 흘렀다. 일부는 바닥으로 떨어졌다.

"지랄 같은 소리 그만하라고, 까진 불알! 네놈은 가증스러운 영국 놈이야."

판사는 침대에서 차려자세로 서더니, 손가락을 쭉 펴고 천장을 향해 팔을 비스듬히 올리며 말했다.

"아돌프 히틀러의 이름으로 우리는 루이넥 놈을 바다로 모조리 몰아낼 것이다."

나는 바다를 본 적이 없었다. 하지만 굉장히 오래 가야 한다는 사실은 알았다.

"피의 맹세! 피의 맹세!"

배심원들이 소리쳤다.

"이리 와, 까진 불알!"

판사가 명령했다. 나는 침대로 다가갔다.

"고개 들엇!"

나는 고개를 들어서 침대 위에 높이 선 판사를 올려보았다. 판사가 집게손가락으로 내 코 밑을 쓱 문지른 다음에 밀쳤다. 나는 마루로 나뒹굴며 엉덩방아를 찧었다. 판사가 집게손가락을 치켜들며 소리쳤다. 내 피가 손가락 끝에 묻어서 달빛에 번뜩였다.

"우리는 루이넥의 피로 충성을 맹세할 것이다!"

판사가 근엄하게 선언했다. 배심원 가운데 두 명이 나를 일으켜 세우자 다른 배심원이 주위로 몰려와서 각자 자기 손가락에 코피를 묻혔다. 피가 천천히 흘러나오자 배심원 한 명이 빨리 나오게 하려고 코를 잡아서 비틀었다.

그래서 피가 멈췄는지, 마지막 두 명은 바닥에 떨어진 핏방울을 묻혀야 했다.

판사는 배심원들에게 따라 하라 지시하면서 손가락에 묻은 피를 나치스 기장에 문질렀다. 이윽고 나치스 기장은 피범벅이 되었다. 판사가 팔을 또 들어 올리며 소리쳤다.

"우리 조국 남아프리카에서 영국놈을 모조리 죽이자!"

배심원들이 뒤이어 합창했다.

"우리 조국 남아프리카에서 영국놈을 모조리 죽이자!"

판사가 나를 내려다보며 말했다.

"우리는 오늘 저녁에 너를 죽이지 않는다, 까진 불알. 하지만 히틀러가 오면 죽을 때가 머지않았다는 걸 명심해라! 알겠어?"

"알겠습니다, 각하. 그런데 그게 언제일까요?"

"조금만 있으면 돼!"

판사는 침대에서 내려와 커다란 손을 내 머리에 올려서 나를 문쪽으로 돌린 다음에 엉덩이를 힘껏 걷어찼다. 나는 얼른 일어나서 밖으로 뛰어나갔다.

기숙사로 돌아오자 꼬맹이들이 침대에서 일어나 주위로 몰려들면서 무슨 일이 있었냐고 물었다. 말을 안 하자니 입이 너무 간지러워, 나는 나치스 기장과 피의 맹세 그리고 히틀러가 도착하면 내가 죽는다는 이야기를 해주었다.

데니 코찌라는 여덟 살 아이가 머리를 흔들며 엄숙하게 말했다.

"까진 불알, 이제 너는 큰일 났구나."

나불대기 좋아하는 재거가 물었다.

"아돌프 히틀러가 누구길래 까진 불알을 죽이러 온다는 거지?"

아무도 모르는 것 같더니, 결국에는 데니 코찌가 입을 열었다.

"새로 오는 교장일 거야."

지난 학기에 아이들 사이에서 교장이 '음주 문제'로 말썽을 피웠다는 소문이 돌았다. 당시에 나는 음주 문제가 무언지 궁금했다. 몹시 나쁜 게 분명했다. 그렇지 않다면, 덩치는 크고 성미는 급해서 우리가 하나같이 무서워하는 교장이 안 떠날 테니 말이다.

아이 한 명이 조그맣게 말했다.

"까진 불알은 큰 탈 났네. 까진 불알은 큰 탈 났네."

다른 아이들도 따라 했다. 소리가 점차 커졌다. 나는 그 소릴 안 들으려고 두 손으로 귀를 막았다.

"조용히 해!"

커다란 소리가 갑자기 일어났다. 메브로우가 나타나서 커다란 덩치로 문가를 가로막았다.

"그냥 이야기하는 거예요, 메브로우 선생님."

데니 코찌가 말했다. 우리 방에서 제일 큰 아이라 늘 대변인 역할을 했다.

"전등이 꺼진 다음에 얘기하면 안 된다는 걸 모르나, 코찌?"

다른 아이들이 발끝으로 살짝살짝 걸어서 각자 자기 침대로 돌아가자, 내 침대 끝에 데니 코찌 한 명만 남아서 겁에 질린 목소리로 조그맣게 대답했다.

"압니다, 선생님. 잘못했습니다, 선생님."

"침대에 엎드려, 이놈아."

메브로우가 명령했다. 대나무 막대기가 공기를 가르며 엉덩이를 갈겼다. 코찌는 겁에 질린 목소리로 비명을 지르면서 두 손으로 엉덩이를 잡고 껑충껑충 뛰었다. 메브로우는 더 야단치지 않고 밖으로 나갔다. 잠시 정적이 흘렀다. 이윽고 데니 코찌가 눈물을 글썽이며 톡 쏘았다.

"너 때문이야, 까진 불알. 언젠가 원수를 갚고 말 거야, 까진 불알! 루이넥!"

나는 아이들이 모두 잠들 때까지 기다리다 창문으로 조용히 기어갔다. 포도나무 이파리가 환한 달빛을 받아서 번뜩였다. 도깨비불이 번뜩이는 것 같았다. 병아리 할아버지가 죽인 머리 없는 뱀이 계수나무 가지에서 달빛을 받아 은색으로 빛났다. 상상조차 못 한 멋진 장식이었다.

"나는 안 운다. 절대로 안 운다!"

별을 바라보며 맹세하고 침대로 돌아왔다. 지금까지 살면서 가장 외로운 순간이었다.

다음 날 새벽에 '꼬끼오' 하는 병아리 할아버지 소리가 울려 퍼졌다. 다른 카피르 닭처럼 일찍 일어난 것이다. 여섯 시 기상 종이 울리기도 전에 잠자던 아이들 모두 시끄러운 '꼬끼오' 소리에 깨어났다. 나도 깊이 잠자다 허둥지둥 깨어났다.

병아리 할아버지가 깃털도 없는 모가지를 길게 늘인 채 '꼬, 꼬, 꼬끼오!' 하고 커다랗게 소리치고는 머리를 한쪽으로 쫑긋 세우고 다시 한번 조그맣게 '꼬끼오' 하고 울었다. 그러더니 창가에서 뛰어올라 내가 누운 철제 침대 머리맡으로 날아왔다. 그리고는 내 귀를 부드럽게 쪼았다.

아이들이 모여들었다. 나불대기 좋아하는 재거가 신나게 지껄였다.

"늙은 카피르 닭이 까진 불알을 찾아왔다."

병아리 할아버지가 침대 머리맡에 올라서서 날카로운 눈으로 아이들을 오만하게 쳐다보았다.

"저 닭은 내 거야. 내 친구라고."

내가 용감하게 말하자 아이들이 탄성을 내질렀다. 데니 코찌는 어젯밤의 원한을 잠시 잊은 채 크게 웃으며 소리쳤다.

"바보 같은 소리 마, 이놈아. 카피르 닭은 아무도 친구가 될 수 없어!"

"아니야, 저 닭은 내 친구야. 묘기도 부린다고."

"아니야, 못해. 저건 멍청한 카피르 닭이야. 까진 불알이 새로 사귄 친구를 보고 판사가 뭐라 하는지 보자."

나불대기 좋아하는 재거가 말하자 모두 웃었다.

기상 벨이 울렸다. 메브로우가 일이 분 안에 온다는 의미였다. 아이들은 자기 침대로 돌아가서 다시 누워, 메브로우가 일어나라고 소리치기만 기다렸다. 내가 병아리 할아버지를 창문 밖으로 간신히 밀어내고 침대로 올라오자마자 거대한 덩치가 문가에 어른거렸다.

메브로우가 방 안을 검열했다. 검푸른 제복 차림이었다. 대나무 막대기가 흑색 허리띠에서 고리에 걸린 채 대롱거렸다. 내 침대 앞에선 침대가 안 젖은 걸 확인했다.

"흐음!"

메브로우가 콧방귀를 뀌고 담요를 마루로 떨어뜨렸다. 나는 침대에서 뛰어내려 담요 옆에 서고, 메브로우는 나를 못 본 척하며 고개를 천천히 돌려서 아이들에게 소리쳤다.

"전등이 꺼진 다음에 말소리가 또다시 들리면 채찍이 가만있지 않을 테니 명심하도록! 알겠나?"

"네, 선생님."

우리 모두 합창하는데, 메브로우가 눈을 갑자기 동그랗게 뜨며 소리쳤다. 두 눈이 얼굴에서 빠져나오는 것 같았다.

"까진 불알! 베개에 닭똥이 있잖아!"

나는 깜짝 놀라서 쳐다보았다. 병아리 할아버지가 떠나면서 줄무늬 베갯잇 사이에 녹색과 흰색으로 명함을 남겼다.

"이게 뭔지 말해, 이놈아!"

메브로우가 소리쳤다.

변명할 수 없었다. 나는 공포에 질려 부들부들 떨면서 병아리 할아버지에 대해 사실대로 얘기했다.

메브로우가 가만히 노려보다 가죽 허리띠를 풀더니 고리에 달린 막대기를 꺼내며 소리쳤다.

"까진 불알, 네놈은 머리가 이상한 것 같아. 네 엄마처럼 말이야. 밤마다 침대에 오줌을 싸더니 이제는 닭똥을 처바르는군!"

그리곤 어젯밤에 데니 코찌가 매 맞은 침대 끝을 가리키며 소리쳤다.

"엎드려!"

메브로우는 막대기로 엉덩이를 네 번 때렸다. 나는 이를 악물고 눈물을 삼켰다. 두 손을 넓적다리 사이에 끼우고 어깨에 힘줘서 손이 엉덩이로 안 가게 했다. 그러자 떨리던 몸이 진정되는 것 같았다.

벌써 똥 같은 하루가 시작되었다!

"베개를 빨고 아침 식사를 한 다음에 똥을 갈긴 닭을 부엌으로 가져와, 알겠어?"

메브로우가 문가에서 돌아보며 우리에게 명령했다.

"모두 샤워실로 가도록!"

병아리 할아버지와 나는 끔찍한 곤경에 처하고 말았다. 아침 식사를 마치고 호스텔에서 빠져나왔다. 병아리 할아버지는 황폐한 과수원에서 꼬꼬 대며 주변을 파헤쳐 벌레를 찾았다. 아침 식사에서 남겨온 빵조각을 꺼내 조그맣게 잘라주면서 최근에 일어난 재난을 설명했다. 울지 않겠다고 결심했으나 어느덧 뺨에서 흐르는 눈물을 느꼈다.

병아리 할아버지가 식사를 마치자, 나는 그를 안고 잡초를 헤치며 나아갔다. 곧 함석으로 만든 나지막한 담이 나타났다. 과수원 끄트머리였다. 발끝으로 서서 담 너머를 살폈다. 심장이 쿵쾅거렸다. 멀리 떨어진 카피르 오두막에서 연기가 솟아올랐다. 카피르 닭을 기를 게 분명했다. 병아리 할아버지라면 그 속에 껴서 살아갈 수 있으리라.

나는 기분이 살짝 풀려서 병아리 할아버지에게 새로 떠올린 계획을 설명하고는 담 너머로 밀었다. 나는 다섯 살에 불과해, 상상과 현실을 분간할 수 없었다. 그래서 머릿속에 떠오른 계획을 곧바로 행동에 옮겼다.

하지만 병아리 할아버지는 생각이 달랐다. 잔뜩 화난 듯 꽥꽥대며 힘차게 날갯짓해서 내가 있는 곳으로 다시 날아왔다. 몇 분 동안 손짓 발짓하며 대화한 다음에 담 너머로 보내도, 다시 넘어오는 건 똑같았다. 세상에서 가장 용감한 닭은 설사 자기 목숨이 위태롭더라도 친구를 곤경에 빠뜨릴 수 없다고 결심한 게 분명했다.

부엌 앞에서 십 분 정도 기다리자 메브로우가 나타났다.

"그래, 이게 네 침대에 똥을 갈긴 닭이란 말이지, 까진 불알?"

"일부러 그런 건 아닙니다, 선생님. 이 닭은 아주 깨끗하고 영리합니다."

"저게 깨끗하다고! 닭은 닭이야. 영리한 닭이 어딨어?"

"자, 보세요, 메브로우 선생님. 제가 한번 보여드릴게요."

나는 마당에 동그라미를 재빨리 그렸다. 그러자 병아리 할아버지가 즉각 들어가서 달걀이라도 낳는 듯 둥지를 틀고 앉았다. 물론 병아리 할아버지는 수탉이라서 달걀을 낳을 순 없었다.

"저 닭은 내가 나오라고 하기 전까지 저 동그라미 안에 가만히 있을 거예요."

메브로우는 잠시 흥미롭다는 표정으로 쳐다보더니 갑자기 얼굴을 찌푸리며 신경질적으로 말했다.

"저건 멍청이 카피르 닭이 백인 닭은 못하는 걸 하는 것에 불과해."

나는 친절하게 말했다.

"아니에요, 선생님! 다른 묘기도 부려요!"

나는 병아리 할아버지가 다리 하나로 펄쩍펄쩍 뛰며 한 번 뛸 때마다 '꼬끼오' 하고 울게 했다. 그러다 공중을 날아서 어깨에 앉아, 내 귀를 부드럽게 쪼는 묘기도 보여주었다.

메브로우는 마지막 묘기를 보더니 더는 못 참고 소리쳤다.

"네 머리에 이가 득실거리겠다, 멍청한 놈아!"

부엌에는 커다란 칼과 도마를 준비한 상태였다.

"이가 득실대고 침대에 똥이나 갈기는 더러운 닭을 빨리 가져와!"

메브로우가 커다란 칼을 잡으며 소리쳤다. 그때 커다란 칼 밑에 숨은 바퀴벌레 두 마리가 손등을 타고 올라오자, 메브로우가 비명을 내지르며 칼을 떨어뜨리고는 두 팔을 미친 듯이 흔들었다. 바퀴벌레 한 마리가 바닥으로 떨어졌다. 하지만 다른 한 마리는 팔목을 타고 올라서 가슴 속으로 사라졌다.

병아리 할아버지는 기쁜 듯 소리를 꽥꽥 지르며 부엌으로 뛰어들어 바닥을 정신없이 기어가는 바퀴벌레를 집어삼켰다. 메브로우는 두 팔을 계속 흔들어댔다. 젖무덤이 위아래로 출렁거렸다. 크게 흥분해서 비명을 지르려 하나 너무 놀라서 숨이 막힌 것 같았다. 두 번째 바퀴벌레가 치마 밑으로 떨어지더니 바닥 틈새로 미친 듯이 기어갔다. 하지만 병아리 할아버지가 재빨리 달려들어 순식간에 집어삼켰다.

메브로우는 얼굴이 새빨갛게 변했다. 너무 심한 충격으로 마구 떨리는 것 같았다.

"이제 괜찮아요, 선생님. 남은 바퀴벌레도 병아리 할아버지가 먹어 치웠어요."

병아리 할아버지는 만족스러운 듯 입맛을 다시며 뽐냈다. 나는 옆에 있는 의자를 재빨리 가져오고, 메브로우는 거기에 풀썩 주저앉았다.

거대한 화로 옆 마른 선반에서 행주를 집어 우리 어머니가 발작할 때마다 보모가 하던 식으로 얼굴도 닦아주었다.

그런데 등나무 의자 밑으로 물방울이 똑똑 떨어졌다. 메브로우가 옷을 입은 채 오줌싼 게 분명한데, 너무 놀라서 아직은 모르는 것 같았다. 나는 옷에 오줌을 얼마나 많이 지렸을까 생각하고 메브로우는 정신이 돌아오자 손가락을 덜덜 떨면서 병아리 할아버지를 가리키곤 숨을 몰아쉬며 말했다.

"네 말이 맞아, 까진 불알. 저건 좋은 닭이야. 여기에 두어도 좋아. 하지만 자기 밥벌이는 자기가 해야 돼."

이윽고 메브로우도 의자 밑에서 일어나는 소리를 들은 듯, 내 손에서 행주를 빼앗더니 문을 가리키며 말했다.

"이제 가라."

그때부터 병아리 할아버지는 부엌일을 맡았다. 아침 식사가 끝날 때마다 부엌 구석구석을 뒤져서 벌레라는 벌레는 모조리 잡아먹는 일이다. 세상에서 가장 용감한 닭이 마침내 위기를 넘긴 것이다. 완벽하게 적응해서 사형을 면한 것이다. 그래서 우리는 함께 무사히 지낼 수 있었다.

학교에 돌아오고 어느덧 2개월이 지났다. 나는 판사의 노예가 되었다. 죽으라면 죽는 시늉까지 하는 노예가 된 덕택에 어느 정도 자유를 누렸다. 커다란 아이들이 뒷머리를 아프게 때리거나 팍 밀치는 건 충분히 견딜 수 있었다. 모든 게 만족스러웠다. 내가 필요할 때마다 판사는 손가락 두 개를 입에 넣고 휘파람을 불었다. 그 소리가 들리면 병아리 할아버지와 나는 재빨리 달려갔다.

병아리 할아버지는 메브로우가 지켜주었다. 하지만 신경을 곤두세워야 했다. 농장에서 자란 아이들이 카피르 닭에게 습관적으로 돌을 던졌기 때문이다. 수업 시간에는 꼬꼬 울면서 운동장을 돌아다니며 벌레를 사냥하다, 끝나는 종이 울리면 교실 문 앞으로 재빨리 뛰어와서 나와 놀고 싶다며 꼬꼬댁거렸다.

나이에 맞는 학급이 없어서 나는 일곱 살 아이들과 함께 수업했다. 그들은 아직도 읽는 법을 배웠다. 나는 영어 읽는 법을 일 년 이상 배워서 아프리카너 알파벳을 읽는 게 어렵지 않았다. 실력이 단연 돋보였다. 하지만 생존하려면 어떤 분야에서도 두드러지면 안 된다는 법칙을 곧바로 깨달았다. 그래서 읽는 실력을 재빨리 낮췄다. 완벽하게 아는 글씨라도 더듬거리거나 입을 닫아버린 것이다.

가장 훌륭한 위장술은 남의 눈에 안 띄는 평범한 모습이다. 플레시스 선생님은 다섯 살짜리 루이넥이 얼간이 보아인 가운데서 두드러지는 걸 좋아하지 않았다. 복잡한 아프리카너 언어를 내가 제대로 이해하지 못한다고 성적표에 적으면서 만족스러운 표정을 지었다. 내가 학급에서 가장 어리다는 사실도 흡족하게 여겼다. 하지만 나는 줄루어와 샹간어를 배울 때와 마찬가지로 새로운 언어를 아주 간단하게 깨우쳤다.

다른 아이들은 나와 자신이 다른 걸 제대로 몰랐다. 물론 모자 없는 고추는 예외였다. 하지만 반점이 있거나 손가락 하나가 짧은 아이와 마찬가지로 그것 역시 별다른 주목을 안 받게 되었다. 완벽한 닮은꼴이 된 것이다.

1939년 9월 3일, 챔버레인 영국 총리는 아돌프 히틀러가 신사가 아니며 따라서 신뢰할 수도 없으므로 협상할 수 없다고 슬픈 목소리로 선언했다. 체코슬로바키아를 강탈당한 영국이 폴란드조차 빼앗길 순 없다는 생각으로 독일에 선전포고한 것이다. 이제 새 교장이 부임할

날도 멀지 않았다.

호스텔 식당에서 점심을 먹기 전에 스토펠 교장이 연설했다. 자리에서 일어나 몸을 살짝 흔들면서 두 손을 식탁에 올렸다. 그리고 나이프를 집어서 손잡이로 식탁을 두드리며 소리쳤다.

"조용히 해라!"

그러자 플레시스 선생이 입술을 꼭 닫은 채 재빨리 일어나서 밖으로 나갔다. 교장은 플레시스 선생이 떠나는 모습을 못 보았는지, 나이프를 식탁에 내려놓고 수백 명에게 연설하듯 커다란 목소리로 말했다.

"오늘 영국은 독일에 선전포고했다!"

교장은 말을 멈추고 우리가 받은 영향을 살폈다. 상급생이 앉은 곳에서 웅얼대는 소리가 조그맣게 이는 게 전부였다.

"이게 무얼 의미하는지 알겠나, 여러분?"

교장은 대답을 기다리지 않고 계속 말했다.

"이건 자유를 의미한다! 아돌프 히틀러는 저주 어린 영국놈들을 깨부수고 우리 조국 아프리카를 억압의 굴레에서 벗겨줄 것이다. 영국놈들은 우리 집을 불태우고 우리 여자들과 어린애들을 집단 수용소에 가뒀다. 그곳에서 굶주림과 이질과 흑수열로 이만 육천 명이 죽어 나갔다!"

바로 그 순간에 남아프리카에서 그런 일이 벌어지는 듯한 어투였다. 우리 어머니도 그렇게 되었다는 생각이, 어머니를 보아 여성으로 착각하고 집단 수용소로 보낸 게 분명하다는 생각이 불현듯 떠올랐다.

교장은 식탁에서 두 발자국 물러서더니 차려자세를 취했다. 침을 튀기던 입이 조심스레 움직였다. 뭔가 말하려고 하는데 소리가 안 나오는 것 같았다. 그러다 판사처럼 팔을 높이 치켜들자, 소리도 입 밖으로 튀어나왔다.

"하이 히틀러!"

그때 문이 활짝 열리더니 메브로우가 식당으로 들어왔다. 복도에서 손가락을 씹는 플레시스 선생도 보였다. 메브로우는 교장에게 다가가서 팔꿈치를 움켜잡고 밖으로 끌어냈다.

"하이 히틀러!"

교장이 밖으로 끌려나가며 소리쳤다.

우리는 어리둥절한 기분으로 가만히 앉아 있었다. 그때 판사가 일어나서 의자에 올라섰다. 소매를 어깨 끝까지 걷어 올려, 파란색 굵은 선이 드러났다. 나치스 기장이었다.

"아돌프 히틀러는 독일 왕으로, 영국놈 손에서 남아프리카를 빼앗아 우리한테 돌려주도록 신이 보내신 분이다."

그리곤 팔에 새긴 나치스 기장을 가리키며 말했다.

"이게 그 표시다. 나치스 기장! 우리는 자유를 되찾을 것이다."

그러더니 교장과 마찬가지로 오른손을 높이 쳐들며 소리쳤다.

"하이 히틀러!"

우리 모두 일어나서 팔을 높이 쳐들며 소리쳤다.

"하이 히틀러!"

재미있었다. 아돌프 히틀러라는 사람이 저주 어린 영국놈을 물리치고 우리를 구한 다음에 새 교장으로 부임하는 것이다!

그런데 학교로 돌아온 첫날 밤에 판사가 말한 내용이 머릿속에서 조금씩 떠오르다 점차 강하게 짓누르기 시작했다.

"지랄 같은 소리 그만하라고, 까진 불알! 네놈은 가증스러운 영국놈이야."

드디어 바다로 장거리 행진을 시작할 판이었다.

우리 식탁에서 나불대기 좋아하는 재거가 소리쳤다.

"하이 히틀러!"

그러자 모두 더 커다랗게 외쳐대다, 판사가 휘파람을 날카롭게 불자 모두 멈추었다.

"우리 가운데 일부는 아돌프 히틀러한테 충성한다는 피의 맹세를 했다. 이제 루이넥을 바다로 몰아낼 시간이 왔다. 수업이 끝나면 작전 회의를 할 테니 모두 화장실 뒤로 나와라!"

바다가 어디에 있는지 아는 아이는 없을 거란 생각이 들었다. 레봄보 산맥 너머나 림보보 강 너머에 있을 것 같았다. 어느 쪽이든 오랫동안 행진할 게 분명했다. 바다가 나올 때까지 행진한다는 건 진짜 힘드니, 작전회의를 해야 한다는 걸 충분히 이해할 수 있었다.

모두 잔뜩 흥분해서 식당이 소란한 가운데 판사가 손을 들어서 조용히 만들더니, 나를 가리키며 말했다.

"까진 불알, 네놈이 첫 번째 전쟁 포로다!"

그리곤 손가락을 모아서 팔을 높이 치켜들며 소리쳤다.

"하이 히틀러!"

우리 모두 다시 일어났다. 그런데 양옆에 앉은 두 명이 내 어깨를 눌러서 자리에 앉혔다. 나머지 아이들이 동시에 소리쳤다.

"하이 히틀러!"

학교 역사상 가장 재미있는 날이었다. 하지만 내 미래는 절망적이었다. 병아리 할아버지와 나는 죽을 날이 머지않은 게 확실했다. 우리 둘은 긴급 탈출 계획을 짜야 했다. 나는 절망감에 빠져들었다. 집으로 가는 길도 모를뿐더러, 설사 알더라도 나 같은 조그만 아이와 닭이 그렇게 먼 길을 적군에게 안 들키고 어떻게 간단 말인가!

그날 오후 수업에서 플레시스 선생은 여느 때보다 화난 기색으로 50센티 자를 휘둘러서 내 손마디를 두 번 때렸다. 내가 딴생각에 몰두

하느라 3 곱하기 4는 뭐냐는 질문에 대답을 못 하자 벌컥 화낸 것이다.

"바보 같은 새끼! 방과 뒤에 남아!"

그건 불가능했다. 병아리 할아버지와 나는 화장실 뒤에서 군사작전이 열리기 전에 탈출해야 한다.

"한 번만 봐주세요, 선생님! 잘못했습니다, 선생님. 다시는 안 그러겠습니다, 선생님."

애걸복걸했다. 명령을 거두길 바라는 심정에 나는 가면을 벗어던졌다. 구구단을 암송한 건 물론, 십 단, 십일 단, 십이 단까지 암송했다. 당시까지 나는 사단 이상은 모르는 척했을 뿐 아니라 십일 단과 십이 단은 아직 배우기도 전이었다. 효과는 엄청났다. 내가 판사 책을 들어주면서 수학책 뒷부분에서 배운 십이 단을 거의 끝낼 즈음에 플레시스 선생은 분노가 극에 달한 듯 나를 뚫어지게 쳐다보았다.

"12 곱하기 12는, 144."

나는 플레시스 선생이 엄청나게 분노하는 걸 느끼면서 십이 단을 더듬더듬 마쳤다.

"나쁜 사기꾼, 도둑놈, 거짓말쟁이 같으니라고!"

플레시스 선생이 소리치며 끝에 철을 댄 줄자로 소나기를 퍼붓듯 때리기 시작했다. 극도로 흥분해서 줄자를 사정없이 휘둘렀다. 나는 소나기 같은 매를 두 팔과 두 어깨로 막았다. 매 한 대가 방어벽을 뚫고서 귀 끝을 찢었다. 나는 방어를 풀고 귀를 잡았다. 너무 쓰라렸다. 손가락과 팔을 타고 뜨거운 피가 흘러내렸다.

피가 흐르는 걸 보고서 플레시스 선생이 매를 멈췄다. 그리곤 나를 내려다보다 두 손을 입에 대고 비명을 지르며 그대로 쓰러졌다.

플레시스 선생이 죽어서 내 발밑으로 나뒹구는 광경에 너무 놀라서 나는 몸을 꿈쩍할 수조차 없었다. 귀에서 흐른 피가 플레시스 선생

심장 바로 윗부분으로 떨어져, 하얀 블라우스에 주먹만 한 핏자국이 어렸다.

"하느님 맙소사! 네놈이 선생님 심장을 찔러서 죽였어!"

재잘대기 좋아하는 재거가 소리치며 교실 밖으로 뛰쳐나갔다. 다른 아이들도 범죄 현장에서 도망치려고 앞다투며 뒤를 따랐다. 나는 가만히 있었다. 아무 생각도 할 수 없었다. 피는 머리에서 계속 흘러나왔다.

누가 교실로 들어오는 기척도 없었는데 커다란 손이 갑자기 나를 들어서 교실을 가로지르다 벽에 기댔다. 나는 너무 놀라서 아픈 것조차 잊어버리고 내버린 헝겊 인형처럼 벽에 기댄 채 숨만 몰아쉬었다. 판사네 학급을 가르치던 스토펠 교장이 플레시스 선생 어깨를 흔들다 블라우스에 고인 피를 보고 두 눈을 동그랗게 뜨며 한탄했다.

"하느님 맙소사, 네가 선생님을 죽였어!"

바로 그때 플레시스 선생이 두 눈을 뜨고 무덤에서 살아나온 나자로처럼 일어나 앉았다. 그런데 피로 얼룩진 블라우스를 보고 앓는 소리를 내며 또다시 죽더니, 스토펠 교장 선생이 뺨을 때리자 다시 눈을 뜨고 일어나 앉아서 흐느끼며 한탄했다.

"아, 아, 내가 무슨 짓을 했단 말인가!"

갑자기 교실에 정적이 흐르면서 어두워졌다. 구름이 태양을 가린 것 같았다. 스토펠 교장 선생이 털이 숭숭하고 기다란 팔을 흔들며 다가오는 걸 어렴풋이 느꼈다. 그 모습이 약간 흔들렸다. 나는 얼굴을 방어하려고 했으나 무릎 아래서 두 팔이 조금도 안 움직였다.

'그 보라고. 가면을 벗으면 어떤 결과를 맞는지 똑똑히 보란 말이야, 까진 불알.'

나는 잔뜩 후회하며 죽음을 기다릴 수밖에 없었다.

정신을 차리니 침대였다. 하지만 눈을 뜨기도 전에 옆에 메브로우가 있는 냄새를 맡을 수 있었다. 내가 껌벅이는 눈꺼풀을 메브로우도 본 것 같았다.

"정신이 드니, 까진 불알?"

메브로우가 물었다. 험악한 목소리는 아니었다.

"네, 선생님."

나는 현실 세계로 돌아왔다. 재빨리 가면을 썼다. 머리는 두꺼운 붕대를 칭칭 감고 몸에는 파자마를 입은 상태였다. 머리는 안 아프나 벽에 기댄 어깨가 콕콕 쑤셨다.

"내 말 잘 들어, 까진 불알. 의사 선생님이 오시면 나무에서 떨어졌다고 말해야 한다. 알겠니?"

뭔가 초조한 목소리였다.

"네, 선생님."

"어떤 나무에서 떨어졌지, 까진 불알?"

"나무는 없었어요, 선생님."

나는 함정에 단번에 빠지고 메브로우는 소리쳤다.

"바보 같은 놈! 정신 차리고 똑바로 말해. 내가 조금 전에 뭐라고 했지?"

나는 다시 재빨리 대답했다.

"망고나무요. 운동장 너머 커다란 나무요."

"그래, 잘했어. 망고나무야."

메브로우가 침대 옆 의자에서 일어나며 덧붙였다.

"마음만 먹으면 잘할 수 있어, 까진 불알. 의사가 물으면 어떻게 얘기해야 하는지 명심하도록."

메브로우가 나가자마자 나는 침대에서 재빨리 일어나 창가로 달려가서 휘파람을 불었다. 병아리 할아버지가 즉시 달려와서 창가에 기댄 채 꼬꼬 거리며 날카로운 눈으로 쳐다보았다.

"병아리 할아버지, 우리는 곤경에 처했어."

나는 아돌프 히틀러가 언제 올지 모르는데, 그가 오면 우리를 바다로 몰아낼 거라고 설명했다. 그리고 물었다.

"너는 수영할 줄 아니?"

병아리 할아버지는 능력이 놀라워, 진짜 헤엄치더라도 나는 크게 놀라지 않을 터였다.

"꽥!"

병아리 할아버지가 대답했다. 할 수 있다는 뜻으로 해석할 수도 있고 못 한다는 뜻으로 해석할 수도 있었다. 병아리 할아버지 대답은 알아듣기 힘들 때가 많다.

사람들 오는 소리가 들렸다. 나는 병아리 할아버지를 과수원으로 재빨리 돌려보내고 침대로 뛰어올랐다.

메브로우와 함께 온 사람은 다행히 헨리 박사였다. 헨리 박사가 침대에 걸터앉더니 머리에서 붕대를 풀며 물었다.

"왜 이렇게 되었니, 얘야? 상처가 심한 것 같구나."

나는 헨리 박사가 루이넥이 아닌데도 우리 편이라고 생각했다. 그래서 내가 처한 어려움을 모두 말하고 싶었다. 하지만 가면을 벗은 대가는 벌써 톡톡히 치렀다. 도저히 용서할 수 없을 정도로 멍청한 짓을 저지르고도 귀에 붕대를 감고 어깨가 콕콕 쑤시는 정도로 끝났다는 게 다행스러울 뿐이었다. 그런 행운이 다시는 안 올 것 같았다. 나는 눈물을 집어삼키고는 운동장 너머 커다란 망고나무에서 떨어졌다고 대답했다.

내 말이 약간 못 미더웠는지 헨리 박사가 메브로우를 바라보며 아프리카너 언어로 물었다.

"으으음, 귀와 두부 사이가 찢어진 걸 제외하곤 별다른 타박상이나 긁힌 자국이 없군요. 저 애가 나무에서 떨어진 게 확실합니까?"

"다른 아이들이 봤습니다, 의사 선생님. 틀림없어요."

메브로우 목소리에 확신이 가득한 나머지, 나는 나무에서 떨어진 게 진짜라고 착각할 정도였다. 헨리 박사가 의심하는 건 문제만 일으킬 뿐이란 생각이 들어서 내가 다시 말했다.

"사실입니다, 선생님. 나무에서 떨어지고 벽에 부딪혀서 어깨를 다쳤습니다."

헨리 박사는 내가 아프리카너 언어로 대답했다는 사실에 별로 주목하지 않는 것 같았다.

"벽? 어떤 벽?"

그 순간 메브로우 눈에 두려움이 몰려들었다. 하지만 정신을 금방 가다듬으며 말했다.

"저 애는 아프리카너를 제대로 못 해요. 땅을 말하는 겁니다."

"네, 땅이요."

내가 덧붙였다. 하마터면 가면이 또다시 벗겨질 뻔했다.

헨리 박사가 이해할 수 없다는 표정으로 말했다.

"좋아, 그러면 어깨를 살펴보자."

그러더니 어깨를 시계 방향으로 돌리며 물었다.

"아프니? 아프면 말해."

나는 고개를 젓고, 헨리 박사는 어깨를 반대 방향으로 돌리는데, 결과는 똑같았다. 그러자 이번에는 어깨를 위로 쳐들어, 나는 어깨를 움츠렸다.

"거기가 아프니?"

고개를 끄덕였다.

"어쨌든 골절상은 아니군."

헨리 박사가 청진기로 가슴과 심장을 검사했다. 청진기 촉감이 차가웠다.

헨리 박사가 영어로 말했다.

"괜찮은 것 같군. 몇 바늘 꿰매면 어렵지 않게 움직이겠어."

"저를 집으로 보내주실 수 있나요, 제발?"

"그럴 필요는 없단다, 얘야. 하루만 자면 거뜬할 거야."

헨리 박사가 가방을 뒤지다 노란 막대사탕을 꺼내주며 말했다.

"자, 이걸 먹으면 기분이 좋아질 거야. 꿰매는 동안 빨아 먹으렴."

그러더니 내 표정을 살피다 다시 말했다.

"그래, 꿰맬 때 약간 아프단다. 하지만 너는 안 울 거야, 그렇지?"

메브로우가 진실을 완벽하게 숨겨서 다행이라는 표정으로 말했다.

"저 애는 용감하답니다, 선생님."

헨리 박사는 조금 뒤에 빨간약으로 꿰맨 곳을 소독하면서 말했다.

"잘 됐다. 붕대로 감을 필요는 없겠어. 일주일 뒤에 와서 실을 뽑아주마."

그러더니 메브로우를 바라보며 말했다.

"저 애가 아프다고 하면 나한테 바로 알려주시오."

그리곤 가방에서 막대사탕을 또 꺼내주면서 말했다.

"이번에는 용감해서 주는 거다."

"고맙습니다, 선생님. 선생님, 선생님은 영국인이세요?"

두 번째 사탕을 건네받으며 물었다.

헨리 박사가 표정을 바꾸었다. 화난 게 분명했다.

"우리는 누구나 남아프리카인이다, 얘야. 그런 말은 하는 게 아니야."

헨리 박사가 열심히 말하더니 새삼 당부했다.

"다른 사람한텐 절대로 그렇게 묻지 말아라, 알겠지?"

행복한 날도 많으나 사탕을 두 개나 먹은 날은 별로 없었다. 그러니 그날이 꼭 나쁜 날은 아니었다.

전쟁 포로인데도 아이들은 며칠 동안 나에게 잘했다. 귀를 꿰맨 나는 우리 방에서 영웅이었다. 재거조차 나불대길 좋아하던 입을 안 놀릴 정도였다.

선생님이 새로 왔다. 거버 부인이었다. 남편은 정부에서 임명한 수의사였다. 우리 할아버지의 검정 오링턴이 뉴캐슬병에 걸렸을 때 우리 농장에 온 적도 있었다. 거버 부인은 신경질적인 사람이 아니었다. 내가 루이넥이라는 사실조차 모르는 것 같았다. 진짜 선생은 아니었다. 그래서 무척 친절했다.

플레시스 선생은 신경쇠약에 걸렸다는 소문이 돌았다. 물론 나는 그게 나 때문이라고 생각했다. 우리 어머니가 그런 병에 걸린 이유도 나 때문일지 모른다는 생각도 들었다. 너무 슬펐다. 사람을 신경쇠약에 걸리게 하는 특징이 나에게 있는 게 분명했다. 처음에는 우리 어머니, 이번에는 플레시스 선생, 아직 메브로우 선생은 그렇게 안 됐지만, 옷에 오줌을 싸게 만들었다. 신경쇠약에 버금가는 일이 아닐 수 없었다.

병아리 할아버지와 나는 우리가 처한 곤경을 둘러싸고 상당히 오래 토론했다. 하지만 별다른 방법이 없었다. 하기야 병아리 할아버지는 카피르 닭이라서 어차피 행복하게 살 수 없었다. 벌레를 잡으러 돌아다니다 자칼이나 비단뱀에게 잡아먹히지 않으면 물이 펄펄 끓는 양철 냄비 속으로 언제 들어갈지 모르는 신세였다. 병아리 할아버지는 위기를 여러 번 넘긴 터라, 나쁜 일이 일어나려면 일어나라는 식으로 살아갔다. 하지만 다섯 살 먹은 나는 그런 염세주의자로 살아갈 수 없었다.

우리가 비슷한 건 딱 한 가지, 뭔가 몹시 나쁜 일이 일어날 거란 사실이었다.

3

실을 뽑아낸 다음 날 저녁에 나는 판사와 배심원들 앞으로 호출당했다. 판사는 지난 일주일 동안 나에게 잘했다. 어깨가 아프다는 걸 알고서 책을 학교까지 들고 가라는 명령도 안 내렸다. 사실 플레시스 선생을 모두 싫어한 터라, 영웅 대접까지 살짝 받았다.

하지만 루이넥은 영웅으로 남을 수 없었다. 영웅으로 대접받는 게 얼마 안 남았다는 걸 나는 잘 알았다. 실을 뽑으면 잠정적인 집행유예도 끝날 터였다. 결국은 재판정으로 끌려나가 또 다른 재난을 마주할 수밖에 없었다.

"차렷 자세로 서라, 까진 불알 죄수."

판사가 험상궂게 명령해, 나는 상체를 펴고 두 팔을 허리에 붙였다.

배심원 한 명이 소리쳤다.

"두 다리도 붙여, 멍청아!"

"이름은?"

당황스러웠다. 내 이름을 모르는 아이는 한 명도 없었다.

"네 이름이 뭐냐고, 까진 불알?"

나는 판사가 묻는 말을 이해할 수 없어서 혹시나 하는 마음으로 대답했다.

"까진 불알!?"

"네 이름은 무엇을 의미하지?"

당혹감이 또다시 몰려들었다.

"침대에 오줌싸기!?"

"그래, 침대에 닭똥도 싸고! 루이넥이 뭐지?"

"영국인입니다."

"그건 나도 안다고, 이놈아! 네놈은 네놈이 루이넥이란 사실을 어떻게 알았지?"

"그, 그냥 알았습니다, 각하."

판사는 고개를 가로저으며 깊은 한숨을 내쉬고 말했다.

"이리 와. 더 가까이, 병신아."

나는 앞으로 더 나아가 판사가 책상다리로 앉은 침대 앞에 섰다. 판사가 팔을 뻗었다. 나는 손을 올려서 얼굴을 막았다. 하지만 그는 나를 안 때리고 파자마를 잡아 내렸다. 파자마가 무릎까지 내려왔다.

"네 고추에 머리가 없어서라고, 병신아! 그래서 너는 네놈이 영국놈이라는 걸 안 거야! 알겠어?"

"알겠습니다, 각하."

나는 허리를 굽혀 파자마를 다시 끌어올리려 했다.

"움직이지 마!"

판사가 소리쳤다. 나는 재빨리 허리를 펴고 차렷 자세를 했다.

"내가 누구지, 까진 불알?"

판사가 물었다.

"보아인 말입니까, 각하?"

"그래. 그러면 보아인이 뭐지?"

"아프리카너입니다, 각하."

"그래, 물론이지. 그리고?"

"보아인은 고추에 모자가 있습니다."

하느님은 백인을 만들 때 겉으론 모두 똑같게 하고 왜 영국인 고추만 모자를 없앴을까? 너무 불공평한 것 같았다. 나는 가면이 완벽했다. 하지만 모자 없는 고추가 늘 문제였다.

"오늘 밤 너는 행진하는 법을 배운다. 우리는 네가 바다로 행진하도록 준비시켜야 한다."

판사가 침대 사이로 난 통로를 가리키며 나를 밀었다. 나는 파자마에 걸려서 바닥으로 뒹굴었다. 배심원 한 명이 다가와서 무르팍에 걸린 파자마 바지를 벗겼다. 나는 밑에 아무 옷도 안 걸친 채 어떻게 해야 하느냐는 눈으로 판사를 쳐다보았다.

"행진해!"

판사가 명령하며 침대 사이로 난 통로를 다시 가리켰다. 나는 두 팔을 높이 흔들며 행진했다.

"오른발, 왼발, 오른발, 왼발, 정지!"

판사가 소리쳤다. 그러더니 다시 시작했다.

"왼발, 오른발, 왼발, 오른발, 정지! 어느 쪽이 왼발이지, 까진 불알 죄수?"

나는 아무 생각 없이 한쪽 발을 가리켰다.

"병신! 어느 쪽이 왼발이고 오른발인지도 모른단 말이야?"

"모릅니다, 각하."

나는 바보 같은 표정으로 대답했다. 물론 나는 잘 안다. 어깨가 아픈 쪽이 왼쪽이다.

"수업이 끝나면 운동장에서 매일 오천 걸음씩 행진하도록, 알겠나?"

나는 고개를 끄덕였다.

"오천에서 시작해 하나가 될 때까지 거꾸로 세도록."

나는 색다른 행운을 믿을 수 없었다. 누구도 내 몸에 손대지 않았다. 나는 파자마 바지를 황급히 주워들고 어두운 복도로 나와 내 방으로 달렸다.

전쟁 포로라는 게 행진법을 배우는 정도에 불과하다면 그렇게 나쁠 것도 없었다. 어차피 수업이 끝나면 할 일이 특별히 없었다. 하지만 숫자를 오천에서 거꾸로 세는 건 시간을 보내기에 좋은 방법이 아니다. 게다가 생각이 옆으로 새다 보면 숫자를 놓쳐서 처음부터 다시 해야 한다. 나는 다른 애가 다가오면 숫자를 세는 척하다 멀리 가면 머릿속으로 판사가 하는 숙제를 떠올렸다. 학교에서 책을 들어줄 때 판사가 배우는 수학책을 훑어보고 행진할 때 머릿속으로 방정식 문제 등을 풀었다. 문제가 까다로우면 주변에 아무도 없다는 걸 확인한 다음에 막대기로 마당에 그려가며 계산했다. 어느덧 나는 판사가 수업 시간에 무얼 배우는지 매일 궁금한 마음으로 기다리게 되었다.

판사는 진짜 바보 멍텅구리였다. 아침에 책을 학교로 들고 가면서 나는 판사가 한 숙제를 훑어보았다. 늘 엉망이었다. 답이 대부분 틀렸다. 판사가 불쌍했다. 나 역시 그만큼 불행할 터였다. 판사가 숙제를 잘해야 점수를 받고 졸업할 텐데, 지금까지 보면 가능성이 없었다. 그래서 낙제하면 판사에게 일 년을 더 시달려야 했다. 그러기 전에 히틀러가 와서 나를 바다로 몰아내지 않는다면 말이다.

탈출하는 건 불가능했다. 다른 방법을 모색했다. 운동장을 행진하면서 여러 방법을 검토했다. 머릿속에 한 가지 계획이 떠올랐다. 단순명쾌하지만 위험 부담은 컸다. 이틀 동안 여러 각도로 검토했다. 행여나 내가 가면을 벗어던지고 숙제를 대신 해서 졸업하도록 돕는다면 학기가 끝나기 전에 히틀러가 온다 해도 판사가 병아리 할아버지와 나를 구하려 하지 않을까?

나는 두려웠다. 가면을 벗어던질 때마다 재난을 겪었다. 병아리 할아버지와 오랫동안 토론한 뒤에 결국 우리는 위험을 감수할 가치가 충분하다는 결론을 내렸다.

다음 날, 나는 아침 식사를 마친 뒤에 판사 침대에서 담요를 개고 수건을 침대에 걸치면서 본격적으로 제안했다. 판사는 침대에 앉아서 연필을 빨며 수학 숙제에 몰두하는 중이었다.

"내가 도와줄까요, 각하?"

심장이 자동차 엔진처럼 쿵쿵거렸다. 하지만 목소리는 놀랄 정도로 차분했다.

"저리 꺼져, 까진 불알. 지금 바쁘니까."

판사는 내가 어제 오후에 머릿속으로 푼 분수 문제에 골머리를 싸맸다. 문제를 바라보는 시각 자체부터 엉터리였다.

나는 두려움을 꿀꺽 삼키고 다시 말했다.

"학년 말 시험에 합격을 못하면 어떻게 되나요?"

판사가 나를 쳐다보았다. 그 문제로 여러 번 고민한 기색이 또렷했다. 그래서 팔로 내 앞가슴을 움켜쥐며 말했다.

"내가 시험에 떨어지면 제일 먼저 네놈부터 죽이고 도망칠 거야!"

나는 용기를 내서 더듬거리며 말했다.

"내가, 내가 도와줄 수 있어요, 각하."

판사는 잡은 손을 놓고서 연필을 씹었다. 그리고 방정식 페이지를 훑겨보며 이마에 주름살을 잔뜩 드리웠다. 내가 한 말을 못 들은 것 같았다. 나는 판사가 막 끝낸 방정식 문제를 가리키며 말했다.

"저건 틀려요. 답은 4/9에요. 저건 답이 7/9."

나는 손가락을 빠르게 움직이며 답을 계속 말했다.

"4/5, 6/8, 9/10, 5/7."

나는 답을 계속 말할 수 없었다. 판사가 내 손을 움켜잡고 입을 딱 벌린 채 쳐다보며 물었기 때문이다.

"그걸 어디서 배웠지?"

나는 어깨를 으쓱하며 대답했다.

"그냥 눈에 보여요. 그게 다예요."

나는 두려워서 덜덜 떠는 걸 안 들키기만 기도했다.

판사 눈에서 교활한 빛이 흘러나왔다. 그러더니 내 손을 놓고 책과 연필을 건네며 말했다.

"정답을 희미하게 적어. 내가 보고 베낄 테니까. 알겠어?"

위장술은 완벽했다. 그래서 다음 단계로 나아갔다. 실력 감추는 법에 통달하다 못해 마침내 실력 사용하는 법으로 나아간 거다. 병아리 할아버지와 내가 바다에서 한 발자국 멀어진 거다.

나는 내용을 너무 많이 드러내면 어떻게 되는지 일찌감치 깨달았다. 판사 같은 바보가 바닥만 기다가 하룻밤 사이에 상위권으로 올라가면 스토펠 교장 선생이 이상하게 생각할 게 뻔했다. 그렇다 해서 판사에게 너는 바보라서 성적을 조금씩 올려야 한다고 얘기하면 목숨이 달아날 게 분명했다. 하지만 나는 힘이 약하고 조그만 아이에게 가장 무서운 무기는 속임수라는 걸 오래전에 충분히 깨달은 상태였다. 그래서 말했다.

"그런데 문제가 있습니다."

"문제는 무슨 문제? 아무 문제 없어. 네놈이 정답만 적어놓으면 돼. 그러면 다 되는 거야."

"판사님은 아주 영리합니다."

"그래, 그건 맞아. 그래서?"

"그러나 수학을 좋아하지 않습니다, 그렇죠? 내 말은 판사님도 관심만 둔다면 수학을 문제없이 할 수 있다는 겁니다. 이렇게 말이죠."

나는 손가락으로 딱 소리 내며 아부했다.

"그래, 마음만 먹으면 할 수 있지. 하지만 너 같은 꼬맹이나 저런 걸 좋아하지, 나는 싫어!"

나는 판사가 색다른 결론에 만족스러워한다고 확신했다. 그래서 그만큼 더 대담하게 말했다.

"그래서 오늘은 전부 맞으면 안 됩니다. 어제는 열 문제 가운데 두 문제만 맞았는데 오늘은 열 문제 다 맞으면 스토펠 교장 선생님이 의심할 겁니다."

판사가 걱정스러운 표정으로 물었다.

"그래서 안 돕겠다는 거야?"

"물론 도와드립니다. 하지만 성적을 일주일 간격으로 조금씩 올리는 겁니다. 그러면서 스토펠 교장 선생님께 이제 수학을 알겠다고 말하는 겁니다."

판사는 마음이 놓인 듯 교활하게 웃으며 말했다.

"정말 똑똑하군, 까진 불알."

판사가 나를 똑똑하다고 말했다. 나를! 까진 불알을! 루이넥에다 고추에 모자조차 없는 나를! 그때까지 살면서 그렇게 놀라운 칭찬은 처음이었다. 나는 너무 기뻐서 정신마저 잃을 뻔했다.

하지만 판사가 알아차리기 전에 비굴한 자세를 재빨리 되찾았다. 하마터면 너무 기쁜 나머지 또 다른 근심거리를 잊을 뻔했다. 그래서 두근두근하는 심장을 달래며 물었다.

"학기가 끝나기 전에 아돌프 히틀러가 오면 어떻게 하지요?"

판사는 멍한 눈으로 바라보더니 내가 무얼 묻는지 알겠다는 듯 능글맞게 웃으며 대답했다.

"좋아, 네가 이겼다. 학년말 시험에 통과하기 전까진 히틀러한테 아무 말도 안 하마."

판사가 머리를 흔들면서 약간 동정 어린 눈길로 쳐다보다 덧붙였다.

"미안하다, 까진 불알. 하지만 시험에 통과한 다음에는 히틀러한테 말해야 할 거야. 이만 육천 명에 달하는 보아 여성과 아이를 죽인 대가를 치러야 하니까. 히틀러가 오면 너와 멍청한 카피르 닭은 죽은 목숨이야. 하지만 보아인으로서 약속하지. 내가 시험에 합격하면 다음 학기 전까진 아돌프 히틀러한테 말하지 않겠다는 걸 성경에 대고 맹세할게."

내가 연습장에 적은 답을 판사는 문제라도 푸는 듯 이마를 잔뜩 찌푸린 채 답안지에 적어넣기 시작했다.

내가 이겼다. 계획이 성공했다. 두 귀를 믿을 수 없을 정도였다. 병아리 할아버지와 나는 이번 학기를 안전하게 보낼 수 있었다.

판사도 베끼기를 마쳤다. 나는 판사가 그렇게 좋아하는 광경을 본 적이 없었다. '하이 히틀러!'를 외칠 때도 그렇게 좋아하지 않았다. 나는 기회를 노리다 숨을 짧게 들이켜서 재빨리 말했다.

"매일 오후에 행진하면 판사님 숙제를 하는 게 어려울 것 같습니다, 각하."

머릿속에서 찡하는 소리가 울렸다. 내가 너무 많이 요구하는 건 아닐까? 전투에서 겨우 이겼는데 별로 중요하지도 않은 것 때문에 전리품을 모두 잃는 위험을 감수하다니! 운동장을 행진하는 건 별로 힘들지 않았다. 오히려 재미있었다. 하지만 내가 그 시간에 판사 숙제를 한다는 게 드러나면 어떻게 한단 말인가?

판사가 콧방귀를 뀌고 손등으로 코를 문지르며 말했다.

"좋아, 행진은 그만해. 하지만 내 숙제는 해야 돼, 알겠어? 만약 네놈이 카피르 닭과 싸돌아다니는 게 눈에 띄면 행진을 두 배 이상 시킬 거야. 너와 카피르 닭은 전쟁 포로야. 그 사실을 항상 명심하는 게 좋다고, 이놈아."

나는 두 번째로 승리했다. 조심스러운 속임수로 목적을 달성했다! 나는 그날 아침에 병아리 할아버지와 함께 판사를 따라 학교로 가면서 날아갈 듯한 성취감을 맛보았다.

사람이 살아가는데 한 가지 또렷한 게 있다. 세상일이 잘 풀려나갈 때가 있으면 엉망으로 될 때도 있다는 것이다. 세상일이라는 게 늘 그런 법이다.

거버 부인이 수업 시간에 메렌스키 댐 부근 양계 농장에서 뉴캐슬병이 발생했다고, 그래서 수의사 남편이 주변 농장을 순회 점검하러 갔다고 알려주었다.

농장에서 자라면 아무리 어린아이라도 어떤 전염병이 어떤 가축에게 치명적인지 다 안다. 소에게는 우질이나 구제역이 최악이다. 하지만 어느 농장이든 달걀을 얻으려고 닭을 최소한 50마리 이상씩 길렀다. 그래서 모든 아이가 당황할 수밖에 없었다. 검은 오링톤을 몽땅 잃는다면 할아버지는 심장이 찢어질 거라고 우리 어머니가 말한 적도 있었다.

신경쇠약에 걸린 어머니가 영국인 집단 수용소에서 팔길이도 틀리게 윗도리를 짠다고 생각하니 갑자기 기분이 우울했다. 어머니는 뜨개질하면서 보아인 어머니 및 아이들과 함께 굶주려 죽거나 흑수열에 걸려서 죽기만 기다리는 게 분명했다. 그런데 할아버지는 가련하게도 농장에서 심장이 찢어져 죽어가기만 기다릴 터였다. 아돌프 히틀러가 먼저 나타나지 않는다면 말이다. 설사 아돌프 히틀러가 먼저 나타난다하더라도 할아버지는 탈출 계획을 짜거나 트럭을 몰 힘조차 없을 터였다. 그러면 나는 어떻게 되는 걸까?

보모와 함께 줄루 땅에서 사는 건 어떨까? 이렇게 생각하니 기분이 많이 풀렸다. 아돌프 히틀러가 줄루 땅에서 영국인 꼬마를 찾으려고 법석 떨지 않겠지. 인코시-인코시카지가 마법으로 숨기면 그들은 나를 결코 찾을 수 없어. 아돌프 히틀러는 수많은 카피르 닭 가운데서 영어를 사용하는 병아리 할아버지도 못 찾을 거야. 구별조차 못 할 게 뻔해. 이런 생각마저 떠오르자, 마음을 굳혔다. 농장에 돌아가면 멋진 계획을 보모에게 말하자.

스토펠 교장 선생님은 무선 라디오가 있었다. 판사는 토요일 밤마다 라디오를 듣는 특권을 누렸다. 판사가 전한 바에 따르면 전쟁은 영국인이 많이 불리했다. 아돌프 히틀러는 폴란드를 점령했다. 나는 폴란드가 남아프리카 어느 지방이라고 생각했다. 줄루 땅에서 줄루족이 살듯 폴란드에서는 폴란드족이 산다고 말이다. 판사는 아돌프 히틀러가 이 지방으로 올 날도 멀지 않다고 했다.

나는 남아프리카가 영국 편이라는 사실을 몰랐다. 내가 있는 곳에서 영국은 모든 사람이 증오하는 적이었다. 나는 가난한 집이나 타락한 가정에서 태어난 것과 마찬가지로 영국인으로 태어난 걸 커다란 불행으로 여겼다.

판사는 화장실 뒤에서 작전회의를 정기적으로 열었다. 나는 그곳에서 정보를 대부분 얻었다. 상급생은 나치스 돌격대원 자격으로 참가하고 데니 코찌는 저학년 대표 자격으로 특별히 참가했다. 그들은 병아리 할아버지와 나를 공식적인 전쟁포로로 심문하고 고문하려고 늘 그 자리에 끌고 왔다.

그들은 내 눈을 가린 채 자카란다 나무에 대고 가슴과 허리에 굵은 줄을 돌려서 묶었다. 하지만 두 팔과 두 다리는 안 묶었다. 고문 가운데 단골 메뉴가 두 개 있는데 그것을 하려면 두 팔과 두 다리를 묶지 말아야 하기 때문이다.

고문은 대개 철봉으로 시작했다. 판사가 가장 아끼는 싸구려 회중시계를 본떠서 명명한 '중국제 고문'이었다. 나는 철봉을 들고 두 팔을 앞으로 뻗어야 했다. 그래서 철봉을 드는 시간을 재는 건데 매번 그 전보다 오래 들어야 했다. 시간을 엄숙하게 재는 아이는 보티 머위였다. 나치당 돌격대원이자 시간 기록원이었다.

보티 머위는 자신이 맡은 임무에 대단한 자부심을 품고 기회가 있을 때마다 다음에 '중국제 고문'을 받을 때 최소한 버티어야 할 시간이 얼마인지 나에게 늘 알려주곤 했다. 전 시간을 못 넘기고 철봉을 떨어뜨리면 판사와 돌격대원에게 매를 맞아야 했다.

두 번째 단골 메뉴도 손이 필요했다. '사격 연습'이라는 고문이었다. 돌격대원은 살인 무기로 새총을 지니고 다녔다. 농장에서 자란 아이는 새총을 가지고 다니면서 새를 잡는 터라 하나같이 실력이 대단했다. 학교에서 금지해도 상급생은 누구나 하나씩 숨기고 다니다, 나치당 모임마다 목에 걸고 나타났다.

사격 연습 때는 돌격대원이 새총을 차례대로 두 번씩 쏘아 깡통을 맞히도록 내가 두 팔을 양옆으로 뻗어 손바닥을 하늘로 향하고 거기에 양철 깡통을 하나씩 올렸다. 모두 여섯 번에 걸친 사격에서 점수가 제일 좋은 아이는 나를 아무 때나 때릴 자격을 얻는다. 이 고문을 진행할 때도 점수를 기록하는 사람은 보티 머위였다.

나는 70m 전방에서 새총으로 쏜 총알이 양철 깡통에 맞았는지 아닌지 알려야 했다. 새총 알이 손목에 맞은 적은 딱 한 번이다. 다행히도 왼손이었다. 그 손은 며칠 동안 사용할 수 없었다.

병아리 할아버지는 자카란다 나뭇가지에서 날카로운 눈으로 지켜보았다. 나치당은 그를 전쟁 포로 카피르 닭 루이넥이라 선언했다. 하지만 닭에게 가할 수 있는 고문과 심문은 별로 없었다. 게다가 병아리 할아버지는 메브로우가 임명한 벌레 사냥 책임자로 충분히 안전했다. 판사가 아무리 거칠어도 메브로우 선생의 신경을 감히 건드릴 순 없었다. 그래서 병아리 할아버지를 올려다보며 험상궂은 표정으로 협박하는 게 고작이었다.

"얼마 안 남았어, 전쟁 포로 카피르 닭 루이넥. 우리가 너를 잊었다고 여기지 말라고, 알았어?"

나는 병아리 할아버지가 걱정스러웠다. 하지만 내가 할 수 있는 게 별로 없었다. 나도 똑같은 전쟁 포로였다. 우리는 함께 최선을 다하면서 그럭저럭 위기를 모면할 수밖에 없었다. 하지만 병아리 할아버지는 자카란다 나뭇가지에 앉아서 별다른 어려움을 안 겪어도 나는 땅에서 모조리 겪었다.

나치당 모임은 일주일에 두 번 열렸다. 나를 여러 시간 벌벌 떨게 해도, 육체적인 공격은 그렇게 안 컸다. 철봉을 너무 일찍 떨어뜨리거나 판사가 유난히 흥분하거나 마음에 드는 대답을 즉각 못할 때만 매 맞는 게 전부였다.

"네 엄마는 뭐하는 여자지, 까진 불알?"

"창녀입니다, 각하!"

나는 창녀가 뭔지는 몰랐다. 하지만 판사가 바라는 대답이란 건 알았다.

"네 엄마는 누구랑 자지?"

"카피르인과 잡니다, 각하!"

그럴 때마다 나치당원들은 혀를 쭉 내밀고 캑캑대며 두 손으로 목을 문질러서 토하는 시늉을 하면서 합창했다.

"더럽고 냄새나는 카피르인!"

아무리 조그맣다 해도 농장에서 자란 아이는 동물이 성교하는 걸 안다. 하지만 나는 인간도 그런다는 사실을 상상조차 못 했다. 그래서 그 대답을 그렇게 모욕적으로 여기는 이유가 궁금했다. 보모도 늘 내 곁에서 침대 뒤에 이불을 깔고 자지 않던가! 나치가 볼 때는 보모도 카피르인이었다.

"너는 뭐지, 까진 불알?"

"똥 덩어리!"

나는 즉각 대답했다.

"그냥 똥 덩어리가 아니야! 개똥이지!"

그들 모두 다시 합창했다.

나는 인간이 모든 상황에 적응한다는 사실을 깨달았다. 그들은 내가 실수하기만 기대했다. 그러면 온갖 몸짓을 하며 놀릴 수 있기 때문이다. 한참 심문하다 보면 내 눈에 눈가리개를 씌운다. 그러면 누군가 내 몸에 물 한 양동이를 퍼붓는데, 물을 퍼붓는다는 건 알아도 언제 퍼부을지 몰라서 나는 깜짝깜짝 놀란다. 가장 심한 고문은 언제나 상상력이었다.

그런 다음에는 바지에 불개미 열 마리를 넣어, 개미는 불알을 비롯해 부드러운 속살을 깨물고 나는 개미를 미친 듯이 찾는 광경을 즐겼다. 행여나 눈가리개라도 벗어 던지면 그땐 모든 당원이 뭇매를 가하는 식이다. 그래서 새로운 사실을 깨달았다. 불개미는 내가 안 움직일 때만 깨문다는 것이다. 하지만 고백건대 불개미가 깨물면 정말이지 너무나 아팠다.

불개미 고문처럼 새로 개발한 방식이 효과가 있으면 서로 좋아하며 축하하다, 내가 개미를 물리치려고 두 손으로 카키색 바지 안을 미친 듯이 뒤지면서 두 다리를 올렸다 내렸다 하는 광경에 비명을 질러대며 박장대소했다.

판사는 새로운 고문과 심문 방식을 찾아내도록 당원을 독촉했다. 하지만 상처가 눈에 띄는 고문은 금지했다. 예를 들어 '중국인 태우기'가 그렇다. 돌격대원 한 명이 두 손으로 내 팔목을 잡고 반대 방향으로 돌리며 비벼대서 팔목을 쓰라리게 하는 고문이다. 비록 이 고문을 허용하긴 해도, 꽉 죄는 건 금지했다. 학기가 끝날 즈음엔 그들 모두 마음에 여유가 없어서 새로운 방식을 못 찾은 데다 내가 바보 멍청이 같은 질문을 아무 탈 없이 대답하며 모든 모욕을 받아들이자 고문하고 심문하는 절차도 많이 줄었다. 나는 어떤 것이든, 아무리 나쁜 거라도, 결국엔 끝난다는 사실을 깨달았다.

그들이 감동한 것도 있다. 내가 절대로 안 운다는 사실이다. 심지어 판사조차 무서운 분위기를 조성하려고 애썼으나 나를 울게 할 순 없었다. 그래서 모두 나를 약간 존경하는 것 같았다. 농장에 대부분 나만한 동생이 있는 터라 다섯 살짜리 꼬마를 울리는 게 정말 쉽다는 걸 누구나 알기 때문이다. 그때 나는 여섯 살이 되었지만 아무도 안 알려주어 머릿속으로는 여전히 다섯 살이었다.

나로선 울면 안 된다는 게 무엇보다 힘들었다. 우는 것 자체가 좋은 위장술이기도 하니 말이다. 실제로 내가 절대로 안 울겠다는 맹세를 지킨 건 의지력이 아니었다. 특별한 비법이 있었다.

그들이 상상조차 못 한 건 내가 눈가리개를 한 채 신경을 두 군데로 나누는 법을 알았다는 사실이다. 나는 멍청한 질문에 대답하면서 마음 일부를 나눠서 인코시-인코시카지를 찾아갔다. 어둠이 깔린 나라로 가서 폭포수 옆에 있으면 완벽하게 안전했다. 공격대원은 나를 힘들게 할 수도 울게 할 수도 없었다.

그들이 더러운 넝마조각으로 눈을 가리면 나는 숨을 깊게 세 번 들이쉬었다. 그러면 인코시-인코시카지가 멀리서 부드럽게 말하는 소리가 천둥소리처럼 울렸다.

"너는 제일 높은 폭포수 위로 볼록 튀어나온 바위에 섰다. 너는 어린 용사로 이제 막 사자를 죽였다. 이제 가장 무서운 딘간 군대에서 싸울 자격이 있다."

나는 제일 높은 폭포 위로 볼록 튀어나온 바위에 올라서서 달빛을 받았다. 까마득한 밑으로 물에 젖어 번뜩이는 돌 열 개와 좁은 골짜기를 급류가 지나면서 일으키는 물거품이 보였다. 밖으로 드러난 건 껍데기에, 남이 보고 공격하는 대상에 불과하다는 사실을, 안에 있는 게 진짜 나라는 사실을 그때 비로소 깨달았다. 그곳에서 내가 흘린 눈물은 다른 모든 사람이 흘린 눈물과 하나로 모여 어둠의 나라에서 폭포수 세 개로 흘러내렸다.

마지막 학기도 막바지로 치달았다. 이제 하루만, 심문 한 번만 넘기면 자유다.

판사는 마지막 학기에 뛰어나게 노력해서 스토펠 교장 선생을 기쁘게 했다. 연초의 형편없는 성적은 깡그리 잊히고, 학기가 끝날 즈음에 학급에서 일등까지 했다. 스토펠 교장 선생이 모범생으로 치켜세우니, 판사로서도 희희낙락할 게 분명했다. 가망 없는 학생이 우등생으로 돌변한 것이다. 판사가 나에게 성적표를 보여주었다. 졸업이다. 판사는 자신의 천재성에 새삼스레 감탄한 듯 부하 당원들이 찬양하는 말에 어깨를 으쓱거렸다. 자신은 힘도 세지만 머리도 영리하다고 생각하는 게 틀림없었다. 아주 만족스러운(?) 상황이었다.

판사가 내 인생에서 영원히 사라지기 전에 마지막 심문과 고문 절차도 가볍게 끝나리라 기대할 근거는 충분했다. 판사는 나에게 많은 도움을 받았지만, 아돌프 히틀러는 던커크라는 곳에서 압도적으로 승리했다 해도 아직은 여기에 못 왔으니, 그는 나를 도와준 게 조금도 없다! 나에게 빚을 진 셈이다.

전쟁 포로 카피르 닭 루이넥과 까진 불알은 나치당 지도자인 판사가 인솔하는 가운데 자카란다 나무를 향해 마지막으로 행진했다. 이번에는 평상시와 달리 나무에 묶자마자 눈가리개를 씌웠다. 병아리 할아버지가 바로 위 나뭇가지에 앉아서 꼬꼬 하는 소리가 들렸다. 나는 어둠의 나라로 찾아가려다 판사가 거칠게 외치는 소리를 들었다.

"이번이 마지막이다, 개 같은 영국놈아!"

뭔가 이상하다는 느낌을 받았다. 판사 마음속에는 나에게 진 빚이 전혀 없었다. 공포가 갑자기 몰려들었다. 나는 폭포가 세 개 있는 어둠의 나라로 들어가서 보호받으려 했다. 하지만 두려움이 끊임없이 솟구쳐, 마음을 나눌 수 없었다.

"오늘, 영국놈 너는 똥을 먹는다."

판사가 익숙하고 친숙한 '루이넥' 대신에 '영국놈'이라는 단어를 사용하자 증오심이 새삼스레 더욱 강하게 다가왔다.

"두 손을 앞으로 내밀어."

나는 손바닥을 하늘로 향하게 하고 두 손을 내밀면서 판사가 킁킁거리는 소리를 들었다. 판사가 내 팔목을 모두 옴짝달싹 못 하게 움켜쥐더니, 크게 소리쳤다.

"이리 가져와, 돌격대원 머위."

한 손에 물컹한 물질이 떨어지더니 이윽고 다른 손에도 떨어졌다.

"두 손을 움켜쥐어, 이 새끼야."

판사가 명령했다. 팔목으로 견디기 힘든 고통이 느껴졌다. 나는 두 손을 천천히 오므렸다.

"눈가리개를 풀어."

판사가 다시 명령했다. 나치당원 모두 숨소리를 죽였다. 그들 가운데 한 명이 눈가리개를 풀었다. 나는 갑자기 밀려드는 햇살에 눈살을 찌푸렸다. 두 눈과 코까지 가리던 눈가리개를 풀자 미처 내려다보기도 전에 지독한 냄새가 코끝으로 밀려들었다. 두 손이 끈적거렸다. 두 손을 펴자 손바닥에서 반죽이 된 인분 두 덩이가 보였다.

판사가 손목을 풀며 명령했다.

"자, 손가락을 입에 넣어라."

나는 두 손을 펼친 채 가만히 있었다. 어떻게 해야 좋을지 몰랐다.

"셋까지 세겠다. 그때까지 손가락을 안 넣으면 네놈 머리통을 날려 버릴 테니 알아서 해, 똥개 새끼야!"

판사가 두 눈을 퉁방울만 하게 뜬 채 노려보았다. 나는 판사가 덜덜 떠는 걸 느낄 수 있었다.

나는 너무나 커다란 충격에 제대로 반응할 수 없었다. 마음을 나눈 상태에서 그런 명령을 받았다면 똥을 먹었을 거다. 하지만 당시에는 모든 신경이 바짝 곤두섰다.

"하나. 두울. 세엣!"

판사가 셋을 세는 동안 나는 공포에 휩싸여서 손을 뻗은 채 꼼짝을 안 했다. 판사가 목구멍 깊숙한 곳에서 야수 같은 소리를 뱉어내더니 내 팔목을 양쪽 다 잡고는 두 손을 입에 강제로 넣으려 했다. 나는 두려움에 떨며 이를 악물었다. 똥이 입술과 이를 비롯해 얼굴 전체에 문질러졌다. 일부는 판사 손에 묻은 게 확실했다. 그는 팔목을 풀고 자기 손에 묻은 똥을 내 까까머리에 문질렀다.

그리고 내 머리 위 70센티 높이에 있는 나뭇등걸을 잡더니 내 몸에 올라탔다. 처음에는 나무를 흔들고 나중에는 주먹 쥔 손으로 나무를 때렸다. 그러다 고개를 젖혀서 하늘을 바라보며 소리쳤다.

"하이 히틀러!"

판사 바로 위에 있던 병아리 할아버지가 항문을 열었다. 녹색과 하얀색 닭똥이 곧장 떨어져 판사가 벌린 입속으로 정확하게 들어갔다. 학기 마지막 날에 비로소 나치당에 대한 입장을 분명히 밝힌 것이다. 똥은 여느 때와 마찬가지로 짧고 정확하게 목표물에 떨어졌다.

판사는 등을 구부린 채 미친 듯이 침을 뱉어대더니 목과 배를 잡고 빙글빙글 돌며 토했다. 이윽고 수도로 달려가서 입안을 무려 여섯 번이나 헹구고 뱉어냈다. 집게손가락을 칫솔처럼 입안에 넣어서 이와 혓바닥을 닦고 물을 들이켜서 헹구고, 다시 뱉고 또 뱉었다.

"도망가, 병아리 할아버지! 도망가라고, 도망가!"

나는 나무를 올려다보며 소리쳤다. 하지만 병아리 할아버지는 도망칠 기색이 조금도 없었다. 보랏빛 자카란다 꽃봉오리 사이에서 꽥꽥거릴 뿐이었다. 조그만 머리가 떠나가도록 웃어대는 것 같았다.

"제발 도망가, 병아리 할아버지, 제발. 어서 도망가! 저 개새끼가 너를 죽일 거야!"

나는 머리와 얼굴에 똥이 가득 묻었다는 사실조차 잊은 채 소리쳤다.

병아리 할아버지는 낮은 가지로 내려앉더니 놀랍게도 내 어깨에 내려앉고는 내 귀에 키스했다. 병아리 할아버지를 잡아서 멀리 던지려고 어깨높이로 들어 올릴 때 강한 바람이 얼굴을 때렸다. 병아리 할아버지가 빠져나와 땅으로 내리면서 무섭게 꼬꼬댁거렸다. 판사는 불과 몇십 센티 거리였다. 왼손에서 새총이 대롱거렸다.

"병아리 할아버지, 도망가. 죽이려 하니깐 도망가란 말이야!"

내가 사정했다. 병아리 할아버지가 공중으로 뛰어오르려 했다. 바로 그때 판사가 쏜 돌멩이가 쌩하니 날라와서 날갯죽지를 부쉈다. 병아리 할아버지가 뛰어오르려고 애쓰나 날갯죽지 위로 매번 넘어질 뿐이었다. 이제 소용이 없다는 걸 깨달은 듯, 가만히 서서 나를 바라보면서 말했다.

"꼬꼬꼬!"

데니 코찌가 달려와서 병아리 할아버지를 잡았다. 나는 발로 차서 한 번 쓰러뜨렸으나 데니 코찌는 다시 일어나서 다리를 잡고 병아리 할아버지를 들어 올렸다. 병아리 할아버지는 날개를 미친 듯이 퍼드득댔다. 고통이 엄청날 게 확실했다. 그러다 날갯짓을 갑자기 멈췄다. 나는 병아리 할아버지가 죽었다고 생각했다. 하지만 병아리 할아버지는 몸이 뒤집힌 상태로 날카로운 눈빛을 번뜩이며 나를 찾으려고 두리번거렸다.

"카피르 닭이 감히 나한테 똥을 갈기다니! 다리를 묶어서 까진 불알 옆에 매달아!"

판사가 명령했다. 그러면서 마른 침을 계속 뱉어대며 손등으로 입을 닦아냈다. 돌격대원 두 명이 나뭇가지에 밧줄을 걸쳤다. 이윽고 병아리 할아버지가 다리를 하늘로 향한 채 내 머리 높이에 매달렸다. 팔을 아무리 뻗어도 안 닿았다.

"제발, 각하, 시키는 건 뭐든지 할게요! 뭐든지 말이에요! 하라는 대로 할게요! 제발 병아리 할아버지를 죽이지 마세요!"

판사는 잔인한 눈빛을 번뜩이며 허리를 구부린 채 나를 쳐다보고 싱긋 웃으며 말했다.

"야, 저놈 우는 것 좀 봐라!"

나는 공포에 휩싸인 채 소리쳤다.

"나를 죽여! 제발 나를 죽이고 병아리 할아버지는 죽이지 마!"

판사가 손바닥으로 내 이마를 갈겼다. 머리가 자카란다 나뭇등걸에 강하게 부딪혔다. 정신이 아찔했다.

"어휴, 똥!"

판사가 소리쳤다. 얼굴에 있던 똥이 손에 묻은 거다. 판사는 손에 묻은 똥을 내 머리에 또다시 문질렀다.

"네놈은 똥이야. 저 지랄 같은 카피르 닭도 똥이고. 저놈이 어떻게 했는지 네놈도 봤지? 감히 나한테 말이야! 저 죽일 놈의 닭이 내 입안에 똥을 갈겼다고!"

나는 아직 어질어질한 머리로 다른 비상책을 떠올렸다.

"메브로우한테 다 말할 거야!"

내가 협박하자, 판사가 땅에 침을 뱉으며 말했다.

"무슨 망할 놈의 메브로우야!"

이번에는 닭똥 냄새 때문이 아니었다. 일부러 뱉은 침이었다.

"전쟁 포로 카피르 닭 루이넥을 처형한다. 각자 두 발씩 준비하도록!"

판사는 돌격대원이 새총에 돌멩이를 재는 사격 장소로 가서 자리를 잡고, 나는 마지막 가면을 벗어던졌다. 그리고 판사에게 대담하게 소리쳤다.

"네가 수학 과목에 어떻게 합격했는지 스토펠 교장 선생님께 다 말하겠어."

나는 판사가 겨냥한 새총에서 '핏핏' 소리가 나는 걸 느꼈다. 동시에 돌멩이가 내 가슴을 강타했다. 끔찍한 고통이 몰려들었다. 돌멩이에 생명이 달려서 꿈틀대며 창자를 갉아먹고 배를 뚫어서 등 뒤로 빠져나가는 것 같았다. 용서를 모르는, 사악한 생명체 같았다. 그 모든 광경이 느린 영상으로 천천히 흘러가는 것 같았다. 내 몸 전체를 고통 속으로 몰아넣었다. 두 눈이 빠져나오는 것 같았다. 혓바닥이 입 밖으로 축 늘어졌다.

"발사!"

'퍽'하는 소리가 병아리 할아버지 가슴에서 둔탁하게 일어났다. 돌격대원들은 과연 명사수였다. 첫 번째 발사한 총알마다 밧줄을 흔들더니, 두 번째로 발사한 총알도 거꾸로 매달린 닭을 가련하게 뒤흔들었다. 메마른 땅과 낙엽 사이로 핏방울이 떨어졌다. 밧줄이 계속 흔들리느라 똑같은 곳에 떨어지는 핏방울은 없었다. 세상에서 가장 용감한 병아리 할아버지는 그렇게 죽었다.

조그만 깃털 하나가 나에게 떨어졌다. 가냘픈 다리 윗부분에서 자라던 깃털이었다. 그래서 내 얼굴에 묻은 똥에 달라붙었다. 판사가 다가오더니 허리에 묶은 밧줄을 풀고, 나는 그 발치에 나뒹굴었다. 판사가 내 어깨에 맨발을 올리며 말했다.

"너는 뭐지, 영국놈?"

"개똥입니다, 각하."

"나를 쳐다보면서 대답햇!"

판사가 소리쳤다. 나는 어깨에 맨발을 천천히 올려놓는 거인을 올려다보았다. 오후에 걸린 달이 희부옇게 보였다. 우리는 너무 친했다. 병아리 할아버지와 나는 너무 친해서 죽는 날도 같을 것 같았다. 시간이 조금 차이 날 뿐이었다.

나는 판사에게 갑자기 침을 뱉으며 소리쳤다.

"개똥은 바로 네놈이야! 창녀는 네놈 엄마고!"

판사가 발을 힘껏 내리눌러 나를 큰대자로 뻗게 했다. 그리곤 분노와 번뇌에 사로잡힌 채 악썼다.

"왜 안 울어, 개새끼야!"

판사가 눈물을 글썽이며 무자비하게 발길질했다. 돌격대원들이 달려와서 잡아뗐다. 판사도 잡아끄는 대로 몸을 맡겼다. 드디어 화장실 뒤에는 병아리 할아버지와 나만 남았다. 구름 한 점 없이 새파란 하늘에 하얀 달이 걸렸다.

나는 병아리 할아버지가 묶인 밧줄을 풀고 자카란다 나무 밑에 앉아서 피로 얼룩진 깃털을 쓰다듬었다. 달콤한 아프리카 새벽은 이제 완전히 끝났다. 새벽 일찍 '꼬꼬꼬 꼬끼오!' 하던 소리도 이제 더는 들을 수 없었다. 사랑스럽고 충직한 친구, 병아리 할아버지는 죽었다.

누가 내 귀를 쪼아줄 것인가? 누가 내 친구를 할 것인가? 나는 울고 또 울고 또 울었다. 큰 가뭄도 끝났다. 줄루 땅에 비가 내렸다.

오랜 시간이 지나자 눈물도 마르고 외로운 닭은 텅 빈 가슴에 들어와서 돌비석처럼 틀어박혔다. 나는 병아리 할아버지를 과수원으로 들고 가서 내가 만든 닭장에 넣었다. 그리고는 창문을 넘어서 방에 있는 빨간 윗도리를 가져왔다. 어머니가 집단 수용소에서 짜고 보모가 고쳐준 윗도리였다.

나는 주변에서 돌을 최대한 주워 모으고, 빨간 윗도리를 병아리 할아버지에게 입혔다. 날개는 양쪽 소매로, 기다란 모가지는 목구멍으로, 다리는 밑으로 비집고 나왔다.

병아리 할아버지가 어느 때보다 멋있게 보였다. 나는 물을 담아주던 양철통을 들고 메뚜기 스무 마리를 오 분 만에 잡아넣었다. 병아리 할아버지가 가장 좋아하는 음식이었다. 그 주검 옆에 양철통을 놓았다. 천국으로 가는 도중에 도움이 될 것 같았다. 그리고 돌로 덮었다.

나는 살아남았다. 남아프리카에서 아돌프 히틀러에 최초로 맞서 싸운 포로는 결국 살아남았다. 태양이 떨어질 때까지 돌무덤 옆에 엉덩이를 대고 가만히 있었다. 이제 태양은 줄루 땅을 지나고 스와지 땅도 지나고 비의 여왕에게 충성하는 상간 마을도 지났다. 저녁 식사를 알리는 첫 번째 종이 울렸다. 나는 수돗가로 가서 손과 얼굴과 머리칼에 묻은 피와 똥을 씻었다. 가슴 깊은 곳에서 외로운 닭이 커다란 돌달걀을 낳았다.

저녁 식사를 알리는 종이 다시 울렸다. 학교에서 먹는 마지막 저녁이었다. 이제 모든 게 끝난다. 내일이면 집에 간다. 집에서 지내며 보모와 함께 크리스마스를 맞이할 것이다. 다정하고 부드럽고 따사로운 보모.

하지만 인생은 그런 식으로 움직이지 않는다. 나는 그 이치를 진작 깨달아야 했다.

저녁을 먹을 때 보티 머위는 "아까 있었던 일을 메브로우한테 말하면 죽여버릴 거야"라고 말하면서 메브로우가 의무실로 찾아오란다고 전했다. 나는 두렵지 않았다. 고문은 모두 끝났다. 앞으로 몇 시간만 지나면 해방이다. 판사도 메브로우도, 지금 당장으로선 아돌프 히틀러도 그걸 뒤바꿀 순 없었다. 조금만 지나면 평화로운 농장으로 돌아가리라.

당시만 해도 끝난다는 건 새로 시작한다는 의미라는 걸 나는 조금도 몰랐다. 아이는 어른이 물결치는 대로 끌려다니는 부산물에 불과했다. 나도 모르는 사이에 물살이 변해, 나를 바다로 휩쓸었다.

4

저녁 식사를 마치고 스토펠 교장 선생이 성경 강독과 저녁 기도를 마친 다음, 의무실 앞으로 가서 기다리자, 조금 뒤에 메브로우가 나타나더니 나를 스치고 지나면서 말했다.

"들어와!"

나는 따라 들어가서 두 손을 뒤로 한 채 기다렸다. 여느 때처럼 고개도 숙였다.

"셔츠에 무슨 피지, 까진 불알?"

나는 셔츠를 내려다보았다. 병아리 할아버지가 흘린 피와 돌멩이에 맞은 흔적이 또렷했다.

메브로우가 한숨을 내쉬더니 의무실 벽과 똑같이 녹색으로 칠한 나무 의자에 털썩 앉으며 말했다.

"셔츠를 벗어라."

나는 셔츠를 재빨리 벗었다. 메브로우가 복부를 훑어보았다. 그러더니 돌멩이에 맞은 상처를 찌르며 물었다.

"이게 전부야?"

나는 무의식적으로 상체를 움츠리며 대답했다.

"괜찮아요, 메브로우 선생님. 바위에 넘어졌어요."

메브로우는 빨간약이 든 커다란 병을 가져와서 병마개를 딴 후 목화솜을 대고 거꾸로 들며 말했다.

"그래, 그런 것 같아."

메브로우가 빨간약을 칠했다. 빨간약이 상처를 파고들었다. 아픈 데가 화끈거렸다. 나는 통증을 참을 수 없어 몸을 구부린 채 두 손을 꼭 잡고 펄쩍펄쩍 뛰었다.

"이리와. 더 칠해야 돼."

메브로우가 병을 다시 뒤집어서 솜에 약을 묻히더니 복부에 대고 문질렀다. 이번에는 미리 준비한 터라 이를 악물고 두 눈을 꼭 감은 채 통증을 대체로 이겨냈다.

"기차에서 패혈증에 걸리면 안 되니까 충분히 칠해야 돼."

메브로우는 솜을 탁자에 던지며 말하곤, 병마개를 집어서 병을 닫고, 나는 어리둥절한 표정으로 물었다.

"기차라니, 무슨 기차요, 선생님?"

"네 할아버지가 바버톤이라는 동부 트랜스발 마을에서 장거리 전화를 했단다. 이제 너는 농장으로 안 가. 뉴캐슬병에 닭이 모두 죽어서 농장을 보스터 부인에게 팔았다고 하시더라."

"그러면 할아버지는 바버톤이라는 마을에서 무얼 하시는데요, 선생님?"

나는 머리가 너무나 혼란스러웠다. 지구가 무너지는 것 같았다. 할아버지가 농장을 보스터 부인에게 팔고 동부 트랜스발 마을에서 장거리 전화를 했다면 보모는 어디에 있단 말인가? 병아리 할아버지도 죽었는데 보모까지 없다면 나는 어떻게 산단 말인가?

"나는 심령술사가 아니야. 무슨 일이든 하시겠지."

메브로우가 가방을 열어서 봉투를 꺼냈다.

"기차표란다. 내일 저녁에 바버톤으로 가는 기차를 타는 거야. 목적지에 도착하려면 이틀 밤낮을 가야 해. 내가 기차를 태워주마."

메브로우가 봉투를 흔들며 가라고 신호하더니, 내가 문가로 다가가자, 다시 불러세워서 바라보며 밉살스럽게 말했다.

"닭은 못 데려가, 알겠지? 남아프리카 철도국은 카피르 닭을 못 태우게 하거든. 화물칸에도."

메브로우는 그걸 다행스럽게 여기는 듯, 이렇게 덧붙였다.

"닭은 내가 맡을게. 카피르 닭이긴 해도 밥벌이는 할 거야."

나는 눈물이 터지는 걸 가까스로 참으며 말했다.

"닭은 죽었습니다, 선생님. 개가 오늘 잡아먹었어요."

"그것참 안됐구나. 좋은 닭이었는데."

메브로우가 의자에서 한숨을 내쉬며 일어나더니, 아쉬움을 달래며 말했다.

"카피르 닭도 결국 카피르일 뿐이야. 정들만 하면 사라져서 기분만 상하지."

나는 신발을 신어본 적이 없었다. 당시 북부 트랜스발에 사는 농장 아이는 부모가 부자가 아닌 한 열세 살이 지난 다음에 비로소 신발을 신었다. 구약 성서에 의하면 소년은 열세 살에 성인이 되기 때문이다. 그 전엔 카키색 반바지와 셔츠에, 날씨가 추우면 윗도리를 입는 게 전부였다. 속옷은 만들지도 않았다. 설사 만들었다 해도 보아인 어린 애는 안 입을 터였다. 굳이 돈까지 들여가며 그런 걸 입을 이유가 뭐란 말인가?

병아리 할아버지를 장례 치른 다음 날에 학기가 끝났다. 아이들 모두 아침을 먹기 전에 일찌감치 일어나서 짐을 꾸렸다. 아침 식사가 끝난 뒤에는 메브로우가 나를 의무실로 부르더니 점심을 먹고 읍내에 나가, 해리 크라운 상점에서 내가 신을 운동화를 살 거라고 알려주었다.

"운동화가 무언가요, 선생님?"

"바보 같으니! 운동화는 운동화야. 밑창에 고무를 대서 두꺼운 천으로 만든 신발. 그런 것도 몰라? 다리를 깨끗이 씻어두도록, 유대인 앞에서 창피당하기 싫으니깐 말이야."

나는 나만 아는 망고나무에 올라가서 아이들이 떠나는 광경을 지켜보았다. 부모들이 낡은 픽업트럭이나 나귀가 끄는 마차를 끌고 왔다. 어떤 아이는 농장 하인이 모는 당나귀를 타고 떠났다. 나귀가 끄는 마차를 타고 떠나는 판사가 눈에 들어왔다. 흑인 하인을 뒷좌석에 앉게 하고 운전석으로 뛰어올라 고삐와 채찍을 잡고서 나귀 등에 채찍을 신나게 휘두르며 미친 듯이 달려갔다. 어머니 말처럼 "귀찮은 것들이 모두 떠나서 진짜 시원했다."

마침내 아이들이 모두 떠났다. 나는 망고나무에서 내려와 학교 운동장을 가로질렀다. 병아리 할아버지가 없어서 예전 같지 않았다. 태양은 여전히 뜨거웠다. 조그만 메뚜기는 아직도 운동장을 단번에 가로지르지 못했다. 크림을 걷어낸 우유 같은 달이 구름 한 점 없는 아침 하늘에 걸렸다. 하지만 그것도 예전과 똑같은 달이 아니었다. 나는 슬퍼하는 걸 나중으로 미루었다. 신발을 사러 읍내로 나가고 기차를 탄다는 생각으로 내 마음은 이미 너무나 들떠 올랐다.

나는 신발을 신은 적이 없었다. 기차를 타본 적도 없었다. 아니, 진짜 기차는 본 적도 없었다. 꿈에 그리던 게 하루에 두 가지나 이루어진다니 마음이 안 들뜰 사람이 어디에 있겠는가?

빵과 잼과 달콤한 차 한 잔으로 점심을 때우고 메브로우를 만나러 의무실로 갔다. 물론 샤워실에 들러서 발과 다리를 깨끗하게 닦은 다음이었다. 도살장에 끌려왔다고 생각한 첫날 밤처럼 샤워기에서 물방울이 똑똑똑 떨어졌다. 어린애가 그리도 엉뚱하게 생각할 수 있다는 사실이 우스웠다. 당시만 해도 나는 아기였다.

의무실에 도착하자 몇 분 뒤에 메브로우가 나타났다. 순면으로 만든 볼품없는 꽃무늬 옷에 우스꽝스러운 검은색 밀짚모자 차림이었다. 모자에는 체리 두 개가 달렸는데, 체리가 떨어진 철삿줄도 하나 있었다. 외출복을 입은 모습이 늙고 뚱뚱한 보스터 부인과 흡사했다. 젊고 콧수염이 달렸다는 것만 다를 뿐이었다.

내가 알기로 읍내는 학교에서 3㎞ 거리였다. 그래서 주저하며 물었다.

"해리 크라운 상점에 들렀다가 기차역으로 가나요?"

"이런 일을 해주는 것도 고마운 줄 알아, 까진 불알. 바라는 게 왜 그리도 많아? 바위에 넘어져서 피를 또 흘리고 싶어? 이따가 빨간약을 칠해야 한다고. 기차역에는 볼만한 게 없어. 기차를 기다리면서 잠자는 카피르인만 득실댈 뿐이야."

우리는 읍내로 가는 내내 아무 말도 안 했다. 메브로우는 나보다 세 발자국 앞에서 줄곧 걸었다. 거대한 체구를 기우뚱하며 걷다 가끔 멈춰서 거친 숨을 몰아쉬는 식이었다. 한낮의 뜨거운 태양이 머리 위에서 이글거리니, 읍내에 들어설 즈음에는 땀을 뻘뻘 흘리며 짜증까지 부렸다. 메브로우 특유의 역겨운 체취가 어느 때보다 심했다.

해리 크라운 상점은 닫혀 있었다. 거리에 사람들도 없었다. 메브로우가 바구니에서 빨갛고 커다란 수건을 꺼내 얼굴에서 땀을 닦으며 말했다.

"사람들이 아직 점심을 먹는군. 기다려야겠어."

그리곤 다섯 계단을 힘겹게 올라서 맹공이 자물쇠를 채운 문 옆 의자에 털썩 앉더니 헐떡이며 말했다.

"저리 가서 수도를 찾아 다리를 씻고 와라."

나는 거리 건너편 차고로 걸었다. '대서양 정비소'라는 간판이 보였다. 조그만 작업장 바깥에 펌프가 두 개나 있었다. 수도는 작업장 입구에 있었다. 기름과 윤활유 냄새가 진동했다. 나는 다리를 닦고 발에 흙이 안 묻도록 발끝으로 조심스럽게 걸으며 왔던 길을 되돌아갔다.

아프리카인 오륙 명이 툇마루 저쪽 끝에서 자는 중이었다. 상점으로 들어가는 두 번째 입구가 그곳에 있었다. 입구에는 '흑인만 사용'이라는 글씨가 있었다. 백인이 그곳으로 들어가면 안 되는 이유가 무언지 궁금했다.

파리가 뜨거운 열기에 지쳐서 느릿느릿 날다 잠자는 흑인 눈두덩에 앉곤 했다. 그러면 검은 손이 올라와서 아무렇게나 휘둘렀다. 그러나 손을 휘두른 사람은 계속 자는 것 같았다.

왼쪽 눈이 없는 흑인 한 명이 잠자지 않고 상점 벽에 기대고 앉아서 두 손을 오므려 피리를 불어, 빠른 음률을 뱉어냈다.

"유대인 놈이 너무 늦는군. 대단한 벼슬이라도 하는 줄 아는 모양이지?"

메브로우가 짜증 내며 말했다. 그리곤 몸을 반쯤 돌려서 피리를 부는 흑인에게 물었다.

"이봐, 카피르! 주인이 언제 오지?"

흑인은 조그만 피리를 입에서 떼고 너덜너덜한 바지 주머니에 넣으며 공손하게 일어섰다. 하지만 대답은 없었다. 아프리카너 언어를 모르는 것 같았다.

"여기에서 일하세요?"

내가 샹간어로 물었다.

"아닙니다, 꼬마 나리. 나도 기다리는 중입니다. 상점 나리께선 금방 오실 겁니다. 제재소에서 기적이 울리면 금방 나타나십니다."

"저 사람은 여기에서 일하는 사람이 아닙니다, 선생님."

바로 그때 기적이 울었다. 우리는 제재소 기적 소리에 익숙했다. 매일 한 시에 한 번 울고 두 시에 다시 울었다.

거의 동시에 까만색 커다란 쉐보레 승용차가 다가오더니 상점 앞에서 멈추었다. 내가 본 자동차 가운데 가장 아름다웠다. 자동차가 그렇게 광택을 번뜩이리라고는 상상조차 못 했다. 안에 있는 사람이 시동을 끄기 전에 엔진을 강하게 돌리자, '위-잉' 소리가 커다랗게 일어났다.

유대인이라는 건 괜찮은 직업이 확실했다. 나도 크면 유대인이 되고 싶었다.

해리 크라운은 오십 대 후반의 뚱뚱한 남자였다. 바지를 위로 너무 추켜올려서 배는 물론 가슴까지 덮을 정도였다. 어깨에서 내려온 멜빵이 바지를 잡아주었다. 빨간색이 환한 멜빵이었다. 목 단추를 푼 하얀색 순면 셔츠는 20센티 길이도 안 되는 것 같았다. 바지를 위로 너무 추켜올렸기 때문이다. 머리는 거의 완벽한 대머리였다. 빙그레 웃으니, 앞니에서 금니 두 개가 번뜩였다.

"진짜 진짜 미안합니다, 메브로우 선생님. 오래 기다리셨습니까?"

대머리가 인사하면서 맹꽁이자물쇠를 서둘러 열었다.

"아, 괜찮아요. 지금 막 도착했어요."

메브로우가 환하게 웃으며 대머리 아저씨에게 말했다.

백인 손님이 이용하는 판매대 천장에서 커다란 선풍기 두 대가 윙 소리를 가늘게 뱉어내며 돌아서 상점 안은 아늑하고 시원했다.

메브로우가 계산대 옆 의자에 우아하게 앉았다. 해리 크라운이 계산대 안쪽 선반 조그만 난로에서 커피포트를 들어 커피 한 잔을 따라 메브로우에게 주었다.

"자, 어떻게 오셨습니까, 메브로우 선생님?"

해리 크라운이 묻더니, 나를 쳐다보고 고개를 살짝 끄덕이며 물었다.

"그리고 꼬마 손님은?"

목소리가 근엄했다. 그런 농담에 익숙하지 않은 나는 어떻게 대답해야 좋을지 몰라서 두 눈을 내리깔고 시선을 피했다.

해리 크라운은 내가 수줍어하는 걸 보고서 몸을 돌려 계산대 옆 커다란 유리병에서 딸기 막대사탕을 꺼냈다. 셀로판종이로 에워싼 루비색 사탕이었다. 그러더니 나에게 주었다. 내가 쳐다보자, 메브로우가 커피를 점잖게 마시면서 고개를 끄덕였다. 나는 맛있게 보이는 상을 받아서 셔츠 주머니에 넣으며 조그맣게 인사했다.

"고맙습니다, 아저씨."

"지금 먹으렴, 얘야. 갈 때 하나 더 줄 테니까. 파란 거 어때, 응?"

해리 크라운이 권하더니, 메브로우를 다시 쳐다보며 말했다.

"삼십 년 동안 상점을 운영하면서 경험한 건데 아이들은 딸기 사탕을 제일 좋아하고 그다음이 파란 사탕이지요. 지금까지 살아오면서 확실하게 배운 게 조금도 없더라도 그것 하나만큼은 확신할 수 있답니다."

해리 크라운이 손가락으로 멜빵을 튕기면서 커다랗게 웃었다.

나는 그렇게 말하면서 웃는 사람을 한 번도 못 본 터라 괜히 두려운 마음이 일었다. 그래서 딸기 사탕을 주머니에 그대로 두었다.

"이름이 뭐냐, 얘야?"

"까진 불알입니다, 아저씨."

해리 크라운이 대머리를 뒤로 젖히곤 소스라치게 놀라면서 다시 물었다.

"까진 불알(피스캅)? 그게 너같이 예쁜 아이 이름이란 말이냐? 누가 그렇게 부른단 말이냐?"

메브로우가 급히 끼어들었다.

"이름까지 신경 쓸 것 없어요. 운동화는 어떤 게 있습니까? 저 애한테 운동화를 사주려고 왔어요. 오늘 저녁 기차를 타고 바버톤에 있는 할아버지한테 가야 하거든요."

해리 크라운은 메브로우가 하는 말을 가만히 듣더니 다시 나를 바라보고 휘파람을 조그맣게 불면서 말했다.

"바버톤에 간다고? 그곳은 동부 트랜스발에 있는 저지대야. 기차에서 이틀은 꼬박 보내야 하는데, 너같이 조그만 아이가 혼자 여행하기엔 너무 멀어."

해리 크라운이 계산대 안쪽에서 돌아 나와 내 발을 쳐다보며 다시 말했다.

"저 발에 맞는 운동화는 없답니다, 메브로우 선생님. 운동화를 찾는 사람이 없어서요. 근처에 사는 보아인은 테니스를 즐기지 않거든요."

그러면서 자기 농담이 재미있다는 듯 혼자 웃어대는데, 메브로우와 나는 무슨 뜻인지 알아들을 수 없었다.

"어떤 게 있는지 보여주세요, 크라운 씨. 아이 할아버지가 돈을 충분히 보내지 않아서 장화를 살 수는 없답니다."

"다른 것도 마찬가지입니다. 장화든 운동화든 스매키든 저 애가 신기에는 너무 커요."

그러더니 계산대 안쪽으로 돌아가 선반에서 찌그러진 마분지 상자를 꺼내서 짙은 갈색 운동화를 보여주자, 메브로우가 말했다.

"그걸 신겨봅시다."

"소용없습니다, 선생님. 이 운동화는 저 애 발보다 네 배나 커요. 이렇게 작은 신발이 있다는 것도 놀라운데, 저 발에 비하면 항공모함이에요."

"저 애도 크겠지요."

메브로우가 짜증스럽게 말했다.

"물론 그렇겠지요, 메브로우 선생님. 오륙 년이 지나면 딱 맞을 겁니다. 하지만 그 전까진 서커스단 광대가 신은 신발 같을 거예요."

그리곤 자기 가슴을 두드리며 영어로 혼자 중얼댔다.

"정말 우습군."

"그걸 신겨보겠어요. 신문 쪼가리를 넣으면 맞을 거예요."

"선생님, 신문 하나를 몽땅 넣어도 안 맞아요. 보아 아이치곤 발이 너무 작아요."

"보아 아이가 아니에요. 루이넥이랍니다!"

메브로우가 갑자기 성질을 부리며 말하더니, 커피잔을 계산대에 내려놓고 상체를 숙여서 운동화를 잡고 나를 보며 명령했다.

"발을 내 무릎에 올려놓거라, 얘야."

첫 번째 운동화를 신었으나 발에는 아무런 감촉도 없었다. 메브로우 무릎에 발을 올려놓은 채 신발 끝을 뒤꿈치에 대니, 운동화 코가 내 턱에 닿을 정도였다.

메브로우는 끈 구멍이 겹칠 정도로 신발 끈을 바짝 당겨서 묶은 다음에 말했다.

"자, 다른 쪽."

나는 양쪽 발에 신발을 신고 어떻게 해야 좋을지 몰라, 바닥에 못 박힌 채 감히 움직일 생각을 못하고 가만히 있었다. 양쪽 발에 신은 운동화가 발보다 두 배 이상 넓었다.

"걸어봐라, 얘야."

메브로우가 명령했다.

나는 한 발을 앞으로 억지로 움직였으나 다른 발에 신은 운동화가 움직일 생각을 안 했다. 그래서 발을 안 떼고 질질 끌어서 한 발자국을 간신히 걸었다.

"신문 좀 주세요."

메브로우는 신문 쪼가리를 받아서 기묘한 솜씨를 발휘해 조그만 종이배 두 개를 만들었다. 그래서 종이배를 운동화 안에 집어넣고 그 안에 발을 넣으라고 지시했다. 내가 발을 집어넣자 신발 끈을 다시 꽉 조여 매기 시작했다. 이번에는 그런대로 맞았다. 기분이 이상할 뿐 아니라 걸을 때마다 발가락 끝에서 운동화가 굽으며 치직치직 소리를 내긴 하지만, 나는 그렇게 기쁠 수 없었다.

"저걸 사겠어요."

메브로우가 의기양양하게 말하곤 핸드백에서 지갑을 꺼내자, 해리 크라운이 한숨을 내쉬며 말했다.

"저건 안 맞아요, 메브로우 선생님."

행여나 메브로우가 대나무 막대기를 가져왔다면 해리 크라운을 계산대에 당장 엎드리게 하곤 여섯 대를 힘껏 갈길 것 같았다.

"얼마지요?"

메브로우가 퉁명스럽게 말하고 입을 꽉 닫았다.

"5실링입니다만 2실링만 받겠습니다."

해리 크라운이 스스로 가격을 깎아서 대답했다. 팔고 싶은 기색이 아니었다.

나는 신발 끈을 잡아당겼다. 다행스럽게도 매듭이 쉽게 풀렸다. 다른 쪽 운동화도 똑같이 했다. 그리곤 신문으로 만든 종이배에서 발을 조심스레 빼고 운동화를 해리 크라운에게 건넸다.

"불쌍한 애 같으니라고!"

해리 크라운이 영어로 말했다. 그리곤 부드러운 갈색 마분지 상자에 운동화를 집어넣더니, 메브로우가 다른 곳을 쳐다보는 걸 확인하고서 파란 사탕 두 개와 빨간 사탕 두 개를 재빨리 넣고는 나에게 상자를 건넸다.

"신발을 신고 걷다가 다치는 일이 없도록 조심하거라."

해리 크라운이 말하더니, 영어로 조그맣게 물었다.

"메브로우 선생이 영어를 알아듣니?"

나는 감히 대답할 수 없어, 알아챌 수 없을 정도로 고개를 살짝 가로저었다. '못 알아듣는다'는 표시였다.

"안에 넣은 사탕은 여행 도중에 먹거라. 파란 사탕과 빨간 사탕은 정말 최고란다! 내 말을 믿어. 그럼 잘 가렴, 피케이."

해리 크라운이 내 어깨를 두드리더니 갑자기 눈을 크게 뜨고 몸을 꼿꼿이 편 채 두 손을 배에 올려놓곤 환하게 웃어서 금니를 번뜩이며 덧붙였다.

"비록 저 운동화는 네 발에 안 맞지만 '피케이'라는 이름은 잘 어울릴 것 같구나. 피케이! 맞아, 혼자서 저지대로 할아버지를 찾아가는 용감한 아이한테 정말 잘 어울리는 이름이야."

메브로우가 화를 억누르다 계산대에 2실링을 던지고 밖으로 성큼성큼 나갔다. 나는 귀중품이 든 상자를 옆구리에 조심스레 끼우고 뒤따라 나가다, 문가에서 고개를 돌리고 해리 크라운에게 작별인사를 했다.

"안녕히 계세요, 아저씨!"

영어로 말하는데, 이제 막 배운 말처럼 낯설었다.

메브로우가 몸을 홱 돌리더니 귀를 잡으며 날카롭게 말했다.

"저 더러운 유대인한테 저주받은 언어로 말하지 마. 학교로 돌아가면 채찍 맞을 준비나 단단히 하라고!"

나는 완전히 낫긴 해도 최근에 다친 귀라고 소리쳐서 메브로우가 죄책감을 느끼게 했다.

"아얏! 지금 잡은 건 다친 귀에요."

메브로우가 뜨거운 거라도 만진 듯 재빨리 놓았다. 세상을 살아가려면 정말 교활해야 한다. 이 법칙을 깨달으면 어떤 어려움도 쉽게 헤쳐 나갈 수 있다.

메브로우는 앞으로 쏜살같이 나아가고, 나는 다섯 걸음 뒤에서 걸었다. 채찍질 위협을 거두어들일 정도로 죄책감을 충분히 불러일으킨 다음에는 열다섯 걸음 정도 뒤로 떨어져, 주머니에서 딸기 사탕을 꺼냈다. 셀로판 껍질을 벗겨서 겉에 붙은 빨간색 설탕 가루를 빨았다. 설탕 가루를 다 빤 다음에는 사탕을 입에 넣고 학교로 돌아가는 내내 빨아 먹었다. 돌아오면서 아무런 얘기도 못 들었지만, 채찍에 관한 판단은 정확했다.

나는 병아리 할아버지 무덤에 돌을 더욱 많이 쌓아서 올리고 주변에서 하얀 자갈을 모아 돌무덤 경계선을 만들며 남은 오후 시간을 보냈다. 그 정도면 세상에서 가장 용감한 닭에 어울리는 멋진 무덤일 터였다.

식당 아이가 기차에서 먹도록 커다란 갈색 종이 포대에 샌드위치를 넣어주었다. 우리는 일곱 시 기차를 타려고 다섯 시쯤에 학교를 나섰다. 셔츠 두 벌과 카키색 반바지 두 벌, 파자마, 반바지에 숨긴 막대사탕 네 개, 종이배를 넣은 새 운동화 한 켤레가 전부였다. 샌드위치를 넣을 공간은 넉넉했다. 옷 가방이 무르팍에 부딪히긴 해도 무겁진 않았다. 철봉 고문 덕분에 팔심도 강했다. 메브로우는 하루에 읍내로 두 번이나 나가느라 완전히 녹초가 되었다. 그래서 나는 옷 가방을 들고 무르팍에 퍽퍽 부딪히며 한 시간을 꼬박 걸은 다음에 비로소 기차역에 도착했다.

기차역은 약 30m에 달하는 플랫폼에 세운 건물로, 문이 두 개였다. 하나는 '역장'이라는 글씨가 있고 오른쪽에 창문이 있었다. 창문 위에는 '차표'라는 글씨도 있었다. 다른 문에는 '대기실'이라는 글씨가 있었다. 역장실 밖에는 하얗게 칠한 트럭 타이어 네 개가 있는데 거기에서 빨간 꽃이 자랐다. 기다랗고 널찍한 이파리는 여기저기 찢긴 채 먼지가 가득하고 꽃봉오리도 여기저기 찢긴 채 먼지가 쌓여서 더럽게 보였다. 메브로우는 역장과 아는 사이 같았다. 역장은 우리가 들어가도록 대기실을 열어주고 커다란 잔에 커피를 따라서 건넸다. 하얀 커피 잔에는 'SAR'이라는 대문자 약어가 있었다.

"걱정하지 마세요. 기차 제동수 호피 그론월드가 저 아이를 잘 보살필 거예요."

역장이 나를 처음으로 바라보며 덧붙였다.

"철도 챔피언이란다. 늘 웃고 다니지. 하지만 미리 말해두건대, 싸움이 벌어지면 그 친구가 네 편이기만 기도하는 게 좋을 거야!"

역장이 얘기를 마치고 빙그레 웃었다. 나는 철도 챔피언이 무언지 몰랐지만 싸움을 잘하는 사람이 내 편이라는 말은 확실히 알아들었다. 기분이 좋았다. 내 삶은 고통으로 가득한 게 분명했다. 따라서 앞으로 다가올 운명이 나를 괴롭힐 때마다 철도 챔피언이 옆에 있으면 좋을 것 같았다.

별똥별이 지구로 떨어지는 짧은 순간에 환경이 살짝 바뀌면서 우리가 살아가는 항로까지 뒤바꾸는 경우가 종종 있다. 삶이 흘러가는 방향 자체가 뒤바뀐다. 호피 그론월드는 삶의 궤적에서 잠시 마주친 스승이지만, 그 만남은 내가 앞으로 살아갈 방향을 잡아주었다. 이후 십칠 년 동안 피할 수 없는 방향이었다. 단 하루 사이에 내가 살아갈 방향을 잡아준 셈이다.

"저 아이는 루이넥인 데다 싸우기에는 너무 조그맣지요."

메브로우가 말하는데, 나쁜 영국 피가 말썽을 일으킬 수밖에 없다는 표정이었다. 그러더니 봉투에서 기차표를 꺼내 구멍에 커다란 안전핀을 찔러넣으며 말했다.

"이리 와, 꼬마."

메브로우가 내 셔츠 주머니에 안전핀을 찌르며 덧붙였다.

"잘 들어, 꼬마. 차표가 있어서 바버톤까지 갈 순 있을 거야. 하지만 네 할아버지가 보낸 돈이 부족한 터라 기차에서 아침과 점심과 저녁 세 끼밖에 못 먹어. 그러니 오늘 저녁에는 샌드위치 하나만 먹도록, 알겠니?"

나는 고개를 끄덕였다.

"내일 아침에도 하나, 점심에는 마지막 하나를 먹어. 그다음부터는 열차 식당차에서 사 먹는 거야. 알아듣겠지?"

"네, 선생님. 앞으로 세 끼는 샌드위치를 먹어요."

"아니야! 내 말은 그게 아니야. 오늘 저녁과 내일 아침과 내일 점심. 고기가 있는 걸 먼저 먹는 거야. 잼을 칠한 건 내일까지 안 굳을 테니까. 알겠지?"

"네, 선생님."

메브로우는 손수건처럼 하얀 천을 꺼내서 자기 무릎에 펼쳐놓고 한가운데에 1실링을 놓았다.

"잘 보렴, 까진 불알. 돈을 여기에 넣어서 묶는다."

메브로우가 양쪽 귀퉁이를 대각선으로 잡더니 한가운데에 1실링을 둔 채 묶고는 남은 귀퉁이도 똑같이 묶었다. 그리고 핸드백에서 커다란 안전핀을 하나 더 꺼내 1실링이 있는 천을 카키색 반바지 주머니에 넣고 핀을 찔렀다.

"잘 들어. 이 돈은 비상금이다. 급할 때 쓰는 거야. 하지만 그렇지 않으면 핀이 꽂힌 그대로 주머니에 두는 거야. 끝까지 쓸 일이 없으면 할아버지한테 드려야 해. 할아버지가 보낸 돈에서 남은 거니까."

역장이 들어와서 기차가 정시에 도착하니 앞으로 5분만 기다리면 된다고 알려주었다.

"자, 운동화를 신거라."

메브로우가 옷 가방으로 나를 밀면서 말했다. 갑자기 공포가 몰려들었다. 옷 가방을 열다가 막대사탕을 들키면 어떻게 하지? 나는 바닥에 옷 가방을 평평하게 놓고서 덮개로 시선을 가로막아 메브로우가 못 보도록 하면서 가방을 열었다. 덮개로 가리길 진짜 잘했다. 파란 막대 사탕 하나가 반바지 밖으로 튀어나온 것이다. 심장이 쿵쾅거렸다. 휴! 나는 운동화를 꺼내고 덮개를 재빨리 닫았다. 그리곤 종이배 안에 한 발씩 조심스레 넣었다. 메브로우가 신발 끈을 묶어주었다. 나는 신발 묶는 법을 알아두려고 두 눈에 불을 켰으나 제대로 기억했는지는 자신이 없었다.

"선생님, 기차에서 벗고 신을 수 있도록 끈 매는 법을 가르쳐 주시겠어요?"

메브로우가 깜짝 놀란 눈으로 올려다보며 말했다.

"바버톤에 도착할 때까진 운동화를 벗으면 안 돼. 기차에서 잃어버리면 네 할아버지는 내가 돈을 가로챘다고 생각하실 거야. 그러니 계속 신고 있는 거야, 알겠지?"

멀리서 기차 오는 소리가 들렸다. 우리는 대기실에서 나와 기차가 들어오는 모습을 지켜보았다. 운동화를 신은 채 걷는 건 진짜 어려웠다. 해리 크라운 상점에서 시험 삼아 서너 걸음 옮긴 것하고는 완전히 달랐다. 나는 대기실에서 플랫폼 끝까지 가는 동안 푸지직 푸지직 소리 내고 걸으면서 툭하면 비틀거렸다. 신문 쪼가리 일부가 복숭아뼈 너머로 삐져나와, 잠시 멈춰서 손으로 눌러 넣기도 했다.

갑자기 귀가 먹먹할 정도로 커다란 소리가 나더니, 짧고 날카로운 소리가 두 번 일어났다. 이윽고 금속끼리 비비는 소리가 삐익 들리면서 거대한 열차가 역으로 들어섰다. 흑인들 차량이 줄이어 지나갔다. 하나같이 머리를 창밖으로 내놓은 채 맘껏 웃으며 즐기는 모습이었다. 마침내 마지막 차량 두 칸과 화물칸이 들어오며 플랫폼과 나란히 섰다.

마지막으로 들어온 차량 두 칸에는 '남아프리카 철도 일등칸'과 '이등칸'이라는 글씨가 있었다. 물론 열차는 사진으로 본 적이 있었다. 밤에 기숙사에 누우면 기적 소리가 바람에 실려 오기도 했다. 아주 멀리 떠나는, 호스텔과 메브로우와 판사와 나치 돌격대원들에게서 아주 멀리 벗어나는 황홀한 소리였다. 하지만 고백건대 나는 열차가 그렇게 거대하리라고는, 증기와 연기를 그렇게 뿜어대리라곤, 기적 소리와 피스톤 소리에 귀가 그렇게 먹먹하리라고는 상상조차 못 했다.

어디에 있었는지 아프리카인들이 몰려나왔다. 머리마다 보따리를 이고 삼등실 창문으로 가서 안쪽 승객에게 보따리를 건넨 다음에 안으로 비집고 올라갔다. 하나같이 떠들썩하게 웃어댔다. 삼등칸에서 노랫소리와 웃는 소리와 커다랗게 말하는 소리와 악의 없이 조롱하는 소리가 들렸다. 앞으로 기차를 좋아할 것 같은 기분이 들었다.

제동수가 '우편'이라고 인쇄한 자루를 들고 플랫폼으로 뛰어내려서 역장에게 건넸다. 역장도 똑같이 생긴 자루를 건네더니, 메브로우에게 제동수를 소개했다.

"이 사람이 호피 그론월드입니다. 그래브로트에 도착할 때까지 제동수와 차장 역할을 하지요. 이 사람이 저 아이를 돌볼 겁니다."

호피 그론월드는 나를 보고 빙긋 웃더니, 해군모자 같은 푸른색 제동수 모자를 살짝 벗어서 메브로우에게 인사하며 말했다.

"걱정하지 마십쇼, 메브로우 선생님. 저 애를 그래브로트까지 돌보다, '피크 보싸'라는 친구한테 넘겨서 카프무이덴까지 데려다주도록 할게요."

호피 그론월드는 이등실 문을 열어 옷 가방을 거기에 넣고서 나에게 들어가라고 신호했다. 차량으로 올라가는 계단 세 개가 꽤 높았다. 나는 운동화가 신겨진 발을 첫 번째 계단에 올렸다. 무게 중심을 계단으로 옮기자 운동화 머리 부분이 꺾여서 플랫폼 바닥에 그대로 엉덩방아를 찧었다. 신발을 신고 다닌다는 게 처음 생각한 이상으로 어려웠다. 나는 기운이 빠졌다. 어른들은 신발을 신고서 어떻게 걸어 다니는지 궁금했다. 일어서려고 해도 운동화가 너무 큰 터라 자갈 천지 플랫폼에 발을 제대로 디딜 수 없었다.

"일어나!"

메브로우가 짜증스러운 목소리로 말하더니, 고개를 저으면서 야단쳤다.

"미치겠군! 헤어지는 마당까지 골치를 썩여!"

호피 그론월드가 우편자루를 플랫폼에 내려놓고 허리를 숙여서 겨드랑이를 잡아 공중 높이 들어 나를 열차에 올려주었다.

"걱정하지 마, 꼬마 형제. 지랄 같은 계단에서 나도 여러 번 넘어졌어. 제동수에다 얼마 안 있으면 정식 차장이 될 사람으로 수없이 오르내리는데도 말이야."

호피 그론월드가 우편자루를 들어서 옷 가방 옆에 놓았다. 그런 다음에는 쳐다보지도 않고 계단을 뛰어올라 열차 문 바로 위에 꽂힌 줄을 당기고 주머니에서 커다란 은빛 호루라기를 꺼냈다.

"이제 카피르인이 겁에 질려서 허둥대는 광경이 일어날 테니 잘 지켜보렴."

호피 그론월드가 빙그레 웃으며 문에서 난간을 잡고 열차 밖으로 몸을 기울여 삼등칸에 이르는 기다란 열차를 한꺼번에 보는 방법을 가르쳐 주었다. 그리고는 플랫폼으로 다시 뛰어내려 깃발을 흔들면서 호루라기를 길게 불었다.

그와 동시에 정말 대단한 소동이 일어났다. 움츠리던 팔다리를 활짝 펴면서 맑은 공기나 쐬려고 내리거나 오줌을 싸려고 내린 아프리카인들이 문으로 정신없이 달려들어 서로 먼저 올라가려고 야단법석이었다. 호피 그론윌드는 호루라기를 짧게 두 번 더 불고는 열차로 훌쩍 뛰어올랐다.

"안녕히 계세요, 선생님. 고마워요."

내가 손을 흔들며 소리치자, 메브로우도 소리쳤다.

"운동화를 벗지 마, 알겠지!"

두 사람 모두에게 조금도 안 슬픈 이별이었다. 나로선 메브로우와 두 번 다시 안 만나기를 바랄 뿐이었다.

열차에 속력이 붙자, 호피 그론윌드가 열차 문을 닫았다. 그리곤 깃발을 재빨리 말아서 빨간 깃발이 꽂힌 문 위 옆자리에 끼웠다. 그런 다음, 내 가방을 들어서 객실 문을 열고 안에 넣었다. 이제 기차는 거침없이 달리고, 나는 기차 바퀴가 규칙적으로 칙칙폭폭 하는 소리를 맘껏 즐겼다. 기분이 정말 좋았다.

아무도 없는 객실에서 밝은 녹색 가죽을 씌운 의자 두 개가 서로 마주 보았다. 의자는 어른 세 명이 앉을 만한 크기였다. 두 창문 사이에는 조그만 탁자가 있었다. 객실 벽은 나무로 만들어서 니스를 칠한 것 같았다. 녹색 의자 바로 위에는 의자 만한 길이에 높이 약 25센티에 달하는 유리 액자가 있는데, 안에 사진이 많았다. 사진은 하나같이 멋있었다. 어둠이 완전히 깔리기 직전에 호피 그론윌드가 객실 전등을 켰다. 모든 게 아늑했다. 편안한 여행을 떠나는 기분이었다.

"탄닌에 도착할 때까진 마음대로 사용하렴. 그다음엔 어떻게 될지 모르겠지만. 걱정하지 마. 내가 돌봐줄 테니."

그리곤 내가 신은 운동화를 내려다보았다. 신문조각 일부가 양옆으로 삐져나왔다. 그러자 빙긋이 웃으며 말했다.

"늙은 암소가 못 쫓아올 테니 그걸 벗어도 돼."

나는 운동화를 벗었다. 너무 불편했다. 신문 글씨가 묻어서 양쪽 발이 거무스름했다. 발가락을 맘껏 구부릴 수 있다는 게 정말 좋았다.

호피 그론월드가 손을 내밀며 말했다.

"악수나 하자. 내 이름은 알 테니 네 이름을 말해야지?"

나는 해리 크라운이 말한 걸 이미 충분히 생각하고 조언을 받아들이기로 마음먹고 이름을 피케이로 정한 터였다. 그래서 조심스레 말했다.

"피케이."

해리 크라운이 발음한 대로 영어식 발음이었다. 괜찮은 이름 같았다. 갑자기 새로운 사람이 된 것 같은 기분마저 들었다. 이제 내가 '까진 불알'이라는 걸 아는 사람은 아무도 없을 터였다. 병아리 할아버지가 죽은 것처럼 까진 불알도 죽었다. 병아리 할아버지와 까진 불알은 이차 세계대전 때 남아프리카 최초의 희생자였다.

"진짜 좋은 이름이군, 피케이. 앞으로 친구로 지내자."

호피 그론월드가 모자를 벗어서 내 머리에 씌웠다. 나는 행여나 상대가 나치당원은 아닌가 궁금했다. 아직은 내가 영국인이라는 사실을 모르는 것 같았다. 굳이 고통을 자처할 필요는 없었다.

"돌봐주어 고맙습니다, 그론월드 씨."

나는 정중하게 말하며 모자를 돌려주었다.

"야, 이 친구야, 호피라고 불러."

나는 빙그레 웃으며 모자를 다시 썼다. 호피는 금방 오겠다 약속하고 차표를 검사하러 아프리카인 차량으로 갔다.

차창 밖엔 어둠이 완벽하게 깔렸다. 전등이 환한 객실에 나 혼자였다. 기차는 어둠이 가득한 아프리카 밤하늘을 칙칙폭폭 칙칙폭폭 꿰뚫었다.

가방을 열어서 해리 크라운이 선물한 파란 막대사탕을 꺼냈다. 셀로

판종이를 조심스레 벗겨서 겉에 묻은 파란 설탕에 혀를 살짝 댔다. 라임 향이 혀끝에 살포시 닿았다. 본격적으로 빠는 기쁨을 약속하는 징표였다.

해리 크라운이 맞았다. 파란 사탕은 딸기 사탕에 견줄 만했다. 나는 벽에 걸린 사파이어 사진을 구경했다. 구름이 쫙 깔린 밑으로 산이 기다랗게 펼쳐진 사진도 있었다. 밑에는 이런 설명이 달렸다.

“세계적으로 유명한 ‘탁상 산지(고원)’에 식탁보가 깔린 광경.”

산 위로 하얀 구름이 기다랗게 깔리긴 해도 식탁보는 찾을 수 없었다. 또 다른 사진은 공중에서 본 커다란 도시로, 이런 설명이 있었다.

“케이프타운, 유명한 ‘케이프 의사’의 집.”

나는 의사가 무슨 일을 하길래 그렇게 유명한지, 얼마나 부자길래 커다란 도시 전체가 자기 집인지 궁금했다. 해리 크라운보다 부자가 분명했다. 하지만 몇 년 뒤에 배운 바에 따르면 ‘케이프 의사’란 초봄에 부는 바람으로, 감기바이러스를 비롯해 겨울부터 쌓여온 병원균을 깨끗이 씻어낸다는 의미였다. 탁상 산지가 담긴 또 다른 사진에는 ‘자연이 이룩한 놀라운 기적’이라는 설명이 달렸다. 마지막 사진은 커다랗고 하얀 건물 안으로, ‘그루트 콘스탄시아의 유명한 포도주 저장실, 최고급 포도주 원산지’라고 설명했다.

나는 ‘야! 우리가 저곳을 모두 지난다니 정말 재밌다!’는 생각이 들었다. 호피가 돌아오면 자세히 물어야겠다고 다짐도 했다.

호피가 돌아왔다. 많은 세월이 지난 것 같으나 실제로는 아니었다. 기차가 어둠 속을 달리니 세월은 그냥 사라지고, 바퀴는 한 시간을 분 단위로 칙칙폭폭 잡아먹는 것 같았다.

호피는 잔뜩 지친 표정으로 의자에 털썩 주저앉으며 한탄했다.

“어이구, 죽겠네! 카피르 놈들은 냄새가 너무 지독해!”

이윽고 나를 쳐다보며 환하게 웃더니 내 턱에 주먹질하는 척했다.

"앞으로 한 시간 뒤에 탄닌에 도착하면 저녁을 먹어. 석탄과 물을 싣느라 사십오 분 정차하니까 역전 맞은편 카페에서 먹으면 좋을 거야. 탄닌부터는 다른 차장이 올라타고 나는 제동수 역할만 한단다. 너는 어떤 음식을 제일 좋아하니, 피케이?"

"고구마요."

"고구마라. 그럴 수도 있겠지만 아닐 수도 있어. 나는 카페에서 고구마를 주문한 적이 없단다. 혼합 볶음 요리는 어때? 이 실링짜리 특별 요리로."

"나는 일 실링밖에 없는데, 급한 일에 써야 해요. 혼합 볶음 요리는 급한 일인가요?"

호피가 웃으며 말했다.

"내게는 그렇단다. 오늘 밤엔 내가 사지, 친구. 혼합 볶음 요리는 내가 사는 거야."

나는 어떤 음식을 어떻게 혼합해서 어떻게 볶는지 묻고 싶지 않아, 벽에 걸린 사진들에 관해서 물었다.

"우리 기차는 '자연이 이룩한 놀라운 기적'인 탁상 산지에 언제 도착하나요?"

"뭐라고?"

나는 상대편 머리 위에 있는 사진을 가리키며 다시 물었다.

"저곳에 언제 가나요?"

호피가 고개를 돌려서 사진을 보더니, 내가 무얼 묻는지 알아채고 차근차근 설명했다.

"저건 남아프리카 철도가 지나는 곳을 쓸데없이 나타내는 사진일 뿐이야. 우리는 저곳으로 안 가, 피케이."

호피는 처음 본다는 표정으로 사진을 자세히 쳐다보다 이어서 말했다.

"작년에 결승전을 치르러 케이프타운에 갈 뻔했어. 하지만 북부 트랜스발 챔피언 결정전에서 졌어. 심판들이 똑같은 점수를 줘서 결국 주심이 프리토리아 출신 선수한테 승리를 선언했지. 지금이니 말하는데, 심판만 공정했다면 내가 이겼어. 다 끝났지만, 아무리 생각해도 내가 점수를 앞선 게 분명하거든."

나는 깜짝 놀랐다. 이게 도대체 무슨 말이란 말인가?

호피가 나를 정면으로 바라보며 다시 말했다.

"네 앞에 있는 사람이 트랜스발 철도 챔피언이 될 뻔했다고."

호피가 엄지와 검지를 앞으로 내밀었다.

"겨우 요만한 차이로 아깝게 됐지. 그때만 잘됐으면 케이프타운에서 전국 철도 복싱 챔피언이 되는 건데."

"복싱 챔피언이 뭔가요?"

이번에는 호피가 놀랐다.

"아니, 피케이, 그것도 모른단 말이야? 복싱이 뭔지 모르니?"

"모릅니다, 아저씨."

나는 두 눈을 내리깔고 대답했다. 모른다는 게 창피했다.

호피 그론월드는 한 손을 내 턱에 대고 얼굴을 올리면서 말했다.

"그건 창피한 게 아니야. 모를 때는 언제나 있는 법이거든. 좋아, 친구. 편히 앉으라고. 내가 이야기해줄게."

"조금만 이따가요, 호피."

나는 기뻐서 소리치며 가방을 열었다. 그래서 사탕 두 개를 꺼내며 물었다.

"파란 거 먹을래요, 빨간 거 먹을래요?"

아침에 하나 먹고 저녁에 하나 먹는 식으로 목적지가 나올 때까지 즐기려 했으나 호피처럼 좋은 친구를 모른 척할 순 없었다. 게다가 보모 이래 재미있는 이야기해주는 사람도 처음이었다.

"네가 먼저 결정해라, 피케이. 너는 어떤 걸 좋아하니?"

"아니에요, 먼저 고르세요, 호피. 얘기할 사람은 아저씨니까 아저씨한테 선택권이 있어요."

나는 호의를 최대한 베풀며 말했다.

"파란 거. 나는 파란색을 좋아해. 우리 어머니가 파란 눈이셨거든."

호피가 파란색 사탕을 뽑자, 나는 딸기 사탕을 가방에 다시 넣고 덮개를 닫았다. 그리고 제일 맛있는 딸기 사탕 두 개가 남았으니 이틀 동안 즐길 수 있겠다고 생각하며 기쁜 마음으로 말했다.

"조금 전에 하나를 먹었어요."

"그럼 이걸 나누어 먹자. 나는 얘기하느라 바쁠 테니, 네가 먼저 빨려무나."

호피는 내가 사탕을 받고 셀로판종이를 벗겨서 조금씩 빠는 모습을 지켜보며 말했다.

"나도 너만 한 나이 때 너랑 똑같았단다."

호피가 시계를 바라보며 계속 말했다.

"앞으로 탄닌까지 한 시간 남았군. 복싱을 설명하고 시범 동작도 살짝 보여줄 수 있겠어."

나는 즐거운 기분으로 커다란 녹색 가죽 의자에 편하게 앉아 막대사탕을 열심히 빨았다. 한 시간도 안 되는 사이에 막대사탕을 하나 반이나 빠는 건 전례 없는 행운이었다. 게다가 진짜 친구까지 생기지 않았는가! 너무나 행복한 여행이었다!

"복싱은 세상에서 가장 위대한 스포츠야. 럭비보다 위대하다고."

호피가 이야기를 시작하더니, 필요하면 자기주장을 입증할 수도 있다는 표정으로 쳐다보았다. 하지만 내가 기꺼이 받아들인다는 사실을 깨닫고 계속 말했다.

"자기방어 기술은 가장 위대한 예술인데 그 가운데서도 복싱이 최고야. 나를 보라고. 타고난 웰터급. 나는 누구도 두렵지 않아. 앞으로 돌진만 하는 맹수는 덩치가 아무리 커도 전혀 두렵지 않아. 재빨리 피하면서 급소를 강타하거든. 거리에서 싸움이 붙으면 나같이 조그만 체구로 고릴라처럼 커다란 놈을 KO 시킬 수 있다고."

호피는 공중으로 잽을 한두 번 날리며 번개같이 빠른 동작을 보여주고, 나는 잔뜩 흥분하며 물었다.

"얼마나 조그만 사람이 얼마나 커다란 사람을 KO 시킬 수 있나요?"

"크기는 아무래도 좋아. 빨리 움직이면서 강한 펀치를 잽싸게 날리기만 하면 돼. 순간 포착, 속도, 풋워크. 복싱은 이게 전부야. 체중은 웰터급이 제일 좋아. 너무 무거우면 동작이 느리고 너무 가벼우면 펀치력이 떨어지거든. 싸우기엔 웰터급이 그만이지. 거짓말이 아니라고, 친구!"

호피가 확신이 가득한 눈빛을 번뜩였다.

나는 의자에 발을 딛고 일어나 손을 바짝 올려서 키를 20센티 정도 늘리며 물었다. 판사 키가 그 정도였다.

"나만 한 꼬마가 이렇게 큰 아이도 KO 시킬 수 있어요?"

호피는 가만히 생각하다 대답했다.

"자, 내 말 좀 들어봐. 조그만 꼬마는 약간 달라. 펀치력이 없거든. 물론 공격을 피하는 속도는 좋을 수 있겠지. 하지만 커다란 고릴라가 휘두르는 펀치에 살짝 스치기만 해도 모든 게 끝나, 친구. 아이는 자기 또래랑 싸우는 게 제일 좋아."

호피가 나를 멀끔히 쳐다보다 물었다.

"누구랑 싸우고 싶니, 응? 커다란 아이가 너를 괴롭히던? 나한테 말만 해, 피케이. 그런 놈은 호피 그론월드한테 빚을 톡톡히 갚아야 할 거야. 확실히 말하겠는데, 친구! 그 누구도 내 친구를 건드릴 순 없어."

"학교 아이들 몇 명이 그래요."

지금은 말해도 소용이 없다는 걸 알지만, 그래도 강한 사람이 내 편을 들어주는 게 마냥 기뻤다. 판사와 나치 돌격대원들 얘기를 하고 싶어도, 그럴 순 없었다. 호피 그론월드는 내가 루이넥이라는 사실을 모르는데, 행여나 정체를 깨닫는다면 나를 대하는 태도가 변할 수 있었다.

"다음에 그놈들을 알려주면 내가 빚을 톡톡히 갚아줄게."

호피가 으르렁거리자, 나는 호피에게 사탕을 건네며 말했다.

"이제 다 끝났어요."

호피는 무심코 받아서 사탕을 빨며 말했다.

"피케이, 충고할 게 있는데, 바버톤에 가면 권투 가르쳐 줄 사람을 찾아봐."

호피가 나를 곁눈질하며 계속 말했다.

"내가 볼 때 너는 훌륭한 권투선수가 될 수 있어. 조그만 체구치곤 팔 근육이 강해. 일어나 봐. 다리 근육은 어떤지 보자고."

나는 의자에 올라섰다.

"아주 좋아, 피케이. 날씬하고 근육도 좋아. 속도가 좋겠어. 권투선수는 속도가 전부거든. 치고 빠지고. 치고 빠지고. 하나, 둘, 하나, 둘, 레프트, 레프트, 라이트."

호피는 보이지 않는 적에게 번개같이 빠른 펀치를 날렸다. 한편으론 두려우면서도 흥미가 쏠렸다.

"조금만 기다려."

호피가 갑자기 나가더니 잠시 뒤에 우습게 생긴 가죽장갑 한 켤레를 가지고 왔다.

"권투장갑이야, 피케이. 해결사. 이것만 잘 사용하면 무서울 게 없단다. 화물칸에 스피드볼도 있어. 내일 보여줄게."

호피는 커다란 장갑을 내 손에 끼웠다. 장갑 속으로 팔꿈치까지 들어갔다.

"괜찮지, 응?"

호피가 장갑 끈을 묶으며 물었다. 메브로우가 내 발에 운동화를 처음 신길 때와 마찬가지로 장갑을 낀 두 손이 이상하게 느껴졌다. 오랜 친구처럼 다정한 느낌이라는 게 다를 뿐이었다. 그렇다. 커다랗고 우스꽝스럽게 생겼지만, 왠지 모르게 친숙했다.

"자, 얘야, 나를 때려."

호피가 턱을 내밀며 말했다. 나는 잽을 날렸다. 하지만 재빨리 피해서 내 손은 허공을 갈랐다.

"자, 또 쳐봐."

나는 팔을 뒤로 잡아뺀 다음에 강하게 휘둘렀다. 장갑이 턱을 강타해서 벌겋게 만들었다. 호피가 내 앞쪽 가죽 의자로 나뒹굴더니 턱을 잡고 앓는 소리를 뱉어내며 감탄했다.

"어이쿠, 하느님 맙소사! 살인적인 펀치구먼. 타고난 권투선수야. 나한테 진짜 강타를 먹였어, 친구."

호피가 턱을 문지르며 일어나서 의자에 앉았다. 나는 웃음을 터트렸다.

"그럼 그렇지, 꼬마 친구. 나는 네가 웃는 법을 모르는 줄 알았어."

호피가 말하며 활짝 웃었다. 바로 그때 내 눈에서 눈물이 흘렀다. 하지만 소리를 내진 않았다. 눈물이 뺨을 타고 하염없이 흐를 뿐이었다. 호피 그론월드가 나를 들어서 자기 무릎에 앉혔다. 나는 장갑을 낀 두 팔로 그 목을 껴안고 그 가슴에 얼굴을 파묻었다. 호루라기를 매단 쇠사슬이 얼굴에 차갑게 느껴졌다.

"우는 게 좋을 때도 있어. 실컷 울고 나면 실력이 좋아질 때가 있거든. 자, 이젠 무슨 일이 있었는지 나한테 말해주련?"

물론 나는 말할 수 없었다. 우는 것 자체가 바보 같은 짓이었다. 하지만 갑자기 터져 나온 울음이었다. 무릎에서 내려왔다. 그래서 원래 앉던 의자에 다시 앉으면서 말했다.

"진짜 아무것도 아니에요."

호피는 우리가 스파링하기 전에 탁자에 올려놓은 사탕을 집어서 나에게 건네며 말했다.

"나머지는 네가 다 먹어. 이걸 많이 먹으니깐 쇠고기볶음 요리를 먹고 싶은 생각이 달아나는 것 같아. 나는 너랑 쇠고기볶음 요리를 먹을 거거든, 그치? 음식값은 내가 낼게."

나는 사탕을 받으려고 팔을 내밀었다. 하지만 손에 권투장갑이 있었다. 우리는 함께 커다랗게 웃었다. 호피는 장갑을 벗기고 사탕을 건네며 다시 말했다.

"괜찮아, 피케이. 나이를 먹으면 너는 남아프리카 최고의 웰터급 선수가 될 거야. 그러면 아무도, 누구도, 피케이를 괴롭힐 수 없어. 내 말을 믿어, 친구."

드디어 탄닌에 도착했다. 호피는 내 머리 위 벽에서 무언가를 끌어내렸다. 놀랍게도 훌륭한 침대였다. 시트가 깔렸을 뿐 아니라 담요도 있었다. 침대 뒤에서 베개 하나와 수건 한 장도 꺼냈다. 그리고 내

가방을 침대에 올려놓아 탄닌에서 승객이 타도 주인이 있는 침대라는 걸 알게 했다. 그리곤 내 손을 잡고 플랫폼을 건넜다. 플랫폼은 더 기다랗고 건물은 더 크다는 것만 빼면 우리가 떠나온 곳과 비슷했다. 역전 맞은편에는 커다란 유리 창문에 '철도 카페'라고 써 붙인, 불빛이 환한 건물이 있었다. 안으로 들어가니 조그만 식탁과 의자가 많았다. 몇 사람이 좌석에 앉아 음식을 먹거나 커피를 마셨다. 담배 연기가 자욱했다.

계산대 안쪽에서 젊고 예쁜 여자가 우리를 쳐다보고 환하게 웃으며 말했다.

"야, 이거 철도 챔피언 키드 루이스 아니야!"

그 뒤에서 나이 많은 여자가 행주치마에 손을 닦으며 나오자, 호피가 꼭 껴안으며 말했다.

"아줌마네 건방진 딸이 벌써 나를 놀리는데, 호피 그론월드랑 링에서 삼 라운드 정도는 뛰어야겠어. 그러면 다시는 못 놀리겠지."

호피가 입이 귀에 걸칠 정도로 활짝 웃자, 계산대 안쪽 여자가 물었다.

"그래, 다음 시합이 언젠가, 챔피언 나리?"

호피가 웃으며 대답했다.

"내일 밤 그래브로트 철도 클럽에서 라이트 헤비급이랑 한 판 붙을 예정이야. 마침내 한 판 크게 붙게 됐어."

예쁘게 생긴 젊은 여자가 낄낄거리며 말했다.

"그놈한테 나 대신 강펀치 두 방만 먹여."

다른 손님 두세 명도 웃었다. 하지만 비웃는 투는 아니었다. 나이 많은 여자는 우리가 앉도록 식탁을 닦아주고, 호피는 내 손을 잡고 팔을 높이 치켜들며 말했다.

"자, 여러분. 미래의 웰터급 세계 챔피언 피케이를 소개합니다."

진지한 목소리였다. 나는 어찌할 바를 몰라 두 눈을 내리깔았다.

"말도 안 되는 소리 그만하고 여기에 앉으라고, 호피 그론월드. 그래야 기차가 출발하기 전에 식사를 마치지."

나이 많은 여자가 수선스럽게 말하자, 예쁘게 생긴 젊은 여자가 나를 보고 웃으며 물었다.

"챔피언께선 딸기 밀크셰이크 어때?"

나는 호피를 바라보며 물었다.

"밀크셰이크가 뭐예요, 호피?"

"밀크셰이크는 천국이지. 두 잔만 갖다 주시지, 게으름뱅이 아가씨."

호피는 주변을 바쁘게 돌아다니는 아주머니에게 시선을 돌리며 주문했다.

"아줌마! 혼합 볶음 요리 이 인분, 최상품으로. 나랑 내 친구는 배가 무척 고프거든."

호피 말이 또 맞았다. 밀크셰이크는 천국이었다. 혼합 볶음 요리가 나올 땐 내 눈을 믿을 수 없었다. 등심, 소시지, 베이컨, 얇게 썬 고기 조각, 간, 달걀부침, 토마토 등이 그득했다. 굉장한 진수성찬이었다! 나는 그런 음식을 그때 처음 먹어보았다. 너무 많아서 다 먹을 수 없었다. 그래서 남긴 음식은 호피가 먹었다. 나는 밀크셰이크를 쭉쭉 빨았다. 알루미늄 빨대에 붙은 건 물론, 컵에 묻은 마지막 한 방울까지 깨끗이 핥아먹었다.

예쁘게 생긴 젊은 여자가 다가와서 옆자리에 앉았다. 호피는 그 여자를 좋아하는 것 같았다. 이름은 안나였다. 입술이 빨갛게 빛났다. 계산대 위에 걸린 시계는 열 시를 가리켰다. 시계 옆에는 몸에 딱 달라붙는, 하얀 나이트 드레스를 길게 늘어뜨린 아름다운 여자 사진이 있었다. 사진 속 여자도 빨간 입술인데, 담배를 물었다. 담배 연기는 시계 쪽으로 무럭무럭 오르다, 결국엔 필기체 글씨로 변했다. 'C에서 C로 편안하게'라는 글씨였다. 나는 그렇게 늦도록 잠을 안 잔 적이 없었다. 눈꺼풀이 납덩이로 된 듯 점차 무거워지기 시작했다.

마지막으로 기억나는 건 호피가 나를 깨끗한 침대에 눕히고 풀냄새 나는 베개를 머리에 받치고 시원한 담요를 덮어주면서 '잘 자게, 친구' 라고 말하는 광경이었다.

깊은 잠에 다시 빠져들기 전에 마지막으로 느낀 건 두 손에 움켜쥔 권투장갑이 편안했다는 거다. 호피는 그걸 '해결사'라고 불렀다. 피케이가 드디어 해결사를 찾았다.

5

잠에서 일찍 깼다. 침대에 누운 채 칙칙폭폭 소리를 가만히 들었다. 창밖으로 희미한 새벽빛이 대초원에 깔렸다. 끝없는 지평선 위로 파란 하늘이 가득했다. 커다란 바오밥나무가 푸른 하늘로 가끔 치솟았다. 객실 문이 열리면서 호피가 김이 모락모락 나는 커피 한 잔을 들고 나타났다. 하얀 셔츠와 팬츠만 입고 바지 멜빵은 풀려서 허리에 대롱거렸다. 호피가 커피잔을 건네며 물었다.

"잘 잤니, 피케이?"

"네, 고마워요, 호피. 어제는 중간에 잠들어서 미안해요."

"괜찮아, 꼬마 형제. 자기 코너에서 못 일어날 때는 누구나 있는 법이지."

권투 용어를 알아들을 순 없지만, 아무러면 어떤가! 호피가 조그만 객실 탁자 꼭대기를 들어 올리자, 놀랍게도 세면대가 나왔다. 수도꼭지 두 개를 틀자, 한쪽은 찬물이 나오고 다른 쪽은 뜨거운 물이 나왔다. 호피는 손가락으로 물을 휘젓더니 이윽고 온도가 "딱 좋다"며 말했다.

"커피를 다 마시고 깨끗이 세수하렴. 그러면 아침을 사줄게."

"괜찮아요, 호피. 아침은 가방에 있어요."

내가 황급히 말하자, 호피는 싱긋 웃으며 말했다.

"으음, 내가 한번 봐야겠군. 가방에 난로와 프라이팬, 버터, 달걀, 베이컨, 소시지, 토마토, 토스트, 잼, 커피가 있다고?"

그리곤 놀랍다는 듯 휘파람을 불더니 계속 이어나갔다.

"마술 가방인가 보구나, 피케이."

나는 빨갛게 달아오른 얼굴을 숨기려고 재빨리 말했다.

"메브로우 선생님은 할아버지가 돈을 충분히 안 보내서 처음 세 끼는 샌드위치를 먹으라고 했어요. 어제저녁에는 고기를 넣은 샌드위치를 먹어야 하는데 혼합 볶음 요리를 먹었어요."

호피가 차창 밖을 바라보다, 천천히 독백했다.

"샌드위치? 나는 샌드위치가 싫어. 지금쯤이면 가장자리는 말라비틀어지고 한가운데서 잼이 흘러나오겠지. 아마 복숭아 잼일 거야. 언제나 맛없는 복숭아 잼을 넣거든."

호피가 다시 쳐다보며 물었다.

"샌드위치는 어디에 있지?"

내가 침대 밑 의자에 있는 가방을 가리키자, 호피는 허리를 숙여서 가방을 열더니 엉성하게 묶은 갈색 종이 포장을 꺼냈다.

"네가 먹을 아침 식사를 검사하는 건 내가 매니저로서 해야 할 신성한 의무야. 너도 알겠지만, 선수는 음식물 섭취에 신경을 많이 써야 하거든."

호피가 종이 포장을 열었다. 갈색 종이에 기름기가 얼룩졌다. 호피 말이 맞았다. 빵은 가장자리가 말라비틀어졌다. 호피가 제일 위에 있는 빵을 꺼내서 안에 든 얇은 고기 조각에 코를 대고 킁킁거렸다. 그러더니 그 빵을 옆에 놓고 그 밑에 있는 샌드위치 두 개를 꺼냈다. 마찬가지로 가장자리는 모두 딱딱하게 말라비틀어지고 갈색 빵 한가운데는 잼이 흘러나왔다. 호피가 의기양양한 얼굴로 소리쳤다.

"복숭아 잼! 언제나 복숭아 잼이지!"

그러더니 나를 무표정한 눈으로 바라보며 덧붙였다.

"안됐지만 피케이, 샌드위치는 이미 모두 상했어. 만들자마자 병원균에 감염되었을 거야. 우리까지 감염되기 전에 당장 버려야겠다."

그리고 창문을 열어서 밖으로 내던지며 말했다.

"일류 선수는 일류 음식만 먹는다. 빨리 세수하렴, 피케이. 배고파 죽겠어. 남아프리카 철도 식당차는 맛있기로 유명하단다."

나는 담요를 뒤로 젖히고 침대에서 내려왔다. 고개를 숙이니 모자 없는 불알이 보였다. 공포가 몰려들었다. 호피가 침대에 눕힐 때 바지를 벗긴 게 틀림없다. 심장이 쿵쾅거렸다. 어쩌면 어두워서 내가 루이넥이라는 사실을 못 볼 수도 있었다. 그걸 보았다면 인생 최대의 모험을 즐기려던 판에 모든 게 엉망으로 변할 터였다.

"빨리, 피케이. 종일 꾸물댈 거야?"

호피가 멜빵을 어깨에 걸치며 재촉할 때, 나는 담요를 재빨리 끌어서 몸을 가리며 대답했다.

"어제 먹은 혼합 볶음 요리가 아직 안 꺼졌어요, 호피. 배가 불러서 아무것도 못 먹겠어요."

"친구야, 누굴 속이려는 거야. 호피 그론월드는 그 정도에 안 속는다고. 허세 부리지 말고 어서 서둘러."

호피가 순식간에 다가와서 단숨에 담요를 빼앗았다. 모자 없는 불알이 만천하에 드러났다. 호피 눈에서 15센티도 떨어지지 않은 거리였다. 나는 두 손으로 불알을 가렸으나 이미 늦었다. 호피가 다 본 게 분명했다.

"나는 미래의 웰터급 세계 챔피언이 아니에요, 그론월드 씨. 나는 저주받은 루이넥이에요."

샘솟듯 흘러나오는 눈물을 억누르며 흐느꼈다. 항상 그런 식이었다. 모든 일이 잘 풀려가다 막판에 엉망이 되었다.

호피는 아무 말 않고 내 앞에 조용히 있었다. 침묵이 궁금해서 밑으로 내리깔던 눈을 들어서 올려다보았다. 호피 눈에 슬픔이 어리더니, 드디어 머리를 흔들며 말했다.

"그래서 미래의 웰터급 세계 챔피언이 될 수 있는 거야, 피케이. 너한텐 자격이 있어."

호피는 잠시 말을 멈추고 한숨을 내쉬더니 다시 이었다.

"미처 얘기를 안 했는데, 친구. 내가 프리토리아 출신한테 판정패 당한 거 기억나지? 그 친구가 영국인이란다. 너 같은 루이넥이지. 레프트 훅을 날릴 때마다 화물차가 달려들듯 내 몸뚱이에 꽂혔단다."

호피는 두 팔을 뻗어 나를 침대에서 들어 올려, 세면대 옆에 천천히 내려놓았다.

"하지만 너는 그놈보다 잘할 게 분명해, 꼬마 형제. 자, 씻고 식사하러 가야지, 친구."

상황이 나빠진 건 없었다. 마음이 놓였다. 나는 호피를 따라 식당차로 갔다. 식탁마다 눈같이 하얀 식탁보가 깔렸다. 은으로 만든 나이프와 포크와 원뿔꼴 종이 모자처럼 접은 순면 냅킨도 있었다. 커피마저 은제 주전자에 담겨 나올 정도였다. 주전자 한쪽에는 필기체로 SAR이라는 글씨가, 다른 쪽에는 SAS라는 글씨가 있었다. 호피와 비슷한 복장이지만, 모자 대신 팔에 냅킨을 두른 사람이 아침 인사를 하고 조그만 식탁으로 안내했다. 그러더니 호피에게 그날 저녁에 싸울 라이트 헤비급 선수가 스물일곱 번 싸우고 열일곱 번이나 KO로 이겼다는데, 진짜냐고 물었다.

호피는 열차 식당차에서 떠도는 소문은 믿을 게 아니라면서 금시초문이라고 대답했다. 그리고 어깨를 으쓱하고 웃으며 말했다.

"아마 내 속도부터 따라잡아야 할걸?"

호피가 내기 비율이 어떠냐고 묻자 그 사람은 큰 선수에게 2대1 비율로 많이 걸었다고 대답했다. 호피가 껄껄 웃으며 10실링을 건네자 그는 돈을 받고 조그만 수첩에 무언가 적었다. 그리곤 토스트와 커다란 접시 두 개를 가져왔다. 호피가 말한 대로 거기에는 베이컨과 달걀, 소시지와 토마토가 있었다. 나는 나이를 먹으면 열차를 자주 이용하리라 마음먹었다.

"오늘 밤이 안 두려우세요?"

호피에게 물었다. 호피가 두려워할 거란 생각은 안 했지만 그래도 내가 편든다는 사실을 알리고 싶었다. 설명에 따르면 오늘 저녁에 싸울 라이트 헤비급과 호피는 덩치가 판사와 나만큼 차이 났다.

호피는 나를 가만히 쳐다보더니 커피를 한 모금 마셔서 씹던 소시지를 삼키며 말했다.

"약간 겁먹는 게 좋아. 앞으로 싸울 상대방을 존중할 줄 알아야 해. 그러면 계속 긴장할 수 있거든. 격투기는 처음에 머리가 심장을 지배해. 하지만 결국에는 심장이 지배한단다."

호피가 말하며 자기 가슴을 포크로 툭툭 치고, 나는 포크를 잡은 게 왼손이라는 사실에 주목했다. 그러다 이런 설명을 들었다.

"왼손을 주로 사용하는 선수를 왼손잡이라고 하는데, 왼손잡이는 오늘 밤처럼 고릴라 같은 선수와 싸울 때 많은 도움이 되지. 상대로선 모든 게 거꾸로 될 테니 말이야. 그러면 내가 파고드는 게 쉬워. 상대가 스트레이트, 레프트와 라이트 잽을 혼동하는 만큼 나는 레프트 훅을 제대로 날릴 기회가 많은 거야."

호피가 하는 말을 나는 전혀 알아들을 수 없었다. 하지만 아무러면 어떤가! 내 손으로 또렷하게 느낀 권투장갑과 마찬가지로 그 말도 하나 같이 옳을 터였다.

"이걸 피스톤처럼 빨리 뻗는 거야. 나한텐 이게 라이트야. 상대가 한쪽 눈을 감을 때까지 얼굴에 계속 퍼붓다 드디어 한쪽 눈이 감겨서 제대로 못 볼 때 왼쪽으로 돌면서 다른 쪽 눈도 감길 때까지 저녁 내내 푸, 푸, 푸, 안면에 쏘아붙이는 거지. 왼손잡이 선수는 그렇게 해서 상대편을 KO 시킨단다."

"나도 그럴 수 있을까요, 호피?"

"당연하지, 피케이. 벌써 말했잖아, 친구. 너는 천부적인 자질을 타고났어."

호피 말에는 날개가 달린 것 같았다. 입에서 나온 말마다 내 가슴속에 뿌리를 박고 무성하게 자라났다.

호피는 남은 아침 시간에 제동수 전용실에서 서류를 작성했다. 침대와 탁자와 세면대와 조그만 선반이 있었다. 천장에는 스피드볼이라는 게 달렸는데, 펀치를 날카롭게 만드는 장비였다. 나는 키가 너무 작아서 손댈 수 없으나, 호피는 빠른 속도로 갈겨서 눈에 안 보이게 만들 정도였다. 나는 권투가 점차 좋아졌다.

호피는 열차를 그래브로트에 세워 탄광에서 안티몬 광석을 실어야 한다고 설명했다. 그래서 9시간을 정차하다 저녁 11시에 카프무이덴으로 출발한다는 것이다.

"걱정할 것 없어, 꼬마 형제. 내 손님으로 시합장에 와서 구경하는 거야. 시합이 끝나면 열차에 태워줄 테니까."

점심 식사 때 또다시 두 눈이 동그래졌다. 아침때와 똑같은 식탁에 앉았는데, 아침에 시중들던 사람이 호피에게 큰 스테이크 한 접시, 내가 먹을 조그만 스테이크 한 접시를 가지고 왔다. 그 사람은 이름이 거트라고 했다.

"요리사가 특별히 요리해서 선물하는 거야, 호피. 주급을 너한테 전부 걸었거든. 이건 홍두깨살 비프스테이크래. 가운데를 덜 익혀서 육즙이 있는 게 정력에 좋다는군."

그러더니 폭소를 터뜨리며 덧붙였다.

"네가 못 이기면 요리사 마누라만 정력이 왕성해질 거야."

호피가 거트를 곁눈질하며 말했다.

"내가 지면 요리사는 돈을 잃겠지만 내기를 중재한 사람은 결과와 상관없이 이익을 챙기겠지. 안 그래, 거트?"

거트가 화난 표정으로 대답했다.

"항상 그런 건 아니야. 네가 프리토리아에서 루이넥한테 졌을 때 한밑천 톡톡히 날렸다고."

"자네한테 미안해서 어쩌지, 응? 나는 스물아홉 번 싸워서 한 번 지고 두 번 비겼는데, 너는 내가 처음 시합할 때부터 내기를 계속 중재했잖아."

호피는 말을 마치고 스테이크를 썰었다.

아침 식사 때는 너무 일찍 나와서 다른 승객이 그다지 없었으나 점심때는 사람이 꽉 차서 하나같이 권투시합 이야기를 하느라 떠들썩했다. 거트는 여기저기 돌아다니며 음식을 주문받고 중간중간에 승객에게 10실링이나 1파운드 지폐를 받아서 그 액수와 이름을 수첩에 적었다.

호피는 포크를 식탁에 내려놓고 나를 보며 말했다.

"너도 내기를 걸어볼래, 피케이?"

나는 어리둥절한 표정으로 쳐다보며 반문했다.

"내기가 뭔데요, 호피?"

호피가 웃으며 말했다.

"우리 꼬마 형제는 아는 게 별로 없군."

호피는 내기에 관해 설명한 다음에 거트에게 오라고 신호했다.

"미래의 웰터급 세계 챔피언한텐 어떤 비율로 줄 거야?"

호피가 나를 가리키며 묻자, 거트는 나에게 얼마가 있냐고 물었다. 나는 수줍어하며 대답했다.

"1실링이요."

"10대 1. 그게 내가 줄 수 있는 최고 조건이야."

나는 할아버지 돈을 걱정하면서 물었다.

"이것도 급한 일인가요?"

"10대 1? 물론이지!"

호피가 장담했다. 나는 주머니에 찌른 안전핀을 빼서 헝겊을 꺼내고 풀어서 할아버지 돈을 꺼냈다. 그래서 거트에게 주었다. 거트는 이번에도 조그만 수첩에 무언가 적었다. 호피는 내 얼굴에 떠오른 근심을 읽었다. 사실 그건 내 돈이 아니었다. 호피도 그걸 안다.

"사람이 살다 보면 가끔은 해서 안 되는 일을 할 때가 있는데 그게 바로 급한 일이란다, 피케이."

우리는 2시 30분 정각에 그래브로트에 도착했다. 태양이 내뿜는 열기는 최고조에 달해 철로에서 아지랑이가 무성하게 피어올랐다. 호피는 온도가 섭씨 42도에 달하니 오늘 밤에는 땀으로 목욕하겠다고 말했다. 우리가 탄 열차는 본선에서 측선으로 벗어났다. 호피는 광석 트럭을 움직이는 조그만 조차 엔진을 가리키며 말했다.

"나는 여기에서 기차가 바뀐단다. 머치손 연합광산에서 광석이 도착하면 그때부턴 열차가 더워서 고생할 거야, 피케이."

우리는 철로를 가로질러 작업장을 지났다. 사람들이 기차를 고치는 중이었다. 우리가 지나자 하나같이 일손을 멈추곤 호피에게 행운을 빌면서 자기네도 오늘 저녁 작업을 모두 팽개치고 시합장에 갈 거라고 소리쳤다. 대부분 카키색 반바지와 장화만 걸쳐서 상체가 기름과 땀으로 번질거렸다. 호피는 그들을 '기름 원숭이'라고 부르면서 세상의 소금이라고 말했다.

호피가 사는 철도원 기숙사에서 우리는 샤워를 했다. 호피는 샤워를 마친 다음, 처음 도착할 때 기숙사 수위가 건네준 갈색 편지봉투를 뜯었다. 그래서 오랫동안 읽더니 아무 말 없이 조그만 옷장 제일 위쪽 서랍에 넣었다. 그리곤 입던 옷을 다시 입는 게 좋다고, 시합을 마치고 다시 샤워한 다음에 깨끗한 옷을 입으면 된다고 말했다.

"이제 쇼핑하러 갈까, 꼬마 형제? 그다음엔 철도 클럽으로 가서 내 세컨드를 만나 오늘 밤 상대할 고릴라를 검토하자고. 운동화를 가져오렴, 피케이. 좋은 생각이 있어."

나는 운동화를 옆구리에 끼고 호피를 따라나섰다. 중심가는 기숙사에서 가까웠다. 볼만한 건 없는 것 같았다. 트럭이 지날 때마다 먼지구름이 꼬리를 물고 일었다. 호피가 찾던 상점에 도착할 즈음에는 입안에 먼지 냄새가 그득하고 눈이 콕콕 쑤셨다. 진짜 따가웠다.

우리가 들어간 상점은 문 위에 'G. 파텔과 아들 잡화상'이라는 글씨가 있었다. 툇마루에는 옥수수와 빨간 콩을 담은 포대, 곡괭이 한 다발,

쟁기, 파라핀 기름통이 있었다. 상점 안은 어둡고 무더운 데다 이상한 냄새가 진동했다.

"냄새가 이상해요, 호피."

"향료를 태우는 거란다, 피케이."

젊은 여성 한 명이 밝은 보라색에 속이 비치는 옷차림으로 상점 뒤에서 나왔다. 연한 갈색 피부였다. 곧은 머리칼은 한가운데를 갈라서 어깨너머로 넘겼는데 허리에 닿을 정도로 길었다. 커다란 눈은 까맣고 얼굴은 아름다웠다. 앞이마 한가운데에 빨간 점이 있었다.

호피가 팔꿈치로 쿡쿡 찌르며 속삭였다.

"운동화를 줘봐, 피케이."

갈색 운동화 두 짝을 건네주었다. 스무 발자국도 안 걸은 신이었다. 신었다는 흔적조차 없었다.

"안녕하세요, 손님. 무슨 일로 오셨나요?"

호피는 인사를 듣고도 대답하지 않았다. 호피가 쳐다보는 표정을 보면 여자는 신분이 낮은 게 분명했다. 그때까지만 해도 카피르인만 신분이 낮은 줄 안 터라 나는 아름다운 여인도 신분이 낮다는 사실에 깜짝 놀랐다.

여인은 호피가 든 운동화를 내려다보고서 말했다.

"흰색과 검은색만 있습니다. 갈색은 없습니다."

"아이 발에 맞는 크기는 있나?"

호피가 무뚝뚝하게 물었다. 여인은 내 발을 보더니 계산대 뒤편으로 갔다. 이윽고 운동화로 가득한 덩어리를 등 뒤에 지고 와서 한 켤레를 건네자, 호피가 말했다.

"신어보렴, 피케이. 잘 맞나 확인해, 알겠지?"

나는 운동화에 발을 넣었다. 흰색이 멋진 신발이었다. 잘 맞았다.

"끈을 묶으렴."

"묶을 줄 몰라요, 호피. 메브로우 선생님이 가르쳐 주지 않았어요."

아름다운 여인이 계산대 밖으로 나와서 신발 끈을 매주었다. 검은 머리칼에 윤기가 흘렀다. 한가운데를 탄 가르마는 일직선으로 뻗었다. 여인이 신발 끈을 다 매고 엄지손가락으로 운동화 코를 쿡쿡 누르며 확인했다. 그러더니 나를 올려다보며 웃었다. 내 눈을 믿을 수 없었다. 치아 한가운데에 다이아몬드가 박혔다!

여인이 고개를 돌려서 호피를 올려다보며 말했다.

"잘 맞는군요."

호피는 여인이 계산대 뒤로 돌아갈 때까지 기다리다 말했다.

"좋아, 물물교환하자고. 저 운동화와 이 운동화를 바꾸는 거야."

그리곤 커다란 운동화를 계산대에 올려놓자, 여인은 해리 크라운 상점에서 산 운동화를 가만히 쳐다보더니 머리를 천천히 저으며 거절했다. 차분한 목소리였다.

"그럴 수 없습니다."

호피는 팔꿈치를 계산대에 올려놓고서 여인을 똑바로 쳐다보았다. 등을 곧추세우고는 턱을 쭉 내민 채 머리를 편 자세였다. 위협하는 것 같았다. 그러면서 침묵해 여인이 입을 다시 열 수밖에 없도록 강요했다.

"제품이 다릅니다. 운동화를 어디서 사셨습니까?"

여인이 한 짝을 집어서 신발 바닥을 검사했다. 그러다 계산대 뒤쪽 문을 바라보며 이상한 말로 뭐라고 했다. 잠시 뒤에 한 남자가 나왔다. 여자와 마찬가지로 까맣고 곧은 머리칼에 갈색 피부인데 다른 사람과 마찬가지로 셔츠와 바지 차림이었다. 나이가 많은 걸 보면 아버지 같았다. 사내는 호피를 바라보며 말했다.

"교환할 수 없습니다. 동일 제품이 아닙니다. 보세요. 여기에 중국제라는 표시가 있잖아요."

그러면서 운동화 신발창을 손가락으로 두드렸다. 그리곤 계산대로 가서 다른 운동화 한 짝을 집어 들며 다시 말했다.

"보세요, 일본제에요. 만든 나라가 다릅니다. 당신이 보다시피 똑같은 제품이 아닙니다. 당신은 이 운동화를 우리 상점에서 산 게 아닙니다. 3실링을 더 내야 합니다."

호피는 아무 얘기도 못들은 듯 계산대로 상체를 기울여서 사내 어깨를 톡톡 치며 말했다.

"밖에는 '파텔과 아들'이라고 썼던데 저 여자는 딸이잖아. 그렇다면 아들은 어디 있지, 파텔?"

파텔이 불만스러운 표정을 걷고 환하게 웃으며 대답했다.

"우리 아들은 정말 영리합니다. 지금 뭄바이 대학에서 공부하지요. 우리가 돈을 매달 보내줍니다. 그 애는 우리한테 편지를 쓰고요. 조금 있으면 석사 학위를 따고 돌아올 겁니다. 우리는 그 애가 돌아오길 학수고대합니다."

"좋아, 6펜스 주지, 파텔. 그 정도면 굉장히 공평한 거야, 이 사람아."

호피가 강하게 말했다. 파텔은 고개를 숙이고 두 손으로 운동화를 비틀어보더니 불만 섞인 표정으로 대답했다.

"1실링."

"6펜스."

호피가 다시 말했다. 파텔이 고개를 저었다.

"그러면 손해가 너무 큽니다."

호피가 사내를 물끄러미 쳐다보며 말했다.

"파텔, 마지막으로 제시하겠는데, 저 아이한테 반셀라를 주는 조건으로 3펜스를 더 주지. 받든 말든 마음대로 하라고, 이 사람아!"

파텔은 머리를 흔들며 혀를 쯧쯧 차더니 마침내 고개를 끄덕였다. 호피는 자기 주머니에서 9펜스를 꺼내 계산대에 올려놓았다. 아름다운 여인이 노란 막대사탕을 꺼내주었다.

"여기 반셀라 있습니다."

여인이 말하며 빙그레 웃었다. 다이아몬드가 내 눈에 또 들어왔다. 나는 고맙다 말하고 사탕을 받았다. 노란 사탕은 맛이 어떨까 궁금했다. 아직 빨간 사탕이 하나 있으니 오늘 밤 권투시합을 구경하면서 두 개를 맛볼 수 있었다.

"고마워요, 호피."

나는 새로 구한 하얀 운동화를 자랑스레 내려다보면서 말했다. 정말 멋있었다. 이제 신을 신어도 다른 사람처럼 걸을 수 있었다.

"지금은 벗는 게 낫겠어, 피케이. 오늘 밤에 내가 시합하는데 옆에서 더러운 운동화를 신으면 안 되니깐 말이야."

나는 운동화를 벗었다. 그러자 호피는 신발 끈 두 개를 하나로 묶어서 내 목에 걸쳤다. 나는 고개를 돌려서 파텔에게 고맙다고 인사했다. 그런데 파텔이 크게 흥분한 표정으로 호피를 가리키며 말했다.

"키드 루이스 씨, 당신을 만나서 대단히 영광입니다! 일주일 내내 당신 얘기랑 권투시합 얘기만 들었습니다. 바로 오늘 아침에는 미카에 사는 형제와 레치텔리에 사는 형제가 전화해서 나한테 내기를 대신 걸어달라고 했습니다. 하느님 맙소사, 당사자를 만나다니!"

호피가 웃으며 말했다.

"나한테 빼앗은 돈 9펜스로 내 쪽에 걸고 그래서 딴 돈을 아들한테 학비로 보내겠군, 파텔."

"아닙니다, 아니에요. 우리는 훨씬 많이 걸었어요. 10파운드요."

"맙소사! 10파운드! 내가 이겨서 받을 액수보다 두 배나 많잖아!"

파텔은 조금 전에 받은 9펜스를 돌려주며 말했다.

"받으세요, 키드 루이스 씨. 내가 이 돈을 받으면 재수가 달아날 것 같아요."

호피가 어깨를 으쓱하곤 나를 가리키며 말했다.

"그 돈은 미래의 웰터급 세계 챔피언한테 주라고."

"당신도 권투선수입니까?"

나는 진지한 표정으로 고개를 끄덕였다. 마음속으로는 그런 편이었다. 파텔이 놀랍다는 표정으로 주머니에 손을 넣어 잔돈을 한주먹 빼더니 그 가운데서 1실링짜리 동전을 꺼내며 말했다.

"1실링을 주겠습니다."

그리고 호피를 쳐다보며 덧붙였다.

"오늘 저녁에 제발 열심히, 열심히 싸워야 합니다."

호피가 웃으며 대답했다.

"자네가 그렇게 한 게 나한테는 아주 좋은 징조야."

"고맙습니다, 파텔 씨."

나도 말하며 은화를 손으로 꼭 움켜쥐었다. 할아버지 돈이 다시 생겼다. 근심 하나를 덜어낸 것이다.

상점에서 나오자 호피가 팔꿈치로 쿡 찌르며 말했다.

"너는 웃기는 놈이야, 피케이. 쿨리한테 존칭을 쓰다니 말이야. 쿨리는 똑똑하니깐 카피르인과 다르긴 해도 백인이 아니라고! 상대편을 언제 속일지 모르거든. 쿨리한텐 존칭을 쓰는 게 아니야."

"저 여자는 치아에 다이아몬드를 박았어요, 호피."

"그래, 저놈들은 돈이 진짜 많아. 쿨리 놈치고 가난한 놈이 없어. 아마 저 상점 뒤에는 커다란 8기통 폰티액이 있을 거야."

"여자가 삼키면 어떻게 하지요?"

"뭘?"

"다이아몬드요. 헐거워진다거나 해서요?"

호피가 웃으며 대답했다.

"배설물을 며칠 동안 샅샅이 조사해야겠지!"

우리는 카페에 들어갔다. 호피는 빨간 음료수 두 병을 주문했다. 계산대 안쪽에서 나이 많은 여자가 아이스박스에서 두 병을 꺼내 뚜껑을 따고 종이 파이프 같은 걸 꽂아서 우리에게 건네주었다. 나는 호피가 먹는 모습을 자세히 살피다 그대로 했다. 조그만 방울이 올라와서 코에 묻었다. 맛이 아주 좋았다. 병에는 '미국 크림 소다'라는 글씨가 있었다. 딸기나무 사탕과 맛이 비슷하면서도 달랐다. 내가 세상에 태어나서 처음 마신 청량음료였다.

우리는 다섯 시 경에 철도 클럽에 들어섰다. 클럽 지배인이 마중 나와서 기온이 45도를 웃돈다느니 비가 너무 안 온다느니 그래서 머치손 산맥 건너편 크루거 국립공원에 가뭄이 심각하다느니 하고 말했다.

클럽 내부는 윤기가 흐르는 빨간 시멘트 바닥이었다. 천장에는 커다란 선풍기 여러 대가 돌아가서 시원했다. 지배인은 광산 사람들이 벌써 도착했으며 호피 세컨드를 비롯한 철도 사람들이 당구장에서 맥주를 마신다고 알려주었다.

당구장에는 녹색 천을 깐 커다란 테이블 세 개가 있었다. 테이블마다 색깔이 아름다운 공이 많았다. 사람들이 기다란 나무로 공을 쳐서 다른 공을 사방에 흩트렸다. 한쪽 구석에 약 이십여 명이 무명천을 덮은 기다란 탁자에 모여 앉았다. 탁자에는 갈색 병이 많았다. 우리가 들어서자 그들 모두 말을 멈췄다. 두 명이 잔을 내려놓고 환하게 웃으며 다가왔다. 호피가 그 손을 마주 잡고 흔들었다. 기분이 좋은 것 같았다. 그러다 나를 보며 말했다.

"피케이, 이 사람은 넬스, 이 사람은 보키. 넬스, 보키, 이 애는 피케이. 미래의 웰터급 세계 챔피언."

아저씨들이 빙긋이 웃으며 인사했다. 나도 두 아저씨에게 인사했다. 우리는 기다란 탁자에 모여앉은 사람들에게 다가갔다.

보키가 헛기침하면서 호피 어깨에 한 손을 얹었다. 배가 많이 나오고 덩치가 크며 빨간 얼굴에 코가 납작했다. 여러 차례 부러진 것 같았다. 호피는 의자에 앉아서 맥주잔을 기울이는 사내를 노려보았다. 상대도 호피를 노려보았다. 나는 두 사람을 번갈아 쳐다보았다. 두 사람은 서로를 그렇게 오랫동안 노려보았다. 호피는 내 손을 계속 움켜잡았다. 손에 힘은 안 들어갔지만, 잔뜩 긴장한 걸 느낄 수 있었다. 마침내 상대가 싱긋 웃으며 맥주잔을 들었다.

"신사 여러분, 차기 남아프리카 웰터급 챔피언 키드 루이스를 소개합니다."

보키가 말하자, 철도원들이 휘파람을 불며 환호했다. 그러자 탁자 건너편에서 한 사람이 일어나 호피와 내가 노려보던 사내를 가리키며 말했다.

"잭해머(착암기; 역주) 스미트를 소개합니다. 일어서, 잭해머. 예의를 지켜야지, 친구."

잭해머 주변에서 광부들이 휘파람을 불며 환호했다. 조금 전에 철도원들이 그런 것과 똑같았다. 잭해머가 천천히 일어섰다. 거인이었다. 머리는 빡빡 밀어 번지르르했다. 호피 손목에 순간적으로 힘이 들어가다 곧이어 풀렸다.

"저놈은 커다란 고릴라에 불과해, 피케이."

호피가 조그맣게 말했다. 잭해머가 우리에게 두 발자국 다가왔다. 짙은 눈썹이 눈 위에 달린 까만 차양 같았다. 며칠 동안 면도를 안 해서 턱 주변에 무성한 털이 새파랬다. 전체적으로 험상궂은 인상이었다. 코는 보키처럼 납작했다. 한쪽 귀는 으깨진 형상이었다.

호피가 손을 내밀었다. 하지만 커다란 사내는 그 손을 안 잡았다. 주변이 쥐죽은 듯 조용했다. 잭해머 스미트는 두 손을 허리에 대곤 머리를 뒤로 살짝 젖힌 채 무연탄처럼 까만 눈으로 호피를 내려다보더니 광부들을 돌아보며 말했다.

“저 꼬마 두 명 가운데 내가 싸울 상대는 누구지?”

광부들이 폭소를 터뜨리며 탁자를 두들겼다. 휘파람 소리도 요란했다. 잭해머가 시선을 돌려서 우리를 쳐다보며 다시 말했다.

“키드 루이스라고, 엉? 보아인 권투선수가 카피르 이름을 쓰다니 그게 무슨 꼴인가, 엉? 창피한 줄 알아야지. 키드(꼬마; 역주) 루이스라? 나는 꼬마하고도 안 싸우고 카피르 애인하고도 안 싸우는데 오늘 밤은 예외로 해야겠어. 네놈만 예외로 하겠다고, 철도원. 내가 한 방 먹일 때마다 살인 기차가 달려드는 느낌일 거야!”

사내가 고개를 돌려서 자리에 앉은 광부들을 바라보며 웃었다. 광부들이 또다시 환호했다. 그러자 사내는 두 발자국 물러나서 자기 자리에 털썩 주저앉아 맥주를 한 잔 가득 들이켰다.

호피가 숨을 잠시 거칠게 몰아쉬다 냉정함을 되찾았다. 그래서 모든 사람이 지켜보는 가운데 빙긋 웃더니 어깨를 으쓱하며 말했다.

“확실히 말할 수 있는 건 내가 네놈과 입으로 싸우는 게 아니라서 다행이라는 거야. 네놈은 입만 슈퍼 헤비급이거든.”

잭해머는 불끈 화내며 철도원들이 앉은 탁자 맞은편으로 맥주를 뿌리고, 호피는 손뼉 치며 환호하는 철도원들을 바라보고 문가로 물러나며 말했다.

“자, 피케이, 이제 가자.”

보키와 넬스가 서둘러 쫓아오고, 호피는 문가에서 몸을 돌리며 다시 말했다.

“저놈을 취하게 하지 말라고, 사람들이 취한 놈을 KO 시켰다고 떠들어대면 곤란하니깐 말이야!”

잭해머 스미트가 당장에라도 달려들 듯 반쯤 일어서며 소리쳤다.

“저 꼬맹이 새끼, 죽여버리겠어!”

“잘했어. 이제 저놈은 2회전도 안 돼서 이성을 잃을 거야.”

보키가 말했다. 그리곤 일곱 시 십오 분에 기숙사로 데리러 갈 테니 그 차를 타고 링을 설치한 럭비 경기장으로 가자면서 덧붙였다.

“사람들이 사방에서 몰려올 거야, 이곳은 물론이고 레지텔리와 미카에서도. 심지어 호드스프리트와 탄닌에서 오는 사람도 있어. 이번 시합에 엄청난 액수가 걸렸네, 친구. 광부는 내기를 좋아하거든.”

호피가 대답했다.

“걱정하지 마. 일곱 시 이십오 분에 보자고.”

우리는 지름길을 가로지르며 철도 기숙사로 걸었다. 태양은 아직도 머치손 산맥에 걸쳐서 대지를 화로처럼 달구었다.

“계속 이렇게 더우면 승률이 바뀌지.”

호피가 한 손으로 햇빛을 가리고 옆눈으로 백납 색깔 하늘을 쳐다보다 다시 말했다.

“진짜 무더운 저녁이 될 것 같아, 피케이. 지옥 불이 활활 타오르는 저녁.”

기숙사에 도착하자 호피가 제안했다.

“우선 샤워하고 그다음엔 누워서 쉬자. 하지만 명심할 게 하나 있어.

피케이, 십 분이 지날 때마다 물을 한 잔씩 갖다 줘. 설사 내가 '그만'이라고 말하더라도. 내가 그만 가져오라고 사정해도 10분 간격으로 물을 한 잔씩 가져오는 거야, 알겠지?"

"네, 호피, 알겠어요."

나는 호피가 시합을 준비하는데 이바지한다는 게 기뻤다. 호피는 문 뒤에 걸린 파란색 조끼 주머니에서 시계를 꺼내 나에게 건네며 다시 말했다.

"10분 간격이야, 알겠지! 그리고 내가 그 물을 꼭 마시게 하는 거야. 알겠어, 꼬마 형제?"

"약속해요, 호피."

나는 진지하게 대답하고, 호피는 옷을 벗고 샤워했다.

창문은 활짝 열리고 천장에는 선풍기가 천천히 돌았다. 호피가 낡은 카키색 반바지 차림으로 침대에 누웠다. 나는 등을 벽에 기댄 채 차가운 시멘트 바닥에 앉았다. 한 손에는 커다란 시계를 들었다. 잠시 뒤에 호피는 온몸이 땀으로 젖었다. 침대 시트까지 축축하게 젖기 시작했다. 나는 10분 간격으로 화장실에 가서 물을 한 잔 떠서 갖다 주었다. 다섯 잔을 마신 뒤에 호피가 침대에 엎드려 누워서 나를 쳐다보며 말했다.

"지금 이러는 비법을 '링'이라는 잡지에서 읽었어. 조 루이스가 잭 샤키와 싸울 때야. 그날도 오늘처럼 푹푹 찌는 날씨였나 봐. 매니저는 조 루이스가 우리처럼 오후 내내 물을 마시게 했지. 시합은 8회전까지 팽팽했어. 그런데 샤키가 무더운 날씨에 지치기 시작한 거야. 시합은 사방이 탁 트인 데서 하느라 링으로 엄청난 불빛을 쏟아대고 기온은 38도가 넘으니 당연히 그럴 수밖에. 15회전을 싸우면 선수는 땀으로 수분을 엄청 잃는데 다시 공급받지 못하면 어떻게 되는지 알아? 커다란 곤경에 처하는 거야. 이 방법이 먹힐지 모르겠다만 너는 내가 낙타처럼 몸에 물을 가득 저장하게 하는 거야. 조도 그렇게 해서 지금 헤비급 세계 챔피언이 되었거든."

"잭해머가 왜 카피르 애인이라고 했나요, 호피?"

"아무것도 아니야. 커다란 고릴라가 하는 말에 신경 쓸 거 없어, 피케이. 내가 오늘 밤에 페이스를 잃도록 하려고 신경을 건드린 거야. 조 루이스는 흑인이라도 카피르인과 다르다고. 피부가 검긴 하지만 멍청이도 아니고 더럽지도 않고 무식하지도 않아. 흑인인 건 맞아도 다른 흑인과 달라. 피부는 까매도 백인과 비슷한 사람이야. 껍데기는 까매도 속은 하얗거든. 하지만 커다란 고릴라가 멍청해서 그 차이를 모르는 거야."

너무 복잡해서 무슨 말인지 알아들을 수 없었다. 피부가 꿀처럼 아름다운 여인은 우리보다 못하고 속이 하얀 흑인은 우리와 비슷하다니. 그래서 물을 여섯 잔째 뜨려고 일어서며 호피에게 말했다.

"나는 조 루이스 같은 보모가 있어요."

"그렇다면 오늘 밤 너희 보모와 안 싸우는 게 천만다행이군, 피케이."

잠시 뒤에 호피가 침대에서 일어나더니 조그만 옷장으로 가서 하모니카를 가져왔다. 그리고 침대에 앉아서 보아 민요 가락을 불었다. 솜씨가 훌륭했다. 흥겨운 가락이 사기를 북돋는 것 같았다.

"하모니카는 사나이와 가장 좋은 친구란다, 피케이. 주머니에 넣고 다니면 기분이 울적할 때 풀어주고 기분이 좋을 때 춤을 추게 하지. 하모니카를 주머니에 넣고 다니는 사람은 친구나 맛있는 음식이 없어도 외롭지 않아. 너도 하나 구하렴. 외로움을 고쳐주는 약이니까."

바로 그때 금속성 소리가 일어났다. 호피가 양말도 안 신은 채 신발을 신고 바지를 입으며 말했다.

"식사시간이다."

기숙사 저녁 식사는 훌륭했다. 구운 쇠고기와 감자를 으깬 요리와 찐 콩과 복숭아 통조림, 마지막이 구운 과자였다. 하지만 호피는 물 한 잔만 마셨다. 동료들이 식탁에 모여들어 호피에게 농담하며 행운을 빌었다. 호피는 나를 미래의 세계 챔피언으로 소개하고, 그들은 호피에게 돈을 걸었다며 잭해머 스미트는 하체가 약하다고 말했다.

"한 대 멋있게 갈기라고, 호피. 가까이 다가가지 말고 빙빙 돌아서 지쳐 떨어지게 하는 거야. 소문에 의하면 그놈은 군살이 많대. 그러니 복부를 공격하라고. 머리는 아무리 쳐도 끄떡없겠지만 복부는 아주 약할 거야."

사람들이 떠나자 호피는 모두 좋은 친구긴 해도 그들이 하라는 대로 하면 망할 거라면서 물었다.

"그놈을 잭해머라고 부르는 이유가 뭔지 알아, 피케이?"

"잭해머가 무슨 뜻인데요?"

"잭해머는 탄광에서 바위를 뚫는 장비야. 무게가 60킬로나 나가지. 잭해머 한 대를 사용하려면 카피르 두 명이 있어야 한다고. 한 놈은 끝을 잡고 다른 한 놈은 중간을 잡은 채 바위에 대고 구멍을 뚫는 거지. 카피르 두 놈이 하기에도 힘든 일이란다. 그런데 스미트는 '잭해머'라는 별명으로 불리잖아. 그건 그놈이 마음만 먹으면 잭해머 한 대를 혼자 잡고서 배로 받친 채 작업할 수 있다는 거야. 그러면 복부 근육이 어떻겠니? 명치 끝을 온종일 맞아도 끄떡하지 않을 거라고."

"나도 알아요. 그러니깐 저녁 내내 얼굴을 공격해 눈 한쪽을 못 보게 해서 방어를 못할 때 왼쪽으로 돌아 다른 쪽 눈이 감길 때까지 푸, 푸, 푸. 그러면 야호! KO다!"

호피는 식탁에서 벌떡 일어나, 깜짝 놀란 눈으로 내려다보며 소리쳤다.

"그 얘기 어디서 들었니?"

"아저씨가 말했잖아요, 호피. 그렇게 하는 거죠, 그렇죠? 내 말이 맞죠, 네?"

"쉬이잇. 다른 사람이 들을라. 조용히 해, 피케이! 야, 진짜 똑똑한 아이로구나."

호피가 말하고 식당을 나갈 때 내가 물었다.

"그런데 잭 샤키는 어떻게 됐나요?"

"누구?"

"몹시 더운 날에 조 루이스가 물을 가득 먹고 싸운 사람이요."

"아, 조가 KO 시켰지. 몇 회전인지는 까먹었어."

보키와 넬스가 1톤 트럭을 몰고 왔다. 문에 '남아프리카 철도국, 그래브로트 역'이라는 글씨가 있었다. 넬스와 나는 뒷좌석에 앉고 호피는 보키와 함께 앞 좌석에 앉았다. 뒷좌석에는 권투 신발과 광택이 멋있게 번뜩이는 빨간 팬티, 파란색 가운을 챙겨 넣은 조그만 가방이 있었다.

가방을 챙길 때 호피는 가운이 자랑스러운 듯 활짝 펼쳐 등 뒤에 '키드 루이스'라고 필기체로 수놓은 자수를 보여주며 묻기도 했다.

"탄닌에서 카페에 갔을 때 여자 한 명 기억나지, 피케이?"

나는 호피가 누구를 말하는지 알면서 다시 물었다.

"예쁜 여자요?"

"그래, 정말 예뻐, 그렇지? 그 여자가 자기 손으로 자수를 놓았단다."

"그 아줌마가 애인인가요? 그 아줌마랑 결혼할 건가요, 호피?"

"전쟁이 터졌으니 어떻게 알겠어?"

호피는 옷장으로 걸어가더니 위쪽 서랍에서 갈색 편지봉투를 꺼냈다. 그래서 봉투 끝을 손바닥으로 툭툭 치며 말했다.

"징집 영장이야. 오늘 도착하자마자 전달받았지. 나는 전쟁터로 나가야 해, 피케이. 여자한테 결혼을 신청하고 전쟁터로 나갈 순 없잖아. 불공평하거든."

가슴이 두근거렸다. 호피처럼 좋은 사람이 어떻게 아돌프 히틀러 밑에서 싸울 수 있단 말인가? 징집 영장이 나왔다는 건 혹시 아돌프 히틀러가 도착해서 판사가 있는 군대에 합류해 나를 포함한 루이넥을 바다로 몰아내겠다는 거 아닐까? 나는 두려움이 가득한 목소리로 물었다.

"히틀러가 벌써 도착했나요?"

"아니, 그게 무슨 소리야! 그 백정 놈이 여기로 오기도 전에 우리가 깨끗하게 깨부술 거야."

호피가 대답하더니, 고개를 들어서 내 얼굴에 가득한 근심을 바라보며 물었다.

"왜 그래, 꼬마 형제?"

나는 히틀러가 와서 루이넥 모두를 레봄보 산맥 너머로 끌고 가서 바다 밖으로 내던질 거라고, 그러면 루이넥 때문에 흑수열과 이질로 이만육천 명에 달하는 아이와 여자를 잃은 아프리카너가 정말 좋아할 거라고 대답했다. 그러자 호피가 다가와서 나를 꼭 껴안았다.

"불쌍한 녀석."

그러더니 내 어깨를 꽉 잡아서 번쩍 들어 올려 내 눈을 똑바로 바라보며 다시 말했다.

"물론 영국인이 잘못한 건 많아, 피케이. 하지만 그건 다 지난 일이야. 게다가 지난 역사 때문에 네가 처벌받을 필요는 없어. 그건 완전히 불필요해. 히틀러는 나쁜 놈이야. 우리가 나가서 물리칠 테니까 너는 어서 자라서 웰터급 세계 챔피언이나 되라고. 하지만 우선 나를 카피르 애인이라고 놀린 고릴라부터 무찔러야지. 잭해머 스미트를 히틀러 새끼랑 싸우는 전초전으로 삼는 거야. 어때, 괜찮지?"

우리는 활짝 웃고, 호피는 운동화를 신으라 말하곤 신발 끈을 권투 선수처럼 매는 법을 가르쳐 주었다.

그때 갑자기 자동차 경적이 일고, 호피는 가방에 가운을 넣으며 말했다.

"자, 가자, 챔피언. 트럭이 왔어."

"잠깐만요, 호피. 사탕을 잊을 뻔했어요."

나는 옷 가방에서 사탕을 급히 꺼냈다.

6

럭비 경기장은 읍 외곽에 있어 먼지투성이 길을 한참 달리느라, 경기장에 도착할 즈음에는 입안에 먼지 냄새가 가득했다. 우리는 자동차가 가득한 곳에 소형 트럭을 주차했다. 옆에는 파란색 커다란 고무나무가 있었다. 회색 껍질이 담갈색 몸통을 둘러싼 나무였다. 철로 작업장에서 온 인부들이 경기장 한가운데에 1m 20cm 높이로 링을 만들어 놓았다. 전기를 책임진 광부들은 전신주 네 군데서 전선을 뽑아 거대한 전등 두 개를 밝혔다. 링 양쪽으로 약 3m 높이였다.

전등에 거대한 반사경을 달아서 강한 불빛을 집중해, 링이 대낮처럼 환했다. 나방과 하루살이가 전등 주변을 수없이 날아다녔다. 밝게 빛나는 인공 태양 주변을 조그만 위성이 불규칙하게 돌아가는 것 같았다.

기다란 의자를 촘촘히 겹친 관중석은 링을 중심으로 거대한 동그라미를 이루며 약 3미터 60센티 높이까지 쭉쭉 뻗어 올랐다. 그래서 모든 사람이 링 주변에서 구경하는 효과를 냈다. 관중석에는 약 2천 명이 모이고, 관중석 밑에는 아프리카인들이 서거나 웅크린 채 백인이 앉은 다리 틈새로 구경하려고 애썼다.

보키와 넬스는 우리를 커다란 텐트로 안내했다. 텐트에는 '머치슨 연합 탄광 주식회사 재산'이라는 글씨가 있었다. 안에는 잭해머 스미트와 세컨드들, 처음 보는 사람 네 명이 있었다. 세 명은 평범한 체구고 한 명은 나보다 많이 안 컸다. 호피가 심판진이라고, 난쟁이가 '주심'이라고 귀에 대고 말했다. 나는 커다란 대머리에 조그만 난쟁이를 보고 감탄했다. 호피 말에 따르면 '외모는 이상해도 권투 규칙에 정통한 사람'이었다.

잭해머 스미트는 번쩍거리는 권투 팬티와 부드러운 경기용 신발 차림이었다. 텐트 안이라서 더 커다랗게 보였다. 우리가 들어설 때 세컨드에게 뭐라고 얘기하는데, 나는 가슴이 철렁했다. 호피가 옳았다. 몸을 돌릴 때 보니 복부 근육이 쇠보다 강한 것 같았다. 양어깨가 특히 무시무시하게 보였다.

"진짜 큰 고릴라로군, 피케이. 저런 놈이 라이트 헤비급이라니 하느님이 웃겠어."

호피가 말했다. 그리고 조그만 가방을 열어 팬티와 셔츠를 벗고는 보호대를 착용했다. 체구가 강인했다. 어깨는 근육이 울퉁불퉁하고 허리는 날씬했다. 두 다리는 쭉 뻗었지만 튼튼해 보였다. 호피가 번쩍이는 빨간색 팬티를 입고 텐트 바닥에 앉아서 양말과 경기용 운동화를 신었다.

잭해머가 전등을 등진 채 텐트 맞은편 코너에서 일어섰다. 새까맣고 음침하고 거대한 체구였다. 오른 주먹으로 왼손 손바닥을 쳐서 박절기 소리 같은 게 텐트 안에 가득했다.

스미트 다리 절반도 안 오는 주심이 선수 두 명을 불렀다. 난쟁이는 누구나 목소리가 그렇게 육중한지 궁금했다. 주심이 선수 두 명에게 장갑을 텐트에서 끼겠는가 링에서 끼겠는가 묻자, 호피가 재빨리 말했다.

"링에서요."

잭해머가 받아쳤다.

"여기서 끼면 뭐가 어때서 그래, 이 친구야?"

호피가 빙그레 웃으며 대꾸했다.

"그것도 눈요깃감이잖아, 친구. 멀리서 온 사람도 많은데 말이야."

"그래, 금방 끝날 시합을 보려고, 엉? 싸우는 시간이 장갑 끼는 시간보다 짧을 테니 말이야."

"그만, 진정하라고."

주심이 말하더니, 커다란 골판지 상자를 가리키며 이어나갔다. 자부심이 엿보이는 목소리였다.

"저건 권투 장갑이야. 오버그 솔리 골드먼 체육관에서 특별히 보낸 10온스짜리 에베레스트."

보키가 상자로 다가가서 권투 장갑 두 켤레를 꺼내, 스미트 세컨드가 있는 곳으로 갔다. 그래서 두 켤레를 전부 주었다. 그들은 한 켤레씩 받아 무릎 사이에 넣고 주무르는 등 자세히 검사한 다음에 한 켤레를 선택했다. 두 켤레 모두 까맣게 반짝였다.

보키는 권투 장갑 한 켤레를 호피에게 주어서 검사하게 했다.

"좋은 장갑이군. 가볍지도 않고."

호피가 부드러운 목소리로 말하곤 수건 한 장을 목에 걸친 다음에 가운을 입었다. 보키는 권투 장갑을 호피 목에 걸쳤다.

“한번 뛰어보자고.”

호피가 말하며 텐트 밖으로 나서자, 잭해머가 갑자기 으르렁댔다.

“이봐, 그론월드, 이기는 사람이 다 갖는 게 어때.”

호피가 몸을 천천히 돌려서 거인을 바라보더니, 내 손을 잡으며 대꾸했다.

“그럴 수야 없지, 스미트. 너도 병원비는 벌어야 하지 않겠어?”

그리고 밖으로 나가자, 잭해머가 등에 대고 소리쳤다.

“네 아들놈은 오늘 경기가 끝날 즈음에 고아가 될 거야, 검둥이 애인아.”

호피가 내 손을 꼭 잡으며 부드럽게 말했다.

“저놈은 2회전을 못 넘길 거야, 피케이.”

그리곤 잠시 멈춰서 내 어깨를 잡으며 덧붙였다.

“절대 잊지 마라, 피케이. 가끔은 최선을 다해서 입으로 싸워야 할 때가 있단다.”

환하게 빛나는 링을 중심으로 조그만 통로가 관중석을 갈랐다. 후원자와 선수는 통로를 지나서 링으로 가야 했다. 자세히 보니 통로를 경계선으로 한쪽은 광부가 가득하고 다른 한쪽은 철도원이 가득했다. 백인 다리 사이로는 잔뜩 흥분한 채 웃음을 머금은 아프리카인들 얼굴이 보였다. 나는 그렇게 많은 사람이 모인 걸 본 적이 없었다. 관중 사이에 감도는 긴장감이 무시무시했다. 넬스 아저씨는 내 손을 꽉 잡고 관중석 상단으로 올라가더니, 나를 빅 헤티 아줌마에게 맡겼다.

빅 헤티는 시합장에 나온 유일한 여성 같았다. 철도 기숙사 요리사로, 저녁을 먹을 때 호피가 소개한 적이 있었다. 빅 헤티는 나에게 복숭아 통조림을 두 개나 주고 구운 과자도 많이 주었다. 호피는 내가 배가 부르더라도 다 먹는 게 좋을 거라고 했다. 왜냐하면, 빅 헤티야말로 진짜 헤비급으로 술 취한 철도원 두 명 정도는 쳐다보지도 않고 한 손으로 처리하는 괴력의 소유자기 때문이다. 그런 빅 헤티가 옆자리를 두드리며 말했다.

"이리 오너라, 피케이. 나랑 여기에 있다가 저 고릴라가 키드 루이스를 해치면 우리가 달려가서 저놈을 해치우자꾸나."

그리곤 커다랗게 웃었다.

호피는 링 한쪽 구석 걸상에 앉았다. 보키는 앞에서 두 손에 붕대를 감았다. 잭해머가 링 한가운데서 호피 쪽으로 손가락 두 개를 치켜들자 광부들이 미친 듯이 웃어댔다. 하지만 호피는 잭해머 스미트에게 눈길조차 안 주었다.

"하, 하, 하, 우리 손으로 해치울까, 얘야?"

빅 헤티가 웃으며 말하더니 자리에서 일어나 링까지 들리도록 커다란 목소리로 소리쳤다.

"엿이나 먹어, 고릴라야. 에라, 엿이나 먹으라고, 원숭이 같은 놈아!"

사방이 갑자기 조용했다. 여자 목소리는 조금도 예상을 못한 터였다. 이윽고 관중석 양쪽에서 포복절도하는 소리가 터져 나왔다.

빅 헤티가 다시 앉더니 옆에 있는 커다란 바구니에서 브랜디 병을 꺼냈다. 그래서 마개를 따고 한 입 쭉 들이켜더니 아주 쓴 약이라도 되는 듯 얼굴을 찌푸리며 입에서 떼어내고 브랜디 병마개를 손바닥으로 '탁' 쳐서 막으며 말했다.

"이제 고릴라를 처리할 수 있겠군."

두 선수가 장갑을 다 꼈다. 호피는 조그만 걸상에 앉아서 가만히 있으나, 잭해머 스미트는 계속 일어나서 산처럼 커다랗고 단단하게 보였다. 물론 나는 사랑하는 친구를 믿으나 거인과 꼬마가 싸우면 어떻게 되는지 잘 알고 있었다. 경험한 바에 따르면 덩치 큰 게 최고였다. 어느덧 내 가슴에는 새로 사귄 친구를 걱정하는 마음이 서서히 틀어박혔다.

"하느님 맙소사! 참새처럼 조그만 녀석 좀 봐! 저렇게 조그만 놈이 저 덩치들을 어떻게 상대할까?"

빅 헤티가 난쟁이 주심을 가리키며 중얼대자, 나는 두려움을 무릅쓰고 설명했다.

"호피 아저씨가 말하길 저 사람은 통달했대요, 헤티 아줌마."

잭해머 스미트는 공중에 펀치를 던지며 링을 돌아다니기 시작했다. 시간이 갈수록 덩치가 커지는 것 같았다. 반면에 걸상에 앉은 호피는 링 코너에 웅크린 개구리 같았다. 넬스는 호피 눈썹에 바셀린을 바르고 보키는 호피에게 마지막으로 지시하는 것 같았다.

조그만 주심이 뭐라고 말하자 세컨드가 링에서 나가고 두 선수는 중앙으로 모였다. 관중석에 정적이 감돌았다. 주심이 두 선수 사이에서 올려다보며 뭐라고 말했다. 두 선수는 고개를 끄덕이면서 장갑을 살짝 부딪치고 코너로 돌아갔다. 관중이 미친 듯이 열광했다. 주심은 두 손을 들고 한 바퀴 빙글 돌며 관중을 진정시켰다. 주심 머리가 로프 위로 살짝 보였다. 전등 빛이 세 사람이 있는 링만 환하게 밝힐 뿐 주변엔 칠흑 같은 어둠이 깔렸다. 선수 두 명과 난쟁이를 수많은 별이 지켜보는 것 같았다.

주심이 관중에게 연설했다. 놀라울 정도로 굵직한 목소리가 멀리 퍼져나갔다.

"오늘 밤, 우리는 다윗과 골리앗이 싸우는 성서 속 위대한 신화를 다시 한번 구경하게 되었습니다."

그리곤 말을 멈춰서 관중이 환호하도록 유도하고, 빅 헤티는 야유하다 브랜디 한 입을 홀짝 들이키며 중얼댔다.

"하느님 맙소사! 참새 같은 놈이 성경 강의까지 하는구먼."

"역사는 똑같이 반복될 것인가? 그래서 다윗이 골리앗을 물리칠 것인가?"

철도원은 환호하고 광부는 야유했다. 주심이 손을 들어 진정시키며 계속 말했다.

"아니면 골리앗이 복수할 것인가?"

이번에는 광부가 미친 듯이 환호하고 철도원이 야유하며 야단법석을 떨자, 조그만 남자는 다시 손을 들어 관중을 진정시키며 소리쳤다.

"청코너, 몸무게 90킬로그램, 머치손 탄광 연합 소속, 북부 트랜스발 전 라이트 헤비급 챔피언, 잭해머 스미트. 22전, 케이오승 11번, 판정패 11번, 승률 50프로. 신사 숙녀 여러분, 잭해머 스미트를 소개합니다!"

광부들이 열광하며 휘파람을 불어대고, 나는 재빨리 물었다.

"승률 50프로가 뭐예요, 헤티 아주머니?"

"저놈이 펀치 한 방밖에 없는 고릴라란 뜻이야."

그리곤 브랜디를 한 모금 마시고 병목을 손바닥으로 닦으며 다시 말했다.

"결론을 말하자면 권투선수가 아니란 뜻이지."

주심이 몸을 돌려서 호피를 가리켰다. 호피가 관중에게 두 손을 흔들었다.

"홍코너, 몸무게 66킬로그램, 그래브로트 출신, 남아프리카 철도국 소속, 북부 트랜스발 웰터급 챔피언이자 최근에 트랜스발 챔피언전에서 패배한 키드 루이스, 전적 15전 14승, 케이오승 8번, 판정패 한 번."

주심이 목청을 가다듬고서 이어나갔다.

"한 가지 기억할 일은 프리토리아에서 근소한 차이로 루이스를 누른 선수가 케이프타운에서 남아프리카 챔피언전을 이겼다는 사실입니다."

그리곤 목소리를 더 높이며 소리쳤다.

"키드 루이스를 소개합니다!"

이번에는 우리가 환호하고, 주심은 우리를 진정시켰다. 호피는 여전히 조그만 걸상에 앉아서 가만히 있고 잭해머 스미트는 씩씩대며 공중으로 펀치를 날렸다. 곧이어 호피에게 날아갈 펀치였다.

"이번 시합은 15회전입니다. 가장 훌륭한 선수가 이기길 바랍니다."

주심은 시합에 대한 권한을 이미 완벽하게 장악했다. 더는 조그맣게 보이지 않았다. 주심이 지시하는 걸 모든 관중이 받아들이는 게 확실했다. 주심이 링 외각으로 가더니, 조그만 탁자 뒤에 앉아서 불빛을 환하게 받는 세 사람에게 물었다.

"준비됐소, 부심 여러분?"

세 사람이 고개를 끄덕이자, 주심은 두 선수를 쳐다보며 말했다.

"공이 울리면 경기를 시작하도록."

어두운 곳에서 1회전 공이 울렸다. 호피가 벌떡 일어서자 넬스가 걸상을 링 밖으로 빼냈다. 잭해머가 호피에게 달려들었다. 살인적인 열기에 잭해머는 몸통이 땀으로 번뜩였다. 나는 첫 번째 사탕 껍질을 이미 벗겨놓았다. 다른 때와 마찬가지로 셀로판종이를 깨끗하게 핥았다. 치아에 다이아몬드를 박은 아름다운 인도 여성이 건넨 노란 사탕이었다. 껍데기에서 파인애플 냄새가 약하게 났다. 하지만 진짜 파인애플보다 달콤했다.

호피가 잭해머 주변을 빙빙 돌았다. 잭해머 스미트가 레프트 잽을 두 번 날리다 라이트 어퍼컷을 올렸다. 호피 근처도 못 가는 펀치였다. 스트레이트 레프트를 잇따라 날렸다. 호피가 뒤로 물러서며 가볍게 쳐냈다. 그리곤 오른쪽으로 도는 척하다 잭해머가 레프트 잽 두 방을 날리며 따라붙자 그 밑으로 파고들며 얼굴을 연타했다. 레프트 두 방에 라이트 두 방이었다. 주먹을 번개처럼 날리고 뒤로 잽싸게 빠졌다. 잭해머가 반격할 즈음엔 벌써 완전히 빠진 다음이었다. 호피는 계속 뒷걸음질 치며 스미트가 이리저리 쫓아오게 했다. 번개 같은 펀치를 가끔 휘둘러서 얼굴을 강타하고 뒤로 재빨리 빠지는 식이었다. 잭해머는 강펀치를 날리려고 애쓰며 집요하게 쫓아다녔다. 하지만 호피는 레프트 라이트를 재빨리 날리고 번개처럼 빠졌다. 1회전에 호피는 잭해머 왼쪽 눈을 중심으로 펀치를 20번 정도 날렸지만 거인은 스트레이트 레프트로 호피 어깨를 살짝 스친 게 전부였다. 물론 호피는 공격권에서 재빨리 벗어났다.

잭해머 스미트가 왼손잡이에 익숙하지 않다는 게 드러났다. 초조하게 보일 정도였다. 1회전 끝을 알리는 공이 울렸다. 두 선수는 자기 코너로 돌아갔다. 이번에는 호피와 마찬가지로 잭해머도 걸상에 앉았다. 숨이 거칠었다. 세컨드 한 명이 입에 물병을 대주자 물을 꿀꺽꿀꺽 들이켰다. 다른 세컨드는 몸에 번지르르한 땀을 스펀지로 닦고 왼쪽 눈에 바셀린을 발라주었다.

호피는 태연한 자세로 숨을 부드럽게 들이켰다. 물병에 꽂은 조그만 빨대로 물을 빨아서 입을 헹구고 보키가 든 양동이에 뱉었다. 넬스가 어깨를 마사지했다. 호피는 보키가 말하는 소리에 귀를 기울이다 가끔 고개를 끄덕였다.

"호피가 이기나요, 헤티 아주머니?"

궁금증을 못 참고 물었다.

"아직 모른단다, 피케이. 초반에는 키드가 빨라서 안 잡히겠지만, 펀치가 짧아서 스미트한테 충격을 못 주는구나."

2회전 공이 울렸다. 잭해머가 호피 얼굴에 펀치 세 방을 날린 걸 빼면 2회전과 다를 게 없었다. 물론 세 방 모두 살짝 스치는 펀치였다. 하지만 그때마다 광부들이 환호했다. 2회전이 끝나자 잭해머 왼쪽 눈두덩에 빨간 흔적이 생겼다. 다음 세 라운드도 호피는 스미트가 헛주먹을 날리며 쫓아오게 하다 기습 펀치를 번개처럼 날리고 반격이 날라오기 전에 빠졌다.

6회전 공이 울렸다. 잭해머 스미트는 링 중앙으로 나와서 주먹을 가슴에 맴돌게 했다. 왼손잡이 상대하는 요령을 드디어 터득하고 링 중앙에서 호피가 달려들도록 유도한 것이다.

잭해머는 두 팔을 내린 채 얼굴을 완전히 드러냈다. 어떤 펀치라도 받아내겠다는 표정이었다. 호피는 가까이 달려들 수밖에 없고, 스미트는 복부를 공격할 기회가 늘어났다. 따라서 호피는 잭해머 왼 눈을 때릴 때마다 맹렬한 강타를 몸으로 받아내야 했다. 잭해머는 고함을 질러대며 레프트와 라이트를 날렸다. 그때마다 관중은 고통 어린 탄성을 뱉어냈다. 6회전이 끝날 즈음에 잭해머 왼쪽 눈이 거의 감겼다. 하지만 호피 옆구리도 빨갛게 물들었다. 두 사람 모두 숨을 거칠게 몰아쉬며 자기 코너로 돌아왔다.

"키드가 불리해 보이는군. 저 고릴라가 요령을 터득했어. 복부에 펀치를 날려서 기운을 빼는 거야. 우리가 생각한 이상으로 두뇌가 있는 놈이야."

빅 헤티가 말했다. 감정이 조금도 안 실렸다. 제삼자가 냉정하게 평가하는 목소리였다.

"저 사람한테 두뇌가 없게 하세요, 헤티 아주머니. 두뇌가 있으면 이겨요."

나는 두려움에 떨며 말하고, 빅 헤티는 색깔이 밝은 중국제 종이부채를 펴서 얼굴에 부쳤다. 얼굴과 목에서 땀이 줄줄 흘렀다. 그러면서 무심한 목소리로 말했다.

"저놈 펀치가 정말 끔찍해, 피케이."

7회전 공이 울렸다. 잭해머가 중앙으로 천천히 나왔다. 온도가 높다는 건 잭해머가 축 늘어뜨린 주먹에서 잘 나타났다. 이제 호피도 먼 거리에서 더 강한 펀치를 날릴 수 있었다. 왼 눈이 완전히 감겼다. 호피는 기회가 있을 때마다 레프트 스트레이트를 오른 눈에 날리기 시작했다. 7회전이 끝날 즈음에 호피가 잭해머 턱에 라이트 크로스를 날렸다. 그러자 잭해머가 거구를 살짝 빼며 펀치를 날렸다. 호피가 공중을 헛치며 약간 비틀대자, 스미트는 기회를 안 놓치고 어퍼컷을 가슴에 날렸다. 펀치 소리가 강하게 일었다. 호피가 비틀거리며 바닥에 쓰러졌다.

"에잇, 망할! 한 방밖에 없는 멍청이가 드디어 한 방을 날렸군. 골리앗이 7회전을 이겼어."

빅 헤티가 화난 목소리로 말했다. 광부들이 광분했다. 조그만 주심이 호피 옆에서 잭해머 스미트에게 중립코너로 가라고 소리쳤다. 하지만 거구는 그 자리에서 안 움직인 채 숨을 몰아쉬며 단숨에 끝내겠다는 듯 호피가 일어서기만 기다렸다. 주심은 카운트를 세지 않았다. 거구가 호전적인 자세로 기다리는 동안 귀중한 시간이 흘렀다. 잭해머 세컨드들이 중립코너로 가라 소리치고, 결국 잭해머가 중립코너로 갈 때는 30초가 훨씬 지난 다음이었다.

주심이 카운트를 세기 시작했다. 호피가 한쪽 무릎으로 일어나서 카운트가 거의 끝날 때까지 기다리다 일어섰다. 주심은 시합을 재개했다. 잭해머가 당장에 끝내려고 바닥을 쿵쿵 밟으며 링을 가로질렀다. 호피는 거의 40초나 쉬면서 기운을 충분히 회복한 상태였다. 그래서 가볍게 피하며 잭해머가 성난 황소처럼 공격해서 기운이 빠지게 했다. 호피가 레프트 어퍼컷을 상대편 눈두덩에 힘껏 날리자 거구가 맞고서 반격하려 할 때 공이 울렸다.

"야, 신난다, 피케이! 저건 행운이야. 고맙게도 참새 같은 놈이 규칙을 제대로 모르는군. 그렇지 않았다면 카운트를 끝낼 때까지 키드가 못 일어났을 텐데 말이야."

빅 헤티가 바구니에 덮은 천으로 얼굴과 가슴을 닦으며 계속 말했다.

"스미트는 멍청이 보아 놈에 불과해. 펀치력은 있는데 두뇌가 없어. 호피로선 행운이야."

나는 너무 흥분한 나머지 막대사탕을 깨서 다 씹어 먹었다. 최소한 30분은 더 빨 수 있었는데 말이다. 나는 혓바닥을 이리저리 돌려서 입안에 남은 파인애플 맛을 즐겼다. 마지막 사탕은 최대한 오래 참다가 꺼내야 했다. 빅 헤티가 바구니에서 보온병을 꺼내더니 컵같이 생긴 병뚜껑에 뜨겁고 달콤한 밀크커피를 가득 따라주었다. 그리고 커다란 통을 꺼내서 초콜릿 케이크 한 조각을 꺼내주었다. 나는 두 눈이 튀어나올 것 같았다. 영원히 기억에 남을 밤이었다, 호피가, 사랑하는 호피가 커다란 고릴라에게 지지만 않는다면 말이다.

호피가 거구 주변을 맴돌며 펀치를 아슬아슬하게 피하는 걸 보니 병아리 할아버지가 돌을 피하던 광경이 떠올랐다. 호피에게도 병아리 할아버지처럼 생존 본능이 있기만 빌었다. 하지만 금방 우울해졌다. 생존 본능이 뛰어난 병아리 할아버지도 결국엔 죽었다. 호피 역시 커다란 고릴라에게 당할 게 분명했다.

8회전으로 접어들자 분위기가 변했다. 잭해머 스미트는 너무 열심히 너무 오랫동안 쫓아다녔다. 괴력도 더위에 지쳐서 많이 줄었다. 걸음만 간신히 옮길 정도였다. 게다가 두 눈이 거의 잠겼다. 호피는 펀치를 마음대로 날렸다. 잭해머는 기회가 있을 때마다 호피를 껴안아, 조그만 주심이 '떨어져!'라고 소리치며 까치발로 일어나서 거대한 팔을 잡아떼게 했다. 9회전과 10회전도 비슷했다. 하지만 호피에겐 잭해머를 쓰러뜨릴 펀치가 없는 것 같았다. 11회전 초반에는 스미트가 호피를 껴안아 거대한 체구로 내리눌렀다. 주심이 떼어놓으려고 다가가자 잭해머 스미트가 뒷걸음질 치며 부딪쳐서 조그만 주심을 거꾸러뜨리더니, 자신이 껴안은 호피에게 강하게 부딪쳤다. 철도원 쪽에서 똑똑히 보였지만 주심과 광부들이 있는 쪽에서 보인 건 잭해머가 팔을 놓자 호피가 비틀거리며 바닥에 나뒹구는 장면뿐이었다.

이번에는 스미트도 중립코너로 재빨리 가고, 주심은 고무공처럼 일어나서 카운트를 세기 시작했다.

대혼란이 일어났다. 철도원들은 '반칙!'이라고 외치면서 주먹을 흔들며 관중석에서 내려오기 시작했다. 카운트 여섯을 외칠 때 공이 울렸다. 보키와 넬스가 링으로 올라가서 거의 무의식 상태로 일어서는 호피를 코너로 데려왔다.

철도원 10여 명이 링으로 다가가서 잭해머에게 욕을 퍼부었다. 광부들도 고함치며 관중석에서 내려왔다. 정말 대단한 소동이었다.

잭해머가 자기 코너에 돌아가서 걸상에 앉아 양동이에 물을 뱉어내는 동안 보키와 넬스는 호피 입에 조그만 물병을 대면서 정신을 차리게 하려고 애썼다. 나는 눈물이 흐르고, 빅 헤티는 나를 가슴에 껴안은 채 잭해머 스미트에게 욕설을 퍼부어댔다.

"야, 이 백정 놈아! 이 더러운 놈아! 내일 우리 부엌으로 와라! 팔다리를 잘라버리겠다! 개새끼야!"

빅 헤티 심장에서 쿵, 쿵, 쿵 하는 소리가 일어났다. 숨을 내쉴 때마다 브랜디 냄새가 코를 찔렀다. 나는 눈물을 멈췄다. 빅 헤티가 너무 세게 껴안아서 숨이 막혔다. 다행히도 빅 헤티가 일어나서 주먹을 흔들며 욕설을 퍼붓는 덕에 빠져나올 수 있었다.

링 주변에서 싸움이 벌어졌다. 부심들이 쓰던 책상도 뒤집혔다. 주심이 두 손을 든 채 링 중앙에 섰다. 대머리가 봉화처럼 번뜩였다. 미동도 하지 않았다. 관중이 냉정함을 조금씩 되찾았다. 사람들이 몰려들어서 싸우는 사람을 떼어내 다른 곳으로 데려갔다. 마침내 주변이 완전히 조용하자 주심은 두 선수를 링 가운데로 나오게 했다. 호피는 난동을 진정시키는 동안 충분히 회복한 것 같았다. 반면에 잭해머는 숨을 거칠게 몰아쉬고 두 눈이 퉁퉁 부어서 끔찍했다. 주심은 호피 팔을 잡고 자신이 팔을 올릴 수 있는 데까지 높이 추켜들며 소리쳤다.

"키드 루이스, 11회전 반칙승."

철도원들은 흥분하며 환호하고, 광부들은 링으로 다시 몰려들자, 빅 헤티가 말했다.

"야, 집단 난투극이 일어나겠군."

하지만 호피는 팔을 빼내서 눈이 거의 안 보이는 잭해머를 가리키며 강하게 따지자, 결국 주심이 두 손을 가만히 올려서 소리쳤다.

"시합 재개!"

두 선수는 각자 코너로 돌아갔다. 공이 계속해서 울렸다. 잠시 뒤에 사람들 역시 링 주변에서 싸우길 멈추며 자리로 돌아가고, 빅 헤티는 천으로 눈물을 닦았다.

"호피 그론월드는 진짜 미친놈이군. 시합을 간신히 이기고는 무효로 하고 다시 싸우겠다니! 저놈은 진짜 배짱이 있어, 피케이. 저놈이야말로 진정한 아일랜드 남자야!"

11회전이 끝나고 십 분 만에 12회전 공이 울렸다. 그동안 호피는 기력을 완전히 회복하고, 잭해머 세컨드는 잭해머가 물을 뱉어내는 중간중간에 왼쪽 눈을 어느 정도 뜨도록 만들어 놓았다. 오른쪽 눈두덩은 이마까지 부어서 도저히 어찌할 수 없었다. 그래서 잭해머는 반쯤 뜬 눈 하나로 호피를 쫓아다녀야 했다.

그건 시합이 아니었다. 호피가 잽싸게 달려들어 번개같이 빠른 레프트 잽 두 방을 왼 눈에 날려서 그 눈마저 다시 감기게 했다. 그런 다음부터 시합은 일방적이었다. 잭해머는 장갑으로 얼굴을 가린 채 가만히 있고, 호피는 무차별 공격했다. 잭해머는 로프에 기댄 채 호피가 휘두르는 펀치를 모조리 맞았다. 호피가 옆구리를 가격하자 잭해머가 반사적으로 커버링을 열었다. 호피는 그 틈을 안 놓치고 완벽한 레프트 어퍼컷을 턱에 올려붙였다. 거대한 덩치가 바닥으로 뒹굴었다. 바로 그때 공이 울렸다.

호피는 양어깨를 축 늘어뜨린 채 코너로 돌아왔다. 지칠 대로 지쳐서 의지가 아닌 본능으로 싸우는 게 분명했다. 잭해머 세컨드들이 링으로 올라가 장님이 된 선수를 일으켜서 자기네 코너로 데려가고, 빅 헤티는 의기양양한 얼굴로 장담했다.

"이제 됐다! 저 정도면 수건을 던질 거야! 호피가 케이오로 이긴 거야!"

나는 심장이 뛰었다. 조그만 사람도 커다란 사람을 이길 수 있는 게 확실했다. 중요한 건 두뇌와 기술과 마음과 계획이었다. 완벽한 계획 말이다.

하지만 우리 판단은 틀렸다. 13회전 공이 울리자 잭해머 스미트가 천천히 일어서더니 다리를 질질 끌며 링 중앙으로 나왔다. 호피 역시 짧은 휴식으로 기운을 회복하기에는 너무 지쳐서 동작이 그렇게 빠르지 않았다. 잭해머 스미트가 기권할 거라 예상하다, 중앙으로 나오는 걸 보고서 피로가 갑자기 몰려오며 계속 싸울 의지 자체를 상실한 모습이었다. 마치 두 사람 다 무의식 상태에서 서로에게 다가가는 것 같았다.

호피는 잭해머 안면에 레프트 스트레이트를 갈겼다. 잭해머가 코피를 흘렸다. 호피는 안면에 펀치를 연달아 날렸다. 하지만 펀치에는 힘이 없었다. 잭해머는 반격을 못 하고 자존심으로 버티면서 공격을 받아냈다. 그러다 호피를 가까스로 껴안고 위에서 내리눌러서 지치게 하려 했다. 주심이 떨어지라고 소리치자 잭해머는 호피를 밀치면서 손바닥으로 안면을 강타했다. 반칙이었다.

호피는 바닥에 쓰러지자마자 오른손으로 지탱하며 한쪽 무릎을 일으켰다. 군중이 함성을 내지르자, 잭해머는 상대편이 쓰러졌다 판단하고 두 팔을 내린 채 앞으로 나갔다. 두 눈이 피로 얼룩진 터라 자신을 향해 날라오는 펀치를 알아챌 순 없었다. 호피가 바닥에서 일어나며 체중이 다 실린 레프트를 턱에 날린 거다. 거인은 잠시 비틀거리다 정신을 잃고 바닥에 나뒹굴었다.

"썩은 고목 같군!"

빅 헤티가 소리쳤다. 관중이 열광했다. 나는 조그만 사람이 거인을 무찌르는 완벽한 계획과 결과를 내 눈으로 직접 보았다. 처음에는 머리로, 다음에는 마음으로. 호피는 마지막까지 생각했다. 나는 승리하는데 꼭 필요한 법칙을 배웠다. 그건 계속 생각하는 것이다.

호피는 잠시 기절한 상대편 옆으로 가서 장갑 낀 손을 들어 잭해머 스미트에게 경례하고, 중립코너로 갔다. 주심이 카운트를 시작했다. 카운트가 끝나도 잭해머는 꼼짝을 안 했다. 호피는 자기 코너로 돌아가서 우리에게 두 팔을 들고 승리를 기뻐했다. 다리가 비틀거렸다. 넬스가 걸상을 재빨리 올려주어 호피는 거기에 앉았다.

나는 흥분을 이길 수 없어 제자리에서 껑충껑충 뛰며 세상이 떠나라 환호했다. 지금까지 살면서 가장 기쁜 순간이었다. 희망이 생겼다. 조그만 사람이 거인을 쓰러뜨리는 광경을 내 눈으로 확인했다. 이제 나는 조금도 무기력하지 않았다. 빅 헤티가 나를 잡아서 머리 위로 높이 들어 올렸다. 밝은 달빛이 우리를 선명하게 비춘 것 같다. 호피가 비틀거리며 일어나더니 우리에게 한 손을 흔들며 빙그레 웃었다.

잭해머 스미트는 세컨드에게 부축받으며 간신히 일어나 링 중앙에 섰다. 주심이 호피에게 나오라고 손짓했다. 그리고 호피 손을 치켜들며 소리쳤다.

"성서는 진실을 말합니다. 조그만 다윗이 골리앗을 물리쳤습니다! 13회전 KO승으로 이긴 키드 루이스!"

철도원들이 요란하게 환호했다. 광부들도 손뼉 쳤다. 사람들이 관중석을 떠나기 시작했다.

두 선수가 링을 떠나자 식당차에서 내기 돈을 받던 웨이터 거트가 링으로 올라와서 내기 돈을 정리하기 시작했다. 정말 엄청난 시합이었다. 심지어 광부들까지 즐거워했다. 그들도 남아서 바비큐와 댄스파티에 참석할 것 같았다.

철도원 네 명이 빅 헤티를 붙잡고 관중석 아래로 가까스로 내려왔다. 브랜디 반병을 다 비워서 혼자 내려올 수 없었던 거다.

"우리가 본때를 보여줬어. 우리 동료가 커다란 고릴라를 때려눕혔어! 진짜 멋진 한 판이야, 그렇지, 피케이? 심장이 사자 같은 멋쟁이 대장부야."

빅 헤티가 말하는데, 영국식 악센트가 부드러웠다. 뜻밖이었다.

"어이쿠!"

빅 헤티가 계단을 헛디디면서 옆에서 부축하던 두 명 위로 넘어졌다. 사람들이 웃음을 터뜨렸다.

우리는 링으로 다가갔다. 거트는 내기 상금을 열심히 돌려주는 중이었다. 빅 헤티는 내가 걸어 다니는 지팡이라도 되는 듯 내 어깨를 한 손으로 짚으며 말했다.

"나는 브랜디를 많이 마시면 늘 아일랜드식으로 발음하지. 우리 아버지가 이렇게 말씀하셨단다. '얘야, 술 취한 사람을 점잖게 하는 건 아일랜드식 발음밖에 없어.' 신이시여, 우리 아버지 영혼을 평안케 하소서. 아버지 말이 맞아. 술에 취하면 아프리카너식 발음이 나오질 않아."

나는 아무 말도 안 했다. 호피가 빅 헤티에게 내가 루이넥이란 사실을 말한 것 같았다. 하지만 나는 모험하지 않았다. 아직은 위장술이 완벽했다. 빅 헤티가 적으로 여기는지 친구로 여기는지 일부러 확인할 필요는 없었다.

링 주변에는 상금을 받으려는 사람이 기다랗게 줄 서서 기다렸다. 링이 조금씩 다가오자 빅 헤티는 다시 아프리카너식 발음으로 거트에게 소리쳤다.

"아무짝에도 쓸모없는 악당아! 5파운드를 빨리 줘!"

아프리카너식 발음에는 술 깨는 효과가 있는 것 같았다. 그래서 줄 맨 앞까지 맹렬한 기세로 다가가자, 거트가 1파운드 지폐 다섯 장을 건네며 점잖게 말했다.

"내기에 이겨서 축하합니다, 헤티."

빅 헤티가 곁눈으로 올려다보며 대답했다.

"나랑 한 약속도 잊지 말고. 크라운 라저 맥주 세 상자를 내일 밤까지 기숙사로 가져와. 냉장실에 넣을 테니까 일찍 가져오도록."

"두 상자라고 했잖아요."

거트가 투덜대자, 빅 헤티가 대답했다.

"내 속에 있는 아프리카너는 두 상자라고 했지만 이렇게 멋진 시합을 보니, 내 속에 있는 아일랜드인이 세 상자라고 하는군. 어쨌든 너도 돈을 많이 벌었잖아. 호피 그론월드가 이길 확률은 낮았으니 말이야."

"아니에요. 별로 못 벌었어요. 마지막에 호피한테 거는 사람이 몰려들었어요."

"똥 같은 소리 하네! 세 상자 안 가져오면 다음 크리스마스까지 스테이크 먹을 생각은 말라고."

빅 헤티가 으르렁댔다. 술에서 완전히 깨어난 것 같았다.

"애당초 당신하고는 약속하지 않는 건데."

거트가 웃으며 말하곤 다른 고객에게 시선을 돌렸다.

우리가 도착할 즈음에 호피가 텐트에서 나왔다. 철도원이 사방을 에워쌌다. 잭해머가 머리로 받은 왼쪽 눈두덩에 붙인 커다란 반창고 말고는 별다른 이상이 없는 것 같았다. 물론 자세히 보면 오른 눈이 짙은 보라색으로 부은 걸 알 수 있었다.

보키와 넬스가 곁에 있었다. 사람들이 펀치를 공중에 날리며 실컷 떠드는 소리를 누구도 막을 수 없었다. 호피 주변으로 몰려드는 철도원이 계속 늘어났다. 나는 키가 작아서 호피를 못 보자, 빅 헤티가 공중으로 높이 추켜올렸다.

"미래의 세계 챔피언한테 길 좀 내주세요."

호피 소리가 들렸다. 어떤 손이 나를 잡아 사람들 머리 위로 옮겼다. 호피가 나를 받더니 어깨에 한 손을 얹으며 말했다.

"커다란 고릴라한테 본때를 보여주었어, 그치, 응, 피케이?"

"네, 호피."

나는 갑자기 눈물을 글썽이며 말을 이었다.

"계획만 있으면 조그만 사람도 커다란 사람을 물리칠 수 있어요."

호피가 웃으며 말했다.

"고백할 게 있는데, 사실은 오늘 밤에 그 계획이 실패할 줄 알았어."

"절대로 안 잊겠어요. 처음은 머리로, 다음은 심장으로."

나는 호피 무릎을 껴안았다. 호피가 내 머리를 쓰다듬었다. 예전에 누군가 내 머리를 문지른 적이 있다. 똥 묻은 손이었다. 하지만 이번에는 따뜻하고 부드러운 손이었다.

기차가 출발하기 세 시간 전이었다. 군중 대부분은 시합이 끝난 뒤에 부인을 만나서 함께 댄스파티에 가려고 뒤에서 기다렸다. 광부와 철도원, 여행 중인 승객 모두 함께 어울렸다. 시합할 때 느낀 적대감은 모두 잊었다. 아프리카인들만 집으로 돌아갔다. 허가증도 없고 머물 수도 없었다.

나는 빅 헤티 아줌마가 준 초콜릿 케이크를 먹은 터라 음식을 많이 먹을 수 없었다. 소시지 두 개와 고기 한 점을 먹으니 들어갈 데가 없었다. 고기 일부를 지나가는 개에게 주기도 했다. 그 개는 그 날을 크리스마스 날로 착각한 게 분명하다. 고기 한 점을 받아먹은 뒤로 내 곁을 안 떠났기 때문이다. 나이 많은 암캐로 새끼를 너무 많이 낳아서 몸이 마른 데다 젖꼭지가 땅으로 축 늘어졌지만, 멋있었다. 개는 늙은 암캐가 흔히 그러듯 천천히 걸었다. 나는 우리가 서로 안다는 느낌을 받았다. 한쪽 귀가 찢어지고 왼쪽 눈이 거의 감겼다. 싸우다 그렇게 됐으리라. 털은 대체로 노란데 엉덩이에 갈색 반점이 있었다.

긴 하루였다. 피로가 몰려들었다. 나는 행복한 느낌에 빠져서 그렇게 늦도록 안 잔 적이 없었다. 개는 커다란 고목 밑에 앉아 있었다. 호피가 나를 들어서 트럭으로 데려갔다. 나는 너무 피곤한 나머지 노란 개가 따라오는지 어떤지 쳐다볼 수조차 없었다.

빅 헤티는 트럭 뒷자리에 앉았다. 거대한 몸뚱이가 자리를 다 차지했다. 브랜디 한 병을 입에 대고 노래도 불렀다.

"아일랜드인 눈웃음은 아침에 부는 미풍 같아라!"

놀라울 정도로 심한 음치였다. 그렇게 노래를 못하는 여자는 생전 처음이었다.

"쉿, 헤티! 미래의 세계 챔피언이 잠자려 해요."

호피가 말리자, 빅 헤티가 노래를 멈추고 술병을 조그맣게 두드리며 말했다.

"멋쟁이 친구, 이리 와서 헤티한테 멋진 키스 한번 날리라고."

빅 헤티가 다시 아일랜드식으로 발음했다. 또 술에 취했다는 생각이 들었다. 그게 마지막 기억이었다.

7

칙칙폭폭 소리에 잠에서 깨어났다. 어느덧 귀에 익은 소리였다. 새벽이었다. 차창으로 들어오는 빛을 보니 병아리 할아버지가 기숙사 창가에서 우스꽝스러운 모가지를 길게 내밀고 크게 울어대던 시간 같았다. 병아리 할아버지 때문에 나는 첫새벽에 눈을 뜨는 게 습관이 되었다. 차창을 스치는 빛에는 아직 회색이 부드럽게 깔렸다. 이제 태양이 사방을 환하게 밝히리라.

풍경이 달라졌다. 어제는 푸른 언덕이 울퉁불퉁하더니 지금은 30m에 달하는 바위 절벽이 듬성듬성 보였다. 활엽수도 있었다. 저 멀리

지평선 너머로 치솟은 산맥이 물기 어린 보라색 수채화처럼 보였다. 어느새 저지대로 접어든 것이다.

일어나 앉았다. 셔츠 앞에 핀으로 꽂은 종이가 보였다. 안전핀을 뺐다. 종이 한 장과 1실링짜리 지폐 열 장이었다. 어리둥절했다. 이렇게 많은 돈을 만진 건 처음이었다. 이렇게 큰돈이 셔츠에 꽂힌 이유를 이해할 수 없었다. 막대사탕 하나가 1페니니, 10실링이면 막대사탕을 120개나 살 수 있었다. 종이에 호피가 쓴 글이 있었다.

사랑하는 피케이!

네가 딴 돈이다. 커다란 고릴라에게 누가 강한지 우리가 확실히 가르쳐 주었어. 조그만 사람도 큰 사람을 이길 수 있어. 하지만 계획이 있어야 한다는 걸 명심하거라. 내가 바닥에 쓰러져서 카운트 세기만 기다린다고 잭해머 스미트가 착각할 때 단숨에 갈겨서 KO 시킬 때처럼 말이야. 하, 하, 하. 항상 명심해라. 처음에는 머리로, 다음에는 마음으로. 두 가지가 없으면 계획을 아무리 세워도 소용없어!

명심해라. 너는 미래의 세계 챔피언이야. 행운을 빈다, 꼬마 형제.

권투를 하는 친구

호피 그론월드

추신. 기회가 있을 때마다 이렇게 읊으렴.

"처음에는 머리로, 다음에는 마음으로. 그래서 다른 모든 사람을 처음부터 앞서야 한다." H.G.

병아리 할아버지와 보모 다음으로 사귄 친구가 떠난 게 슬펐다. 작별인사도 못 했다. 호피는 밤에 스치고 지나는 기차처럼 잠시 스치고 지나갔다. 하지만 내 인생을 바꾸어 놓았다. 나에게 홀로 서는 능력을 주었다. 생각과 용기, 마음과 계획, 결단 등을 말이다. 호피는 주변 세계가 나를 무너뜨리지 않는다는 확신을 주었다. 나에게 방어할 능력을 주었다. 자기 몸으로 모든 걸 보여주며 나에게 희망을 심었다.

새벽이라 그런지 칙칙폭폭 소리가 유난히 크고 또렷하게 들렸다. 여명을 밝히려고 달리는 것 같았다.

정신이 들자 어디선가 규칙적으로 숨 쉬는 소리가 들렸다. 처음에는 숨을 깊게 들이쉬더니 잠시 아무 소리도 안 나다 이윽고 엄청난 공기를 내뿜는 소리였다. 처음에는 기차에서 나는 소리인 줄 알았다. 기차를 모르는 문외한이라 어쩔 수 없었다.

이윽고 뭔가 고약한 냄새가 코를 찔렀다. 소리와 관계가 있는 것 같았다. 냄새가 너무 고약해서 담요로 코를 막아야 할 정도였다. 코를 틀어막고 주변을 살폈다. 아래 침대에서 빅 헤티가 외출복 차림으로 자고 있었다. 그러면서 수면에 올라온 향수 고래처럼 숨을 몰아쉬었다. 숨을 들이켤 때는 가슴과 배가 침대 천장에 닿을 정도였다.

"아우! 퓨으으프!"

뒤따르는 지독한 냄새!

팔 하나가 뻗어 나와 객실 바닥을 짚었다. 침대 밑으로 안 구르게 하는 버팀목이었다.

맞은편 침대에는 조그만 옷 가방과 장방형 널찍한 소풍 바구니가 있었다. 객실에는 우리 둘이 전부였다. 빅 헤티가 뱉어내는 술 냄새 때문에 침대에 그대로 있다간 숨 막혀 죽을 것 같았다.

침대 밑으로 몸을 숙여서 창문을 열었다. 최대한 다가가서 코를 내밀고 차창에 스치는 신선한 공기를 들이켰다. 코가 어는 것 같아 머리를 뒤로 뺀 다음 주머니에서 할아버지 돈을 넣던 보자기를 꺼냈다. 호피 편지와 10실링을 거기에 놓고 조심스레 싸서 주머니 안쪽에 단단히 넣었다. 그리곤 주머니와 함께 핀으로 찔렀다. 이제 부자였다.

빅 헤티를 안 건드리려고 침대에 매달려서 발을 굴러 바닥으로 뛰어 내렸다. '쿵'하는 소리가 조그맣게 일어났다. 빅 헤티가 깨지나 않을까 조마조마했다. 하지만 업어가도 모를 정도로 깊은 잠에 빠져들 뿐이었다. 약간 열린 문을 두 손으로 밀어서 살짝 열고 복도로 나왔다. 정면으로 보이는 복도 창문이 반쯤 열린 상태였다. 발끝으로 서서 신선한 공기를 빨아들였다.

그렇게 서서 조금씩 걷히는 새벽을 바라보았다. 저지대라 그런지 태양이 뜨기 전에 몹시 추웠다. 담요가 없어서 몸이 덜덜 떨렸다. 바퀴가 내는 칙칙폭폭 소리에 집중하면서 추위를 잊으려 애썼다. 칙칙폭폭 소리가 뭐라고 말하는 것 같았다.

"머리-를-마음에-합쳐 처음-부터-앞-서라. 머리-를-마음에-합쳐 처음-부터-앞-서라."

리듬에 따라 머리가 흔들렸다. 홀로 서려면 꼭 지켜야 할 원칙 같았다.

너무 추웠다. 창문이 열린 복도에 더는 있을 수 없었다. 그래서 복도 끝 화장실로 들어가서 문을 닫았다. 오줌이 마려웠다. 오줌을 싼 다음에 변기 옆 손잡이를 당겼다. 그러자 변기 바닥 뚜껑이 열리더니 철로가 나타났다. 바퀴 소리가 곧장 달려들었다. 자갈과 침목이 휙휙 지나쳤다. 나는 손잡이를 잡고 가만히 있었다.

판사가 똥을 처바른 이래 나는 배설물을 가끔 떠올렸다. 호스텔에서는 양철통에 대소변을 보았다. 그러면 사람들이 1주일에 한 번씩 밖으로 가져나가 양철통을 비우고 소독약 냄새로 가득한 양철통을 다시 갖다 놓았나. 그렇게 많은 배설물을 모두 어떻게 처리하는지 궁금했는데 최소한 기차에서는 배설물을 어떻게 처리하는지 알 것 같았다.

이윽고 화장실에 있는 것도 너무 추워서 객실로 돌아왔다. 안으로 들어서자마자 위험에 처한 빅 헤티를 발견했다. 버팀목 노릇을 하던 팔이 결국 무너져서 거대한 상체가 바닥으로 구른 채 두 발을 침대에 걸친 상태였다. 치맛자락은 홀라당 뒤집혀서 얼굴을 뒤덮었다. 숨을 들이쉬면 치맛자락이 얼굴에 달라붙다 내쉬면 부풀어 올랐다. 종아리가 연분홍 속옷을 비집고 나왔다. 푸르스름한 실핏줄이 가득했다.

무릎 바로 위에 속옷 고무줄이 있었다. 육중한 몸뚱이가 목과 어깨를 내리눌러 얼굴이 빨갛게 변했다. 입 가장자리에서 거품이 나왔다. 나는 빅 헤티를 깨우려고 힘껏 흔들며 "일어나세요, 헤티 아주머니" 하고 소리쳤다. 하지만 앓는 소리를 내다 숨을 들이켜곤 잠시 뒤에 내뿜을 뿐이었다. 그럴 때마다 심하게 코 고는 소리와 함께 썩은 냄새와 거품이 흘러나왔다. 그렇게 뒤집힌 채 상체는 바닥에, 하체는 침대에 걸치면 안 된다는 생각이 들었다. 하지만 침대로 들어 올리기엔 내가 너무 약했다.

나는 육중한 몸뚱이를 밟고 침대로 올라가서 두 다리를 객실 벽에 댄 채 있는 힘을 다해서 묵직한 다리를 밀었다. 이윽고 다리가 '쿵' 소리와 함께 바닥으로 떨어졌다. 이제 빅 헤티도 잠에서 깰 것 같았다. 거대한 몸뚱이가 침대 사이 객실 바닥을 빈틈없이 메웠다. 통조림 공장에서 큰 깡통에 집어넣은 통조림 같았다. 하지만 빅 헤티는 깨지 않았다. 숨을 계속 몰아쉬긴 해도 거칠게 코 고는 소리는 사라졌다. 얼굴에서 빨간 기운도 사라졌다. 좋은 징조였다. 거품도 안 나왔다.

나는 묵직한 배로 내려가서 치마를 제대로 입히고, 침대에서 파란 담요를 내려 덮어주었다. 그런 다음에 머릿밑으로 베개를 간신히 넣었다. 숨을 내쉴 때마다 악취가 진동했다.

덩치가 너무 커서 담요로 다 덮을 수 없었다. 가슴과 배와 발끝을 덮은 담요가 파란색 조그만 텐트 같았다. 객실 한가운데서 빅 헤티 텐트가 커지다 작아졌다.

내 침대로 올라가서 담요로 몸을 감싸고 앉아 열린 창문에 코를 내밀었다. 아무 생각도 안 났다. 멀리 보이는 레봄보 산맥 위로 태양이 떠올랐다. 크리스털 술잔에 담긴 듯 아프리카 초원 전체가 번쩍번쩍 빛나기 시작했다.

문이 갑자기 덜컹대더니 날카로운 목소리가 일어났다.

"차장!"

이윽고 문이 열리며 호피와 똑같은 유니폼에 몸뚱이는 훌쭉한 사내가 나타났다. 단정한 옷차림에 거울처럼 빛나는 장화가 다를 뿐이었다. 모자에는 파란색과 하얀색이 어우러진 타원형 에나멜 배지가 있었다. 배지 가장자리에는 '남아프리카 철도'라는 글씨가 있었다. 하지만 호피 모자에 달린 배지에는 '제동수'라는 글씨가 있었는데 그 배지에 있는 건 '차장'이라는 글씨였다. 배지에 무슨 글씨가 있든 차이는 별로 없을 것 같으나, 힘없는 꼬마가 혼자 여행할 때는 모든 정보를 최대한 빨리 입수해서 재빨리 판단해야 한다. 위장을 얼마나 잘하는가는 그 판단에 달렸다.

객실 문에 나타난 사람은 학교에서 크레용으로 그린 것처럼 가늘고 새까만 콧수염이 얼굴에 있었다. 그 얼굴이 신경질적인 표정을 가득 떠올린 채 빅 헤티 텐트를 내려다보았다. 장화가 빅 헤티 얼굴 바로 앞에서 번뜩였다.

"헤티 아주머니가 침대에서 떨어졌습니다, 선생님."

나는 겁에 질린 목소리로 설명했다.

"왜 나야? 왜 항상 나냐고? 왜 항상 피크 보싸야? 내가 무슨 나쁜 일을 저질렀다고 이렇게 나만 못살게 굴어?"

상대가 말하더니, 나를 쳐다보고 심문하는 어투로 물었다.

"네가 이 여자 보호자냐?"

미처 대답도 하기 전에 상대가 잔뜩 찌푸린 이마에 엄지와 검지를 대고 다시 말했다.

"물론 아니겠지. 이 사람은 빅 헤티니까."

그러더니 갑자기 기겁하며 소리쳤다. 울음 섞인 목소리였다.

"하느님 맙소사! 빅 헤티가 내 기차에서 자다니! 도대체 어떻게 된 일이냐, 얘야?"

"잘, 잘 모르겠습니다, 선생님. 잠에서 깨니까 저 아줌마가 여기에 있었습니다."

피크 보싸가 코를 킁킁대더니 머리를 뒤로 젖혔다.

"어이구, 이 여자는 여기에 있으면 안 돼!"

상대는 잠자는 빅 헤티를 경멸하는 표정으로 내려다보더니, 몸을 약간 숙인 채 한 손을 객실로 넣으며 말했다.

"차표를 줘라, 얘야."

"여기 있습니다, 선생님."

전날 시합장에 나가려고 갈아입은 깨끗한 셔츠에서 호피가 차표를 찔러준 안전핀을 재빨리 만지며 대답했다.

"이리 가져오너라. 죽어 나자빠진 암소를 올라탈 순 없으니 말이다."

나는 침대 끝으로 기어가서 팔을 쭉 뻗어 그가 뻗은 팔에 차표를 간신히 건넸다.

"구멍이 안 찍혔잖아. 기차에 탔다는 표시가 없어! 나는 심령술사가 아니라고! 차표에 구멍이 안 찍혔다고, 이놈아!"

"차표에 구멍을 찍어야 한다는 사실을 몰랐습니다, 선생님."

나는 두려움을 억누르며 대답했다.

“지랄 맞을 호피 그론월드가 그런 게 분명해! 나를 귀찮게 하려고 일부러 그런 거야. 차표에 구멍을 안 찍는 건 불법이야. 군대에 입대하면 차표를 안 찍고 돌아다녀도 되는 줄 아는 모양이지? 자기가 대단한 사람이라도 되는 줄 착각한 모양이야. 우리가 차표에 구멍을 안 찍고 돌아다니면 어떻게 되겠니, 응?”

“호피 아저씨는 다른 사람들 차표엔 구멍을 모두 찍었어요. 내 표만 잊어버린 거예요. 정말이에요, 선생님!”

나 때문에 호피가 곤란하지 않도록 나는 열심히 변호했다.

“흐으음! 그놈이 더러운 카피르 놈을 공짜로 태우고 그 대가로 카피르 여자한테 나쁜 짓을 했을지도 모르지. 너도 알다시피 그놈은 아직 결혼하지 않았거든. 어제는 광산에서 온 원숭이한테 1파운드 10실링이나 되는 돈을 걸어서 잃게 하더니 오늘은 열차 표를 찍지도 않고 돌아다니는군.”

상대가 잠시 말을 멈추고 헛기침하더니 정색하며 말했다.

“안됐지만 이 사실을 보고해야 할 것 같군.”

그리곤 입술을 꽉 깨물었다. 크레용으로 칠한 것 같은 콧수염이 일직선으로 가늘게 늘어났다.

“제발, 선생님. 호피 아저씨도 선생님처럼 카피르인을 싫어해요. 제발 보고하지 마세요.”

“너야 보고하지 않아도 괜찮겠지. 그놈 친구니까.”

상대는 잠시 뭔가 생각하다 다시 말했다.

“좋아. 나는 공평한 사람이야. 네가 그렇게 부탁하는 것도 무리는 아니야. 하지만 내 말을 명심하도록. 다음에도 그러면 호피 그론월드가 크게 당한다고. 안 그러면 내가 성을 갈지.”

상대는 표 찍는 가위를 조끼에서 꺼내 내 표에 구멍을 찍었다.

"고맙습니다, 보싸 선생님. 선생님은 아주 친절한 분입니다."

"너무 친절해서 항상 손해만 보지! 사람을 도와줘도 돌아오는 건 욕이 전부야. 하지만 나는 기독교인이라서 복수하지 않아. 성경에는 '복수는 내 일이라고 여호와께서 말씀하셨다'고 쓰여 있지. 하지만 신께선 가끔……"

보싸가 번뜩이는 장화 끝으로 빅 헤티를 쿡쿡 찌르곤 다시 말했다.

"나한테 너무 무거운 십자가를 짊어지게 하신단다, 얘야."

그리곤 장화 끝으로 빅 헤티를 몇 번 더 쿡쿡 찌르며 소리쳤다.

"일어나라고, 늙은 암소야! 객실은 남아프리카 철도국 재산이야. 규칙에 따르면 어떤 승객도 바닥에 드러누울 수 없어. 일어나! 죽은 암소처럼 그곳에 눕는 건 규칙 위반이야."

보싸가 들을 수 있는 건 코 고는 소리와 숨을 들이켜다 잠시 뒤에 내뱉는 소리, 그리고 다시 코 고는 소리가 전부였다.

"이리 와라, 얘야. 나랑 아침이나 먹으러 가자. 차표를 보니 식권이 있더구나."

아침도 진수성찬이었다. 베이컨과 달걀, 토스트와 잼, 커피가 나왔다. 너무 이른 아침이라 다른 승객은 없었다. 헨니 벤터라는 웨이터가 시중들었다. 어젯밤 시합에 5파운드나 벌어서 기분이 정말 좋은 상태였다. 하지만 피크 보싸는 싸우는 건 죄악이며 도박은 더 큰 죄악이라고 설교를 늘어놓았다. 그러더니 헨니에게 창피한 생각이 안 드냐고, 반성할 준비가 안 되었냐고 물었다. 자신이 1파운드 10실링을 잃었다고 조금 전에 불평한 사실은 잊어버린 것 같았다.

헨니는 온도를 유지하려고 리넨 냅킨으로 덮은 신선한 토스트 접시를 내려놓으며 대답했다.

"아니요, 차장님. 도박은 우리 동료를 지지하지 않고 상대편한테 돈을 걸어서 잃을 때나 죄악입니다."

그리곤 은으로 만든 커피포트를 들어서 차장 앞에 놓인 잔에 커피를 따랐다.

"흐으음! 하급 철도원에 불과한 놈이 벌써 닳아먹을 대로 닳았군. 요새 젊은것들은 주제 파악을 못해. 커피나 더 가져오라고, 이놈아! 커피가 벌써 식은 게 안 보여?"

피크 보싸가 소리쳤다.

객실로 돌아오니 빅 헤티는 아직도 코 골며 잠잤다. 피크 보싸는 아침 식사로 기분이 약간 좋아졌는지 광택이 흐르는 장화 끝으로 쿡쿡 찌르지는 않았다.

"너도 알겠지만, 저 여자는 진짜 아프리카너가 아니란다. 저 여자 아버지는 아일랜드계로 술을 너무 좋아했지. 술은 후손까지 오염시키는 죄악이야. 성경에는 아버지가 저지른 죄악이 삼대, 사대 후손까지 내려간다고 기록되어 있단다. 이 여자가 여호와께서 벌을 내린 좋은 사례란다."

피크 보싸가 말하며 장화로 빅 헤티를 무심코 깊이 찔렀다.

"어느 새끼야!"

빅 헤티가 갑자기 소리치며 한쪽 눈을 뜨고 쳐다보았다.

"돼지 똥 싸는 소리 하네! 피크 보싸, 성경을 팔아먹는 이중인격자! 혹시 네놈이 내 치마 속을 들여다본 것 아냐? 나 좀 일으키라고, 앙큼한 놈아! 당장 나를 일으키라고!"

피크 보싸가 우는 목소리로 말했다.

"아니야! 그러지 않았어! 내가 어떻게 그럴 수 있겠어? 치마 속을 보려면 당신을 넘어가야 하는데. 게다가 담요로 덮었잖아."

"어이구, 하느님 아버지! 머리가 깨지는 것 같아. 물 좀 마시자고.

화장실 변기 냄새가 입에서 진동하는군."

"그대는 하느님 이름을 함부로 부르지 말지어다."

피크 보싸가 재빨리 말하는데, 빅 헤티는 가볍게 무시하며 말했다.

"피케이, 물 한 잔 갖다 주겠니, 목말라 죽을 것 같아."

"그렇게 하려면 아주머니 몸을 넘어야 해요, 헤티 아주머니. 물잔과 세면대가 저쪽에 있어요."

"그러렴, 얘야. 그리고 담요도 벗겨주겠니? 더워 죽겠구나."

나는 거대한 몸뚱이를 넘어서 침대로 올라간 다음에 담요를 벗겼다. 그러고는 침대 끝을 기어 벽 위 선반에서 물잔을 꺼내 물을 반쯤 채웠다. 그런 다음에 헤티 가슴으로 올라가서 물잔을 건넸다. 빅 헤티가 잔을 받아 물을 꿀꺽꿀꺽 들이켰다. 그렇게 연이어 석 잔을 마신 다음에 비로소 빙그레 웃으며 말했다.

"고맙다, 얘야. 네가 나를 살렸다."

"죄악의 대가는 죽음이니라!"

피크 보싸가 재빨리 뱉어내자, 빅 헤티가 그쪽으로 고개를 반쯤 돌리며 말했다.

"하느님 맙소사! 피크 보싸라는 울보 무능력자가 보는 앞에서 내가 남아프리카 철도국 소유 이등실 바닥에 드러누워 죽다니 끔찍하군."

그리고 가만히 있다가 다시 말했다.

"네놈은 사내도 아니야. 동료가 싸우는 권투시합에서 상대편한테 돈을 거는 치사한 놈!"

"우리나라는 자유국가라고! 커다란 원숭이가 유리 턱인 줄 내가 어떻게 알았겠어?"

피크 보싸가 울음 섞인 목소리로 항의하자, 빅 헤티가 반박했다.

"유리 턱! 아니, 유리 턱이라니, 무슨 말이야? 유리 턱이라고? 똥

핥는 소리 작작해! 호피 그론월드가 실력으로 KO 시켰다고!"

빅 헤티는 잔뜩 화나는지 얼굴이 시뻘겋게 달아올라, 벌떡 일어나다 비명을 내지르며 다시 쓰러졌다.

"어이쿠, 머리야. 물수건 좀 가져오너라, 피케이. 머리가 깨질 것 같아!"

나는 세면대로 기어올라 그 옆에 걸린 수건을 꺼내서 차가운 물에 담갔다. 그러자 피크 보싸가 소리쳤다.

"꽉 짜라, 알겠어? 수건을 적시면 안 돼. 남아프리카 철도국 재산이야. 몸에 묻은 물기를 닦는 데 쓰라는 물건이지 몸에 물을 적시는 데 쓰라는 게 아니라고!"

"네, 보싸 선생님."

나는 판사에게 철봉 고문을 받은 걸 다행스럽게 여겼다. 덕분에 팔심이 세서 수건을 꼭 짠 다음에 적당한 크기로 접어서 빅 헤티 이마에 올려놓을 수 있었다.

"고맙다, 얘야."

빅 헤티가 고마워하고 나서 피크 보싸 쪽으로 다시 머리를 반쯤 돌리며 물었다.

"어때? 이제 일으킬 계획을 세웠나, 바보 양반?"

"그렇게 부르지 말라고, 헤티. 나는 철도 생활을 17년이나 한 일급 차장이니까. 이 열차는 내가 지휘하고 모든 승객은 내 명령에 따라야 해. 나를 존경하라고! 어쨌든 당신을 일으키려면 먼저 객실로 들어가야 하는데, 그러려면 당신 몸으로 올라가야 한다고."

금방이라도 울 것 같은 목소리였다.

"그래? 그럼 신발을 벗고 올라와."

빅 헤티가 말하자, 피크 보싸는 복도에서 허리를 굽히고 신발 끈을 풀었다. 그래서 장화를 벗어 객실 벽에 나란히 기대는 게 내 자리에서 보였다.

그러더니 빅 헤티 몸뚱이 너머로 한쪽 발을 쭉 뻗어서 몸뚱이에 안 닿고 침대에 걸치려 했다. 구멍이 뻥뻥 뚫린 새까만 양말에서 발가락이 돼지 코처럼 움찔대며 모서리를 찾았다. 덩치가 크고 다리가 길면 닿을 거리나, 덩치가 작은 피크 보싸로서는 어림도 없었다. 그래서 울음이 잔뜩 섞인 목소리로 말했다.

"안 되겠어, 헤티."

"몸을 돌려서 들어오라고, 바보야! 두 다리를 먼저 집어넣고 바닥에 엎드려서 들어오면 되잖아!"

피크 보싸는 두 손을 복도 바닥에 대서 엎드린 다음에 발을 넣어서 객실로 조금씩 들어왔다. 그래서 한쪽 발을 빅 헤티 가슴에 얹더니, 다른 발도 거기에 얹었다. 그리곤 헤티 배로 조금씩 올라와서 두 손을 헤티 어깨에 얹었다. 이윽고 머리가 빅 헤티 얼굴 바로 위까지 왔다. 바로 그때 빅 헤티가 크게 트림했다. 엄청난 악취에 피크 보싸는 억지로 버티던 팔심을 모조리 잃어, 밑에 있는 거대한 육체로 그대로 허물어졌다.

빅 헤티가 숨을 '헉'하고 내쉬면서 '미안해!'라고 사과했다. 그러더니 갑자기 몸을 흔들어대며 깔깔거렸다.

"하느님 아버지! 오, 예수님 맙소사! 하, 하, 하, 히, 히, 히, 하느님 제발, 히, 히, 하, 하, 하, 나랑 연애하자는 거야, 히, 히, 아니면 나를 일으키자는 거야? 키, 키, 키, 하, 하, 하, 드르릉, 하, 히, 히. 양쪽 다, 히, 히, 실력이 형편없군!"

빅 헤티가 코를 두 번 더 드르렁대더니 머리를 베개 뒤로 내리고 기운 없는 소리로 한숨을 내쉬었다.

"아, 아, 나 죽네."

그리곤 피크 보싸를 꼭 껴안던 팔을 들어서 눈물을 닦았다. 피크 보싸는 자기를 잡아당기는 힘이 사라지자 두 팔을 재빨리 펴서 헤티 어깨를 밀치며 상체를 일으켰다. 그래서 두 손으로 침대 모서리를 간신히 잡은 채 한 발을 빅 헤티 장딴지 사이에 넣고 다른 발을 침대 모서리에 걸쳤다. 그리곤 숨을 가쁘게 몰아쉬더니 몸을 일으켜서 부들부들 떠는 손가락으로 빅 헤티를 가리키고 헐떡거리며 말했다. 어젯밤에 노란 암캐가 헐떡이던 장면이 떠올랐다.

"신이 징벌을 내릴지어다! '내 아들을 머리카락 한 올이라도 건드리는 것은 내 머리털을 건드린 것과 같다'고 여호와께서 말씀하셨다."

"그런 설교는 사도 모임 교회나 가서 하라고, 병신아. 자, 손잡고 어서 일으키기나 해!"

빅 헤티가 팔을 뻗으며 말하자, 피크 보싸가 깜짝 놀라며 몸을 뒤로 뺐다.

"빨리 잡아, 이놈아!"

피크 보싸가 공포에 젖은 목소리로 물었다.

"두렵진 않지만, 다시 껴안으려고 그러지?"

"네 꼬락서니를 알라고, 이놈아. 이렇게 종일 있다간 바닥이 구멍 나겠어."

빅 헤티가 협박했다. 피크 보싸를 움직이기에 충분했다. 그래서 두 손으로 빅 헤티 손목을 잡았다. 빅 헤티는 한 손으로 그 팔목을 잡았다. 피크 보싸가 얼굴을 잔뜩 찌푸리며 당기기 시작했다. 빅 헤티 어깨 한쪽이 약간 꿈틀거릴 뿐 다른 부분은 꼼짝도 안 했다.

"세게 당겨!"

빅 헤티가 소리쳤다. 하지만 그런 방식으로 할 수 있는 게 아니었다.

"피케이, 저 힘센 장사 좀 도와주렴. 진짜 남자란 어떤 건지 보여주라고, 피케이."

빅 헤티가 말하는데, 잔뜩 실망한 목소리였다.

내가 설 자리는 없었다. 그래서 빅 헤티 엉덩이에 걸터앉았다. 발끝이 침대 가장자리에 안 닿았다. 나는 빅 헤티 상체를 일으킨 다음에 피크 보싸와 함께 팔 밑으로 들어가서 들려고 했다. 두 손으로 팔목을 잡았다. 두 손을 마주 잡을 수 없었다. 하지만 비교적 단단하게 감았다. 피크 보싸가 등을 구부려서 빅 헤티 팔을 더 단단히 잡으며 말했다.

"자, 꽉 잡고 내가 셋을 셀 테니 하나, 둘, 셋 하면 동시에 힘껏 당기자고, 알겠지? 하나, 둘, 셋!"

우리는 있는 힘을 다해서 잡아당겼다. 그렇게 5분을 애써도 빅 헤티는 꼼짝을 안 했다. 피크 보싸가 숨을 몰아쉬며 말했다.

"소용없어."

상황이 심각했다. 빅 헤티는 힘이 쭉 빠져서 바닥에 누운 채 땀을 뻘뻘 흘리며 숨을 거칠게 몰아쉬었다. 얼굴이 원숭이 똥구멍처럼 새빨갰다. 피크 보싸가 한 발은 침대 모서리에, 다른 발은 빅 헤티 장딴지 사이에 끼워서 균형을 유지하며 땀이 가득한 손등을 바지에 닦았다. 은으로 만든 넥타이핀에 '여호와를 증거하라'는 글씨가 있었다. 나는 그게 무슨 뜻인지 궁금했다.

"마지막으로 한 번 더. 이번에는 될 거야."

빅 헤티가 숨을 몰아쉬며 말했다. 기대하지 않는 목소리였다. 빅 헤티는 내가 두 손을 깍지끼게 해서 손으로 잡은 다음, 피크 보싸가 팔목 두 개를 움켜쥐게 했다. 피크 보싸 또한 엉덩이를 세면대에 붙이고 힘주어 잡아끌 자세를 취했다.

"하나, 둘, 셋, 당겨!"

빅 헤티가 소리쳤다. 우리는 미친 듯이 잡아당겼다. 피크 보싸가 내 뒤에서 끙끙댔다. 빅 헤티가 내 팔을 잡은 게 단단하지 않았다. 내 팔목을 잡은 손에 땀이 흥건했다. 땀 때문에 내 팔목이 조금씩 삐져나왔다. 갑자기 팔목이 미꾸라지 튕기듯 빠져나왔다. 나는 뒤로 곤두박질쳤다. 뒷머리가 피크 보싸 가랑이에 '쾅' 부딪쳤다. 피크 보싸가 돼지 멱따는 비명을 내지르며 두 손으로 가랑이 사이를 움켜잡았다.

빅 헤티는 자신이 처한 상황도 잊고 폭소를 터뜨렸다.

"결국 한 방 먹였구나, 피케이. 저놈한테 남은 유일한 남자를 박살냈어!"

거대한 덩치를 들썩이며 깔깔대는 소리가 객실에 가득했다.

"커피! 커피! 새벽 커핍니다!"

헨니 벤터가 승객을 깨우는 소리였다. 그래서 '커피?' 하고 물으며 우리 객실을 들여다보았다. 빅 헤티는 거대한 덩치를 들썩이며 깔깔대고 피크 보싸는 불알을 잡고 끙끙대니, 헨니 벤터는 도저히 못 믿겠다는 표정으로 두 눈을 동그랗게 뜨고 바라보다, 쟁반을 바닥에 내려놓기도 전에 폭소를 터뜨리며 소리쳤다.

"피크 보싸! 더러운 영감태기! 얼간이 영감! 문도 안 닫고 그러다니."

웨이터가 갑자기 나타나자 빅 헤티가 정신을 차리고 소리쳤다.

"헨니 벤터, 적절한 시간에 나타났군!"

헨니는 포복절도하느라 이 말을 못 들은 것 같았다.

"커피 한잔할래요, 헤티?"

헨니가 헤티에게 묻고서 다시 폭소를 터뜨렸다.

이윽고 그들은 냉정함을 되찾았다. 헨니 벤터는 계속 끙끙대는 피크 보싸를 빅 헤티 몸 위로 잡아서 객실 문가로 간신히 끌어냈다. 피크 보싸는 복도에서도 몸을 바싹 구부렸다. 얼굴이 백지장 같았다. 상체를 움츠려서 갈색 이빨 사이로 공기를 빨아들이다, 몸을 더 구부려서 장화를 집었다.

나는 겉옷을 뭉쳐서 던졌다. 헨니 벤터가 옷을 잡아서 괴로워 어쩔 줄 모르는 피크 보싸 어깨에 걸쳤다. 피크 보싸는 한 손으로 장화를 들고 다른 손으로 불알을 싸안은 채 절뚝거리며 제동수 전용실로 걸어갔다.

헨니 벤터는 현실적인 방법으로 거들었다. 나에게 베개를 하나 더 가져오게 해서 머리를 받치자, 빅 헤티는 상체를 약간 더 일으킬 수 있었다. 커피도 혼자 마실 정도였다. 헨니 벤터는 주변 상황을 살피다 아래쪽 침대를 옮겨야 빅 헤티를 일으키겠다면서, 헤티에게 커피를 한 잔 더 따라주며 말했다.

"미안해요, 헤티. 카프무이덴에 도착할 때까지 기다려야겠어요."

"그래도 괜찮겠지, 바닥에 구멍이 날까 걱정스럽긴 하지만 말이야."

빅 헤티가 말하자, 헨니 벤터는 머리를 쭉 펴고 야릇한 표정으로 바라보며 물었다.

"그건 그렇고 도대체 이 기차에 왜 탄 거예요, 빅 헤티?"

빅 헤티가 고개를 돌려서 쳐다보다 입을 삐죽이며 반문했다.

"내가 저 가련한 아이를 카프무이덴까지 혼자 가게 할 것 같아?"

헨니 벤터가 고집스럽게 말했다.

"술도 약간 취했고요, 그렇죠?"

빅 헤티가 깔깔대며 대답했다.

"물론 무지하게 취했지. 누가 업어가도 모를 정도로. 대단한 시합이었어, 그치, 헨니?"

"물론이지요, 헤티. 10실링을 걸어서 2주일 주급을 벌었다고요. 엄청난 시합이었어요! 호피 그론월드는 진짜 대단한 선수예요. 진짜 남자죠!"

빅 헤티가 수줍은 표정으로 나를 보며 말했다.

"나는 너를 보살피려고 왔단다, 피케이."

그리곤 빙그레 웃으며 이어나갔다.

"어차피 가야 할 사람이라면 잡지 말고 보내자는 게 내 신조야. 배가 슬슬 고파오는 걸 보면, 이제 아침을 먹을 시간이군."

그래서 헨니 벤터를 돌아보며 말했다.

"이놈아, 빨리 가서 소시지 여섯 개와 얇게 썬 베이컨 여섯 조각, 삶은 달걀 다섯 개, 두껍게 잘라서 버터를 잔뜩 칠한 토스트 한 접시를 가져오라고. 커피는 이제 됐어. 몸에 안 좋으니까. 피케이한테도 똑같이 갖다 줘. 분량은 절반."

"아니에요, 아니에요, 헤티 아주머니. 나는 벌써 먹었어요."

"말도 안 된다, 얘야. 너는 덩치가 참새처럼 작아. 그렇게 작은 몸매를 보면 네 엄마가 뭐라고 하시겠니? 너한테 음식을 잔뜩 먹여서 덩치를 키워야 하겠어."

헨니 벤터가 아침 식사를 가지러 갔다. 나는 빅 헤티가 앞으로 8시간 동안 잔뜩 먹여 바버톤에 도착할 즈음에는 내가 판사만큼 크는 광경을 떠올렸다. 할아버지는 뼈만 앙상한 꼬마를 찾는데 판사만큼 커다란 내가 나타난다면 얼마나 놀라실까!

"아침 식사로 나온 걸 전부 먹었어요, 헤티 아줌마."

"괜찮다, 피케이. 약간 더 먹는다고 나쁠 건 없다. 사막에 사는 부시맨처럼 되어야 해. 그들은 좋은 시절에 먹을 수 있는 걸 다 먹어서 배는 물론이고 엉덩이까지 삐쭉 나오게 하다, 나쁜 시절이 오면 자기 살을 베어 먹으며 산단다."

빅 헤티가 낄낄 웃으면서 이어나갔다.

"나 같은 사람은 일 년이라도 살을 베어 먹으며 살겠지만 너 같은 꼬마는 카프무이덴에 가기도 전에 죽을 거야."

헨니 벤터는 음식이 가득한 접시를 가져와서 빅 헤티 배에 조심스레 올려놓았다. 그리고 금방 돌아오겠다면서, 식당차에 있는 다른 승객들 아침 식사를 시중들러 떠났다.

빅 헤티가 숨 쉬는 대로 쟁반이 올라갔다 내려왔다. 숨을 내쉴 때만 쟁반을 바라보고 음식을 집을 수 있었다. 숨을 들이쉬면 쟁반이 올라가서 안 보였다. 나는 소시지 하나를 간신히 먹었다. 빅 헤티는 별생각 없이 내 음식까지 모조리 먹어치웠다. 그런 다음에 말했다.

"그렇게 조금 먹다간 스프링 보크에서 럭비 시합은 절대로 못 할 게다, 피케이."

"괜찮아요, 헤티 아줌마. 나는 웰터급 권투선수가 될 거예요. 그건 그렇게 안 커도 돼요."

빅 헤티가 깜짝 놀란 표정으로 물었다.

"변변치 못한 호피 그론월드처럼 말이냐, 응? 아마 너는 호피보다 못할 게다. 그래도 그는 통뼈거든. 일류 선수라고. 하지만 증오심이 없지. 증오해야 마땅한 카피르인조차 증오하지 않거든."

나는 충격받았다. 호피는 증오심에 대한 말을 조금도 안 했다.

"증오심을 어떻게 배우나요, 헤티 아줌마?"

나는 다섯 살짜리 꼬마 능력으로는 도저히 배울 수 없는 게 아닌가 두려웠다. 그래서 호피가 증오심에 대한 말을 안 꺼낼 가능성이 컸다. 하지만 호피는 내가 천부적인 자질을 타고났다고 하지 않았는가? 나에게 천부적인 재질이 있다면 그것도 틀림없이 배울 수 있을 터였다.

"죽이고 싶은 본능. 호피한텐 죽이고 싶은 본능이 없어. 선수한테 그게 있는지 없는지 딱 보면 알지. 그건 보아인이 루이넥을 싫어하는 것과 비슷한 감정이야. 무조건적인 증오심. 호피 그론웰드는 증오하는 방법을 못 배웠어."

"그러면 나는 증오하는 법도 배우겠어요."

내가 확신에 찬 어조로 말하자, 빅 헤티가 커다랗게 웃으며 말했다.

"시간은 아직 창창해, 피케이. 지금은 사랑하는 법에 신경 쓰는 게 좋아. 우리가 사는 땅에는 이미 너무 많은 증오가 넘쳐흐르거든. 이 나라는 사랑에 너무 오랫동안 굶주렸어."

하지만 나는 증오하는 법을 배워야겠다는 생각만 골똘히 하며 물었다.

"호피 아저씨는 잭해머 스미트를 증오했나요?"

"자존심으로 대했지. 자존심이 강하거든. 물론 용기와 두뇌도 좋고."

내 얼굴에 초조한 기색이 떠오른 걸 발견하고 빅 헤티가 낄낄대다 다시 말했다.

"그걸로 충분할 수도 있어. 커다란 원숭이를 멋지게 요리했잖아!"

나는 내가 판사 숙제나 해주던 시기를 돌아보았다. 비참한 시기였다. 나에게 두뇌가 있는 건 분명했다. 하지만 자존심이 뭔지 모르겠으나, 고문받을 때 자존심이나 용기 같은 건 조금도 없었던 것 같다. 결국, 나에게 치명적인 결함이 있단 말인가? 두뇌만 가지고는 부족하단 말인가?

"자존심과 용기는 어떻게 배우나요, 헤티 아줌마?"

"맙소사, 너는 궁금한 게 진짜 많구나, 피케이. 가만있자."

빅 헤티가 골똘히 생각하다 다시 말했다.

"자존심이란 모든 사람이 고개 숙일 때 자기 혼자 고개를 안 숙이는 거야. 용기는 그렇게 하도록 도와주는 거고."

그러더니 내가 어리둥절한 표정인 걸 보고 차분하게 말했다.

"신경 쓸 것 없어, 피케이. 나중에 알게 되니깐."

나는 그 말을 믿을 수 없었다. 내가 생각하기에 빅 헤티 말은 엉터리였다. 나는 위장술이야말로 유일한 방법이라는 걸 일찍이 터득했다. 다른 사람과 함께 머리를 숙이는 거야말로 생존에 꼭 필요한 방법이었다. 플레시스 선생을 예로 들더라도 내가 머리를 들고 구구단을 외우지 않았다면 그렇게 무자비하게 때리진 않았을 것 아닌가? 병아리 할아버지만 하더라도 판사 입안에 똥을 안 갈겼다면 지금도 내 곁에 있지 않겠는가? 다른 길은 없다. 여러 사람 앞에서 고개를 뻣뻣하게 세우면 고난이 뒤따른다.

물론 어른들 세계는 복잡하니, 내가 이해할 수 없는 부분도 많을 터였다. 나는 기억력이 좋아, 빅 헤티가 한 말을 마음 한구석에 담아두었다. 언젠가는 그 말을 이해할 수도 있으리라.

보모는 내가 묻는 말에 대답하는 유일한 어른이었다. 하지만 보모는 보모지 진짜 어른이 아니었다. 무언가 물으면 보모는 이야기나 노래로 대답했다. 적절한 대답이 안 떠오를 때는 '나중에 알겠지!'라고 말했다. 보모 말은 언제나 옳았다. 시간은 다소 차이가 나도, 어느 순간에 기대치 않게 해답이 떠오르곤 했다.

내가 보기에 백인 어른은 질문을 받으면 그 자리에서 당장 대답해야 한다고 생각하는 것 같았다. 피크 보싸처럼 '하필 왜 나야?'라고 계속 질문하면서 끔찍하게 살아갔다. 보모라면 '슬픈 시절은 있지만, 시간이 지나면 괜찮아지겠지'라고 대답할 터였다. 그리고 웃으면서 나를 껴안고 '하지만 지금은 슬픈 시절이 아니야'라고 말할 터였다.

나는 수건을 찬물로 헹궈서 건네고, 빅 헤티는 가방에 박하 정제가 있으니 찾아보라고 했다. 박하 정제 여섯 알이 든 봉투를 찾아내자, 빅 헤티가 다시 말했다.

"나한테 두 알 주고 너도 한 알 먹어라, 피케이."

동그란 정제 두 알을 봉투에서 꺼내주고 한 알 더 꺼내서 내 입에 넣었다. 처음에는 아무렇지 않았다. 그러더니, 아휴! 침을 두 번 삼킨 다음에 박하 정제를 손에다 뱉었다. 불을 삼킨 것 같았다! 그런데 빅 헤티는 맛있게 빨아 먹었다. 정말 대단한 용기였다! 그렇게 매운 박하 정제를 두 알이나 먹었으니, 이제 입 냄새가 완전히 사라질 게 확실했다.

빅 헤티는 바닥에 눕고 나는 침대에 누웠다. 빅 헤티는 자신이 살아온 인생을 이야기했다. 멋진 인생 같으나 슬플 때도 잦았다. 남자 이야기가 많았다.

"피케이, 괜찮은 여자가 인생을 망치는 원인은 남자란다. 남자는 대부분 쓰레기야. 그래도 여자한텐 남자가 있어야 한단다. 남자가 없으면 여자는 엉망진창으로 살거든. 신경 쓰지 않는 척해도, 남자보다 강한 척해도 소용없어. 실제로 강하더라도 잔뜩 외롭거든. 사내는 카피르 여자와 자고 술에 취해서 자기 여자를 때리는 돼지야. 하지만 잘 때려서 다치진 않아. 어리석은 사내가 여자를 사랑한다는 유일한 표시일 때도 있고. 바보 같지, 응?"

나는 사내가 때리는 장면을 머릿속으로 그리면서 빅 헤티를 위로하려고 말했다.

"우리 할아버지는 여자를 안 때려요."

빅 헤티는 키가 2m에 달하고 몸무게는 아무도 모를 정도로 육중했다. 판사가 돌격대원을 모두 데리고 덤벼든다 해도 빅 헤티를 어쩌진 못할 터였다.

"한때는 조그만 플라이급 선수를 사랑했어. 내가 권투를 안 건 바로 그것 때문이란다, 피케이. 당시는 대공황이 한창이었어. 어디에 가도

일거리를 구할 수 없었지. 나는 조그만 플라이급 선수와 함께 트랜스발 전역을 돌아다니다 오렌지 프리주로 가끔 건너가서 시합했어. 플라이급 선수는 진짜 드물었어. 한 번 싸우면 다음에 시합할 플라이급이 없었지. 게다가 보아인은 중량급을 선호했단다. 그 남자도 상위 체급 선수랑 시합할 수밖에 없었지. 대체로 미들급이었어. 웰터급이랑 시합하는 행운도 가끔 걸렸는데, 아주 드물었지.

내가 사랑한 플라이급 사내는 싸우는 자체를 좋아했어. 하지만 체중 차이가 커다란 선수와 싸우다 보면 아무리 잘 싸우더라도 한 방 맞으면 끝장이야. 내가 링에서 데리고 내려오면 그는 나한테 시합이 어땠는지 알려달라고 했단다. 주먹 하나하나마다 장단점을 지적해 달라고. 그러면 나는 이런저런 부분을 지적하며 점수로는 이겼다고 말하지. 사실이야. 점수만 따진다면 월등히 앞섰거든. 하지만 점수에서 뒤지던 중량급이 어쩌다 행운의 펀치를 한 방 날리면 그거로 KO야. 그렇게 얘기하면 그는 나를 바라보며 '다음에는 헤티, 확실히 이기겠어'라고 장담했지.

그런 다음에는 싸구려 브랜디를 한 병 사서 트럭을 몰고 시내를 빠져나가 트럭 뒷좌석에 앉아서 맘껏 취했어. 그 남자는 술에 얼큰히 취하면 다시 시합했단다. 머릿속으로 시합이 안 끝났다고 생각하는 거야. 물론 나를 상대편 선수로 착각하고 물씬 패는 거지. 그러면 나는 언제나 가만히 앉아서 그대로 맞았단다. 이겼다는 자부심을 심어 주고 싶었거든.

그러다 쓰러지면 상대는 카운트를 셌어. 그리곤 다시 술 마시고 다시 시합하는 거야. 그 사람이 확실히 이기는 시합. 마지막엔 덤불 뒤 멋진 장소를 찾아가 담요를 깔고 사랑을 나누었단다. 말할 게 있는데 피케이, 남자는 술에 취하면 오래 못 가는데 우리 플라이급 사내는 하룻밤 내내 끄떡없었단다. 정말 대단한 사내였지. 진짜 행복한 시절이었어. 아, 진짜 행복했어."

나는 끝없는 걱정이 앞섰다. 빅 헤티 말에 따르면 큰 사람이 조그만 사람을 늘 이긴다는 거 아닌가? 물론 트럭 뒷좌석에서 싸운 건 빼고 말이다. 그래서 혹시나 하는 마음으로 물었다.

"호피는 잭해머 스미트보다 작은데 멋지게 이겼잖아요."

"그래, 맞아. 호피는 두뇌가 있어. 하지만 우리 플라이급 사내는 깡통이었어. 하지만 나는 조그만 사내가 커다란 원숭이한테 너무 많이 맞아서 죽을 때까지 사랑했단다."

두 눈에 눈물이 어렸다.

"6회전 공이 울리는 소리를 듣고 링 가운데로 나가다 갑자기 비틀거리면서 푹 쓰러졌어. 관중은 야유했지. 하지만 그는 꾀를 부린 적이 한 번도 없어. 나는 끔찍한 일이 벌어졌다고 직감했지. 뇌출혈 비슷한 게 일어난 거야. 나는 그를 팔에 안고 경기장을 나가 잔디밭에 앉아서 신선한 공기를 마셨어. 병신 같은 관중이 우리를 둘러쌌어. 하지만 나는 신경 쓰지 않았어. 사랑하는 플라이급 사내만 지켜보았지. 그래서 내 팔에 안긴 채 죽어갔단다."

빅 헤티가 훌쩍거렸다.

"울지 마세요, 헤티 아줌마. 울지 마세요. 슬픈 시절은 있지만 결국엔 지나가잖아요."

나는 보모가 한 말을 그대로 인용하고, 빅 헤티는 잠시 뒤에 훌쩍이는 걸 멈추더니 젖은 수건으로 눈물을 닦으며 말했다.

"그는 최고였어. 진짜 사내였지."

부드러운 목소리였다. 나는 그 말이 헤티 자신에게 하는 말이라고 느꼈다.

우리는 이런저런 얘기를 계속 주고받았다. 주로 빅 헤티가 말하고 나는 듣는 식이었다. 원래 나도 수다쟁이였으나 학교에서 지내는 사이에 완전히 변했다. 처지가 나 같은 사람은 많이 얘기하지 않는 게 바람직했다. 게다가 듣는 것 자체가 좋은 위장술이었다. 나는 듣는 것도 기술이라는 걸 깨달았다. 자주 듣다 보면 사람들이 말하는 소리 이상을 듣게 된다. 중요한 건 말 속에 숨는다. 자세히 들으면 사람들 말 속에 뭔가 다른 말이 있다는 걸 깨닫는다. 부수적으로 나오는 소리를 정확히 파악하려면 오랜 훈련이 필요하다. 하지만 어린 나는 우호적인가 아닌가만 판단할 수 있었다. 완벽하게 위장하는 데는 그 정도 판단으로 충분했다.

정오에 헤티가 깜빡 잠들었다. 이번에는 숨 쉬는 게 괜찮았다. 차창 밖으로 뜨거운 태양이 수풀을 달구었다. 햇살이 광활한 들판에 가득했다. 지평선에 아지랑이가 아련하게 피어올랐다.

매미가 끊임없이 노래하는 것도 이 무렵이다. 칙칙폭폭 소리가 너무 커서 제대로 안 들리지만, 차창 밖에서 얇은 녹색 날개를 펄럭이며 열기를 빨아들일 게 분명했다. 유충이 어두운 땅속에서 오랜 세월을 보내다 주변 온도가 적절할 때 밖으로 나와서 수풀을 가득 채우는 자연의 몸짓이었다.

사방이 너무 뜨거웠다. 객실 자체가 은빛 철로에서 벗어나 시공을 헤치며 나아가는 것 같았다. 한 시간 두 시간이 지나고 하루 이틀이 지나고 몇 주일 몇 년이 지나고, 푸르른 행성에서 벗어나 달과 해를 지나며 수백 년, 수천 년, 수억 년을 날아갔다. 여러 행성을 돌고 별 사이를 가로지르며 날았다. 그러다 블랙홀에서 우주를 무한대로 연결하는 탯줄에 이른다. 나는 웰터급 세계 챔피언이 될 때까지 그곳에 가만히 숨고 싶었다.

"자니, 피케이?"

두 눈을 뜨니 빅 헤티가 쳐다보았다.

"물 한 잔 부탁할까?"

빅 헤티가 혓바닥으로 마른 입술을 적셨다. 나는 물잔을 채워서 건넸다.

"너 같은 아이는 천 명 가운데 한 명밖에 없을 거야, 피케이."

빅 헤티가 고마워하고, 나는 수건을 다시 적셔서 적당한 크기로 접어 이마에 얹어주었다.

"너 같은 아이는 백만 명 가운데 한 명이 나올까 말까 할 거야."

빅 헤티가 한숨을 내쉬며 말했다. 그러면서 입술을 계속 핥았다.

"점심 먹을까, 피케이?"

"벤터 아저씨가 안 왔어요, 헤티 아줌마."

"그 점심을 말한 게 아니야, 피케이. 사람이라면 식당차에 나오는 점심을 못 먹을 거야. 아침은 웬만하지만, 점심은 견디기 힘들고 저녁은 생각도 하기 싫어. 내가 가져온 바구니를 열어서 안에 뭐가 있는지 알려주겠니, 피케이? 지난 밤에 음식을 쌀 때 정신이 없었거든."

나는 대나무 바구니를 가져와서 커다란 뚜껑을 열었다. 안에 음식이 가득했다.

"뭐가 있니, 얘야?"

빅 헤티가 초조한 어투로 물었다.

"구운 닭 두 마리, 양다리 하나, 소금에 절인 쇠고기, 망고 세 개, 고구마와 구운 감자 여러 개, 오렌지 두 개, 큰 깡통 하나."

빅 헤티가 안도의 한숨을 내쉬며 말했다.

"어휴, 다행이다, 깡통을 넣었구나. 깡통 뚜껑을 열렴, 피케이. 빨리 뚜껑을 열어!"

너무나 성급한 어투에 나는 크게 당황해, 동그랗고 커다란 깡통을 꺼내서 무릎 사이에 끼우고 뚜껑을 힘껏 잡아당겼다. 그러다 뚜껑이 갑자기 열려서 침대로 벌러덩 나뒹굴었다. 깡통이 넘어지면서 반쯤 남은 초콜릿 케이크가 빅 헤티 복부로 쏟아졌다. 빅 헤티는 팔을 두 번 잽싸게 올렸다 내리며 손끝으로 초콜릿 케이크를 내리쳐서 반 토막 내더니 두 눈을 번뜩이고 숨을 헐떡이며 커다란 케이크 조각을 입안에 쑤셔 넣어 쩝쩝대며 씹다 꿀꺽 삼키고 남은 반 토막마저 게걸스럽게 집었다. 얼굴이 초콜릿 범벅이었다. 하지만 마지막 한 조각까지 입안에 넣고는 어린아이처럼 손가락을 쩝쩝 빨았다.

엄지손가락으로 입 주변을 여러 차례 훔쳐서 혓바닥으로 빨더니, 이번에는 손으로 배를 더듬어, 통통한 거미가 먹이를 찾듯 행여나 떨어뜨린 조각이 있는지 살폈다. 그러다 나를 올려다보았다. 나는 민망하면서도 무서워서 시선을 떨궜다. 병적인 작태와 그 뒤에 숨은 슬픔이 너무나 또렷하게 보였다.

빅 헤티는 온몸이 땀투성이였다. 앞치마도 땀에 젖은 채 케이크 가루와 초콜릿으로 얼룩졌다. 빅 헤티는 젖은 수건으로 얼굴을 닦고, 가만히 누워서 두 눈을 감고 숨을 무겁게 헐떡였다. 뺨을 타고 눈물이 흘렀다. 하지만 오랫동안 아무 말도 안 했다.

이윽고 빅 헤티가 숨을 몰아쉬더니 두 눈을 떴다. 두 눈이 빨갛게 부었다.

“미안해, 피케이. 진짜 진짜 미안해.”

속삭이는 목소리였다.

“괜찮아요, 헤티 아줌마. 배가 너무 고파서 그런 거예요. 나도 초콜릿 케이크를 보면 항상 그렇게 먹어요.”

“혼자 다 먹어서 미안하다, 피케이. 이번엔 무어든 네가 먼저 먹고 싶은 걸 고르렴!"

나는 음식을 오랫동안 안 고르다 웃으며 말했다.

"기차에서 계속 먹을 만큼 음식이 많아요, 헤티 아줌마. 먼저 구운 감자를 먹고 다음엔 고구마를 먹겠어요. 내가 가장 좋아하는 음식이에요."

"그리고 닭도 먹거라, 응?"

아직은 병아리 할아버지가 뇌리에 가득했다. 병아리 할아버지와 친척일지 모르는 닭을 먹는다는 건, 설사 병아리 할아버지 같은 카피르 닭이 아닐지라도, 생각조차 할 수 없었다. 나는 노란 감자를 한입 깨물며 고개를 가로저었다.

"웰터급이 되려면 음식을 많이 먹어야 해, 피케이. 고기를 먹어야 힘이 는다고. 양고기는 어때?"

빅 헤티가 달래는 투로 말했다.

우리 엄마가 더 드시라고 재촉하면 우리 할아버지는 이렇게 말하곤 했다.

"소는 위장이 여덟 개나 있지만, 불행하게도 나는 하나밖에 없단다. 소는 계속 씹을 수 있지만, 얘야, 나는 그럴 수 없단다."

나는 감자를 삼키고 그대로 말했다. 웃기려고 한 말이었다. 하지만 빅 헤티가 다시 울었다.

"미안해요, 헤티 아줌마. 진짜 미안해요. 아줌마를 울리려고 그런 게 아니에요. 우리 할아버지가 엄마를 놀리려고 하시던 농담이에요."

빅 헤티가 훌쩍거리더니 코를 휑 풀고는 눈물을 닦았다. 천에 있던 초콜릿이 코에 묻었다.

"너 때문이 아니란다, 얘야. 늙은 헤티 때문이란다. 나는 헤티가 불쌍해서 우는 거란다."

빅 헤티는 울다가도 가끔 웃으며 말을 이어나갔다.

"네가 뭐라고 하든, 아직은 배고파 죽겠구나, 피케이. 양다리 고기 좀 건네주겠니?"

양다리 고기를 건넸다. 한쪽은 이미 살을 발라 먹어서 뼈가 보였다. 빅 헤티는 양다리 끝을 가슴에 놓고 살을 발라서 맛있게 먹기 시작했다. 나는 큰 감자 하나와 망고 하나를 먹었다.

빅 헤티는 양고기를 다 먹었다. 뼈만 남았다. 그런데 놀랍게도 소금에 절인 쇠고기와 닭고기까지 달라고 했다. 닭고기와 쇠고기를 건네자, 빅 헤티는 배에 올려놓고 게걸스럽게 먹기 시작했다. 부드러운 뼈는 안 뱉고 씹어 삼켰다. 이윽고 닭 한 마리와 쇠고기도 다 먹자, 한숨을 가늘게 내쉬더니 얼굴에 묻은 기름과 땀을 닦았다. 나는 배 여기저기에 흩어진 닭 뼈를 케이크 깡통에 담아서 창문 밖으로 버렸다. 손과 얼굴에 묻은 망고도 닦고 하나 남은 수건을 물에 적시고 짜서 빅 헤티에게 건네고 더러워진 수건을 비누로 빨고 충분히 헹궈서 햇빛에 마르도록 차창에 걸쳤다. 부엌 하녀 디와 뎀 자매가 집에서 저녁을 마치면 행주를 그렇게 하는 걸 본 터라 어렵지 않게 그럴 수 있었다. 디와 뎀 자매가 화롯가 옆 가느다란 줄에 널면 행주가 마르면서 비누 냄새가 약간 나는 게 다를 뿐이었다.

빅 헤티는 새로 적신 수건을 앞치마에 올려놓으며 말했다.

"시원해서 기분이 좋구나. 몸이 뜨거워서 수건이 금방 마를 거야."

하지만 치마에 묻은 초콜릿 얼룩과 기름 얼룩을 가리려고 그런다는 걸 나는 알았다. 치마에 묻은 얼룩을 닦아 주고 싶었다. 세면대에 물을 가득 받아서 종일 닦아야 할 것 같았다.

바로 그때 객실 문이 덜커덩 열리더니 헨니 벤터가 나타났다.

"오래 걸려서 미안해요, 헤티. 피크 보싸는 도저히 못 걷겠다는군요.

제동수 전용실에 그대로 누워서 꼼짝을 안 해요. 게다가 제동수 반레민은 술에 잔뜩 취해서 내가 차장 업무까지 맡아야 했어요. 물론 점심도 시중들고요."

미안하다는 어투로 말을 마치자, 빅 헤티가 물었다.

"점심은 뭐지?"

헨니가 깜짝 놀란 것 같았다.

"항상 그렇듯이 쇠고깃국에 감자와 콩 요리요."

"집어치워! 저 애와 나는 그런 돼지 사료를 먹기보다는 차라리 굶어 죽겠어."

빅 헤티가 거만하게 말했다.

"바나나 커스터드를 넣은 푸딩은 어때요?"

헨니가 감칠맛 나게 묻자, 빅 헤티가 심술궂게 말했다.

"흐으음. 갓난아이가 싼 똥 같은 거?"

"뭐, 굳이 음식을 안 시키겠다면 이만 가겠습니다."

헨니가 뚜껑이 열린 바구니를 보고 나에게 윙크하며 다시 말했다.

"두 분이 굶기로 작정했다니 안됐군요. 진짜 아무것도 주문하지 않겠어요?"

"바닥에서 어서 일으키기나 하라고, 이놈아!"

헤티가 화내며 소리치자, 웨이터는 혀를 쯧쯧 차더니 동정 어린 목소리로 대답했다.

"금방 일으켜 줄게요, 헤티. 앞으로 두 시간이면 카프무이덴이니까 그때까지만 참으세요."

호피는 나에게 카프무이덴에서 바버톤으로 가는 '커피포트 같은 조그만 열차'로 갈아타고 세 시간을 더 가야 한다고 설명한 적이 있었다. 카피르 세탁소 여자가 세탁물을 머리에 산더미처럼 이고 철로 옆을 걷다 바버톤으로 가는 기차와 마주친 이야기도 해주었다. 열차를 몰던 기관사가 차창 밖으로 고개를 내밀고 카피르 차량에 올라타라고 했더니, '안 됩니다, 나으리, 오늘은 진짜 바쁘거든요'라고 대답했다는 것이다.

호피가 말할 당시에는 정말 재미있었으나, 나는 백인 기관사치고 카피르 여자를 자기 기차에 올라타라고 권할 사람이 한 명도 없으니, 그 이야기는 사실이 아니라고 생각했다.

태양이 뜨겁게 타올랐다. 오후 네 시 경에 카프무이덴이 나왔다. 기차가 측선으로 천천히 접어들었다. 열차가 가는 길에 다른 열차가 있으면 그렇게 하는 것 같았다. 카프무이덴은 남부와 북부 트랜스발, 로렌코 마크스라는 모잠비크 항구를 연결하는 커다란 역이었다.

카프무이덴 역은 시끄러운 소리로 가득했다. 그래브로트보다 번잡스러웠다. 열차가 여기저기서 빵빵대거나 따르릉거리며 잘 정돈한 교차로를 빠져나갔다. 우리 열차가 플랫폼으로 천천히 들어가더니 금속성 마찰 소리를 일으키며 멈췄다.

"이제 어떻게 하나요, 헤티 아줌마?"

나는 안달하며 물었다. 기차를 갈아타야 늦은 저녁에 바버톤에 도착한다. 나는 운동화를 신었다. 여행을 시작할 때 신은 커다란 운동화는 판사와 돌격대원, 기숙학교와 메브로우가 내 삶에서 완전히 떨어져 나간 걸 의미했다. 진짜 암울한 시기였다. 아름다운 인도 여성이 발에 딱 맞게 골라준 운동화는 미지의 세계를 예고했다. 세상을 살다 보면 이틀 사이에 인생을 전부 경험할 때가 있다. 첫 번째 운동화를 이틀 만에 딱 맞는 운동화로 바꿔 신었다는 건 유년기가 이틀 만에 끝나고 새로운 삶이 시작했다는 의미였다.

"여기에서 기다려야 한다, 피케이. 헨니 벤터가 도와줄 사람을 데려올 거야. 그러면 내가 너를 바버톤으로 가는 기차에 태워주마. 기차는 6시에 출발하니까 시간은 충분하단다."

빅 헤티는 대단한 고통에 시달리는 게 분명했다. 이제 바닥에서 일어난다는 생각에 긴장이 풀렸는지 거대한 몸뚱이가 심하게 떨렸다.

우리 차량이 분리되어 조그만 측선으로 요란하게 들어서는 모습을 차창으로 보았다. 측선에서 사람들이 기다렸다. 그들 가운데 헨니 벤터가 있다, 차량이 멈추자 열린 차창으로 머리를 집어넣고 쾌활하게 말했다.

"조금만 참으면 돼요, 헤티. 이제 일어날 수 있어요."

나는 창문으로 짐을 모두 내린 다음에 빅 헤티 몸에 안 오르고 창문에 올라서 땅으로 뛰어내렸다. 다시 땅을 딛고 햇살을 쬐니 기분이 좋았다. 사내 두 명이 창문으로 들어갔다. 그래서 멍키스패너 렌치로 벽에 고정한 볼트를 느슨하게 풀고 침대 양쪽 끝에 줄을 걸어서 위쪽 침대에 고정했다. 그런 다음에 볼트를 완전히 풀자, 침대가 빅 헤티 위에서 대롱거렸다.

두 사람은 위쪽 침대로 올라가 밑에서 대롱거리는 침대를 위로 잡아끌었다. 그런 다음에 네 사람이 일으켜 세우려 했으나 너무 무거운데다 빅 헤티 자신은 스스로 일어설 힘이 없었다. 몹시 고통스러운지 얼굴이 새빨갛게 변해갈 뿐이었다. 시간이 지나는 동안 지칠 대로 지친 나머지, 일어설 힘조차 없다는 게 분명하게 드러났다. 그래서 산처럼 쌓아놓은 베개에 등을 댄 채 객실 바닥에 앉아서 빨간 얼굴로 숨을 몰아쉴 뿐이었다. 불쌍할 정도로 산산이 찢긴 거대한 헝겊 인형 같았다.

사람들이 들것을 가지러 갔다. 나는 객실로 들어가서 빅 헤티 옆 침대에 앉았다. 헨니 벤터는 밖에서 창가에 팔을 얹고 객실을 들여다보았다.

빅 헤티는 숨을 더 거칠게 몰아쉬면서 헨니 벤터에게 플랫폼에 내려놓은 바구니로 가서 안에 있는 음식을 케이크 깡통에 모두 담아서 내 옷 가방에 넣으라고 부탁했다. 헨니 벤터가 고개를 끄덕이고 창가에서 떠났다.

"바버톤에 도착할 즈음이면 배가 고플 거야. 너한테 저녁도 안 먹이면 네 할아버지가 어떻게 생각하시겠니?"

빅 헤티가 숨을 몰아쉬며 한 손으로 왼쪽 가슴을 움켜쥐었다.

나는 닭고기를 안 좋아한다고 말할 수 없었다. 그냥 고맙다 하고서 물었다.

"아까 말한 대로 어서 일어나서 갈아탈 기차를 알려주어야지요, 아줌마."

빅 헤티는 아무 말도 안 했다. 말할 힘을 끌어모으려 애쓰는 것 같더니, 이윽고 간신히 입을 열었다.

"이제 인생을 끝낼 때가 온 것 같아, 피케이. 너무 아프구나."

얼굴에서 핏기가 싹 가시며 입술이 파랗게 변했다. 왼손으로 왼쪽 가슴을 쓸었다.

나는 창가로 서둘러 가서 소리쳤다. 헨니 벤터는 내 옷 가방을 열어서 커다란 깡통을 넣는 중이었다.

"벤터 아저씨! 빨리 오세요! 헤티 아줌마가 아파요!"

나는 고개를 돌려 빅 헤티를 바라보았다. 빅 헤티가 숨을 몰아쉬며 간신히 속삭이는 어투로 말했다.

"손을 잡아다오, 피케이."

나는 옆으로 가서 손을 내밀었다. 빅 헤티가 내 손을 쥐었다. 숨을 몰아쉬는 소리가 작아졌다. 힘이 몽땅 빠져나간 것 같았다. 그래서 간간이 숨을 몰아쉬며 말했다. 아침에 수다를 떨던 목소리와 천양지차였다.

"이제 끝인 것 같아, 내 사랑."

헨니 벤터가 창문으로 고개를 들이밀고 소리쳤다.

"어이쿠, 하느님 맙소사! 의사를 데려올게."

자갈을 밟으며 내달리는 소리가 일어났다.

"제발 죽지 마세요, 헤티 아줌마."

나는 사정했다. 갑자기 두려웠다.

"피케이, 플라이급 친구가 떠난 뒤로 조금도 행복하지 않았단다. 아쉬울 게 없어."

빅 헤티가 고개를 돌려서 나를 바라보았다. 눈가에 눈물이 한 방울 맺히다 뺨을 타고 천천히 흘러내렸다.

"피케이, 너는 위대한 웰터급 선수가 될 거야. 너한테는 자존심과 용기가 있어. 내가 말한 자존심과 용기가 기억나니?"

나는 입술이 떨리는 걸 억누르며 암송했다.

"자존심이란 모든 사람이 고개 숙일 때 자기 혼자 고개를 안 숙이는 거고, 용기는 그렇게 하도록 도와주는 것이다."

"너는 위대한 권투선수가 될 거야."

빅 헤티가 속삭이더니 약간 부르르 떨다 순간적으로 내 손을 움켜쥐었다. 그러더니 잡은 손을 놓으며 베개로 떨구었다. 덩치는 커다랗고 입은 수다스러운데, 죽음은 조그맣고 조용했다.

나는 울었다. 병아리 할아버지가 죽을 때는 마음이 아파서 울었으나 이번에는 슬퍼서 울었다.

잠시 뒤에 사람들이 들것을 가져오는 소리가 들렸다. 일상생활에서 벗어나 휴가를 즐기면서 마구 웃고 떠드는 소리 같았다. 이제는 빅 헤티를 옮길 수 있으리라.

8

기차가 연기를 뿜으며 바버톤 역으로 들어선 건 오후 열 시가 지난 다음이었다. 도착하기 바로 전에 차장이 나를 깨워주었다. 그날 일어난 사건과 잠으로 머리가 뒤죽박죽이었다.

나를 기차에 태워준 건 헨니 벤터였다. 헨리 벤터 역시 내가 걱정스럽기도 하고 불행한 사건을 처리해야 한다는 부담으로 마음이 어수선한 것 같았다.

"뭐 좀 먹거라, 알겠지? 돈을 줄 테니 음료수도 사 먹고."

헨리 벤터가 조그만 은화를 건네며 말했다.

"돈은 나도 있어요, 벤터 아저씨."

하지만 헨리 벤터는 3페니 동전을 받으라고 호통쳤다.

"빨리 받아. 동전 하나 가지고 뭘 그러니?"

다행히 오래 기다릴 필요는 없었다. 바버톤 행 기차가 정시에 왔다. 조그만 엔진치고는 소리가 제법 컸다. 기차에 올라타는 나를 보고 헨니 벤터가 소리쳤다.

"호피 그론월드한테 네가 보아인답게, 진짜 백인 어른처럼 행동했다고 알려줄게!"

나는 빅 헤티가 준 깡통 때문에 무거운 옷 가방을 질질 끌며 자갈 플랫폼으로 내려왔다. 깡통에 넣은 음식은 건드리지 않았다. 뭘 먹기엔 너무 지치고 당혹스러웠다. 플랫폼엔 서둘러 내리고 타는 사람과 이리저리 기웃거리는 사람, 서로 인사하는 사람으로 붐볐다. 기차가 도착할 때 흔히 보이는 풍경이었다.

할아버지는 안 보였다. 나는 옷 가방에 앉아서 기다리기로 했다. 너무 힘들어서 다른 건 생각할 수도 없었다. 내가 울었던 것 같다. 너무 힘들어서 그랬으리라. 하지만 그보다 더한 고통도 참고 견딘 나였다. 갑자기 보모가 크게 웃으며 달려들어 나를 행주치마로 감쌀 것 같았다. 그래서 모든 게 정상으로 돌아왔다고 알려줄 것 같았다.

어떤 여인이 다가왔다. 눈물이 가려서 희미하게 보였다. 여인이 허리를 숙여서 조그만 가슴으로 나를 안고 울먹이며 말했다.

"아, 얘야, 불쌍한 놈. 이제 다시 모든 게 제자리로 돌아올 거야. 약속하마."

어머니였다! 어머니가 살아 있었다! 예전처럼 마르긴 해도 이질과 흑수열로 죽지는 않았다.

하지만 어머니나 나나 예전과 똑같지는 않을 거라는 사실을 당시에 확연히 깨달은 것 같다.

"보모는 어디에 있나요?"

나는 눈물을 닦으며 물었다.

"이리 오렴, 얘야. 멀베리 목사님께서 우리를 태워주려고 차에서 기다리신다. 너는 이제 다 큰 여섯 살이라서 보모는 필요 없단다!"

어머니가 말하면서 옷 가방을 잡고 몸을 일으키며 덧붙였다.

"자, 가자."

가슴이 텅 비는 느낌이었다. 이제 다 큰 여섯 살이라서 보모는 필요 없단다. 판사가 주먹을 날릴 때처럼 머리가 띠-잉 했다. 이제 나는 여섯 살이다. 우리 보모, 내가 사랑하는 보모는 없다. 두 가지 사실이 머릿속에 뒤엉켰다. 개 두 마리가 서로를 깨문 채 진흙탕에서 엎치락뒤치락하는 것 같았다.

어머니는 내 손을 잡고 후추나무 옆 가로등 밑에 주차한 회색 플리머스 승용차로 걸어갔다. 우리가 다가가자 자동차에서 뚱뚱한 대머리 사내가 나왔다. 윗니가 비스듬히 튀어나와 입술이 불룩했다. 빠져나올 기회만 엿보는 것 같았다. 멀베리 목사도 그 사실을 아는 듯, 이가 못 나오도록 빠르게 웃고는 팔을 뻗어 어머니 손에서 내 가방을 받으며 말했다.

"여호와를 찬양합시다, 자매님. 여호와께서 아이를 사랑하는 가족 품으로 안전하게 보내셨습니다."

여자처럼 음색이 높으면서 부드러운 목소리였다.

"여호와를 찬양합시다."

어머니가 대답했다. 어머니가 그렇게 말한 건 처음이었다. 집단 수용소와 관계가 있는 게 분명했다. 나는 극도로 훈련된 귀로 어머니 목소리에 담긴 다양한 소리를 들었다.

멀베리 목사가 손을 내밀며 말했다.

"잘 왔다, 얘야. 신께서 우리 기도를 들어주셔 너를 가족 품으로 안전하게 인도하셨다."

나는 그 손을 잡았다. 따뜻하면서도 약간 축축한 손이었다.

"고맙습니다, 목사님."

나는 속삭이듯 대답했다. 영어로 말하는 느낌이 이상했다.

병아리 할아버지는 죽고 호피는 아돌프 히틀러랑 싸우려고 군대에 간다. 다시 못 돌아올 것이다. 빅 헤티도 죽었는데 이제 사랑하는 보모까지 사라졌다. 어머니는 피크 보씨와 마찬가지로 신과 특별한 관계를 맺은 것 같은데, 그건 문제의 소지가 많다. 내 삶이 위기에 빠진 거다.

나는 자동차 뒷좌석에 올라 어머니 옆에 앉았다.

우리는 읍내를 가로질렀다. 아스팔트 도로 양쪽에 가로등이 있었다. 너무 늦은 시각이라 자동차는 별로 없었다. 우리는 오래된 활엽수가 쭉 늘어선 광장을 지났다. 맥클리몽 상점, 신사용품점, 윈터 상점, 약국, 사보이 카페, 바버톤 하드웨어 회사 등, 다양한 상점이 꼬리를 물고 늘어섰다. 길을 꺾어 임팔라 호텔이라는 커다란 건물을 지나쳤다. 계단이 드넓었다. 안에 사람이 많은 것 같았다. 콘서티나를 연주하는 소리가 들렸다. 멀베리 목사가 속도를 줄이며 여자 같은 목소리로 말했다.

“오늘 밤도 악마가 바쁘게 움직이는군요, 자매님. 우리는 저 영혼들이 회개하도록 기도해야 합니다. 영원한 생명을 주시는 하느님의 영광을 저들이 깨닫도록 기도해야 합니다.”

어머니가 한숨을 내쉬며 말했다.

“여호와께서 다시 오시어 우리를 영광스러운 곳으로 데려가시기 전에 해야 할 일이 너무나 많은 것 같아요.”

어머니가 나를 쳐다보며 말했다.

“사도 모임 교회에 훌륭한 주일학교가 있단다. 너도 하느님을 만나 다시 태어날 나이가 되었구나, 얘야. 하느님께선 당신의 소중한 자녀를 특별히 사랑하신단다.”

“할렐루야, 여호와를 찬양하라, 여호와를 뵈러 가자!”

멀베리 목사가 말했다.

“내일 만나면 안 될까요? 오늘은 너무 피곤해요.”

두 사람이 웃었다. 마음이 놓였다. 어머니가 웃는 게 익숙하게 다가왔다. 집단 수용소도 웃음을 앗아가진 못했다. 목소리도 부드러웠다.

“지금은 집으로 가는 중이란다, 얘야. 네가 피곤할 테니까.”

나는 하마터면 위장을 벗어던질 뻔하다, 마음을 도사렸다. 빅 헤티가 말하길 피크 보싸는 다시 태어난 기독교인으로 사도 모임 교회에 다닌다고 했다. 두 가지 모두 문제의 소지가 많다는 어투였다. 어머니가 어쩌다 그렇게 되었을까? 앞니가 뻐드렁니인 낯선 사내는 누구일까? 두 사람이 이상하게 말하는 건 무슨 뜻이며 여호와란 사람은 누구일까?

나는 할아버지와 보모에게 돌아가는 걸 아돌프 히틀러가 오기 전에 재빨리 도망치는 거로 여겼다. 그러나 호피에게 아돌프 히틀러가 못 온다는 설명을 듣고는 옛날처럼 농장에서 다시 사는 거로 받아들였다. 농장에 사는 것 자체가 중요한 건 아니다. 중요한 건 늙은 할아버지와 아름다운 보모와 함께 사는 것이다.

어머니도 물론 귀중한 존재다. 하지만 내 생활에 본질적인 존재는 아니었다. 어머니는 몸도 약하고 신경이 날카로웠다. 나를 돌보고, 함께 놀고, 야단치고, 달래주는 역할을 한 사람은 보모였다. 어머니는 두통이 심했다. 아침에 읽기를 공부할 시간이면 나는 실력을 자랑할 속셈으로 베란다에 나가서 어머니가 앉은 흔들의자 옆 차가운 시멘트 바닥에 앉아 책을 읽곤 했다. 그러면 어머니는 '오늘은 피곤하구나, 얘야, 머리가 아프단다'라고 말하기 일쑤였다. 그러면 보모를 찾아가서 책을 읽었다. 보모는 책 읽는 소리를 듣다가 '멍에 탈피'라는 월간잡지를 가지고 와서 여자들 사진을 가리키며 무얼 하는 거냐고 묻곤 했다. 그러면 나는 사진 밑에 있는 글씨를 읽고는 줄루어로 번역해 주었다. 그러면 보모는 놀라서 입을 딱 벌린 채 말했다.

"어이쿠, 맙소사. 백인 여자로 사는 건 진짜 힘든 일이군."

나는 바로 이것 때문에 어머니도 심한 두통에 매일 시달린다고 생각했다. 어머니는 백인 여자라서 보모 말대로 진짜 힘들게 사는 게 분명했다.

우리는 도로에서 7m도 안 떨어진 저택 옆에 멈췄다. 낮게 쌓은 돌담 너머에 정원과 베란다로 올라가는 계단이 있었다. 베란다는 건물을 따라 길게 자리 잡았다. 불빛이라고는 멀리서 희미하게 비추는 가로등이 전부라서 건물을 자세히 살필 순 없었다. 저택에서는 창문 커튼을 통해 오렌지빛 두 개가 희미하게 흘러나왔다. 저택이 얼굴이라면 커튼으로 흘러나오는 오렌지빛은 눈 한 쌍이고 정문은 코며 정문으로 올라가는 계단은 입이었다. 빛은 어슴푸레해도 저택이 친근하게 느껴졌다. 이상하게 생긴 얼굴 안에는 깡마른 할아버지가 계실 게 분명했다. 할아버지라면 보모가 어떻게 되었는지 알려줄 터였다.

멀베리 목사는 안으로 안 들어가겠다고 했다. 그리고는 나를 사랑하는 가족 품으로 보내주신 여호와께 다시 감사했다. 교회 주일학교에서 내가 여호와의 조그만 모임에 잘 어울릴 거라고도 말했다. 어머니도 여호와를 찬양했다. 여호와란 사람이 주변에서 가장 힘센 게 분명했다.

우리는 플리머스 승용차가 빨간 지시등을 깜빡이며 도로로 내려가는 모습을 지켜보았다. 어머니가 한숨을 내쉬며 말했다.

"참 훌륭한 분이셔!"

나는 가방을 들고 낑낑대며 어머니를 따라 어두운 계단을 올라갔다. 어머니는 나무로 만든 베란다를 뚜벅뚜벅 소리 내며 걸었다. 이윽고 방충망 문을 삐거덕 여는 소리가 일어났다. 어머니가 신발 끝을 넣고서 현관문을 열었다. 환한 빛이 갑자기 쏟아졌다. 조그만 틀에 갇히다 풀려서 기뻐하는 것 같았다.

거실은 농장에 있던 거실과 별다른 차이가 없었다. 농장에서 쓰던 가구도 대부분 그대로 있었다. 묵중하고 기다란 안락의자와 천이 바랜

등받이 의자 세 개가 공간을 차지했다. 유리 책장에는 표지를 빨간 가죽으로 만든 찰스 디킨스 전집과 '크림 전쟁의 역사'라는 큰 책 두 권도 그대로 있었다. 할아버지의 오래된 괘종시계는 다른 방으로 통하는 문 옆에 있었다. 유리 안에서 구리로 만든 시계추가 조용히 오가는 모습이 반가웠다.

한쪽 벽에는 할아버지가 잡은 영양 머리를 걸었다. 커다란 영양 뿔이 천장까지 닿았다. 유리 책장 양쪽 벽에는 조그만 유화 작품이 걸렸다. 하나는 주홍색 장미 한 송이고 다른 하나는 노란색 장미 한 송이였다. 두 작품 모두 갈색으로 니스칠한 액자에 끼워놓았다. 할머니가 그린 그림으로, 우리 어머니를 낳다가 돌아가셨다.

다른 쪽 벽에는 큰 호두나무 액자에 끼운 동판을 걸었는데, 줄루족 수백 명이 죽어서 쓰러지고 웨일스 병사 몇 명이 그 위에 총검을 들고 서 있었다. 병사마다 군화에 각반을 찬 다리 하나를 맨몸으로 죽어서 쓰러진 야만인 시체에 올려놓고 하늘을 자랑스럽게 올려다보았다. 나는 줄루족 용사들과 밤새도록 싸운 웨일스 병사들이 그리도 깨끗하고 기운차게 보인다는 사실을 늘 이상하게 여겼다. 숫자를 세어보니 웨일스 병사 한 명당 줄루족 오십이 명을 죽인 셈이었다. 동판 밑 구리판에는 이런 설명이 있었다.

'1878년 12월 대학살 다음 날 아침. 로크 드리프트에서 대영제국의 영광을 회복하다. 용감한 웨일스 병사들.'

바닥에는 낡은 얼룩말 가죽을 깔았다. 다른 가구와 마찬가지로 내가 태어나기 전부터 있던 물건이다. 농장에서는 털이 다 빠져나간 부분이 보였는데 지금은 거기에 안락의자를 길게 놓아서 안 보이게 했다. 모든 게 그대로였다. 심지어 다 낡은 빨간 벨벳 커튼까지 창가에 그대로 걸렸다. 다른 게 있다면 책장에 축음기 대신 동그란 라디오가 있다는 사실이다.

건물은 변해도 내부는 변한 게 없는 것 같았다. 괜히 기분이 좋았다. 바로 그때 할아버지가 거실로 들어오셨다. 유칼립투스처럼 훌쭉하고 커다랗게 쭉 뻗은 몸매였다. 할아버지는 담배 파이프를 입에 문 채 문 입구에서 멈추셨다. 카키색 바지는 평소처럼 헐렁해서 기다란 줄로 묶고 소매는 팔꿈치 바로 밑까지 걷었다. 예전 모습 그대로였다. 할아버지는 담배를 두 모금 빨았다. 헝클어진 백발로 담배 연기가 올라가다 얼굴 주변을 맴돌았다.

"착한 손자가 왔구나."

할아버지는 물기가 어린 파란 눈을 깜빡이며 나를 내려다보았다. 할아버지 얼굴에 맴돌던 담배 연기가 사라졌다. 할아버지는 두 팔을 살짝 들고 손바닥을 폈다. 뻔한 거실과 뻔한 저택, 그동안 겪은 고통을 슬프게 알리는 몸짓 같았다.

"그놈의 뉴캐슬병. 사람들이 오링톤을 모두 죽였어."

"사람들이 병아리 할아버지도 죽였어요."

내가 조그만 목소리로 말하자, 어머니가 내 어깨에 손을 얹으며 말했다.

"그래, 맞아, 할아버지 병아리는 모두 죽었단다. 이리 오너라. 자러 가야지."

병아리 할아버지를 언급할 생각은 없었다. 할아버지는 병아리 할아버지를 모르니 말해도 못 알아들을 게 분명했다. 나도 모르게 그냥 튀어나온 말이었다.

할아버지는 검은 오링톤 닭을 아주 좋아하셨다. 심지어 보모도 오링톤 닭은 까맣고 강하며 수놈은 줄루족 장군처럼 깃털이 멋진 걸 보면 줄루 닭이 분명하다고 말했다.

보모는 내가 줄루 닭 오링톤이 아니라 카피르 닭을 선택한 게 불만이었다. 위대한 전사의 영혼이 깃들었다면 볼품없는 카피르 닭보다 오링톤 닭에 깃든 영혼이 더 위대할 텐데 말이다. 보모는 혀를 쯧쯧 차더니 수건으로 동여맨 머리를 흔들며 무슨 뜻인지 모를 말을 중얼거리다 결론을 내렸다.

"하지만 가파른 바위에서 뱀이 다니는 길을 찾는 데는 카피르 닭이 나을 수도 있지."

보모는 지금 어디에 있단 말인가? 혹시 죽은 건 아닐까? 할아버지께 내일 당장 물어야지. 어른은 사람이 죽은 걸 사실대로 말하지 않지만, 할아버지라면 사실대로 말할 것 같았다. 내일 아침에 할아버지에게 돈을 건네면서 물어보리라.

여느 때처럼 이른 새벽에 일어나서 집 안을 무심코 걷다가 부엌에 들어섰다. 무쇠로 만든 새까만 난로가 농장에서 쓰던 것보다 작았다. 손가락에 침을 묻히고 살짝 대니 놀랍게도 난로는 차가웠다. 농장에서는 난로에 불을 늘 지펴놓았다. 부엌 하녀 디와 뎀은 부엌에서 돗자리를 깔고 자면서 난롯불이 꺼지려 할 때마다 불씨를 다시 활활 살리는 게 중요한 임무였다.

부엌에서 석탄산 비누 냄새와 소독약 냄새가 약하게 났다. 나는 풋풋한 인간 냄새와 커피 냄새, 큰 무쇠솥에서 끓이는 국 냄새가 그리웠다. 농장에 있을 때는 부엌에서 큰 무쇠솥에다 뼈다귀를 넣고 계속 끓였다. 그 국을 한참 먹다가 오래된 뼈를 꺼내고 새 뼈를 다시 집어넣으니, 냄새는 떠날 날이 없었다. 농촌에서 음식은 단순한 음식 그 이상이다. 농부는 옥수수 한 알과 우유 한 통, 오븐에서 데우는 빵 한 조각, 프라이팬에서 지글거리는 달걀과 베이컨에 땀이 얼마나 들어갔는지 잘 안다. 하나같이 힘들여서 생산한 것이다. 음식은 누구든 존경스러운 마음으로 대해야 한다.

부엌문 뒤에 넓은 베란다가 있었다. 정원 베란다와 달리 땅과 같은 높이였다. 그래서 잘 가꾼 널찍한 정원으로 곧장 이어졌다. 장미 수천 송이가 향기를 내뿜으며 희미한 새벽 공기를 흔들었다.

돌로 만든 테라스에서 장미 덤불이 뻗어 나왔다. 여섯 계단 간격으로 돌 테라스를 만들고 테라스마다 동그란 나뭇가지로 통로를 만들어, 장미가 타고 올라갔다.

하얀 장미와 분홍 장미, 노란 장미, 주황색 장미 등 다양한 장미가 각기 다른 나뭇가지를 타고 오르다 끝에서 폭포수처럼 흘러내렸다. 앨리스가 이상한 나라에서 보았을 것 같은 통로였다.

전에 못 본 나무 여섯 그루가 테라스마다 한 그루씩 거대한 모습을 뽐냈다. 진짜 잘 꾸민 정원이었다. 이런 정원이 어떻게 할아버지 손에 들어왔는지 궁금했다. 농장에서는 영원히 사라진 검은 닭 말고는 신경 써서 보살피고 가꾼 게 전혀 없었는데 말이다.

우리 집은 큰 언덕 중턱이었다. 그래서 정문이 계단 위에 있고 뒤 테라스에 계단이 많았다. 정원 끝에는 길게 심은 오디나무 담장과 옆으로 돌을 쌓아서 만든 담장이 있었다. 너머로는 사람 손길이 안 닿는, 암석과 덤불이 무성한, 비탈진 언덕이었다. 친근한 느낌이 들었다. 비탈 여기저기에 커다란 알로에가 자랐다. 언덕 정상에는 동그란 돌이 빵에 박힌 건포도처럼 오밀조밀했다.

통로를 올라가니, 테라스마다 잘 정리한 잔디에 장미 화단이 있었다. 하지만 제일 꼭대기에 있는 테라스는 달랐다. 한쪽에는 내 키보다 훨씬 높다란 돌담이 있고 다른 쪽에는 새로 접붙인 장미 줄기가 많았다. 그 뒤로 오디나무가 무성하게 자라서 바람을 막았다.

담장 뒤로 다양한 식물이 자라겠지만 담장 안에는 아름다운 나무 몇 그루를 빼면 오로지 장미만 자라는 것 같았다. 담장 주변만 아열대 기후인지, 마르멜루와 과버, 레몬, 오렌지, 아보카도, 석류나무, 망고, 포도나무 따위가 '인도의 자존심'과 성성목, 하이비스커스 등과 함께 자라났다. 고목도 한 그루 있는데, 부겐빌레아가 화려하게 뒤덮었다. 오디나무 밑에는 수국과 아프리카 백합, 빨간 칸나와 분홍 칸나가 자랐다. 이 지방 특유의 식물이 다른 지방에서 온 장미 정원을 시골 촌놈처럼 부러운 눈으로 엿보는 것 같았다. 감히 정원으로 들어올 생각은 못 하고 서로 부대끼는 모습이 볼품없었다.

나는 나중에 돌담 너머를 둘러보리라 결심하면서 그늘진 오디나무 이파리 밑으로 들어갔다. 나무 밑은 태양 빛이 조금도 못 들어와서 약간 눅눅했다. 떨어진 오디 열매가 있을 뿐, 어떤 식물도 안 자랐다. 계속 걷자 물이 통통하게 오른 오디가 발밑에 밟히며 터졌다. 발가락에 짙은 보라색이 뱄다.

전날 빅 헤티와 점심을 먹은 이후로 아무것도 안 먹어서 배고팠다. 나는 감미로운 오디 열매를 게걸스럽게 먹었다. 물이 오를 대로 올라서 짙은 보랏빛 열매가 손만 대면 가지에서 떨어졌다. 이윽고 두 손도 보라색으로 물들었다. 맛있는 오디를 입안에 마구 넣어서 입 주변도 마찬가지였다. 머리 위에서 오디를 먹던 새들이 이리저리 날아다녀, 조그만 가지와 잎사귀가 흔들렸다.

오디나무 숲에서 벗어나 정원을 완전히 빠져나오니 바로 앞에서 알로에 하나가 자랐다. 높이가 내 키보다 70센티는 높았다. 앞은 하늘로 솟아오른 언덕 꼭대기고 뒤는 중턱을 화려하게 수놓은 장미 정원이었다.

나는 암석과 덤불을 돌며 아무 생각 없이 올라갔다. 30분 정도 오르자 꼭대기가 나왔다. 비바람에 동그랗게 닳은 커다란 바위로 올라서 사방을 둘러보았다. 언덕 너머로 다른 언덕이 이어지면서 높아지다 저 멀리 산맥으로 뻗어 나갔다.

아직은 하루를 시작하기 전이었다. 발밑으로 언덕 기슭에 자리한 조그만 읍내가 있었다. 그 너머로 아름답고 거대한 계곡이 저지대를 형성하며 5㎞ 정도 뻗어 나가다, 600m에 달하는 경사면이 고지대 초원으로 나아가 스카이라인을 형성하며 사라졌다.

그렇게 아름다운 경관은 처음이었다. 태양이 막 떠오르며 어렴풋한 공기를 걷어내지만, 풀잎에는 이슬이 그대로 맺혔다. 나는 발밑으로 펼쳐진 세상을 보지만 밑에 있는 세상은 나를 볼 수 없었다. 나만의 비밀 장소를 찾은 것이다. 기숙학교 운동장 옆 망고나무보다 훨씬 좋았다. 머리 위로는 아이가 날리는 연 높이에서 솔개가 맴돌며 어미 품에서 벗어난 병아리를 찾아다녔다. 청명한 새벽하늘에 깃털을 휘날리며 죽어갈 병아리가 떠올랐다.

언덕 너머로 흑인 판자촌이 보였다. 흑인 하인들이 아침을 지어주러 백인 주택가로 오려고 준비하느라 굴뚝 여기저기에서 연기가 피어올랐다. 수탉 몇 마리가 가끔 울더니 동녘이 밝아온다는 걸 알아챘는지 여기저기서 힘차게 꼬꼬댁하며 합창했다. 읍내 일부는 언덕이 드리운 그늘을 여전히 못 벗어났다. 도로마다 심은 자카란다 가로수가 읍내를 십자가처럼 가른 게 보였다.

읍내 주택가 바로 너머에 높다란 담으로 둘러싼 어두침침한 건물이 있었다. 정사각형 3층 건물로, 조그만 창문이 점점이 박혔다. 최소한 150개는 넘을 것 같았다. 가운데에는 정사각형 운동장도 있었다.

외벽 구석마다 조그만 망루가 있는데 골 함석으로 만든 지붕이 이른 햇살을 받아 번쩍거렸다. 나는 감옥을 본 적도 상상한 적도 없었다.

하지만 본능적으로 알아볼 순 있었다. 비극적인 구조물은 누가 보더라도 용도가 또렷했다.

할아버지는 아침 일찍 일어나니 지금쯤 밖으로 나올 게 분명했다. 언덕을 내려가서 푸르른 오디나무를 지나 장미 정원으로 돌아가는 데 20분이 채 안 걸렸다. 할아버지는 장미 줄기를 가위로 잘라서 통로에 수북한 줄기로 던졌다. 통로를 따라 다가가자 할아버지가 쳐다보며 말했다.

"잘 잤니, 얘야? 둘러보고 오는 거냐?"

할아버지는 장미 줄기를 또 자르더니, 쾌활한 목소리로 말을 이었다.

"버트 여사는 너무 게을러. 그냥 두면 제멋대로 뻗어 나갈 거야."

나는 아무 반응도 안 보였다. 할아버지가 하는 말은 대체로 혼잣말이라서 무슨 말인지 물어도 소용이 없었다. 나는 정원에 있는 장미 이름을 금방 깨달았다. 버트 여사는 할아버지가 가위로 자르는 연분홍 장미였다.

나는 할아버지 발치에 웅크리고 앉아서 지저분한 보자기를 풀었다. 할아버지 돈과 카프무이덴에서 헨니가 준 3페니 동전, 내 돈 10실링이 나왔다. 나는 할아버지 돈을 꺼냈다.

"운동화를 사고 남은 돈이에요, 할아버지."

할아버지가 정원용 가위를 추켜든 채 동작을 멈추었다.

"자, 받으세요, 할아버지 돈이에요."

내가 다시 말했다. 할아버지는 동전을 카키색 바지 주머니에 넣으며 말했다.

"착하구나. 1주일 치 담배를 사겠어."

유쾌한 목소리였다. 그래서 나는 숨을 깊게 들이쉬고는 마음속으로 궁금하던 걸 물었다.

"할아버지, 보모는 어디에 있나요?"

할아버지는 장미 줄기를 찾다 고개를 천천히 돌려서 내려다보았다. 그러더니 계단으로 걸음을 옮겨서 천천히 걸터앉았다.

"이리 와서 앉으렴, 얘야."

할아버지가 옆자리를 두드리며 말했다. 나는 옆으로 가서 앉았다. 할아버지는 주머니에서 파이프를 꺼내 계단 바닥에 대고 천천히 두드렸다. 그러다 입에 대고 두 번 불더니, 주머니에서 담배쌈지를 꺼내 파이프에 쟀다. 할아버지는 서두르는 법이 없으므로 나는 두 손을 턱에 괸 채 기다렸다. 할아버지는 성냥을 켜서 불을 대고 파이프를 빨았다. 담배 연기가 할아버지 머리 위로 올라갔다. 할아버지는 가만히 앉아서 허공만 멍하니 바라보다 파이프를 입에 대고 빨았다. 파이프에서 꾸르륵 소리가 났다.

나는 지붕을 쳐다보았다. 골함석 지붕은 페인트를 칠한 게 너무 오래된 듯 색이 바래서 군데군데 녹슬었다. 트럭이 집 앞 언덕을 오르는 소리가 들렸다. 비탈을 오르는 게 힘든 듯 낮은 기어로 가쁜 소리를 뱉어냈다.

"인생이란 시작이 있으면 끝도 있는 법이야. 변하지 않는 건 하나도 없단다, 얘야."

마침내 할아버지가 입을 열었다. 그러더니 파이프를 한 모금 빨고 손톱을 살폈다. 정원을 손질하느라 손톱이 더러웠다.

"인생이란 사랑하는 사람과 헤어지는 거란다. 누구나 똑같지."

'그건 나도 안다고요!'

마음속으로 소리쳤다. 가슴이 철렁했다. 보모가 죽었다는 건가?

할아버지는 다시 허공을 멍하니 쳐다보았다. 파이프에서 불이 꺼졌다.

"부드럽고 친절한 여자였어. 아프리카는 그렇게 가냘픈 여인이 살기에 너무 험한 곳이야."

할아버지는 성냥을 다시 켜서 파이프에 내고 빨았나. 뻑, 뻑, 뻑, 구르륵, 뻑, 뻑 하는 소리만 들릴 뿐 다른 이야기는 없었다. 할아버지가 말하는 여자는 크고 뚱뚱한 보모가 아닌 것 같았다. 할아버지는 항상 모호하게 말한다. 하지만 슬퍼하는 것 같아서 가만히 기다렸다. 할아버지는 파이프를 손에 들고 주변 장미를 가리키며 다시 말했다.

"내가 그 여인을 위해서 만들고 가꾼 정원이다. 저 장미는 요크셔 지방에 있는 여인 아버지 사제관에서 자라던 품종이야. 저 나무도 마찬가지란다. 느릅나무, 떡갈나무, 전나무, 호두나무."

할아버지는 파이프를 입에 다시 물었지만, 불이 꺼져서 세 번째 성냥을 켜야 했다. 이번에는 불이 확실하게 붙었다. 할아버지 얼굴이 담배 연기에 휩싸였다. 나는 할아버지가 대답하기 싫거나 생각할 시간이 필요할 때면 파이프를 만지작거리며 질질 끈다는 사실을 안다. 따라서 무슨 말인지 알아들을 수 없지만, 잠자코 듣는 게 최선이라 생각하고 아무것도 안 물었다.

보모는 나에게 모든 걸 말했지만, 농장 정원에 있던 장미에 대해선 한마디도 안 했다. 투겔라강 근처 줄루 지방 출신인 터라, 녹색 옥수숫대 사이를 스치는 바람 소리와 추장의 맥주 단지만큼 커다란 호박이 햇살을 받아서 익는 소리, 강가에서 야생 참외가 자라는 소리는 말해도, 장미 이야기는 한마디도 안 했다.

할아버지는 허공을 오랫동안 응시하다 입을 다시 열었다.

"여인이 네 엄마를 낳다가 죽자, 나는 장미 정원이 있는 이곳에 더는 머무를 수 없었단다. 다른 곳에서 슬픈 기억을 지우며 사는 게 좋을 때도 있거든."

할아버지가 동의를 구하는 표정으로 내려다보고, 나는 보모와 아무런 상관이 없다는 걸 알아차렸다.

"여인 동생 리처드가 관절염을 치료하려고 영국에서 왔단다. 훌륭한 청년이었지. 장미도 잘 키우고. 여기에서 30년을 살았는데, 바뀐 게 하나도 없어. 장미가 늙으면 그걸 뽑아내고 똑같은 품종을 다시 심었어."

할아버지가 아래쪽 테라스에서 줄기가 길고 완벽한 장미꽃 두 송이를 가리키는데, 주황색 꽃잎 모서리가 빨갰다.

"저게 아프리카 대륙에 하나밖에 없는 '제국 황혼'이라는 걸 내가 기필코 입증하고 말겠어."

할아버지는 아주 만족스러운 어투로 말하며 파이프를 계단에 두드려서 담뱃재를 바닥에 털었다. 그리곤 일어나서 사방을 둘러보며 덧붙였다.

"이제 리처드가 죽어서 내가 다시 왔단다. 고통은 사라졌지만, 아름다운 요크셔 장미는 조금도 안 늙고 예전 그대로 멋진 자태를 뽐내는구나."

내 기억으로는 그게 할아버지에게 들은 말 전부였다. 보모에 대한 대답은 아니지만, 마음속에 오랫동안 품은 이야기가 분명했다.

"이제 내려가서 놀아라, 응?"

할아버지는 장미 화단으로 가서 작업하고, 나는 계단에서 일어나 집으로 걸어갔다. 굴뚝에서 연기가 흘러나오니, 이제 곧 아침을 준비할 터였다. 그런데 가위질 소리가 갑자기 그치더니, 할아버지가 불렀다.

"얘야!"

나는 돌아서서 할아버지를 바라보았다.

"보모 얘기는 엄마한테 물어보렴. 엄마가 푹 빠진 엉터리 종교와 관계가 있으니까."

부엌으로 들어가니 하녀 디와 덤이 보여서 내가 얼마나 기뻤겠는가! 내가 들어오는 걸 보고 둘 다 탄성을 내지르며 달려오더니, 나를 껴안다 내 손을 하나씩 잡고서 춤추며 부엌을 돌아다녔다.

"많이 컸구나. 머리가 아직 빡빡이야. 옷을 빨아야겠어. 입이 오디 자국으로 엉망이네. 먹을 걸 줄게. 이제 보모가 없으니 우리가 너를 보살필게. 그래, 그래, 우리가 보모처럼 할게. 보모가 부르는 노래도 다 배웠어."

디와 덤이 신나게 떠들었다. 나도 기분이 좋았다. 디와 덤이 있다는 게 너무나 기뻤다. 지금까지 두 사람은 나와 보모 주변을 맴돌았다. 보모가 계속 야단치면서 바보 멍청이 상간 여자라고 욕했지만 그래도 두 사람을 사랑했다. 나는 그때 비로소 그들이 나에게 얼마나 소중한지 깨달았다. 두 사람은 산산이 깨진 과거를 오늘로 연결하는 존재였다. 어머니는 여호와를 따르니 더는 믿을 수 없었다. 이제 나에겐 할아버지와 두 자매만이 불변이었다.

자매 가운데 한 명이 손으로 입을 가리고 낄낄대면서 다른 손으로 가슴을 두드리며 영어로 말했다.

"내가, 덤."

"내가, 디."

다른 한 명이 똑같이 말했다. 하얀 눈에 기쁨이 가득했다. 두 사람은 쌍둥이였다. 내가 훨씬 어릴 때 두 사람에게 이름을 지어준 기억이 떠올랐다. 처음에는 트위들덤과 트위들디라고 했으나 시간이 지나면서 나 때문에 덤과 디로 줄어들었다. 나는 쌍둥이가 자랑하는 영어를 듣고 크게 웃었다.

부엌은 커피 냄새로 가득했다. 디가 난로로 가서 커다란 에나멜 커피포트를 들고 왔다. 덤은 커피잔을 가져와서 딱딱한 비스킷과 함께 식탁에 놓고는 베란다 냉장고에서 우유 한 병을 가져왔다. 막 끓인 커피를 디가 커피잔에 따랐다.

쌍둥이 자매는 잠시 침묵하며 각자 열심히 일했다. 디는 커피포트를 난로에 다시 올리고 설탕 두 숟가락을 조심스레 퍼서 김이 무럭무럭 피어오르는 잔에 넣고서 커피를 저었다. 두 사람 모두 행동 하나하나에 애정과 헌신이 가득했다. 덤은 내가 앉도록 의자를 가져왔다. 내가 거기에 앉자, 디가 커피잔을 내 무릎 밑 바닥에 내려놓았다. 깨끗하게 청소한 시멘트 바닥이었다. 나는 농장에서 그런 것처럼 조그만 걸상에 앉아서 바닥에 놓인 커피잔에 딱딱한 비스킷을 담갔다.

농장에 있을 때 쌍둥이가 입은 옷이라고는 가느다란 순면을 몸에 둘러 한쪽 어깨에서 그 끝을 묶은 게 전부였다. 손목과 발목에는 구리와 청동 팔찌와 발목 장식을 달아, 걸을 때마다 쨍그랑거렸다. 하지만 지금은 팔찌와 발목 장식이 없었다. 옷도 소매 없이 발목까지 내려오는 감색 치마가 전부였다.

나는 비스킷에 커피를 찍어 먹으면서 쌍둥이 자매와 샹간어 대화를 즐겼다. 그들은 오줌 싸는 습관을 묻고, 나는 인코시-인코시카지 마법 덕분에 해결했다고 대답했다. 그들은 킥킥대며 다행이라고 말했다. 그리고는 큰 트럭을 타고 온 남자들이 까만 오링톤 닭을 모두 불태워 죽였다고, 닭 타는 냄새가 사흘 동안 사방에 가득했지만, 그 닭을 누구도 못 먹었다고, 원주민들로선 상상도 못 할 낭비라고 했다. 할아버지는 베란다에 앉아 닭이 불에 타서 재로 변하는 광경을 종일 지켜보며 파이프만 뻑뻑 빨 뿐, 베란다에 갖다 놓은 음식과 커피는 쳐다보지도 않았다고도 했다.

마침내 얘깃거리가 떨어졌다. 주변만 맴돌던 보모 이야기가 나올 때가 된 것이다. 쌍둥이도 그걸 알았다. 나는 질문을 못 피하도록 정색하며 물었다.

"보모는 어디에 있지?"

둘 다 두 손으로 입을 막고 고개를 저었다.

"읍, 읍, 읍!"

"누가 대답을 못 하게 했지?"

"우리는 말하면 안 돼."

디가 말했다. 두 자매가 한숨을 내쉬었다. 나는 어떤 대답이 나올지 뻔히 알면서 물었다.

"엄마가 그랬어?"

두 자매가 간청하는 눈초리로 쳐다보는데, 눈에 눈물이 글썽였다. 그러다 덤이 말했다.

"여주인께서 돌아오시고 많은 게 변했어."

"우리가 여성임을 나타내는 팔찌와 발목 장식을 벗게 했어. 이 옷도 입으라고 했어. 이 옷은 정말 더워."

디가 슬픈 소리로 덧붙였다. 그러더니 쌍둥이가 모두 일어나서 난로로 가더니 등을 돌린 채 슬프게 울었다.

나는 용감한 척 허세를 부리며 말했다.

"내가 어머니한테 직접 물어보겠어! 보모가 살았는지 죽었는지만 대답해."

자매가 등을 돌려서 나를 동그란 눈으로 쳐다보았다. 여주인이 내린 명령을 어기지 않고도 대답할 게 있다는 걸 다행스럽게 여기는 표정으로 동시에 소리쳤다.

"보모는 살아 있어!"

그리곤 손등으로 눈물을 훔치고 나를 보며 웃었다. 좋은 소식을 전해서 다행이라는 표정이었다. 덤이 허리를 숙여서 난로 밑에 있는 양철통을 꺼내며 말했다.

"우리가 물을 데워서 너를 닦아줄게."

디는 물이 고인 곳으로 가서 꼭지를 틀며 말했다.

"이걸 봐, 물이 쇠파이프를 지나서 우리 집으로 들어와."

나는 단호한 어투로 명령했다.

"나도 컸으니 너희 같은 여자애가 닦아줄 필요는 없어. 물을 올려놓기만 해. 혼자 목욕할 테니."

지난 밤에 축축한 수건으로 얼굴과 손을 닦고 잤으니, 그래브로트에서 호피와 목욕하고 나서 목욕다운 목욕을 한 번도 못 한 터였다.

자매는 뒤 베란다로 이어지는 조그만 목욕탕으로 안내했다. 낡은 양철 욕조가 있었다. 자매는 뜨거운 물을 욕조에 붓더니, 욕조에 달린 냉수 꼭지를 서로 틀겠다며 싸웠다. 덤이 이겼다. 디는 잔뜩 토라진 채 밖으로 나가더니 깨끗한 셔츠와 반바지 한 벌을 가지고 금방 돌아왔다. 나는 밖으로 나가라 명령하고, 쌍둥이는 정신없이 킥킥대다 밖으로 나갔다.

따뜻한 물에 몸을 담그니 마음이 편안했다. 모든 슬픔이 사라지는 것 같았다. 보모가 아직 살았다고 생각하니 날아갈 것 같았다. 어머니에게 보모에 관해 묻는 게 그만큼 쉬울 터였다.

아침 식사를 마치고 어머니가 재봉실로 들어갔다. 몇몇 사람이 어머니를 찾아왔다. 읍내에서 온 여자들이었다. 어머니가 그들과 옷에 대해서 말하는 소리가 들렸다. 자매에게 무슨 일이냐고 물으니, "여주인은 다른 여주인한테 옷을 만들어 주는데 저 여주인은 가봉하러 왔다"는 대답이 나왔다. 농장에서 어머니는 재봉틀로 옷을 만들며 많은 시간을 보냈다. 할아버지 옷과 내 옷이 대부분이었다. 이제 다른 사람 옷도 만드는 것 같았다.

할아버지 정원 일을 도우러 오는 사내아이를 빼면 디와 덤이 유일한 하인이었다. 자매가 세탁, 청소, 요리를 도맡았다. 물론 어머니는 부엌일을 포함한 모든 일에 개괄적으로 지시했다. 자매는 돌담 뒤편 조그만 헛간에서 잠잤다. 옆에는 채소밭과 닭장이 있지만, 할아버지는 이제 닭이라면 생각조차 하기 싫은 터라 닭장이 텅 비었다.

당시에 나는 우리가 생활비를 어떻게 버는지 신경을 안 썼다. 나중에 알았는데, 생활비를 버는 건 진짜 어려웠다. 할아버지는 싱싱한 장미꽃을 팔고, 어머니는 재봉틀을 붙잡고 종일 일했다. 저녁 늦도록 재봉틀을 돌릴 때도 있었다. 어머니는 옷을 만들면서 여호와까지 섬기느라 다른 일을 할 시간이 거의 없었다.

점심을 먹고서 나는 용기를 끌어모아 어머니가 일하는 방으로 들어갔다. 디가 차를 한 잔 건네며 어머니에게 갖다 드리라고 한 거다. 어머니는 전기로 돌리는 신형 재봉틀을 사용했다. 페달을 밟아서 돌리는 낡은 재봉틀과 달랐다. 발판에 전기를 설치해서 발만 올리면 재봉틀이 윙 소리를 내며 자동으로 움직였다.

내가 들어서자 어머니가 쳐다보고 웃으며 말했다.

"그렇지 않아도 차가 생각나던 참인데, 네가 가져왔구나."

어머니는 접시에 흘린 차를 컵에 다시 따르고 두 눈을 감은 채 한 모금 마셨다.

"야, 정말 좋구나. 차보다 좋은 건 없어."

어머니가 감탄하는데 예전과 똑같은 어투였다. 어젯밤에 너무 피곤해서 멀베리 목사와 나눈 대화를 오해한 것 같다는 생각조차 들었다. 의자에 앉아서 기다리자, 어머니가 몸을 기울여 내 머리에 키스하며 말했다.

"나랑 얘기나 할까? 학교생활과 새로 사귄 멋진 꼬마 친구들 얘기를 할 게 많지? 이렇게 하면 어떨까? 저녁 식사를 마치고 할아버지가 라디오를 들으실 때 나한테 해주렴. 진짜 듣고 싶구나, 얘야. 할아버지가 말씀하시는데, 우리가 농장을 판 보스터 부인이 네가 아프리카너를 보아인처럼 잘한다고 했다더구나. 그건 좋은 일이지, 얘야. 하지만 다행히도 여기에선 그런 말을 쓸 필요가 없단다. 네가 귀에 찰과상을 입었다는 소식을 헨니 박사님이 편지로 알려주셨어. 지금은 괜찮니?"

고개를 끄덕이자 어머니는 다시 말했다.

"나도 많이 좋아졌단다. 아주 좋아졌어. 여호와께서 굽어보사 내 병이 나았단다. 여호와의 영광을 깨닫고 살아가니 황홀하구나."

어머니가 말을 마치고 차를 한 모금 마셨다. 나는 더 못 참고 물었다.

"어머니, 보모는 어디에 있나요?"

어머니는 고개를 숙이고 차를 한 모금 더 마시더니, 한참 뒤에 고개를 들고 쳐다보며 부드러운 목소리로 대답했다.

"얘야, 보모는 줄루 땅으로 갔단다."

"어머니가 보냈나요?"

울음 섞인 목소리였다.

"나는 기도로 물었다. 그러자 여호와께서 응답하시어 내가 결정하도록 도와주셨단다."

어머니는 찻잔을 내려놓고 재봉질을 시작했다. 재봉틀에서 윙 소리가 났다. 바늘이 빠르게 움직이며 옷감에 실을 박았다. 어머니가 갑자기 깊은 한숨을 내쉬며 재봉을 멈추더니, 가위로 무명실을 자르고는 나를 내려다보며 다시 말했다.

"나는 보모를 여호와께 인도하려고 애썼어. 그런데도 보모는 여호와께 마음을 안 열더구나."

어머니가 확인을 바라는 표정으로 천장을 올려다보며 덧붙였다.

"올바른 길을 알려달라며 얼마나 많은 밤을 기도했는지 모른다."

그리곤 입술을 꽉 깨물더니, 나를 다시 내려다보았다.

"네 보모는 이교도 장식을 안 떼려 했어. 팔찌와 발목 장식을 끼겠다고 계속 고집했단다. 나는 기도하고 또 기도했어. 신께서 마침내 내가 갈구하던 신호를 보내시더구나. 할아버지께서 보모 초청으로 아주 늙은 주술사가 농장을 방문했다고 말씀하신 거야."

어머니 표정에 분노가 가득했다.

"더럽고 구역질 나는 사탄이 다섯 살 먹은 아들 영혼을 뒤흔들다니! 신을 속일 순 없어! 미신을 신봉하는 이교도 여자한테 내가 하나밖에 없는 아들을 어떻게 맡기겠니?"

어머니는 잔을 들어서 점잖게 한 모금 마시고 결론을 내렸다.

"보모는 사탄한테 사로잡혔어."

어머니가 말을 마치고 만족스러운 표정을 지었다.

나는 안 울려고 이를 악물었다. 가슴속에서 외로운 닭이 달걀을 수백 개 낳았다. 눈물을 삼키며 의자에서 내려와 어머니를 똑바로 바라보았다. 그러다 소리치며 밖으로 뛰쳐나왔다.

"신은 개새끼에요!"

나는 이상한 나라의 앨리스 통로와 오디나무를 지나 자유의 언덕으로 달렸다. 눈물이 계속 흘러내려 언덕을 오르는 게 힘들어도, 마침내 아무도 없는 크고 둥근 돌에 올라갔다. 그리곤 맘껏 울었다.

오후 태양이 뜨겁게 타올랐다. 발밑에서 읍내 전체가 이글거렸다. 슬픔은 언제나 사라질까? 할아버지 말대로, 인생이란 가장 사랑하는 사람과 헤어지는 걸까? 내가 다 자라서 모든 변화를 충분히 받아들일 때까지만 안 변하고 그대로 있을 수는 없는 걸까? 사람은 왜 항상 위장하고 살아야 하지? 내가 아는 사람 가운데 위장하지 않고 사는 사람은 보모밖에 없었다. 늘 웃고 울고 걱정하고 사랑하며 모든 걸 그대로 얘기했다.

보모에게 편지를 쓰고 10실링도 보내자. 그러면 보모도 내가 사랑한다는 걸 알겠지. 보내는 방법은 할아버지가 아실 거다.

큰 바위에 있다 보니, 태양이 저지대 너머로 꺼지기 시작했다. 나는 성장했다. 외로운 닭도 이제는 돌 달걀을 안 낳았다. 돌 둥우리에서 볼품없는 날개를 퍼덕이다 멀리 사라졌다. 그들이 남긴 돌 달걀은 산산이 부서져서 가루가 되었다. 회오리바람이 험하게 일어서 가루를 깨끗이 날려 보냈다. 가슴속에 남은 건 이제 하나도 없었다.

돌 달걀은 물론 또 나타날 거다. 하지만 그때까지는 온전히 나 자신이다. 이제 누구든 사랑하고 싶은 사람을 사랑할 수 있다. 과거와 연결된 끈은 정말 질겼다. 가슴이 텅 비니, 색다른 외로움이 몰려들었다. 자유로운 외로움이었다. 슬픔과 절망감이 몰아치기 전까진 돌 달걀이 가슴에 안 쌓일 터였다. 닭이 돌아와도 견딜 것 같았다. 이제 외로움에 굴복하지 않겠다. 앞으로는 외로움을 지배하며 살겠다.

여러분은 여섯 살짜리 꼬마가 어떻게 이런 생각을 하느냐고 의아하게 여길 것이다. 내가 할 수 있는 대답은 그렇게 생각한 꼬마가 있었다는 게 전부다.

9

"황혼이 정말 멋있지? 여기는 언제 와도 경치가 좋아."

뒤를 돌아보니 커다란 키에 삐쩍 마른 할아버지가 있었다. 우리 할아버지보다 키도 크고 몸도 마른 할아버지였다. 머리에는 넝마가 된 밀짚모자를 쓰고, 눈처럼 하얀 백발은 어깨까지 내려왔다. 면도를 깨끗이 한 주름투성이 얼굴은 햇볕에 탔으나 두 눈은 새파랬다. 얼굴에 비해 아주 젊은 눈이었다. 몸에는 셔츠 없이 가슴받이가 달린 작업복만 걸쳤다. 두 팔과 가슴도 햇볕에 그을려 거무스름했다. 작업복 다리 부분은 무릎 바로 밑까지 말아 각반으로 묶어서 등산화에 포갠 양말 안으로 넣었다. 등에는 커다란 배낭을 멨다.

기다란 선인장이 배낭을 비집고 나와서 하늘로 90센티나 솟구쳤다. 가시가 무시무시하게 생긴 녹색 선인장이었다. 왼손에는 신기하게 생긴 카메라를 들었는데 가죽끈을 달아서 목에 걸쳤다.

"잠깐 실례할까? 사진을 찍고 싶거든. 물론 평소에는 이런 부탁을 안 해. 점잖지 못하거든. 하지만 네 표정이 마음에 꼭 드는군. 그래, 인간한텐 표정이 제일 중요해. 표정이 없다면 인간은 고깃덩어리에 불과할 거야. 슬픈 일이 있는 것 같아, 그렇지?"

나는 자리에서 재빨리 일어나 약간 두려운 표정으로 내려다보았다. 할아버지는 나와 바위와 하늘을 향해 빙그레 웃더니 고개를 한쪽으로 약간 기울이며 다시 말했다.

"'바위에 올라선 소년'이라고 이름 붙이면 어떨까? 좋은 이름 같아. 괜찮겠지, 응?"

내가 고개를 끄덕이자 할아버지는 기쁜 표정을 떠올리더니, 손에서 카메라를 놓고는 나에게 오른손을 뻗었다. 손이 닿기에는 멀지만 나도 손을 뻗어서 공중에 대고 악수했다. 기분 좋은 악수였다.

"본 볼렌스틴. 본 볼렌스턴 교수."

할아버지가 소리치며 손을 내려서 나에게 허리를 정중하게 살짝 구부렸다.

나도 동시에 손을 내리며 대답했다.

"피케이."

꾸밈없고 친근한 태도에 감염된 것 같았다. 할아버지 목소리에 다른 소리가 안 담긴 게 제일 마음에 들었다.

"피케이? 피케이라…… 이름이 마음에 드는군. 듣기가 좋아. 음악가한테 어울리는 이름 같아."

할아버지가 나를 곁눈으로 보면서 뭔가 생각하다, 중요한 결단을 내렸다는 듯 숨을 훅 들이쉬며 말했다.

"우리 친구 할까, 피케이?"

"선인장 가시가 등을 안 찌르나요?"

7센티에 달하는 무시무시한 가시를 막기에는 배낭을 만든 천이 너무 얇은 것 같았다.

"좋은 질문이군, 피케이. 한번 맞혀보지그래. 틀리면 벌칙 하나."

"가방에 들어간 부분은 가시를 모두 잘랐나요?"

"그래, 그럴 수도 있겠지. 그럴싸한 답이야."

할아버지가 천천히 고개를 흔들었다.

"하지만 틀려, 피케이. 미안하지만 벌칙 하나가 생겼군. 그럼 벌부터 받고 다시 시작하자."

할아버지가 턱을 툭툭 두드리며 뭔가 골몰히 생각했다.

"가만있자. 그래! 이렇게 따라 해."

할아버지가 두 손을 엉덩이에 댔다.

"이렇게 한 다리로 서서 '아무리 슬픈 일이 있더라도 나는 더 슬퍼하지 않겠다, 어버부부버브!' 하고 말해."

나는 일어나서 두 손을 엉덩이에 대고 한 발로 서서 균형을 잡았다.

하지만 말하는 도중에 웃음이 터져서 균형을 매번 잃었다. 이윽고 우리 둘은 맘껏 웃고 엉덩이를 두드리며 춤추기 시작했다. 바위 밑에서 춤추는 할아버지 등에 선인장이 갓난아이처럼 업혀서 흔들렸다. 첫 부분은 그런대로 따라 했으나 마지막으로 '어버부부버브!' 하는 소리는 너무 웃겨서 중간에 쓰러지곤 했다.

본 볼렌스틴 교수는 웃다가 지쳤는지 주머니에서 빨간색 커다란 보자기를 꺼내, 땅바닥에 앉아 얼굴을 훔쳤다.

"내 영어 실력이 나쁘진 않지, 그치?"

할아버지가 내려와서 옆에 앉으라고 신호하며 덧붙였다.

"내려와. 벌칙은 끝났어. 너무 위험한 벌이야. 또 하다가는 웃다가 죽겠어. 이리와, 피케이. 내가 비밀을 가르쳐 줄게."

할아버지가 엄지손가락으로 등 뒤에 있는 선인장을 가리켰다.

"하지만 먼저 내 등에 무임승차한 가시투성이 친구한테 인사해야 한다."

나는 바위를 기어 내려가 할아버지 옆에 섰다.

"피케이, 이 친구는 '유포비야 그랜디코니스'야. 부끄러움을 많이 타지. 부근에서는 찾기 힘들어."

나는 뭐라고 인사해야 좋을지 몰라 간단하게 말했다.

"안녕?"

"좋아, 인사했으니 '유포비야 그랜디코니스' 선생이 등을 왜 안 찌르나 보라고."

나는 할아버지 등 뒤로 가서 배낭 안을 들여다보았다. 조그맣게 접은 삽이 있었다. 선인장 뿌리는 굵은 무명천으로 감아서 거친 줄로 묶은 상태였다. 게다가 등이 닿는 부분에 가죽을 대서 가시가 뚫을 수 없었다.

"머리가 나쁘진 않지, 응?"

할아버지가 빙그레 웃으면서 말하자, 나는 확신에 찬 어조로 대답했다.

"아! 기회가 한 번 더 있었다면 알아맞혔을 텐데."

"그래, 물론 그랬겠지! 무어든 알고 보면 아무것도 아니거든."

나는 깊은 인상을 심어 주려고 일부러 강한 어조로 항변했다.

"진짜예요, 본 볼렌스틴 교수 할아버지. 나는 정답을 알았을 거예요."

"좋아! 기회를 한 번 더 주지. 교수는 할아버지가 아니지만, 할아버지는 교수일 수 있어. 그럼 교수는 뭘까, 똑똑한 아저씨?"

나는 조그만 바위에 걸터앉아 해답을 찾으려 했다. 가슴이 덜컹 내려앉았다. 얼마 안 돼서 해답을 찾을 수 없다는 걸 깨달았다. 교수라는 이름이 피케이라는 이름과 마찬가지로 아주 드물다는 것 말고는 생각나는 게 없었다. 교수라는 사람을 한 번도 본 적이 없었다. 내가 알기에 피케이라는 이름도 나 말고 없었다. 그러니 어떻게 알아맞히겠는가?

"내가 졌어요, 할아버지. 교수가 뭐예요?"

멍청한 어투로 묻자, 할아버지는 등에서 배낭을 내리고 카메라를 다시 움켜잡으며 말했다.

"피케이, 너는 행운이 따르는 아이야! 우리가 앉은 바위 밑에 무엇이 있는지 보렴. 알로에 마이크로피그미야!"

나는 바위에서 일어나 할아버지 옆으로 가서 그 밑을 보았다. 조그만 알로에가 바위 밑 잡초 주변에서 옹기종기 자라는 게 눈에 들어왔다. 각자 2실링 동전만 한 알로에였다. 가까운 곳에서 보아도 찾기 힘들 것 같았다. 훈련된 눈이 아니라면 발견할 수 없으리라. 할아버지는 잡초를 뽑아내고 배를 땅에 댄 채 엎드려서 조그만 알로에에 카메라

초점을 맞추었다. 뒤에서 비추는 황혼빛이 알로에를 빨갛게 물들였다.

"아직 밝을 때 서둘러야 하겠군."

할아버지가 잔뜩 흥분해서 몸을 떨다 마침내 사진을 찍고 다시 천천히 일어나서 무릎 꿇은 자세로 바지 주머니에서 칼을 꺼내 알로에 네 개를 조심스럽게 파냈다. 바닥에는 아직 두 배 이상이 그대로 있었다. 할아버지는 조그만 알로에를 손에 들고 보여주며 말했다.

"진짜 멋있지, 피케이? 조그맣지만 완벽해. 우리 우정에 바람직한 징조야."

내가 볼 땐 그렇게 대단한 것 같지 않았다. 하지만 할아버지가 기뻐하니 나도 덩달아 즐거웠다.

"교수가 뭔지 아직 말하지 않았어요."

할아버지가 조그만 알로에를 보자기에 싸서 배낭에 조심스럽게 넣고는 배낭끈을 어깨에 다시 걸치며 대답했다.

"그래, 집중력이 대단하구나, 피케이. 교수가 뭐냐고? 좋은 질문이야."

할아버지가 일어나서 지는 해를 바라보다 설명했다.

"교수란 위스키를 흠뻑 마시고 베토벤과 브람스와 모차르트와 쇼팽을 가끔 연주하는 사람이란다. 비엔나와 레리프지그, 바르샤바, 부다페스트 등지에서 존경도 받고 박수갈채도 받고. 한번은 런던에서 박수갈채를 받은 적도 있단다."

할아버지 어깨가 갑자기 축 내려갔다.

"하지만 젓가락질조차 제대로 못 하는 꼬마 여자아이들한텐 아무런 존경을 못 받는 사람이기도 하지."

할아버지는 의기양양하게 말하는데, 분위기가 갑자기 바뀌는 느낌이었다. 머릿속으로 다른 걸 생각하는 것 같았다. 그러더니 갑자기 두 눈에 광채를 번뜩이며 덧붙였다.

"교수란 선생이란다, 피케이. 나는 음악 선생을 하는 영광을 누린단다."

할아버지가 어깨에 한 손을 얹었다. 할아버지가 내 몸에 손댄 건 처음이었다. 어린아이끼리 놀다가 무심코 잡은 것처럼 친근했다.

"나를 박사라고 부르거라. 음악엔 박사인 셈이니까. 나는 나이가 많고 너는 어리니 선생님이라든가 교수님이라는 호칭은 안 어울려. 너와 나는 쓸데없는 형식에 치우치지 않는 거야. 그냥 피케이하고 박사라고 부르자꾸나. 내 생각엔 좋을 것 같은데, 네 생각은 어떠니?"

나는 고개를 끄덕였다. 수줍어서 입으로 크게 말할 수는 없었다. 할아버지도 내가 수줍어하는 걸 눈치챈 것 같았다.

"내 이름이 뭐지, 피케이?"

할아버지가 가볍게 물었다.

"박사."

내가 수줍어하며 대답했다. 이름을 부를 정도로 가깝게 지낸 어른은 호피밖에 없었다. 약간 두려운 마음이 들었다.

"잘했다! 바로 그렇게 부르는 거야. 어버부부버브!"

박사가 말하고, 우리 둘은 커다랗게 웃었다.

태양이 저지대 너머로 순식간에 기울었다. 우리는 언덕을 서둘러 내려갔다. 어둠을 헤치며 나아가느라 조그만 돌멩이가 발에 차여서 밑으로 굴렀다. 저 밑에서 불을 켜고 굴뚝에서는 연기가 피어올랐다. 일과에 지친 하인들이 백인 여주인을 위해 저녁을 준비하고 식사가 끝나면 설거지까지 한 다음에 원주민 마을로 돌아갈 터였다.

어둠이 깔린 오디나무에 이르자 박사가 말했다.

"바로 네가 영국 장미 정원 집에 사는 아이로구나! 나중에 우리 선인장 정원을 보여주마."

주변이 어둡긴 해도 박사가 웃으며 말한다는 걸 느낄 수 있었다.

"조만간에 다시 만날 게다, 좋은 친구, 피케이."

박사가 나를 가볍게 톡 건드리고 떠났다. 나는 커다란 박사가 머리 위로 솟아오른 '유포비야 그랜디코니스'를 등에 멘 채 점차 짙어가는 어둠 속으로 사라지는 뒷모습을 지켜보았다.

"잘 가요, 박사!"

그런 다음에 더 커다랗게 소리쳤다.

"그리고 유포비야 그랜디코니스랑 알로에 마이크로피그미도 잘 가!"

할아버지가 어둠 속에서 돌아서며 대답했다.

"훌륭하다, 피케이. 어버부부버브!"

'유포비야 그랜디코니스'. 우스꽝스럽게 늙고 가시도 많은 선인장에 붙인 이름치곤 꽤 근사했다. 권투선수가 되었을 때 그 이름을 사용하면 어떨까 하고 잠시 생각하다 뇌리에서 지웠다. '유포비야 그랜디코니스'는 웰터급 세계 챔피언에 어울리는 이름이 아니었다.

부엌으로 들어가자 덤과 디가 눈길을 피했다. 디가 눈길을 계속 피하며 말했다.

"여주인께서 찾았어, 인코시카(성인; 역주)."

그러더니 걱정스러운 눈으로 쳐다보고, 덤은 다가와서 내 몸에 손대며 속삭였다.

"네 방 침대 밑 요강에 음식을 넣어두었어."

두 사람은 여주인에게 들킬까 두려워하며 서로 손을 맞잡고 훌쩍거렸다.

나는 어머니 작업실 앞으로 가서 문을 두드렸다.

"들어오세요."

어머니가 안으로 들어서는 나를 쳐다보았다. 하지만 재봉틀로 눈을 재빨리 돌리더니 발판에 발을 올려놓고 상당히 오랫동안 일했다.

물론 어머니는 당신이 다루려는 대상이 심문과 고문에 관한 한 베테랑인 데다 언덕에서 갑자기 성장한 터라, 앞으로 절대 굴복하지 않을 거란 사실을, 진짜 다루기 힘들 거란 사실을 모를 게 분명했다.

어머니가 재봉을 멈추고 안경을 벗더니 엄지와 검지로 코끝을 훔친 다음, 한숨을 길게 내쉬며 입을 열었다.

"너는 나를 모욕했을 뿐 아니라 신도 모욕했다. 신이 너를 사랑한다는 사실을 그리도 모르겠니?"

어머니는 대답을 안 기다리고 계속 말했다.

"성경에 쓰여있길 내 자식을 털 하나라도 건드리는 건 바로 나를 건드리는 거라고 했다."

피크 보싸가 한 말이 그대로 나왔다. 내가 신을 제대로 판단했다는 확신이 들었다. 피크 보싸와 어머니와 멀베리 목사는 모두 한 사람 밑에서 일하는 게 분명했다.

어머니가 계속 말했다.

"오늘 오후에 신과 조용히 대화했다. 신께선 분노를 가라앉히라고 말씀하셨다. 너를 때리진 않겠다. 하지만 신께서 놀림당한 걸 참을 순 없으니 저녁을 먹지 말고 네 방으로 당장 들어가거라."

"네, 어머니."

나는 대답과 함께 돌아서서 나가려 했다.

"잠깐! 너는 아직 네 행동을 사과하지 않았다."

어머니가 소리치며 두 눈에 분노를 더하고, 나는 메브로우 앞에서 그런 것처럼 고개를 숙이고 말했다.

"미안해요, 어머니."

"미안하단 말로 충분하지 않아. 네 생각에는 먹고살려고 돈벌이하는 게 쉬운 일 같니? 나를 힘들게 하지 말란 말이야. 나는 네 어머니야. 이 집에서 제일 힘들게 일하는 사람이라고. 그런데 너는 그 검둥이 여자만 걱정하니? 냄새 나는 검둥이 줄루 여자만!?"

두 눈에서 분노가 갑자기 사라졌다. 어머니는 자신이 가엾다는 듯 눈물을 글썽이더니 재봉질하던 옷감을 잡아서 두 눈에 댄 채 어깨를 들썩였다.

"이제 못 견디겠어. 처음에는 네 할아버지가 그러고 다음에는 부엌에 있는 두 계집애가 그러더니, 이제는 네가!?"

어머니가 고개를 들고 쳐다보았다. 아름다운 얼굴이 찌그러지고 눈물에 젖어서 추하게 보였다. 그러다 옷감에 얼굴을 묻고 정신없이 울었다.

나는 마음이 편안했다. 그런 모습이 예전 어머니 모습에 훨씬 가까웠다. 예전처럼 발작한 거다. 나는 어떻게 대처할지 알고 있었다.

"맛있는 차와 진정제를 갖다 드릴게요. 그것을 드시고 편안히 누우세요."

나는 그렇게 말하고 밖으로 나왔다.

덤과 디는 내가 매를 안 맞았다며 기뻐했다. 주전자에 차를 급히 넣고 차가 빨리 우러나도록 식탁에 놓고 주전자를 빙빙 돌렸다. 디가 싱크대 찬장에서 커다란 약병을 꺼내 진정제 두 알을 건넸다. 나는 그것을 받아서 주머니에 넣었다. 찻잔에 놓으면 차를 흘릴까 두려웠다.

작업실로 들어가니 어머니가 재봉틀 앞에 앉아서 실밥을 뜯었다. 두 눈은 울어서 빨갰으나 나머지는 괜찮은 것 같았다. 나는 재봉틀 옆 탁자에 찻잔을 조심스레 내려놓고는 주머니에서 진정제를 꺼내 찻잔 옆에 놓았다.

"고맙다. 방에 들어가서 아침까지 나오지 말아라."

어머니가 고개조차 안 돌리고 엄한 목소리로 말했다. 예상보다 가벼운 벌이었다. 디와 덤은 요강에 차가운 소시지 세 개와 구운 감자 커다란 거 두 개, 귤 두 개를 넣어두었다. 저녁으로 적당한 분량이었다. 식사를 마치니 침대로 올라가는 것 말고 딱히 할 일이 없었다. 길고 유쾌한 하루였다. 외로운 닭은 멀리 날아가고 나 또한 그만큼 성장했다. 게다가 박사라는 친구를 사귀고, 새로운 사실을 몇 가지 배웠다. '유포비아 그랜디코니스'는 커다란 가시가 위험하게 보이는 못생긴 녹색 선인장이며 '알로에 마이크로피그미'는 바위틈에 숨는 걸 좋아하는 조그만 알로에라는 것, 교수란 음악을 가르치는 선생이라는 것을 배웠다. 버트 부인이라는 장미와 '제국 황혼'이라는 장미가 있다는 것도 배웠다.

내일 보모에게 편지와 함께 10실링을 보내야겠다고 마음을 다졌다. 그걸 받으면 보모가 아주 좋아할 게 분명했다. 누군가 자신을 사랑한다는 것도 알 터였다.

빅 헤티를 묻으려면 구멍을 얼마나 크게 파야 할까, 호피는 아돌프 히틀러와 언제 싸울까, 잭해머 스미트와 싸우는 것보다는 쉬울 거야, 어떻게 해야 웰터급 세계 챔피언이 될까 등을 생각하다 잠에 빠져들었다.

이틀 뒤에는 군 트럭이 현관문 앞으로 지나는 광경을 앞 베란다에서 지켜보았다. 읍내에서 약 4㎞ 떨어진 계곡에 군대 막사를 설치한다는 소문이 돌았다. 커다란 카키색 베드퍼드 트럭과 쉐보레 트럭, 포드 트럭 등이 타르 칠한 방수포를 뒤에 덮어쓰고 지난 이틀 동안 계속 지나갔다. 개중에는 303 소총을 지닌 군인들이 올라탄 트럭도 있었다.

하지만 천막과 기둥을 비롯해 군대 막사를 세우는 데 필요한 물품을 실은 트럭이 대부분이었다.

할아버지는 라디오뉴스를 듣고서 트럭이 지나가는 건 군대를 최전선에 배치하려고 대대적으로 이동하는 거라고 말했다. 로렌코 마크스 항구에 있는 포르투갈인이 중립에서 언제 벗어날지 모르니 상황에 따라 신속하게 대응하려는 조치라는 것이다.

마음속에서 아돌프 히틀러에 대한 공포가 되살아났다. 지도를 살피니, 로렌코 마크스 항구는 스와질란드로 가로지르면 13㎞ 거리에 불과했다.

할아버지는 보모가 있는 줄루 땅 주소를 알고, 나는 사랑을 담은 편지와 오래전에 보모가 나를 안고 찍은 사진과 돈 10실링을 우편환으로 보냈다. 설사 편지를 읽어줄 사람이 없더라도 그 사진을 보면 내가 보낸 편지라는 걸 알 터였다. 예전에 세운 탈출 계획을 이제 유사시에 실행할 수 있었다.

군대가 가까이 있다는 것도 기뻤다. 아돌프 히틀러는 로렌코 마크스 항구에서 근방에 있는 루이넥을 바다로 모두 몰아낼 행진 계획을 세우는 게 분명했다. 그런데 그걸 막겠다고 군대가 주둔하니 얼마나 다행스러운가.

어머니는 로렌코 마크스 항구에서 독일 첩자가 활발하게 움직일 거라고, 우리나라를 분열시키려는 보아인 나치 추종자에게 로렌코 마크스 라디오 방송으로 암호문을 전달할 수도 있다고 우려했다. 판사와 스토펠 교장 선생이 라디오를 늘 듣는다는 사실이 언뜻 떠올랐다. 할아버지는 당찮은 소리라고 말하지만, 그건 모르는 일이었다.

나는 이런 생각을 다양하게 떠올리며, 군 트럭 부대가 무려 105대나 지나는 광경도 지켜보았다. 지금까지 지나간 트럭 가운데 가장 커다란 규모였다. 그래서 박사가 현관에 도착할 때까지 조금도 알아챌 수 없었다.

"안녕, 피케이."

하얀 리넨 양복에 파나마모자 차림이었다. 그래서 더욱 알아보기 힘들었다. 손에는 망태기 하나와 손잡이를 은으로 만든 지팡이가 들렸다. 한쪽 팔에는 커다란 마닐라 봉투까지 있었다.

"안녕하세요, 박사."

나는 벌떡 일어서며 인사했다. 할아버지 이름을 존칭도 안 붙이고 크게 부른다는 게 약간 이상했으나 이미 머릿속으로 수천 번도 더 부른 이름이었다.

"들어가도 괜찮을까, 응?"

나는 계단을 서둘러 내려와서 대문을 열었다.

"공식 업무가 있어서 왔단다, 피케이. 네 어머니를 만나고 싶어서 말이야."

갑자기 실망감이 몰려들었다. 박사가 우리 어머니를 안다는 사실을 미처 몰랐다. 박사를 따라 계단을 올라갔다. 박사가 베란다에 오르면서 부탁했다.

"네가 소개해 주겠니, 피케이?"

처음 사귄 친구가 나라는 사실을 확인하자 괜히 기뻤다. 그래서 현관문을 열고 거실로 안내했다. 농장에 있을 때는 방문객이 별로 없었으나 대접하는 절차는 언제나 똑같았다. 우선 안락의자로 모시고 커피와 케이크를 대접해야 한다. 그래서 안락의자를 권했다. 박사는 얼룩말 가죽에 앉아서 고개를 천천히 돌리며 사방을 훑어보았다. 할아버지 괘종시계가 눈에 들어오자 잠시 멈추더니, "1625년 영국 런던에서 만든 제품, 진짜 좋은 시계군" 하고 감탄한 다음 조끼 주머니에서 금으로 만든 회중시계를 꺼내 뚜껑을 열고 잠시 비교하다, 주머니에 다시 넣으며 "한 달에 4분 늦는군" 하고 말했다. 나는 깜짝 놀랐다. 정확했다. 할아버지 괘종시계가 늦는 시간을 박사가 어떻게 아는 걸까? 우리 할아버지를 안단 말인가?

"우리 할아버지를 아세요?"

"불행하게도 아직 못 만났단다. 하지만 만나면 서로를 좋아할 게다. 나는 선인장을 키우고 너희 할아버지는 장미를 키우느라 가시와 깊은 인연을 맺으니 말이다. 영국인과 독일인은 아직 앙숙이 아니란다. 두고 보면 알겠지만 괜찮아질 거야."

박사가 이렇게 말한 건 덤과 디에게 커피와 케이크를 가져오게 하려고 거실을 나설 때였다.

나는 깜짝 놀랐다. 본 볼렌스틴 교수가 독일인이라니! 어떻게 한단 말인가! 우리 할아버지는 오랫동안 지닌 책 가운데 독일인이 쓴 책을 모두 골라내 읍내 도서실에서 다른 책과 바꿀 정도로 독일인을 안 좋게 여겼다. 할아버지가 독일인을 직접 만나면 어떤 반응을 보일지 상상할 수 없었다. 박사가 아무리 우호적으로 나온다 해도 성공할 수 없을 것 같았다. 어머니에겐 그 사실을 안 알리는 게 좋을 것 같았다. 그 자리에서 히스테리를 일으킬 수도 있으니 말이다.

덤과 디는 손님이 찾아온 걸 벌써 알고 찻잔과 케이크를 쟁반에 챙기는 중이었다. 어머니에게 손님이 찾아왔다는 걸 알리려고 작업실로 갔다. 가까이 다가갈수록 재봉틀 돌아가는 소리가 커다랗게 들렸다. 나는 노크하고 문을 연 다음 재봉틀 돌아가는 소리가 요란한 곳에 대고 소리쳤다.

"손님이 왔어요, 어머니."

어머니가 재봉을 멈추고 나를 올려다보았다.

"들어오시라 해라, 얘야. 캐머론 부인이 치마 때문에 오셨을 거야."
"아니에요, 본 볼렌스틴 교수예요. 어머니를 만나고 싶대요."
내가 조그만 목소리로 말하자, 어머니가 안경을 벗고 나를 똑똑히 올려다보며 물었다.
"무슨 교수라고?"
"선생님이요. 음악 선생님."
나는 당혹감을 숨기려고 서둘러 대답했다. 어머니가 일어나서 머리를 다듬으며 가방이 있는 곳으로 가더니 콤팩트를 꺼내서 패드를 들고 콤팩트 뚜껑에 달린 조그만 거울을 바라보며 코끝에 재빨리 분칠했다.
"음악을 가르치러 왔구나. 하지만 우리한텐 그만한 돈이 없어."
어머니는 패드를 콤팩트에 넣고 탁! 닫았다. 나는 어머니를 뒤따라 걸었다. 박사가 불쾌한 대접을 받으면 어떻게 하나 염려스러웠다. 하지만 어머니는 농촌에서 성장한 터라 방문 목적에 상관없이 모든 손님을 정중하게 대접했다. 어머니가 들어서자 박사가 일어나서 손을 내밀고 고개를 살짝 숙이며 소개했다.
"안녕하세요, 마담. 칼 본 볼렌스틴 교수입니다."
어머니가 한 손을 내밀자 박사가 발뒤꿈치를 붙이고 가볍게 잡으며 허리를 숙였다.
"자리에 앉으세요, 교수님. 같이 커피나 한잔하시지요."
어머니는 키가 박사 허리에 닿는 정도였다. 박사가 자리에 앉은 다음에 비로소 키가 비슷했다.
"친절하시군요, 마담. 두 가지 용무가 있어서 왔습니다."
박사가 발치에 둔 망태기에서 조그만 깡통을 꺼냈다. 거기에 조그만 식물이 있었다. 두 개뿐인 녹색 잎이 깡통 위로 나왔는데 끝부분에서 연분홍빛을 띠었다. 녹색 토끼 귀를 떠올리는 모습이었다.

"칼란쵸 시리플로라입니다. 부근에서 아주 희귀한 식물이죠. 그래서 가끔 평범하게 취급도 하지만, 정말 귀한 선인장이랍니다."

박사가 깡통을 건네더니, 어머니가 이름을 제대로 못 알아듣고 민망하게 웃자, 얼굴에 웃음을 머금으며 다시 말했다.

"맞아요, 이름이 어렵답니다. 하지만 토끼 귀라고 부르셔도 됩니다."

친절한 목소리였다. 하지만 그렇게 부르기에는 아까운 선인장이라는 표정이 웃는 얼굴에 어렸다.

덤과 디가 들어왔다. 디는 컵과 케이크가 담긴 쟁반을, 덤은 손님이 오면 사용하는 중국제 커피포트를 들었다. 디는 쟁반을 이동기에 올려놓고 바퀴를 굴려서 어머니 옆으로 왔다. 어머니는 디에게 다시 가서 케이크 자르는 칼을 가져오라고 시켰다. 덤은 커피포트에서 커피를 조금도 안 흘리려고 허리와 두 팔을 꼿꼿이 편 채 무릎이 바닥에 닿을 정도로 몸을 구부리다 일어나서 커피포트를 쟁반 이동기에 올려놓았다. 부엌으로 다시 가서 커피 여과기를 가져와야 했기 때문이다.

"몇백 번 얘기해도 소용이 없답니다. 쟤들 머릿속에는 무엇이 들었는지 모르겠어요."

어머니가 한숨을 내쉬며 조그만 식물을 쟁반 이동기 아래 선반에 놓았다. 나는 어머니가 앉은 의자 뒤에 서 있었다. 어머니가 고개를 돌리며 말했다.

"그만 가보거라."

박사가 고개를 들고 부탁했다.

"가능하다면, 마담, 피케이도 같이 있으면 안 될까요?"

"누구요?"

어머니가 어리둥절한 표정으로 반문했다.

"자제분 말입니다, 마담. 저는 자제분이 여기에 있는 게 좋겠습니다."

어머니가 고개를 다시 돌리며 물었다.

"아니, 도대체 무슨 소리냐? 피케이가 누구지?"

"새로 생긴 이름이에요. 미, 미처 말씀을 못 드렸어요."

나는 당황하며 대답했다. 어머니가 웃었다. 경멸하는 웃음이었다.

"아, 참 멋있는 이름이구나, 얘야."

어머니가 박사에게 고개를 다시 돌리며 말했다.

"물론 여기에 있어도 괜찮겠지요. 하지만 우리 가족한텐 음악을 들을 귀가 없답니다. 음악 수업을 받으려면 돈이 너무 많이 들기도 하고요."

디와 덤이 다시 들어와서 옆에 섰다. 어머니는 쳐다보지도 않고 손을 내밀어서 칼과 여과기를 건네받곤 머리를 끄덕여서 나가라고 신호했다. 그리고 커피포트를 들었다.

"고맙습니다, 마담. 블랙으로 부탁합니다."

박사가 몸을 앞으로 기울이자, 어머니가 커피를 따르며 권했다.

"케이크 좀 드시겠어요, 교수님?"

박사가 손을 들어서 거절하며 대답했다.

"고맙습니다."

오해받기 쉬운 표현이었다. 박사가 '고맙습니다' 하는 말은 '아니, 괜찮습니다'라는 뜻이었다. 하지만 어머니는 잘못 이해하고 케이크 한 조각을 쟁반에 올려서 커피와 함께 건네주었다.

박사는 커피와 케이크를 아무 말 없이 받았다. 그래서 다리 사이 얼룩말 가죽에 내려놓고 마닐라 봉투를 집어 들었다.

"이게 두 번째 용무입니다."

박사가 눈빛을 번뜩이며 봉투를 건넸다.

"어머나, 이게 뭔가요?"

어머니가 돌려 묶은 끈을 풀고 안에서 커다란 사진을 꺼냈다. 놀랍게도 내가 언덕 꼭대기에서 바위에 앉은 사진이었다.

"어머나, 맙소사!"

어머니가 사진을 바라보다 말문을 잃었다. 그건 내가 본 사진 가운데 가장 커다란 것으로 모든 부분이 자세히 담겼다. 심지어 바위에 낀 이끼도 실제보다 선명하게 나타났다. 은빛 구름 사이에서 내가 앉은 바위로 햇살이 곧장 뻗어내리는 것 같았다. 내 몸 절반에 그림자가 어렸다. 바위와 하나가 된 것 같았다. 당시에는 몰랐으나 사진으로 보니 정말 멋있었다. 마침내 어머니가 입을 열었다.

"어디에서 찍었나요? 표정이 너무 슬퍼요! 이렇게 슬픈 표정일 때 사진을 찍은 이유가 무언가요?"

박사가 턱을 문질렀다. 예상치 못한 질문이었다. 생각할 시간이 필요했다. 이윽고 박사는 첫 번째 질문을 무시하고 두 번째 질문에 대답했다.

"네, 그렇습니다. 인간이 웃는 모습을 담은 그림 가운데 위대한 작품은 딱 하나밖에 없습니다. 프랭크 할스가 1624년에 그린 '웃는 기사'."

박사가 할아버지 괘종시계를 가리키며 말을 이었다.

"당시에는 저런 시계도 만들었답니다. 대체로 웃음이란, 마담, 진실을 숨기는 가면일 때가 많지요."

박사가 자기 대답에 만족하며 몸을 뒤로 뺐다.

"어머나, 교수님. 말씀이 너무 어려워서 우리처럼 시골에 사는 단순한 사람으로선 이해하기 힘들군요. 어쨌든 이 애는 조그만 아이에 불과합니다. 나는 이 애가 웃는 게 더 좋습니다."

"물론이지요! 하지만 어린 시절에 슬퍼한다는 건 이해력이 늘면서 일종의 자의식이 발달한 증거라고 할 수 있습니다."

어머니가 등을 꼿꼿하게 펴며 대답했다.

"우리 아들을 잘 아시는 것 같군요, 교수님. 이 애는 기숙학교에서 돌아온 지 3일밖에 안 됐는데 어떻게 그리도 잘 아시는지 궁금하네요."

박사가 기쁜 표정으로 손뼉 치며 말했다.

"기숙학교라고요! 바로 그겁니다. 어린아이한테 기숙학교는 감옥이지요, 그렇지 않습니까?"

어머니가 짜증을 보이기 시작했다. 손가락으로 의자 팔걸이를 계속 두드렸다. 좋은 징조가 아니다. 커피에 손도 안 대고 무릎만 내려다보았다.

"선택할 여지가 없었답니다, 교수님. 제가 아팠습니다. 당시엔 그럴 수밖에 없었답니다."

박사는 자신이 너무 깊숙한 문제까지 건드렸다는 사실을 알아차리고는 상체를 앞으로 숙이며 사과했다.

"용서하십시오, 마담. 기분을 상하게 하려고 드린 말씀은 아니었습니다. 자제분은 천부적인 자질을 타고났습니다. 어떤 자질인지는 아직 모르겠습니다. 저로선 음악에 대한 자질이기를 바랄 뿐입니다. 오늘 찾아온 건, 마담, 댁네 자제분을 맡겨달라고 부탁하고 싶어섭니다."

박사가 매력적인 어투로 부드럽게 말했다. 어머니도 자존심과 함께 안정을 되찾는 것 같았다.

"흐으음! 교수님께선 제 아들을 엄마보다 잘 아시는 것 같군요. 제가 볼 때 이 애는 또래 아이들과 별다른 차이가 없거든요."

어머니가 거드름부리며 말했다. 하지만 가식에 불과했다. 속으로는 기뻐한다는 걸 충분히 느낄 수 있었다. 그러나 어머니는 자존심이 강한 터라 누구에게도 도움을 청하지 않았다.

"그럴 수 없습니다. 피아노 수업이란 게 나무에서 열리는 건 아니니까요, 교수님.”

“네, 그렇습니다. 하지만 제가 생각하기에 선인장 뿌리에서는 열릴 것 같습니다. 저는 지난 2년 동안 알로에 마이크로피그미를 찾아 여기저기를 돌아다녔습니다. 그런데, 휴! 바위에 그냥 앉으니깐 알로에 마이크로피그미가 나타난 겁니다. 저 소년은 행운을 달고 다닙니다. 어버부부버브!”

어머니가 언제 화냈냐는 듯 쾌활한 목소리로 물었다.

“우리 아이랑 무슨 이야기를 나누었나요, 교수님? 바위에 앉아서 무엇을 했나요?”

“마담, 우리는 신이 굽어보는 언덕 꼭대기에서 만났답니다. 그 순간을 포착한 게 저 사진이지요. 우리가 만난 건 운명입니다. 선인장 남자가 새롭게 나타난 겁니다.”

박사가 메마른 어깨를 으쓱하며 말을 마치고, 어머니는 그 말을 어떻게 받아들여야 할지 모호한 표정으로 대답했다.

“저는 거듭난 기독교인입니다, 교수님. 우리 집에서는 오로지 찬양할 때만 신을 언급합니다.”

어머니가 당혹감을 숨기려고 전지전능한 신을 너무 친근하게 부르지 말라고 경고했다.

“신과 나는 다투지 않습니다, 마담. 전지전능한 신께선 선인장이란 식물을 창조하셨습니다. 신께서 당신 자신을 대표할 식물을 선택하셔야 한다면 선인장을 선택하실 겁니다. 선인장은 인간이 못 받는 신의 축복을 한 몸에 받았습니다. 왜 그런지 말씀드리겠습니다. 선인장은 겸손하지만 절대로 굴복하지 않습니다. 다른 식물이 자라지 않는 곳에서도 자랍니다. 뜨거운 태양이 내리쬐어도, 바람이 절벽에서 떼어내 뜨거운 사막 한가운데 떨어뜨려 목이 아무리 말라도 전혀 투덜대지 않습니다. 환경이 좋든 나쁘든 줄기차게 자랍니다. 선인장은 위험이 다가오면 자신을 보호합니다. 하지만 다른 식물에 해를 안 끼치고 모든 환경에 완벽하게 적응합니다. 인내력을 가지고 고독을 즐깁니다.

멕시코에는 백 년에 한 번씩 밤에 꽃 피는 선인장도 있습니다. 선인장에는 성스러운 기운이 깃들었습니다. 그렇게 생각하지 않으십니까? 선인장에는 인간의 상처를 치유하는 성분이 있습니다. 인간이 신의 형상을 느끼거나 지옥 불을 느끼게 하는 미약도 들어있습니다. 인내와 고독, 사랑과 광기, 추함과 아름다움, 야성과 지성이 담긴 식물입니다. 신께선 수많은 식물 가운데 오로지 선인장을 당신 형상에 따라 창조하신 겁니다. 나는 선인장을 무한히 존경하며 내가 가진 모든 열정을 바칩니다."

박사는 말을 잠시 멈추더니 깡통에 담긴 조그만 녹색 식물을 가리키며 이어나갔다.

"'칼란초 시리플로라', 수줍음을 타는 조그마한 숙녀지요. 지난 2년 동안 찾아다녔습니다. 지금은 선인장 정원에서 행복하게 자라며 주변 소문에 커다란 귀를 기울이지요."

"멋있는 말씀이군요, 교수님. 하지만 그렇게 말씀하시는 의도가 무언가요?"

나는 어머니가 도대체 신을 찬양하는 말인지 모독하는 말인지 판단할 수 없어서 어리둥절하다는 걸 느낄 수 있었다.

"나는 눈이 안 좋습니다. 저 애가 나와 함께 다니면서 선인장을 찾아준다면 그 대가로 음악을 가르쳐 주겠습니다. 괜찮은 계획 아닙니까, 네? 모차르트한테 선인장을!"

어머니가 기쁜 표정을 떠올렸다. 새로운 생각이 떠오른 것 같았다.

"저 애 할머니는 창조적인 미술가였답니다. 하지만 조상 가운데 음악가가 있었는지는 모르겠습니다. 아버지께서 아실 겁니다."

어머니가 책장 양쪽에 걸린 장미 그림을 가리키며 겸손하게 말했다.

"어머니 작품입니다. 장미만 그리셨지요."

박사는 쳐다보지도 않고 대답했다.

"거실에 들어오면서 보았습니다. 아주 훌륭하더군요."

우리 가족에서 음악가가 나온다는 착상은 어머니 기호에 딱 들어맞았다. 보아인은 음악을 좋아해서 모임이 있을 때마다 콘서티나와 기타, 심지어 바이올린까지 등장했다. 어머니가 볼 때 그건 그들이 지닌 결점을 보완하는 장점이었다. 아들이 피아노로 클래식을 연주한다는 자체가 어머니로선 전혀 기대치 않던 사회적 승리였다. 영어를 사용하는 커다란 읍내에서 피아노로 클래식을 연주하는 가족이 있다는 건 돈 많은 집안처럼 사회적인 신분이 올라간다는 의미였다.

'사도 모임 교회'는 사회적으로 신분 낮은 사람들이 거듭 태어나는 것과 물에 들어가서 세례받는 것, 방언하는 은사, 성령으로 병 고치기 등을 믿는 곳이며, 따라서 바버톤에는 성령을 강조하는 교회에서 신자들이 기도하다 울거나 갑자기 소동 피우는 걸 경멸하는 분위기가 강했다. 어머니에게는 시끄럽게 방언하며 우는 교회와 신에게 충성하면서 동시에 '점잖은 사람'으로 대접받고 싶은 환상이 있었다.

'까진 불알'이 피아노를 연주한다면 가족 전체가 존경받을 터였다. 캐머론 여사가 치마를 가봉하러 도착할 즈음에 계약은 끝났다. 박사와 함께 언덕을 돌아다니는 대가로 무료 피아노 교습을 받게 된 거다. 나는 넘쳐흐르는 기쁨을 감추려고 가면을 묵직하게 썼다. 음악을 배운다는 게 무언지 몰라도, 보모 덕분에 아주 어릴 적부터 가락과 화음에 적응한 나였다.

기나긴 여름을 박사와 함께 바버톤 주변 언덕을 오르내리며 보냈다.

어두운 골짜기도 탐험했다. 언덕이 여러 개 모여서 깊은 주름을 만들며 진짜 산을 펼쳐가는 곳이었다. 짙푸른 골짜기에는 습기가 가득하고 목생 양치류와 노랗고 커다란 나무, 야생 포도 줄기 및 이끼가 부숭부숭한 나뭇가지 등으로 무성했다. 알로에와 가시덤불, 태양이 뜨겁게 내리쬐는 황폐한 언덕과 달리 어두침침하고 시원했다.

하늘을 찌르며 외롭게 치솟은 나무가 가끔 보였다. 50년 전에 광부가 금광을 탐사하러 모여들어 도끼를 마구 휘두를 때 다행히 살아남은 나무 가운데 하나였다. 금광 입구도 곳곳에 있었다. 어두침침한 갱도를 통나무로 받쳤다. 버팀목으로 잘릴 때까지 하늘을 향해 수천 년에 걸쳐 뻗어 나갔을 게 분명했다.

박사는 꽃피는 지점을 자세히 알려주었다. 하얀 꽃이 화려하게 피어나는 곳은 사탕 단풍 숲이다. 멀리서 오렌지와 빨강이 화려하게 빛나는 덤불은 대체로 석류나무 덤불이다. 나무가 지닌 세세한 차이도 배웠다. 장뇌 덤불에서 감미로운 향기를 들이켜는 방법도 배웠다. 야생 치자나무는 연노랑 꽃봉오리가 피고 오리나무도 예쁜 꽃이 핀다는 사실마저 배웠다. 석송이 가득한 나무에는 원숭이 줄이 달렸는데, 그 줄을 '여행자의 기쁨'이나 레몬 광태, 오르는 사프란, 우유 로프, 다윗의 뿌리라는 이름으로 부르기도 했다.

박사의 호기심 어린 시선에서 벗어나는 건 하나도 없었다. 나는 각각이 지닌 특색을 배우는 소중한 특권을 누렸다. 박사는 덤불과 골짜기와 높은 산에 깃든 특징도 설명하고, 나는 나무와 잎, 덤불, 줄기, 이끼 등 수많은 식물을 머릿속에 체계적으로 담을 수 있었다.

"생물은 무어든 역할이 있단다, 피케이. 역할이 없는 건 하나도 없어. 자연은 모든 게 거대한 사슬처럼 얽혀서 반응해. 하나가 생기면 다른 게 생겨나. 모든 게 서로 의지해. 아무리 조그만 생명체라도 커다란 생명체만큼 중요하지. 자, 봐라."

박사는 조그만 덩굴에 휘감긴 어린나무를 가리키며 계속 말했다.

"저건 냄새 나무 묘목이란다. 30m 높이까지 자라지. 하지만 저 덩굴 때문에 하늘을 보기 전에 말라죽을 게다."

자연에서 진리를 파악하려고도 애썼다.

"사람이 살다 보면 조그만 생각이 떠오를 때가 있어. 조그만 싹이지. 하지만 덩굴에 휘감겨서 제대로 크기도 전에 사라지고 말아. 애초에 품은 생각을 웅대하게 발전시켜 나가지 못하는 거야. 저 나무가 어둠을 뚫고 하늘로 솟아서 30m 크기로 자라기 전에 죽어버리는 것처럼. 새로운 생각과 독창성을 두려워하는 사람은 바로 저런 덩굴 같은 사람이란다. 네가 만나는 사람은 대부분 저런 덩굴 같은 존재일 게다. 아직 어린나무인 너한테 아주 위험한 존재들이지."

그러면서 새파란 눈으로 내 눈을 날카롭게 바라보며 덧붙였다.

"언제나 너 자신한테 귀를 기울이거라, 피케이. 관습에 따르기보다는 틀리더라도 자신이 직접 판단하는 게 낫다. 판단이 틀린 건 문제가 안 된다. 그걸 통해서 뭔가 새로운 걸 배우고 그만큼 더 성장할 테니 말이다. 판단이 맞으면 한 발짝 더 나아가서 인생을 그만큼 살찌우는 거고."

바위에서 떨어지는 조그만 물방울이 생태계 전체로 나아간다면서 이런 설명도 했다.

"바위에서 떨어지는 물방울이 생태계 전체를 이루는 출발점인 것과 마찬가지로 어떤 사물이든 복잡한 상호 연관성 속에 근본이 숨어 있는 법이야. 너는 언제나 근본을 찾아야 해. 근본을 깊이 깨달으면 운명을 그만큼 손쉽게 통제할 수 있어. 인간은 지식을 몸 밖에 저장하는 동물에 불과해. 필요한 걸 주변에 저장하는 동물에 불과해. 그래서 다른 생물체보다 위대한 존재가 된 거야. 지금까지 수많은 일이 일어났어. 과거에 일어난 일을 안다면 앞으로 어떤 일이 일어날지도 알 수 있어. 인간의 두뇌는, 피케이, 두 가지 기능이 있어. 독창적으로 생각하는 기능과 참고할 정보를 저장하는 기능. 이걸 활용해서 앞으로 어느 부분을 연구할지 판단하거라. 그러면 예전에 나타난 모든 두뇌를 활용할 수 있어."

박사는 많은 걸 말했다. 오랜 세월이 흐른 뒤에 비로소 이해한 게 대부분이다. 그런데도 나는 그대로 빨아들여 어린 마음에 담아두었다. 나중에 때가 되면 다시 떠오를 거라 여겼기 때문이다.

박사는 내용과 의미를 파악하는 법, 생각나는 내용을 여백에 적어넣는 법, 바버톤 도서관에서 책을 고르는 법도 가르쳐 주었다. 그래서 우리가 도서관에 들어서면 박스웰 부인이 한숨을 커다랗게 내쉬며 말하곤 했다.

"낙서꾼들이 오시는군!"

박스웰 부인은 우리가 반납한 책에 연필로 적은 게 너무 많아서 그것을 지우느라 여러 시간을 낭비한다고 투덜댔다. 언젠가 박사가 책에 여백 노트를 기입해서 더 가치 있게 만들어 놓았다고 주장한 적이 있는데, 그 말을 듣고는 박스웰 부인이 눈에 쌍심지를 켜면서 반문했다.

"독일어와 어린애 글씨로요, 교수님?"

박사는 어깨를 으쓱하며 책에서 시선을 떼고 금테 안경을 벗으면서 대답했다.

"어린애 글씨라. 그것도 독일어랍니다, 박스웰 부인."

하지만 박스웰 부인이 진짜 싫어한 건 아니었다. 조류와 곤충과 식물 책은 다른 사람이 빌리질 않았다. 게다가 자연과학 분야 서적은 대부분 박사 소유였다. 수많은 세월에 걸쳐 모은 책이 너무 많아서 조그만 오두막에 쌓아둘 수 없어 결국엔 도서관에 기증한 터라, 박사는 마음속으로 도서관을 개인 서고로 여겼다.

박사는 라틴어 어원도 가르쳐 주었다. 그래서 나는 기억력에 계속 의존할 필요가 없었다. 식물에 붙인 학명이 어떤 의미인지 이해할 수 있었다.

우리는 높은 절벽에서 불쑥 튀어나온 바위에 올라서 선인장을 찾았다. 여름이 끝날 즈음에는 회색 이판암과 굵은 갈색 풀이 가득한 지역에서 내가 알로에 브로비폴리아, 즉, 조그만 가시 알로에를 우연히 발견하기도 했다.

박사는 너무 기뻐서 "노다지다! 노다지다!" 하고 감탄하며 껑충껑충 뛰었다. 그러다 땅을 디딜 때 이판암을 헛짚어 산 밑으로 거꾸로 구르다 30m 높이 절벽 바로 앞에서 간신히 멈추었다. 박사는 다시 열심히 올라왔다. 날카로운 이판암에 할퀴어 손에서 피가 났다. 겸연쩍은 듯 빙그레 웃는데, 두 눈에는 진귀한 식물을 찾았다는 승리감이 가득했다.

"이렇게 높은 곳에 브로비폴리아가 있다니, 기적이야! 너는 천재다, 피케이. 어버부부버브!"

알로에 브로비폴리아는 여름 내내 발견한 식물 가운데서 가장 진귀한 식물이었다. 언덕과 산을 수없이 오르내린 고통이 조금도 아깝지 않았다. 우리는 사진을 찍고 기록한 다음, 여섯 그루를 파내고 나머지 열두 그루는 황량한 산에 그대로 두었다.

박사도 나처럼 새벽 일찍 일어났다. 그래서 동녘이 밝아올 즈음에 나에게 피아노를 가르쳤다.

"일 년 정도 교습받으면 과연 네가 음악에 자질이 있는지 없는지 판가름나겠지만 그건 중요하지 않단다. 음악을 사랑하는 마음이 훨씬 중요하니까. 그러니 음악을 사랑하는 법부터 배우자꾸나. 연주하는 법은 그런 다음에 천천히 배우는 거야."

나는 박사를 즐겁게 하려고 열심히 연습했다. 지금 생각하면 박사는 내가 음악에 자질이 없다는 사실을 처음부터 깨달았다. 박사가 생활비를 벌려고 가르치는 조그만 여자애들보다는 실력이 빨리 늘긴 해도 평범한 수준이었다. 하지만 우리 어머니와 마을 상류층 마나님들을 몇 년 속일 정도는 됐다. 미리 덧붙이자면, 콘서트를 열 때마다 나도 연주할 기회를 누리고, 연주를 마치면 관중이 대단하게 환호했다.

봄과 가을에 한 번씩 열리는 콘서트마다 어머니는 크게 만족했다. 신과 약간 타협하는 건 어쩔 수 없었다. 콘서트는 악마가 조종하는, 신의 가르침에 어긋나는 행사였다. 고리대금업만큼이나 사악한 행위였다. 그러나 어머니는 위대한 고전 음악가들이 성가를 작곡했다는 사실을 지적하는 방식으로 나는 피아노를 연주하고 당신은 콘서트에 참석하는 걸 합리화했다.

신은 음주와 흡연, 영화상영과 춤도 확실하게 반대했다. 하지만 발레는 예외였다. 발레는 읍내 상류층으로 라벤더 향내를 물씬 풍기는 숙녀들이 소중하게 여기는 또 다른 품목이었다. 게다가 발레 공연 일부를 내가 피아노로 연주하기도 했다. 내가 연주하는 쇼팽과 축음기에서 흘러나오는 차이콥스키의 '백조의 호수'에 맞추어 여섯 살짜리 꼬맹이들이 발레용 치마를 입고 딱딱한 종이로 만든 오리 주둥이 장식을 머리에 쓰고 춤췄다.

하지만 구색을 갖추려고 맛보기로 삽입한 정도였다. 이것 말고도 아마추어 희가극과 아일랜드 가곡 독창, 독주나 합주, 아코디언 연주, 유명한 아프리카너 민속 음악을 기타로 연주하는 차례도 있는데, 기타는 대체로 교도소 교도관들이 연주했다. 인종차별을 조장하는 차원에서 '길버트와 설리번 남성 4중창'도 출연했다. 콘서트 준비 위원회는 이들이 부르는 영국 코미디 오페라 한 곡이면 관객이 얼마나 환호하며 배꼽 잡든 상관없이 아프리카너 민속 음악 열 곡에 해당하는 비중이 있다고 여겼다.

콘서트는 언제나 성공회 성가대가 관객과 함께 '도버 해협의 하얀 절벽'을 부르는 거로 끝났다. 교도소 교도관과 그 가족은 루이넥에 반발하는 차원에서 관객이 '하얀 절벽'을 부르기도 전에 공연장을 떠났다. 그러면 자리를 지킨 관객 가운데 하류층이 휘파람을 불면서 야유했다.

독일인은 보아 전쟁 동안 보아인을 몰래 도왔다. 무기와 화약을 팔고, 대영제국의 초토화 전술로 식량난이 극심할 때 식량과 의료품, 의사와 간호사를 비롯한 의료시설까지 보냈다. 보아인이 볼 때 독일인은 악수 한 번으로 계약할 만큼 오랫동안 신뢰하는 동지며, 무덤에 들어간 다음에도 깊은 우정을 나눌 대상이었다. 이들은 특정 인종이 다른 인종보다 우수하다고 믿었다. 심지어 유대인이 그리스도를 죽였다고 규정하며 유대인을 몰아내자는 독일 개혁교회의 반유태주의를 절대적으로 지지했다. 보아인이 볼 때 아돌프 히틀러는 할 일을 하는 것에 불과했다.

교도관을 비롯한 나치 동조자들이 빠져나간 다음, 공연장에 남은 관객은 자리에서 일어나 서로 팔짱 끼고 '도버 해협의 하얀 절벽'을 최소한 두 번 이상 불러서 전망이 암울한 대영제국을 곱절로 사랑했다. 콘서트를 더욱 감동적으로 마무리하는 차원에서 교도관을 비롯해 아프리카너 출연자를 제외한 나머지 출연자 모두 무대에 올라서 내가 배달한 장미를 한 송이씩 들고 '하얀 절벽'을 불렀다.

직직거리는 축음기에서 '신이여, 우리 국왕을 보살피소서'가 흘러나오면 우리 대부분은 직접 본 적도 없는 영국을 떠올리며 두 눈에 물기를 머금은 채 차려자세를 취했다. 그러다가 출연진 모두 관객에게 장미를 던지는 것으로 콘서트는 막을 내렸다.

그런 다음에는 피닉스 호텔에서 콘서트 출연자를 축하하는 파티가 열렸다. 우리 할아버지와 어머니는 파티에 참석하라는 시장의 초대를 정중하게 거절한 다음, 나를 데리고 걸어서 집으로 갔다. 음주와 흡연과 춤이 난무하는 세속적인 파티는 신이 강력하게 금지한 품목 가운데 하나였다.

콘서트가 끝나면 '골드필드 뉴스' 신문에서 퇴장하는 교도관들 사진을 일면으로 장식하며 콘서트 연주 내용과 함께 보도하곤 했다. 그러면 다양한 의견이 여러 날에 걸쳐 분분하게 일어났다. 주요인물 한 명은 군대를 끌고 가서 나치 살모사가 우글대는 교도소를 넬스푸르트로 몰아내야 한다는 주장도 했다. 약 6㎞ 떨어진 아프리카너 마을로, 죄수 대부분이 그곳 출신이기도 했다.

할아버지는 보아 전쟁을 직접 경험한 당사자다. 따라서 '골드필드 뉴스' 편집장 한킨 씨가 할아버지 의견을 취재한 적이 있다. 할아버지는 "나는 보아 전쟁 내내 들것만 들고 열심히 돌아다녔소. 보아 놈들이 음악보다 잘하는 건 총 쏘는 실력밖에 없소. 그놈들을 빼면 콘서트는 일 푼만 한 가치도 없을 거"라고 했는데, 신문에 실리진 않았다.

박스웰 부인은 문화를 담당하는 자격으로 '피오나 박스웰의 문화 정원'이라는 칼럼을 썼는데, 콘서트가 있으면 내가 연주한 내용을 중심으로 칼럼을 꾸몄다. 그러면 어머니는 며칠 동안 황홀경에 빠져, 나를 시켜서 도서관에 장미 다발을 1주일에 두 번씩 한 달이나 보냈다.

박사는 어머니와 한 약속을 지키면서 나에게 음악을 변함없이 사랑하는 마음을 심어 주었다. 비록 나는 손으로 절대로 연주할 수 없는 곡이더라도 머리로는 정확히 이해할 수 있었다. 음악을 사랑하는 마음은 박사가 선물한 여러 가지 가운데 가장 중요한 선물이다. 박사는 조용하고 점잖은 삶이 소용돌이에 빠져들어 높다란 절벽과 돌출 바위를 단둘이 돌아다닐 수 없을 때도 나를 계속 가르쳤다.

10

1월 말 새 학기를 시작할 때 초등학교에 입학했다. 여섯 살은 초등학교 입학 적령기다. 나는 기숙학교에서 나이 많은 아이들과 공부한 덕분에 다른 아이보다 우수했다. 그래서 곧 3학년으로 월반했다. 3학년에서도 별 어려움 없이 앞서갔다. 어릴 때부터 읽기를 배우고 판사 산수 숙제도 해준 데다 아프리카너를 완벽하게 이해했다. 게다가 예전부터 박사와 식물 탐색 노트를 작성한 터라 다른 학생보다 모든 점에서 앞섰다. 더 높은 학년으로 월반할 수도 있으나 나이 때문에 어쩔 수 없었다.

나는 천재라는 평판을 얻었다. 박사도 바보처럼 행동하지 말라고, 가면을 벗어던지라고 충고했다.

"똑똑한 건 죄가 아니란다. 하지만 똑똑한 머리를 사용하지 않는 건 죄란다, 피케이! 어버부부버브!"

학교 공부는 단순하고 지루했다. 나에게 진짜 선생님은 박사였다. 학교는 오전 8시에서 오후 1시까지 시간을 보내는 곳에 불과했다. 수업이 끝나면 선인장 정원이 둘러싼 오두막으로 달려갔다.

선인장 가시로 가득한 정원은 기쁨의 원천이었다. 약 2,000㎡ 규모로, 읍내와 계곡이 굽어 보이는 조그만 언덕 정상에 지대가 약간 편편한 곳이라, 먼지와 바위가 무성한 오솔길을 10분 정도 올라갔다. 개인적으로 채집한 선인장이 그 정원만큼 많은 곳도 드물다. 선인장 전문가가 볼 때 그곳보다 훌륭한 정원은 있을 수 없었다.

박사가 사는 오두막은 방 세 개와 부엌 하나였다. 방 세 개는 음악실, 서고, 위스키 방으로 부르며, 음악, 독서, 잠들 때까지 술 마시는 용도로 사용했다. 박사는 언제나 깔끔히 정돈한 마음 상태를 유지했다. 술에 취해도 똑같았다.

함께 일 년을 보내는 동안 처음에는 박사가 술에 취한 모습을 한 번도 못 보았다. 하지만 동녘이 트자마자 찾아가서 음악 수업을 받으려고 박사를 깨울 때는 종종 있었다. 그러면 박사는 침대에서 비틀거리며 일어나 심하게 콜록대며 헛구역질하곤 했다. 스타인웨이 그랜드 피아노 옆에 앉아서도 새파란 눈이 빨갛게 충혈된 채 내가 만들어 준 쓰디쓴 블랙 커피잔에 기다란 손가락을 얹곤 했다. 그러나 술 얘기는 조금도 안 했다. 내가 커다란 스타인웨이 그랜드 피아노 앞에 앉아서 건반을 두드리면, "부드러운 곡으로, 피케이, 간밤에 머릿속에서 늑대 떼가 울부짖었거든" 하고 말하는 정도였다. 그러면 나는 신경을 안정시키는 부드러운 악보를 찾아서 연주했다. 이런 경험 때문에 나이를 먹고 성숙한 다음에도 내가 쇼팽 작품 연주를 제일 좋아하는 것 같다. 쇼팽 소곡은 리스트나 브람스보다 부드럽다. 박사가 새벽마다 숙취에 시달려, 나는 처음 한 해 동안 부드러운 음악을 주로 연습했다.

선인장 정원을 가로지르는 90m에 달하는 통로에는 조니 워커 빈 병이 양쪽으로 기다랗게 처박혔다. 햇살이 내리쬘 때마다 은빛 뱀이 여기저기 기어 다니며 선인장과 알로에나 오렌지와 핑크빛 채송화

줄기를 휘감는 착시현상이 일어날 정도였다. 빈 병마다 남모를 고통을 떨쳐내려는 몸부림이 담겼다. 박사는 자신이 술을 마신 것에 대해 어떤 변명도 안 했다. 아니, 말조차 안 꺼냈다. 지난밤에 머릿속에서 늑대 떼가 울부짖었다고 하소연하는 정도였다. 그러면 나는 늑대 떼가 새빨간 혓바닥을 늘어뜨린 채 침을 질질 흘리며 박사 두뇌를 날카로운 이빨로 씹어먹는 광경을 상상했다.

1941년 1월 말 황혼이 지는 일요일 오후였다. 장미 정원 뒤 언덕에서 박사를 처음 만나고 어느덧 1년이 지났다. 우리는 언덕에서 온종일 보내고 오두막으로 가다, 절벽 위 오래된 굴 밑에서 '세니치오 세르펜스', 소위 '파란 젓가락'이라는 꽃다발을 발견했다. 괜찮은 식물이긴 해도 파란색이라서 희귀한 정도는 아니었다. 우리는 그것을 선인장 정원에 옮겨 심고서 꽃잎 색깔이 변하는지 지켜보기로 했다. 다른 색깔은 희귀한데, 선인장 정원에는 그런 독특한 마력이 있었다. 바보같이 구는 식물이 없는 건 아니나, 평범한 푸른색 '세니치오 세르펜스'가 어느 날 갑자기 신데렐라 공주처럼 변할 수도 있었다. 그런데 오두막 입구에 하얀 페인트로 '헌병'이라고 쓴 자동차가 있는 게 눈에 띄었다. 커다란 선인장에 가려서 잘 안 보였다. 자동차 앞에서 두 사람이 엔진 뚜껑에 기댄 채 담배를 태웠다. 엔진 뚜껑에는 줄이 빨간 카키색 모자 두 개가 있었다. 박사는 지팡이로 땅을 툭툭 때리고 걸으면서 '세네치오 세르펜스'와 색깔이 밝은 '그로티필럼 언카튬'이 어떻게 다른지 설명하는 중이었다. 아무도 모르는 내용을 말할 때 흔히 그런 것처럼 잔뜩 흥분한 어투였다.

두 사람은 우리가 올라오는 모습을 보고 담배를 떨어뜨려 발로 짓밟았다. 무언가 유쾌하지 못한 임무를 수행할 때 흔히 그러듯 동시에 헛기침하면서 모자를 집어 들어 조심스레 썼다. 카키색 정글 복에 갈색 단화, 각반과 카키색 스타킹 차림이었다. 한 사람은 광택이 번뜩이는 장교용 혁대를 하고 다른 한 사람은 병사용 혁대를 찼다. 장교가 다가오자, 박사가 깜짝 놀라며 멈춰서 눈을 들었다. 박사가 최소한 30센티 이상은 큰 터라, 장교가 올려다보았다. 피크 보싸처럼 콧수염을 까만 크레용으로 그린 듯한 모습이 차려자세를 안 했는데도 단단하게 보였다. 장교는 상의 주머니에서 서류 한 장을 꺼내며 딱딱한 목소리로 물었다.

"안녕하십니까, 선생님. 칼 본 볼렌스틴 교수가 맞습니까?"

박사는 깜짝 놀란 표정으로 대답했다.

"네, 그렇습니다만."

장교가 헛기침한 다음에 서류를 읽었다.

"1939년에 제정한 외국인 보호법에 따라 프로버스트 남아프리카 육군 원수가 본관에게 부여한 권한으로 귀하를 체포합니다. 국가의 안전을 깨뜨리려 했다는 혐의가 있습니다."

장교가 박사에게 서류를 건네며 덧붙였다.

"함께 가셔야겠습니다, 선생님. 군 정보부가 감시하는 가운데 민간 경찰이 혐의 내용을 조사할 겁니다. 최종 판결이 날 때까지 바버톤 교도소에 수용됩니다."

놀랍게도 박사는 조금도 항의하지 않았다. 슬픈 표정으로 장교를 내려다볼 뿐 서류는 쳐다보지도 않고 돌려주었다. 그러고 나서 머리를 들어 장교와 자동차 옆에 선 사병 너머로 선인장 정원을 둘러보더니, 천천히 돌아섰다. 두 눈에는 고통이, 가득한 알로에로 아름다운 언덕이, 지난 이십 년 동안 끔찍하게 사랑한 아프리카 에덴동산이 담겼다. 박사는 몸을 다시 돌려서 읍내와 계곡 경사면 너머로 떨어지는 태양을 굽어보았다.

"바보 같은 짓이야. 또 바보 같은 짓을 시작하는 거야."

박사가 조그맣게 말하더니, 나를 쳐다보고 어깨를 쓰다듬으면서 당부했다.

"'세니치오 세르펜스'를 아침 해가 잘 드는 곳에 심으렴. 아침 햇살을 좋아한단다."

박사는 밀짚모자를 벗어서 자동차 지붕에 올려놓고 주머니에서 빨간 천을 꺼내 얼굴을 천천히 닦고는 주머니에 다시 넣었다. 그리고 자동차 지붕에서 밀짚모자를 집어 머리에 썼다. 나는 깜짝 놀란 눈으로 박사를 올려다보았다. 박사가 어린애처럼 유치하게 행동한 건 처음이었다. 두 눈에는 슬픔이 가득했다. 목소리엔 힘이 하나도 없었다.

"이제 네가 선인장 정원을 가꾸렴, 피케이!"

울고 싶었다. 박사도 똑같은 기분인 것 같았다. 하지만 누구도 안 울었다. 군인이 보는 앞에서 감정을 드러낼 순 없었다.

박사가 장교를 쳐다보며 물었다.

"면도하고 옷을 갈아입을 시간을 주겠소? 가장 좋은 옷을 차려입고 감옥에 들어가고 싶군요."

장교가 두 눈을 들어 하늘을 쳐다보았다. 바닥에 꽁초가 여러 개 떨어진 걸 보면 한참을 기다린 것 같았다.

"좋습니다, 교수님. 하지만 빨리해야 합니다."

어서 움직이고 싶다는 어투였다. 그러더니 병사에게 몸을 돌려 권위적인 자세로 명령했다.

"병사! 죄수를 집 안으로 호송해서 면도하고 옷을 갈아입게 하도록!"

우리는 위스키병이 꽂힌 길을 따라 천천히 걸었다. 박사는 어깨에 걸친 두꺼운 가방을 노천 베란다에 내려놓았다. 나는 박사를 따라 어두운 오두막으로 들어갔다.

"램프를 켜지 말렴, 피케이. 어두워지기 전에 나갈 테니."

나는 박사를 따라 부엌으로 들어섰다. 박사는 커다란 주석 물통을 바닥에 내려놓고 단지에 든 물을 거기에 부었다. 나는 단지를 들고나와 오두막 뒤편 빗물 탱크에서 물을 담았다. 읍내와 떨어진 조그만 언덕이라서 수돗물이 없었다. 박사는 부엌에서 옷을 벗고 수세미로 온몸을 깨끗이 닦았다. 나는 새로 떠온 단지를 박사에게 갖다 주고 정원으로 나왔다. 박사는 커다란 선인장 옆에서 머리로 물을 부어 선인장이 많은 물을 빨아들이게 했다. 그러고 나서 올이 터지려는 수건으로 온몸을 열심히 닦았다. 다갈색 피부였다. 산에 흐르는 개울에서 헤엄치다 바위에 누워 햇볕을 쬐곤 해서 그런 것 같았다. 깡마른 신체가 단단하고 울퉁불퉁했다. 가슴에 눈처럼 하얀 털이 이상하게 보이는 체격이었다. 언젠가 우리 할아버지 알몸을 보았는데, 깡마른 체격은 똑같아도 그렇게 단단한 근육은 없었다.

병사는 부엌 밖에서 기다리다 지쳐 어슬렁거리다 음악실로 들어가서 스타인웨이 그랜드 피아노로 '젓가락 행진곡'을 연주했다. 박사는 들은 척도 않고 날카로운 면도날로 정성스럽게 면도했다. 면도를 마친 다음에는 새하얀 리넨 정장을 천천히 차려입고 새까만 구두를 신었다. 갈아입을 셔츠와 세면도구를 가방에 넣고 서가로 가더니, 벽돌과 송판으로 만든 선반 꼭대기에서 커다란 책을 한 권 꺼내며 말했다.

"이 책도 가방에 넣으렴, 피케이."

나는 커다란 책을 받아서 가죽 표지를 살폈다. 적갈색으로 염색한 가죽이 닳아서 여기저기에 원래 색깔이 다갈색으로 드러난 책이었다. 양각으로 새긴 제목은 금박 가루가 떨어져 나가 흔적만 남아서 글씨가 어렴풋했다. 자세히 보니 '선인장. 아프리카와 아메리카. K. J. 본 볼렌스틴'이라는 글씨였다. 책을 펴보니 독일어였다. 위스키 방으로 들어갔다. 박사가 가방을 그곳에 놓았기 때문이다. 나는 조그맣고 딱딱한 침대에서 담요를 집어, 책 표지에 묻은 먼지를 닦은 다음에 가방에 넣었다. 침대 옆에 반쯤 먹다 만 조니 워커가 있어서 그것도 가방에 넣었다. 그래서 가방을 어깨에 메고 박사에게 갔다. 박사는 현관 앞에 있었다. 벽에 걸린 파나마모자를 내리고 문 뒤 구석에 비스듬하게 기댄 은 손잡이 지팡이를 집었다. 그리곤 음악실에 있는 병사에게 몸을 천천히 돌리며 말했다.

"이제 됐습니다."

병사가 피아노 걸상에서 일어서며 말했다.

"피아노가 멋있군요, 교수님. 언젠가 영화를 보았는데 주인공이 이렇게 생긴 피아노 위에서 춤추는 장면이 인상적이었어요. 색깔만 다를 뿐 똑같이 생긴 피아노였어요. 주인공이 그레타 가르보였던 것 같은데 확실치 않군요."

병사가 오두막을 마지막으로 휘익 둘러보며 덧붙였다.

"좋아요, 갑시다."

그리곤 내가 어깨에 걸친 가방을 뺏어서 내부를 검사했다.

"아니, 이게 뭐야? 위스키는 가지고 갈 수 없어. 혹시 정신 나간 거 아니야?"

나는 변명하려 했지만, 병사가 손을 들어서 말문을 막고 박사에게 웃으며 말했다.

"먹고 싶다면 지금 빨리 한 모금씩 마십시다, 노인장. 언제 다시 맛볼지도 모르는데 말이오."

병사가 교활한 눈빛으로 윙크하며 병마개를 따서 입술에 대고 오랫동안 들이켰다. 이윽고 몸을 움찔하면서 병을 뗀 다음, 손등으로 입술을 훔치고 손바닥으로 병 입구를 닦았다.

"진짜 맛있군! 정말 맛있는 위스키야! 남겨두어야 소용도 없을 테니, 한 모금 빠쇼."

병사가 술병을 건네자, 박사가 손을 들어서 거절했다.

"이것 보쇼. 바보처럼 굴지 마쇼. 앞으로 오랫동안 못 마실 테니 지금 마셔두는 게 좋을 거요."

그리곤 또다시 쭉 들이켠 다음에 술병을 다시 건넸다. 위스키가 1/4 이하로 줄었다. 박사가 술병을 받더니 입도 안 벌리고 입술에 대는 흉내만 하다 건네자, 병사는 어깨를 으쓱하며 말했다.

"맘대로 하시구려. 나야 많을수록 좋으니. 진짜 좋은 위스키야. 누가 알아, 전쟁터에서 내일 당장 죽을지?"

병사는 다시 한 모금 길게 들이켜고 피아노로 걸어가며 말했다.

"영화에서는 주인공이 장례식 같은 곳에서 연주하는데 술 취한 사람이 위스키를 엎지르니까 피아노가 갑자기 저절로 미친 듯이 연주하더군!"

남은 위스키를 병사가 스타인웨이 건반에 쏟아붓자, 가만히 지켜보던 박사가 갑자기 지팡이를 치켜들고 병사에게 달려가며 소리쳤다.

"미친놈! 베토벤과 브람스와 바흐가 즐기던 악기를 더럽히지 마라!"

박사가 지팡이로 손목을 세게 때렸다. 술병이 시멘트 바닥에 떨어지며 산산이 깨졌다. 병사는 너무 아파 팔목을 움켜잡은 채 유리 조각 한가운데서 발을 동동 굴렀다. 박사가 리넨 정장 소매로 건반을 닦았다. 피아노에서 활주 연주하는 소리가 '디리리링' 숨 가쁘게 흘러나왔다. 이윽고 박사가 몸을 돌려서 현관문으로 걸어갔다.

"죽일 놈의 나치 개새끼!"

병사가 소리치고, 나는 박사 뒤를 황급히 쫓았다. 병사는 오두막 바깥에서 박사를 따라잡더니, 혁대에 있는 수갑을 빼내며 소리쳤다.

"본때를 보여주겠어, 어린애나 밝히는 변태 새끼! 멈춰! 체포하겠다!"

하지만 박사는 머리를 꼿꼿이 들고 자동차가 있는 곳으로 계속 걸었다. 병사가 조금도 저항하지 않는 박사 팔을 움켜쥐고 수갑을 채웠다. 박사는 신경조차 안 쓰고 계속 걸었다. 병사는 한 손으로 다른 쪽 수갑을 잡은 채 죄수처럼 질질 끌려갈 수밖에 없었다. 화난 병사가 박사를 발로 걷어차서 무릎을 꿇게 하곤 잔뜩 화내며 두 번째 발길질을 날렸다. 나는 비명을 지르며 달려들고, 박사 갈비뼈를 향하던 군홧발은 내 턱을 강타해, 그대로 정신을 잃었다.

나는 바버톤 병원에서 하얀 가운을 입은 사람이 전등으로 눈을 비출 때 깨어났다. 머리가 윙 울렸다. 기다란 터널 너머에서 울리는 소리 같았다.

"아, 하늘이 보살폈군, 의식을 찾았어요."

전등을 비추던 사람이 말한 것 같았다.

"하느님 고맙습니다."

어머니가 울먹이는 소리도 들렸다. 주변을 둘러보았다. 침대 옆에 어머니가 있었다. 창백한 얼굴에 근심이 가득했다. 눈가로 머리칼이 흘렀다. 분홍색 작업복을 걸친 채 모자도 안 쓰고 급히 달려온 모습이었다. 할아버지도 보였다. 어머니 맞은편이었다.

뭔가 말하려는데 입이 안 열렸다. 턱에서 엄청난 통증이 일어났다. '음음' 하는 소리가 입에서 약하게 흘러나올 뿐이었다. 그게 전부였다. 입안에서 피 냄새도 났다. 퉁퉁 부은 혀로 핥아서 이가 몇 개 사라진 걸 느꼈다.

의사가 바라보며 물었다.

"자, 얘야. 손가락이 몇 갠지 말해보겠니?"

의사가 두 개를 폈다. 나도 두 개를 폈다.

"다시."

의사가 네 개를 펴서 나도 네 개를 폈다. 의사는 몇 번 더 되풀이하다 진단을 내렸다.

"어쨌든 다행입니다. 뇌진탕을 일으킨 것 같지는 않군요. 엑스선으로 촬영하면 알겠지만 제 생각으로는 턱뼈가 부러진 것 같습니다."

의사는 어머니와 할아버지를 번갈아 바라보며 계속 말했다.

"지금 무척 아플 겁니다. 수술실로 당장 데려가야겠습니다. 턱을 철사로 감고 깨진 이를 제거해야 합니다. 다 끝나면 괜찮을 테니 돌아가십시오."

할아버지와 어머니가 자리에서 일어났다. 어머니가 상체를 숙여서 이마에 키스하고는 말했다.

"얘야, 내일 아침에 올게. 우리 아들, 용감하지?"

할아버지도 어깨를 살짝 잡으며 말했다.

"우리 착한 손자!"

나는 응급실에서 나가는 두 사람을 지켜보았다. 응급실에 다른 환자는 없는 것 같았다. 침대 세 개가 모두 텅텅 비었다. 턱이 너무나 아팠다. 지금 생각하면 그때 운 것 같기도 하다. 하지만 확실히 기억나는 건 박사가 너무 걱정스러워서 다른 생각은 조금도 못했다는 거다.

턱이 부러진 게 드러났다. 의사들은 입을 다물게 한 상태에서 위턱과 아래턱을 철사로 묶었다. 그래서 나는 입을 열 수 없었다. 박사 소식을 물을 수도 없었다. 어른은 어린애에게 알려줄 걸 마음대로 결정한다. 어머니 역시 매번 올 때마다 이렇게 대답한 게 전부였다.

"너는 끔찍한 충격을 받았단다, 얘야. 지난 일은 모두 잊어야 해."

하지만 나는 지난 일 말고 무엇도 생각할 수 없었다. 박사는 내 인생에서 가장 중요한 사람이다. 박사가 어두운 감옥에 갇혔다고, 어쩌면 죽었을지 모른다고 생각하니 도저히 견딜 수 없었다. 마리라는 보조 간호사와 간신히 의사소통할 수 있었다. 마리는 나를 '복슬복슬한 공'이라고 불렀다. 내가 종이와 연필을 부탁하자, 마리가 종이철과 연필을 가져왔다. 나는 필기체로 이렇게 썼다.

'본 볼렌스틴 교수님은 어떻게 되었나요?'

마리는 글씨를 보고서 눈을 동그랗게 뜨며 말했다.

"아이고! 안 돼! 수녀님이 아무 말도 하지 말라고 하셨어."

마리가 종이철과 연필을 달라며 손을 내밀어, 나는 그것을 침대 커버 밑에 재빨리 숨겼다.

"돌려줘! 제발! 수녀님한테 혼난단 말이야!"

나는 고개를 저었다. 통증이 밀려왔다.

"나중에 말해줄게, 빨리 돌려줘!"

하지만 나중에도 말하지 않을 게 분명했다. 나는 종이철에서 한 장을 찢어내고 몸으로 종이철을 꽉 누른 채 연필을 꺼내서 침대 옆 캐비닛에 대고 썼다.

'나는 복슬복슬한 공이 아니라 피케이에요!'

나는 마리가 부르는 애칭이 싫었다. 어느 모로 보나 복슬복슬한 공처럼 생기지 않았다. 그건 아주 조그만 아이들이나 부를 때 사용하는 애칭이다. 글씨가 적힌 부분을 찢어서 건네자, 마리는 천천히 읽고서 침대 끝으로 걸어가며 말했다.

"이 이름이 아니던데."

마리가 침대 끝에 걸린 기록철을 내려다보고 놀리는 투로 말했다.

"아니, 이름도 제대로 모르니? 그 이름이 아니야."

나는 연필로 끄적거리고 손으로 찢어서 두 번째 쪽지를 건넸다.

"어머나! 진짜 이름도 모르는 모양이구나. 피케이라는 이름은 처음 들어. 이렇게 이상한 이름은 어디서 생겼니?"

나머지 쪽지에 썼다.

'어쩌다 생겼어요.'

마리가 숨을 짧게 들이쉬면서 말했다.

"어쨌든 도망가려는 독일 간첩을 붙잡은 영웅한테는 안 맞는 이름이야."

마리가 눈을 다시 동그랗게 뜨더니, 여드름 많은 얼굴을 가까이 대며 감탄했다.

"훈장을 받을지도 모른다는구나!"

그러다가 몸을 뒤로 뺐다. 너무 많이 얘기했다는 사실을 깨닫고 깜짝 놀라는 것 같았다.

"내가 얘기했다고 수녀님한테 말하지 마, 응?"

마리가 손가락 하나를 입술에 대며 다시 말했다.

"네가 아무 말도 안 한다고 약속하면 피케이라고 부를게."

고개를 끄덕였다. 다른 사람에게 말할까 걱정하는 모습이 나는 오히려 이상했다. 갑자기 눈물이 뺨으로 흘러내렸다. 눈물을 흘리고 싶지 않으나, 박사 소식을 듣는 순간에 그냥 흘러내렸다. 박사가 장교에게 서류를 건네고 혼자 중얼대던 소리가 떠올랐다.

"바보 같은 짓이야. 또 바보 같은 짓을 시작하는 거야."

"울지 마라, 피케이. 네가 울면 내가 얘기했다는 걸 수녀님이 알게 되잖아."

마리가 슬픈 표정으로 말했다. 나는 뺨으로 흘러내리는 눈물을 손등으로 닦았다. 그러자 마리가 젖은 수건으로 닦아주면서 부드럽게 말했다.

"사실 피케이는 이상한 이름이 아니야. 그런데 그렇게 쓰는 법을 누구한테 배웠니? 나는 열네 살까지 학교에 다녔는데 글씨를 너처럼 멋있게 못쓰거든."

응급실에서 혼자 3일을 보내다 입원실로 옮겼다. 침대가 여덟 개로 각자 주인이 있었다. 입을 못 연다는 것만 빼면 몸은 많이 좋아졌다. 나는 수녀님과 함께 걸어서 입원실로 들어섰다. 잠자는 두 사람을 빼고 모든 사람이 '잘했다, 잘했어!' 하고 환호하며 반겨주었다. 어떤 사람은 내가 애국자라며 칭찬했다. 수녀님이 나가자마자, 나는 종이에 대고 최대한 커다란 글씨로 '본 볼렌스틴 교수님은 어떻게 되었나요?' 하고 적은 다음, 침대에서 내려와 옆 침대에 있는 사람에게 건넸다. 그 사람은 종이를 읽더니 나에게 돌려주며 반문했다.

"독일 간첩 말이냐? 미안하다, 얘야. 엄한 지시를 받은 터라 너한테 말할 수 없단다."

그러면서 다른 사람에게 윙크하자 모두 고개를 끄덕였다.

"신경 쓰지 마라, 얘야. 너는 진짜 용감한 아이라는 것밖에 할 얘기가 없구나."

다른 사람도 그 사람 의견에 모두 동의하는 것 같았다.

어머니가 아침마다 찾아왔다. 멀베리 목사도 함께 찾아왔다. 어머니는 옆에 앉고, 멀베리 목사는 병실 여기저기를 돌아다니며 하느님을 전도했다. 하지만 그러기 전에 뻐드렁니 두 개가 안 보이도록 나를 보며 살짝 웃고는 축축하고 따뜻한 손으로 내 손을 꼭 쥔 채 여자 같은 목소리로 말했다.

"우리 모두 네가 이번에 겪은 끔찍한 시련을 통해 예수 그리스도를 가슴속으로 받아들이길 간절하게 기도한단다."

나는 손을 빼고 싶어서 안절부절못했다. 하지만 멀베리 목사는 침대 옆에서 무릎을 꿇고 내 손을 꼭 잡은 채 커다랗게 기도했다. 물론 어머니도 무릎을 꿇었다. 그러다 보면 평상시보다 목소리가 커지면서 점차 흥분하기 일쑤였다. 그러다 '할렐루야'를 연발하고, 어머니는 '여호와를 찬양합니다! 신을 찬양합니다!'라며 끼어들었다. 이런 광경이 매일 벌어졌다.

멀베리 목사: 신이시여, 가련한 아이를 위해 기도하고자 저희 모두 당신의 귀중한 이름으로 모였사옵니다.

어머니: 아멘.

멀베리 목사: 가련한 아이가 이번에 겪은 끔찍한 고통을 통해 구원의 길을 깨닫도록 도와주십시오. 오, 우리 구세주시여. 우리를 자유롭게 하려고 십자가에 못 박히신 예수님이시여!

어머니: 할렐루야, 신을 찬양합니다.

멀베리 목사: 아들아, 예수에게 가슴을 열고 인생의 구주로 영접하거라. 신이시여, 이 아이를 끔찍한 지옥 불에 던지지 마시고 영광스럽게 역사하시어 영원한 생명을 주옵소서.

어머니: 할렐루야, 신의 이름을 찬양합니다!

멀베리 목사: 네가 진 죄를 예수님께 고백하거라, 아들아. 네가 진 죄를 예수님 발밑에 내려놓거라. 그러면 그분이 영광스러운 구원의 역사를 통해 너한테 영원한 생명을 주실 거다. 우리 주 예수여, 우리 기도에 응하소서. 아이가 어린 가슴을 열고 당신 영광을 받아들이게 하옵소서. 신이시여, 우리는 아이 영혼을 위해 기도하오니, 우리 주 예수 그리스도께서 어두운 골고다 돌무덤에서 영광스러운 아침에 부활하신 것처럼 이 아이도 어둠에서 빠져나오도록 진심으로 바라나이다!

어머니: 그렇습니다, 예수님! 예수 그리스도를 찬양합니다!

박사와 만나고 얼마 안 됐을 때, 장미 정원 뒤편 언덕 꼭대기 바위에 나란히 앉은 적이 있다. 나는 내가 왜 죄인이며 내가 어떤 일을 했길래 다시 태어나지 않으면 영원한 지옥 불에 떨어지느냐고 물었다.

박사는 꼼짝하지 않고 계곡을 오랫동안 굽어보다 대답했다.

"피케이, 신은 매우 바쁘단다. 태양이 떠오르고 지는 일, 달이 떠오르고 지는 일을 신이 알아서 하시거든. 그런데 인간은 신에게 이 사람은 벌주고 저 사람은 구원하라며 늘 요구하지. 천국과 지옥을 만들어 달라고 요구하는 쪽은 언제나 인간이란다. 신은 벌이 꿀을 만들도록 훈련하고 아침마다 꽃을 활짝 피우느라 아주 바쁘단다. 멕시코에는 신이 잊어버렸다는 선인장이 있단다. 하지만 그렇지 않아, 친구. 신은 잊어버리지 않아. 백 년에 한 번씩 떠올리고 은빛으로 빛나는 꽃을 만월이 뜨는 밤에 아름답게 피운단다. 그래서 선인장 꽃이 달빛을 받으며 활짝 핀다면, 바로 그곳이 천국이란다."

박사가 나를 바라보았다. 깊고 푸르른 눈이 날카롭게 빛나며 내 몸뚱이를 꿰뚫는 것 같았다.

"바로 그게 선인장이 신을 믿는 마음이란다."

우리는 아무 말 없이 가만히 있었다. 잠시 뒤에 박사가 말했다.

"인간은 자기 일에 열중하면서 세상을 열심히 살아가는 게 훨씬 바람직하단다. 신께서 보시고 마음에 드는 인간이 있으면 상을 주실 수도 있겠지. 하지만 인간이 저지른 죄를 일일이 고백하고 용서를 빌면서 신을 귀찮게 할 필요는 없어. 신께서 그런 일에 시간을 낭비할 순 없지 않겠니? 어버부부버브!"

나는 지옥에 떨어지지 않을까 때때로 두렵기도 했다. 그래서 다시 태어나는 걸 심각하게 고민도 했다. 하지만 마음을 활짝 열어 신을 받아들이고 싶은 생각이 안 일었다. 마음을 열어 예수를 받아들인 사람은 내가 볼 때 누구나 감성적일 뿐, 나쁘지도 않고 좋지도 않고 그냥 그렇고 그랬다. 웰터급 세계 챔피언을 목표로 하는 나는 그렇고 그런 사람이 되고 싶지 않았다. 어머니는 마음의 문을 굳게 닫고 신을 안 받아들이면 언젠가 신께서 나를 외면하고 다른 데로 갈지도 모른다고 했다. 옳은 말 같았다. 일정 기간이 지나서 나는 신 문제로 더는 고민하지 않겠다고 마음먹었다. 어머니와 멀베리 목사와 피크 보싸를 비롯해 '사도 모임 교회'에 다니며 예수를 사랑하는 사람이 믿는 신보다 박사가 믿는 신이 훨씬 좋았다.

신이 끔찍이 사랑하는 아들 예수는 사도 모임 교회를 이끌면서 영혼을 구하는 능력이 탁월한 것 같았다. 교회에 다니는 사람들이 지은 죄를 씻어주려고 대신 죽은 적도 있다고 했다. 내가 보기에 그럴 필요는 조금도 없지만, 사람들이 신보다 예수를 더 많이 얘기하는 걸 보면 대신 죽어줘서 많이 고마운 것 같았다. '사도 모임 교회'에서 일인자는 예수가 분명했다.

성령이라는 제삼자가 있다는 얘기는 나중에 들었다. 성령은 눈에 안 보이는 불을 날름대며 말하는 사람으로, 그곳 사람들에게 '방언 은사'라는 걸 주었다. 그러면 사람들은 기도 모임을 하다가 벌떡 일어나서 두 눈을 감고 두 팔을 흔들며 부들부들 떨었다. 그래도 서로 몸을 절대로 안 부딪쳤다. 정말 끔찍한 장면이었다. 이상한 말로 요란하게 지껄이며 노래했다. 나도 그렇게 하려고 했으나 제대로 안 됐다. 하기야 은사를 못 받았으니 어쩔 수 없는 일이었다.

언젠가 '교회'에서 부흥회를 할 때 미국 성령교회 총회에서 온 목사가 설교했다. 그는 미국 소도시를 떠난 적이 없는 여인이 성령을 받아서 스와힐리어로 방언한다고 했다. 여인이 기도하다 한창 방언할 때 마침 스와힐리어를 아는 아프리카 선교사가 방문했다가 그 내용을 모조리 알아들었다는 것이다. 여인이 뭐라고 했는지는 말하지 않았지만 그런 사례는 수없이 많으며 자기가 직접 겪은 사례도 많다고 했다. 그래서 나도 귀를 곤두세웠다. 하지만 '교회'에는 줄루어나 샹간어로 방언하는 사람이 하나도 없었다. 성령은 줄루어와 샹간어가 특별하지 않은 언어라 판단한 것 같았다. 그렇다면 스와힐리어에는 무슨 특별한 요소가 있는지 궁금했다.

이윽고 멀베리 목사는 침대 옆에서 일어나 나를 보고 다시 한번 짧게 웃고는 예수는 나를 사랑한다고 말한 다음, 성경과 홍보물을 한쪽 팔에 끼우고 다른 환자를 찾아서 뚜벅뚜벅 걸어갔다. 그러면 어머니는 내 옆에 남아서 정말 훌륭한 목사님이라고 칭찬했다.

나는 종이철을 얻은 다음에 어머니에게 글을 써서 박사에 관해 물은 적이 있었다. 어머니는 쪽지를 받아들고 읽지도 않은 채 '교수에 대한 거냐?' 고 물었다. 고개를 끄덕이자 어머니는 입술을 깨물고 손으로 쪽지를 구기며 말했다.

"그 사람 얘기는 두 번 다시 묻지 마라, 알겠니? 끔찍한 범죄행위를 숨기려고 너를 이용한 나쁜 사람이다. 게다가 너를 죽이려 했다."

어머니가 갑자기 두 눈에 눈물을 글썽이며 말했다.

"의사들이 그러는데 그 사람이 머리를 걷어찼다면 그대로 죽었을 거란다! 7센티만 위를 찼다면 네가 죽었어. 생각만 해도 끔찍해. 엄마는 네가 그 일을 잊고 마음의 상처를 안 입게 해달라고 신께 계속 기도한단다."

어머니가 눈물을 훔치며 코를 풀었다.

"아니에요! 아니에요!"

나는 억지로 항변했다. 하지만 목구멍에서 나온 소리는 퉁퉁 부은 혓바닥과 꽉 닫힌 입에 막혀서 앓는 소리로 짧게 나올 뿐이었다. 어머니 앞에서 울고 싶지 않았다. 하지만 두 눈에서 눈물이 왈칵 쏟아져 나왔다. 사람들은 나를 발로 찬 게 박사라고 생각했다. 진실을 제대로 아는 사람은 나 하나다. 하지만 나는 박사를 도와줄 수 없다. 모든 게 내 잘못이다. 조니 워커를 가방에 안 넣었더라면 그런 일도 없을 터였다. 사랑하는 박사가 '까진 불알' 때문에 억울한 누명을 쓴 것이다. 이건 신경쇠약에 걸리는 이상으로 심각했다.

내가 울음을 멈추자 어머니가 말했다.

"불쌍한 아이 같으니. 너무 끔찍한 일을 겪었어. 그 얘기는 이제 두 번 다시 꺼내지 말자꾸나. 도서관에서 일하는 박스웰 부인이 찾아왔단다. 하지만 의사 선생님과 나는 네가 사람들을 안 만나는 게 바람직하다고 판단했단다."

어머니가 가방에서 반으로 접은 녹색 카드를 꺼냈다.

"기쁜 소식이 있어. 성적표가 왔어. 네가 너희 반에서 일 등이야. 할아버지와 나는 네가 아주 자랑스럽구나."

어머니가 언제 울었냐는 듯 활짝 웃으며 계속 말했다.

"학교에서 너를 또 월반시키기로 했단다. 일곱 살 아이가 열 살짜리 아이들과 공부하는 거야. 생각해 보렴. 세 살이나 많은 아이들과 공부하다니 얼마나 근사한 일이냐!"

어머니가 성적표를 건넸다. 나는 눈물 어린 눈으로 받아서 네 조각으로 찢어버렸다. 어머니는 오랫동안 아무 말도 안 하고 내 무릎으로 떨어진 녹색 카드 조각을 내려다보더니 깊은 한숨을 내쉬었다. 나는 그렇게 내쉬는 한숨 소리가 정말 싫었다. 끔찍한 죄책감을 느끼게 하기 때문이다.

"신께선 너한테 좋은 두뇌를 선사하셨다. 나는 네가 가슴을 열고 그분을 영접해서 그분의 위대하신 이름을 찬양하기만 기도한단다."

어머니가 성적표 쪽지를 모아서 가방에 넣고 어색하게 웃으며 덧붙였다.

"금방 괜찮아질 게다. 지금은 몸이 불편해서 예전처럼 유쾌하지 않은 거야, 그치?"

하지만 어머니 눈은 안 웃었다.

그날 오후에 박스웰 부인에게 편지를 썼다. '제발 여기로 찾아오세요! 오후 시간에'라는 내용이 전부였다. 그 밑에 서명도 했다. 마리에게 편지를 바버톤 공립 도서관에 있는 박스웰 부인에게 전해줄 수 있냐고 묻는 쪽지도 써놓았다. 마리는 주중에 야간 당번으로 바뀐 터라, 오후 여섯 시에 저녁을 가지고 병실에 나타났다. 나는 쪽지를 건넸다. 마리는 대충 읽고 나서 풀 먹인 새하얀 보조 간호사 유니폼 주머니에 재빨리 넣고, 손수레에서 저녁 식사를 꺼내주었다.

"간첩과 상관없는 부탁은 들어주겠어."

마리가 음식 쟁반을 내려놓으며 속삭였다. 그래서 이번에는 편지를 건넸다. 마리가 의심스러운 눈초리로 편지를 받았다.

"읽어보고서 결정하겠어."

편지를 읽은 다음에는 안심하는 표정으로 말했다.

"내일이 비번이니까 그때 전할게. 이제 호박죽과 완두콩을 다 먹겠다고 약속해. 어제는 남겼잖아."

마리가 침대 옆에 앉아서 티스푼으로 호박죽을 가득 퍼서 한쪽 귀퉁이에 만든 구멍으로 입안에 넣었다. 병사가 갈긴 군화에 맞아 위 아랫니 네 개가 떨어져 나가면서 생긴 구멍이었다. 마리는 그걸 음식 투입구라고 불렀다. 그리곤 잇몸을 안 다치도록 만든 죽을 구멍에 넣었다. 간호사 가운데서 솜씨가 제일 좋았다.

나는 박스웰 부인에게 보여줄 글을 쓰면서 남은 저녁 시간을 보냈다.

그날 일어난 사건을 자세히 묘사한 글이었다. 박사는 내가 식물을 관찰해서 정리한 글을 건네면 식물학자란 사물을 언제나 상세하게 묘사해야 한다고 강조하면서 이렇게 말했다.

"관찰력이 좋아야 과학자가 될 수 있어. 식물의 속성을 한눈에 파악할 수 있어야 해. 사람들은 평생 아무런 관심도 없이 다양한 식물을 지나쳐. 꽃잎이 무슨 색깔인지조차 보려고 안 해. 하지만 식물학자라면 식물에 관한 모든 부분을 상세하게 묘사할 수 있어야 해."

그래서 나는 병사가 내뱉은 욕설까지 포함해서 당시에 벌어진 모든 상황을 상세히 묘사했다. 세 장에 달하는 기다란 글이었다. 글을 마친 다음에는 베개 밑에 숨겼다. 박스웰 부인은 다음 날 오후에 찾아왔다. 리처드 코롬튼이 쓴 '윌리엄'이라는 신간 서적과 런던 선교회 소속 윌리엄 바튼 목사가 쓴 '잠베이 만에서 피는 식물'이라는 책, '전국 경치' 잡지 세 권을 가방에 담아왔다.

"너는 조숙한 아이라 이 책을 가져왔으니, 피케이, 네 보편적인(역주: catholic이란 형용사를 사용했는데, 피케이는 이 말을 가톨릭으로 착각했다) 취향에 맞기를 바란다."

박사와 마찬가지로 박스웰 부인도 내가 알아듣도록 일부러 쉽게 말하진 않았다. 그래서 무슨 말인지 모를 때가 가끔 있었다. 이번에도 그랬다. 내 취향이 가톨릭과 무슨 관계가 있다는 건지 궁금한 생각이 들었다. 하지만 나는 베개 밑에서 쪽지 세 장을 꺼내 건네주었다.

"아니, 이게 뭐야?"

박스웰 부인이 세 장을 받아들며 물었다. 그리곤 가방에서 안경을 꺼내 한참 읽었다. 그러더니 처음부터 다시 읽고서 고개를 들었다.

"놀라워! 너는 진짜 놀라운 아이야. 적절한 시기에 썼군. 군사 재판이 다음 주에 열리거든. 지금까진 교수님한테 모든 게 불리하게 돌아갔어. 마을 전체가 교수님한테 분개하거든. 자기네 안방에 숨어든 독일인을 적발했다고 야단들이지. 교수님을 면회하려고 감옥에 갔는데 무섭게 생긴 보아인이 말하길 공인이 아니면 면회가 안된다더군. 그래서 공립 도서관원이 공인이 아니면 누가 공인이냐고 따졌지. 그러니깐 바보 같은 교도관이 아무 대답도 못 한 채 입구만 가로막더군. 그래서 도서관에서 서명을 받기 시작했어. 하지만 지금까지 서명한 사람은 열두 명에 불과해. 게다가 세 명은 보아인이고. 그들이 어떤 의도로 서명했는지 뻔하지 않겠어? 아주 불쾌하게 생긴 조지 한킨이란 작자는 나에 관한 기사를 소름 끼치게 작성해서 '골드필드 뉴스'에 싣겠다고 위협하더니, 그래도 계속 고집부리면 나 같은 나치 동조자한테 칼럼을 더는 안 맡기겠다고 하더군. 꾀죄죄한 삼류신문이 런던에서 나오는 '타임'지라도 되는 줄 아는 모양이야! 눈꼴 사납더군!"

박스웰 부인이 말을 잠시 멈추고 가방을 뒤져서 '골드필드 뉴스'를 한 부 꺼냈다. 바위에 앉은 내 사진이 일면 톱에 대문짝처럼 박혔다. 사진 위에는 '간첩이 죽이려 한 소년!'이라는 까만 글씨를 커다랗게 강조했다. 발행인란과 머리기사 중간에는 '간첩 사건 특별판'이라는 글씨도 있었다. 사진 밑에는 '아브라함이 희생양으로 바친 이삭처럼 순진무구한 소년이 바위에 앉은 모습'이라는 설명이 있었다. 조지 한킨은 늘 그렇듯 이번에도 사건을 엉터리로 보도하면서 명성을 날리느라 급급했다.

박사를 체포한 사건은 매주 월요일에 발간하는 '골드필드 뉴스'를 인쇄하기 직전에 일어난 터라 사건 내용을 재빨리 보도할 수 있었다. 조지 한킨은 주중에 두 쪽짜리 특별 한정 보급판을 제작하고 배포해서 불멸의 업적을 남기려 했다. 지금 손에 든 게 바로 그것이었다. 박스웰 부인이 나를 못 만난 데에는 이유가 있었다. 조지 한킨이 사진 기자를 데려와서 나를 만나는 걸 막으려고 심슨 의사 선생이 방문객 접견을 일절 금지한 거다. 박스웰 부인은 사건을 처음 보도한 신문을 내가 못 봤다는 말에 놀라더니, 다음 날 오후에 가져오겠다고 약속한 다음, 보도내용을 대충 알려주었다. 도서관을 담당한 책임자답게 월요일 보도 기사를 어렵지 않게 떠올린 건 물론, 독특한 분위기와 핵심 내용까지 요약해 주었다. 대충 이런 내용이었다.

헌병 장교가 부하를 데리고 오두막 앞에서 박사가 오기만 오후 내내 기다렸다. 박사가 어린아이를 질질 끌고 나타났다. 당시에 머리가 헝클어졌는데, 헌병 두 명에 의하면 술에 취한 게 분명했다. 장교가 명령한 대로 사병은 박사를 오두막으로 데려가서 목욕하고 옷을 갈아입게 했다. 박사는 옷을 갈아입자마자 등 뒤에서 끝이 쇠로 된 묵중한 지팡이로 사병을 내려치고 언덕으로 도망치려 했다. 나중에 밝혀진 바에 의하면 박사는 언덕 지리를 잘 아는 터라 산 곳곳에 흩어진 폐광 가운데 하나에 숨다가 주변이 잠잠하면 산을 넘어서 가까운 중립지역 로렌코 마크스 항구도시로 도망칠 계획이었다.

어쨌든 사병은 지팡이 공격에 정신을 잃고, 박사는 재빨리 도망쳤다. 바로 그때 내가 용감하게 달려들어 박사를 잡으며 소리쳤다. 그 소리를 듣고 장교가 오두막으로 달려오다 박사가 내 머리를 힘껏 걷어차는 광경을 목격했다. 장교는 권총을 겨누어 간첩 혐의자를 체포했다.

기사는 박사가 유명한 사진 기술자라는 사실도 특별히 언급하며, 선인장을 카메라에 담는다는 명분으로 군사시설과 주변 경관을 조사해, 적군이 리카로 침투할 때 폐광을 식량과 무기 저장소로 활용하도록 했다고 주장했다. 경관을 담은 사진은 아직 못 찾았으나, 그건 다른 간첩과 접선해서 이미 모두 건네주었음을 의미하며, 현명한 간첩이라면 그 흔적을 절대 안 남기는 법이라고 지적했다.

그러나 간첩 혐의자가 그날 오후에 찍은 값비싼 스웨덴제 하셀브라드 카메라에서 산에 있는 폐광 하나가 담긴 필름을 우연히 발견했다. 폐광 끝이 불쑥 튀어나와 몸을 숨기기에 딱 좋은 곳이었다. 박사가 지닌 종이철에서 컴퍼스로 폐광 위치를 정확히 그린 종이도 발견했다. 다른 필름에는 식물이 담겼는데 이건 박사가 간첩활동을 숨기려고 교활하게 머리를 썼다는 증거에 불과하다는 것이다.

폐광이 담긴 필름은 우리가 '세네치오 세르펜스' 즉, '파란 젓가락'을 발견하고 그 현장을 담은 것이다. 다른 필름에는 일반적인 식물 사진이 전부였다. 박사는 늘 강조하듯, 마음에 드는 식물을 발견하면 토양 조건과 바위 분포 형태, 근처 덤불과 커다란 나무 등을 살피고 바람이 부는 방향을 조사해서 기록했다.

뜬소문에 굶주린 바버톤 사람들이 볼 때 기사 내용은 정말 그럴듯했다. 15년 동안 교제하면서 느낀 박사의 성품이나 현실적인 증거에 근거해서 의문을 제시하는 사람은 없었다. 박스웰 부인이 전한 바에 따르면, 사람들은 악의가 가득한 어투로 '독일놈은 어쩔 수 없다니까!' 라며 비난할 뿐이었다.

"우스워죽겠어. 교수님을 의심하느니 차라리 우리 아버지를 의심하겠어. 교수님은 아프리카와 선인장을 사랑하는 게 전부야. 그런 사람이 독일 간첩이라니."

박스웰 부인이 내가 쓴 쪽지를 조심스레 접어서 가방에 넣다가 덧붙였다.

"어머나, 깜빡 잊을 뻔했네. 너한테 주려고 사탕 한 봉지를 샀어. 어이쿠, 맙소사! 턱이 깨졌다는 사실을 깜빡했네. 진짜 멍청하군."

박스웰 부인이 사탕 봉지를 다시 넣고 가방을 닫더니, 내 턱을 가볍게 만지며 말했다.

"기운 내라고, 친구. 우리 친구를 곤경에서 구할 증거는 충분해. 내일 다시 와서 어떻게 됐는지 알려주지."

그리곤 의자에서 일어나 상체를 쇠꼬챙이처럼 똑바로 펴고 단발머리를 높이 치켜든 자세로 문가를 향해 뚜벅뚜벅 걸었다. 시야에서 사라진 다음에도 베란다를 뚜벅뚜벅 내려가는 소리가 오랫동안 들렸다.

일주일 만에 처음으로 행복했다. 박스웰 부인은 쉽게 농락당할 사람이 아니니, 얽히고설킨 매듭을 제대로 풀 터였다. 박스웰 부인에겐 박사도 친구고 나도 친구다. 박사가 "저 여자는 어리석지 않아, 피케이"라고 종종 말할 정도였다.

하지만 다음 날에 박스웰 부인을 만날 수 없었다. 어머니가 어떻게 들었는지 심슨 의사 선생을 찾아가서 의견을 나누고, 병원 측에선 방문 금지 조치를 다시 강화했다.

나는 꿰맨 턱 사이로 소리를 조금씩 만들어내기 시작했다. 마리는 시행착오를 몇 번 거친 끝에 내 말을 알아들었다. 자신에게 머리가 약간 이상한 남동생이 있는데 내가 말하는 소리가 남동생과 비슷해서 알아듣는 게 어렵지 않다고 했다. 다른 사람에게 말할 수 있어서 기분이 좋았다. 우리 어머니가 심슨 의사 선생을 찾아갔다고 알려준 사람도 마리였다. 청소하다 두 사람이 의무실에서 대화하는 모습을 보았다고 했다. 하지만 어머니는 의사 선생님을 만나고 온 다음에도 그런 말을 안 했다. 다시 모든 소식을 차단당했다. 아무 소식도 들을 수 없었다.

마리는 내가 화요일에 퇴원한다며 슬퍼했다. 열다섯 살 소녀로, 계곡에 있는 농장 출신이었다. 집에 가는 건 한 달에 한 번이었다. 다른 보조 간호사는 읍내에서 출퇴근하는데 마리만 간호사 기숙사에서 생활했다. 특별히 예쁘거나 똑똑한 건 아니다. 얼굴에 여드름이 많았다. 그래서 여드름을 '끔찍한 괴물'로 여겼다. 친구도 없었다. 나는 내가 친구라고, 괜찮다면 나중에 언덕에 함께 가자고 말했다. 마리는 언덕에 오르는 건 처녀가 할 짓이 아니라며 약간 걱정하는 눈치나 결국엔 가겠다고 대답했다.

월요일 저녁에는 마리가 병실에 들어와서 커다란 갈색 종이가방을 침대에 올려놓았다. 그리고 손가락을 입술에 댄 채 아무 소리도 내지 말라고 신호하며 말했다.

"박스웰 부인이 간호사 기숙사로 가져왔어. 최근 소식을 모았대."

속삭이는 목소리였다. 음모에 가담하는 게 즐거우면서도 두려운 것 같았다. 그래서 나중에 내 입에 음식을 넣어주며 이렇게 묻기도 했다.

"내가 잘못한 건 없지, 그렇지? 내가 한 일이라곤 저 갈색 가방을 갖다 준 것밖에 없어. 부탁을 들어주는 건 착한 일이잖아, 그치?"

나는 종이가방을 들여다보았다. 처음에는 바나나만 있는 것 같았다. 하지만 그 밑에서 제대로 접은 신문과 편지가 나왔다. 전등이 나간 다음에 파자마에 신문과 편지를 넣고 복도 화장실로 갔다. 먼저 편지부터 읽었다. 박스웰 부인이 단정하게 쓴 내용은 이랬다.

> 사랑하는 피케이에게!
>
> 전할 소식이 많아. 앤드루 변호사를 만났어. 도서관에 올 때마다 조류에 관한 서적만 빌리는 변호사야. 네가 작성한 쪽지를 보여주니까 다 읽고서 이렇게 말하더구나.
>
> "하느님 맙소사! 이것이 있으면 상황을 완전히 바꿀 수 있겠소."
>
> 그는 군 재판관이 프리토리아에서 출발해 다음 주 수요일에 도착하면 만나려는 것 같아. 네가 쓴 글이 정말 훌륭하다는 데는 이의가 없단다. "너무 훌륭해. 일곱 살짜리 아이가 이렇게 상세하게 썼다고 누가 믿겠어?"라며 감탄했거든.

피케이, 그가 생각하기엔 바로 이게 제일 커다란 문제란다. 그는 네가 말할 수 없다는 사실을 알아. 그래서 멋진 계획을 생각했어. 판사가 신뢰하도록 판사가 보는 앞에서 시험지로 지능검사를 받는 거야. 그래서 앤드루 변호사가 네 어머니를 만났단다. 하지만 네 어머니는 이번 사건에 너를 개입시키지 않으려 하더구나. 하지만 신에게 기도해서 물어보겠다고 했으니 희망이 전혀 없는 건 아니야. 문제는 약간 있지만 어떻게 잘 되겠지. 나는 신이 조지 한킨이나 군대 편이 아니라 우리 편이라고 믿어. 그러니 정 안되면 윈스턴 처칠 경에게 직접 편지해서라도 정의를 실현하고 말겠어.

병원에서 퇴원하면 도서관으로 찾아오겠니?

그럼 힘내라!

피케이를 사랑하는

도서관원 피오나 박스웰

판사 앞에서 시험을 어떻게 보는지 걱정스러웠다. 시험을 못 보면 박사는 어떻게 될까? 신이 어머니에게 판사를 못 만나게 하라고 시키면 어떻게 하나?

하지만 마을 상류층으로 경륜이 깊은 앤드루 변호사가 도운 덕택에 신은 재판에서 증언하도록 허락했다. 변호사 말에 따르면 우리 어머니가 가족의 명예를 회복하려는 게 커다란 도움이 되었다. 마을에서 나불대기 좋아하는 사람들이 자식을 독일 간첩과 함께 언덕을 돌아다니게 했다며 어머니를 비난했기 때문이다.

화요일에 병원에서 퇴원했다. 다음 날 아침에 박스웰 부인이 소형 오스틴 자동차를 몰고 우리 집을 찾아왔다. 나는 그 차를 타고 군사 재판이 열리는 재판정으로 갔다. 앤드루 변호사가 기다렸다. 놀랍게도 마리가 있었다.

“저 간호사가 네 말을 알아듣는 유일한 사람 같아서 통역사로 데려왔어, 피케이. 진짜 멋있는 발상 아니니?”

박스웰 부인이 호탕하게 말했다. 마리는 금방 풀 먹인 간호사 유니폼 차림이었다. 여드름이 전보다 두드러져 보였다.

앤드루 변호사가 다른 곳으로 갔다. 우리는 대기실 의자에 앉아서 한참 기다렸다. 이윽고 앤드루 변호사가 돌아와서 재판관이 치안판사 사무실에서 우리를 개인적으로 만날 것이며 그 결과에 따라 내가 증인이 안 될 수도 있다고 했다.

모든 게 마땅치 않았다. 하지만 앤드루 변호사를 따라 왁스 칠 냄새를 맡으며 리노륨이 깔린 기다란 복도를 걸어갈 수밖에 없었다. 어떤 숙녀가 찻잔이 가득한 손수레를 끌고 앞에서 요란하게 걸어왔다. 그러면서 나를 계속 쳐다보았다. 사람들이 턱에 철사를 감아서 묶은 모습을 쳐다보는 게 나는 익숙하지 않았다. 하지만 박사를 볼지도 모른다는 희망으로 열린 문마다 살폈다. 이윽고 깨끗한 정사각형 나무에 치안판사라는 금빛 글씨를 새겨서 달아놓은 문 앞에 도착했다.

앤드루 변호사가 문을 가볍게 두드리자 안에서 ‘들어오시오!’라는 소리가 흘러나왔다. 우리는 변호사를 따라 안으로 차례대로 들어갔다. 사내 한 명이 품위 있는 군복에 넥타이를 매고 허리에 장교용 혁대를 한 채 책상 뒤에 앉아 있다, 우리가 들어서는 걸 보고 의자에서 일어났다. 기다란 바지를 입고 옆구리에 리볼버 권총을 찬 게 눈에 들어왔다. 앤드루 변호사가 빌리어스 육군 대령이라고 소개했다. 책상 앞에 의자 네 개가 있었다. 거기에 모두 앉았다. 내가 작성한 쪽지가 책상 서류 꼭대기에 있는 게 보였다. 보라색 테이프로 묶은 상태였다. 빌리어스 육군 대령이 금테 안경을 코끝에 걸쳐서 그 너머로 바라보고 손가락으로 쪽지를 툭툭 치며 말했다.

"자, 어린 친구. 여기에 계신 앤드루 변호사 말씀이 자네는 아주 똑똑한 소년으로, 이 쪽지를 작성한 장본인이라더군. 몇 살이지?"

"일곱 살입니다, 대령님."

내가 쉰 소리로 말했다. 대령과 앤드루 변호사와 박스웰 부인이 고개를 돌려서 쳐다보자, 마리가 입을 열었다. 하지만 아무 소리도 안 났다. 무서워서 얼굴이 그대로 얼어붙었다. 그러더니 두 눈에서 커다란 눈물방울이 뚝뚝 떨어졌다. 다시 말하려 해도 소리가 안 나왔다. 나는 손가락 일곱 개를 펴서 대령에게 보여주었다. 대령이 깜짝 놀라는 표정으로 목청을 가다듬고 말했다.

"알겠네. 일곱 살이라. 일곱 살 아이치곤 문장력이 대단하군. 누군가 도와준 것 같은데, 그렇지 않나?"

나는 마리를 쳐다보았다. 마리는 박스웰 부인이 건네준 손수건을 코에 댄 채 훌쩍일 뿐이었다. 나는 고개를 저었다.

"흐으음."

대령이 앓는 소리를 내곤 앤드루 변호사를 쳐다보며 물었다.

"헌병 사병이 했다는 욕설은 종교적인 가정에서 자란 일곱 살 아이한테 익숙한 어휘라고 보기 힘들군요. 저 애가 라틴어를 안다는 것도 약간 놀랍고 말이오. 세네치오 세르펜스와 그로티필럼 언카툼은 저렇게 조그만 아이한테 약간 낯선 어휘 같지 않습니까? 내가 보기엔 라틴어 어원보다는 사탕을 더 좋아하는 꼬마와 다를 게 없는 것 같은데 말입니다."

박스웰 부인이 입을 열었다.

"교수님께선 아마추어 식물학자로 식물학에 지식이 깊습니다. 교수님은 이 아이한테 상세하게 묘사하는 습관을 들이도록 훈련했습니다.

게다가 이 아이는 기억력이 거의 완벽합니다."

"흐으음. 정도가 지나칠 정도로 완벽하군요, 안 그렇습니까, 마담?"

대령이 반문했다. 독백하는 것 같았다. 나는 박스웰 부인이 분개한다는 걸 느꼈다.

"그건 이 애가 혼자 쓴 거예요. 병원에서 쓰는 걸 내 눈으로 직접 봤어요."

갑자기 마리가 말했다. 무서워서 덜덜 떠는 목소리였다.

"잘 됐군, 플로렌스 나이팅게일 아가씨께서 목소리를 찾았으니 말이야. 그럼 인터뷰를 시작할까?"

대령이 나를 바라보며 물었다.

"얘야, 어떤 일이 있었는지 처음부터 상세히 말하겠니?"

나는 처음부터 상세히 이야기했다. 라틴어로 식물 이름 두 개를 말할 때는 마리가 말을 더듬었다. 그래서 나는 "파란색 젓가락과 또 다른 식물이 있는데 원하신다면 종이에 적어드리겠습니다"라고 말했다.

대령이 종이 한 장을 책상 너머로 밀었다. 나는 거기에 라틴어 학명을 적었다.

"진짜 훌륭해. 제가 사과해야 할 것 같군요, 마담."

대령이 박스웰 부인에게 고개를 숙이며 말했다. 병사가 욕한 부분에 다다르자 마리가 입으로 옮기는 걸 거부했다.

"제발, 대령님, 그런 말은 입에 담을 수 없습니다. 지금까지 그런 말을 한 적이 없습니다."

두려움에 떠는 목소리지만 단호한 결의가 엿보였다.

대령은 이제 됐다면서 '사병이 쓴 모자와 혁대는 무슨 색이지?' 등등을 물었다. 당시 상황에 대해 부차적으로 묻는 말이지만 나는 어렵지 않게 모두 대답했다.

내가 모든 질문에 답하자 대령은 마리에게 수고했다고 말했다. 마리 얼굴이 빨갛게 물들었다. 여드름이 더 커졌다. 대령이 앤드루 변호사를 쳐다보며 말했다.

"아이가 한 진술은 죄인이 한 진술과 정확하게 일치합니다. 우리는 두 사람이 통신할 수도, 제삼자가 진술을 조작할 수도 없다는 사실을 이미 확인했습니다. 박스웰 부인이 죄수를 면회하려 했지만 만날 수 없었습니다. 지금까지 군 관계자 말고는 죄수를 아무도 못 만났지요. 소년이 주장한 대로 사건 경위가 드러나서 정말 다행스럽게 생각합니다. 따라서 군사 재판은 한 가지를 제외한 모든 혐의를 각하할 것으로 확신합니다. 미성년자 공격과 탈출시도 혐의를 철회하겠습니다. 헌병 사병이 어린애를 때린 건 극히 불명예스러운 짓으로 군사재판정은 그 부분을 정확히 수사하도록 명령할 것입니다. 군 당국과 교도소 당국에서 보고한 바에 따르면 죄수한테 위스키 냄새가 강하게 났다고 했으니, 소매에 술 자국이 묻었는지 안 묻었는지는 쉽게 조사할 수 있습니다."

대령은 서류에 둘러친 보라색 테이프를 뗐다. 거기에서 깔끔하게 접은 '골드필드 뉴스' 두 장과 내가 바위에 앉은 사진, 박사가 찍은 여러 사진, 용수철로 묶은 박사의 종이철이 나왔다. 대령이 신문 한 장을 꺼내며 말했다.

"이렇게 어이없는 보도는 우리를 정말 피곤하게 합니다. 외국인을 재판하는 자체는 간첩으로 안 몰더라도 아주 피곤합니다. 이제 본 볼렌스틴 교수가 받는 혐의는 기술적인 문제 하나밖에 없습니다. 외국인으로 등록하지 않았다는 거지요."

대령이 의자에서 일어나 나를 보고 짧게 웃으며 말했다.

"턱이 나으면 함께 잡담이나 나누고 싶구나, 얘야. 너를 그렇게 가르친 교수님이 존경스러워."

그러더니 박스웰 부인과 악수한 다음 앤드루 변호사와 악수하며 얘기를 주고받았다. 그런 다음에 앤드루 변호사는 우리를 데리고 밖으로 나왔다.

대기실로 돌아오니 '골드필드 뉴스' 조지 한킨이 기다렸다. 앤드루 변호사가 그에게 뭐라고 말하면서 대령 사무실로 고개를 끄덕였다. 조지 한킨이 자리에서 일어나 대령 사무실로 걸어갔다.

박스웰 부인이 갑자기 웃음을 터뜨렸다.

"이제 간첩을 조작하는 일도 불행하게 끝날 것 같군. 우리가 이겼어, 피케이, 우리가 이겼어!"

의기양양한 목소리였다. 하지만 우리가 이긴 게 아니었다. 박사는 대령이 말한 대로 다른 혐의는 벗었지만 외국인으로 등록하지 않은 혐의는 못 벗었다. 군사 법정은 전쟁이 끝날 때까지 집단 수용소에서 지낼 것을 명령했다. '골드필드 뉴스'에는 '스파이는 아니지만 여전히 독일인!'이라는 머리기사가 실렸다. 박스웰 부인은 일 년이 지난 다음에야 '피오나 박스웰의 문화 산책' 칼럼을 다시 쓰기로 동의했다.

박사는 고지대 집단 수용소로 호송하기 전까지 바버톤 교도소에서 지내야 했다. 판결이 나고 이틀 뒤에 나는 어머니 심부름으로 장미 한 다발을 들고 도서관에 가서 박스웰 부인에게 건네주었다. 앤드루 변호사가 어머니를 찾아와서 내가 어떻게 증언하며 박사를 구했는지 자세히 설명했다. 내가 아니었다면 박사는 죽을 때까지 교도소에서 살아야 했을 거라고도 했다. 또한 우리는 창피하게 여길 게 하나도 없으며 요하네스버그 기숙학교에서 공부하는 자기 아들 두 명도 그렇게 훌륭한 교수님에게 배울 기회가 있으면 정말 좋겠다면서 어머니를 설득했다. 결국, 어머니는 그 문제에 대해서 신이 현명하게 인도했다는 결론을 내렸다. 신의 의지가 나를 통해 선명하게 실현되었다는 거다. 박스웰 부인에게 장미를 보낸 건 병원에 몰래 숨어든 걸 용서하겠다는 신호였다.

문으로 들어서자 박스웰 부인이 기쁘게 반겼다.

"야, 반갑구나, 피케이. 너한테 편지가 왔어."

나는 장미 다발을 건넸다.

"예쁜 장미네. 어머니께 고맙다고 전해줘, 응?"

그리곤 책을 분류하던 탁자에 장미를 놓고 사무실로 들어가서 푸른색 조그만 봉투를 가지고 나와서 건넸다. 봉인한 상태였다. 나는 봉인을 조심스럽게 뜯고 박스웰 부인은 어깨너머로 쳐다보며 재촉했다.

"빨리, 피케이. 궁금해서 못 견디겠구나."

나는 연습장에 적은 편지를 펼쳤다. 박사 손길이 단정하게 담긴 편지였다.

"어이쿠, 얘야. 나는 호기심이 너무 많은가 보다. 궁금해서 못 참겠구나. 같이 보면 안 되겠니?"

호피가 쓴 편지 다음으로 받는 두 번째 편지며 봉인한 건 처음이었다. 혼자 읽고 싶었다. 하지만 그렇게 말할 수 없어서 고개를 끄덕였다.

사랑하는 피케이에게,

너나 나나 정말 끔찍한 일을 겪는구나. 나는 인간의 존엄성을 짓밟는 곳에 갇히고 너는 턱이 깨졌으니 말이다. 하지만 이보다 나쁜 일도 많으니 잘 견디자꾸나.

나는 울타리에 갇혔지만 그런대로 자유롭게 생활한단다. 교도관이 감방문을 열어놓아, 아무 데나 갈 수 있어. 게다가 이제 면회도 할 수 있단다. 만나러 오지 않겠니?

박스웰 부인에게 전화로 시간을 예약해 달라고 부탁해. 기쁜 소식도 있단다. 교도소 소장이 스타인웨이를 교도소 강당에 갖다 놓도록 허락했어. 진짜 좋은 소식이야, 그렇지 않니?

나는 내가 독일인이라고 생각하지 않아. 독일이 도대체 뭐냐고? 사람들이 '독일인', '독일인' 하는데 그게 어쨌다는 거지? 좋은 사람이라는 뜻이야, 나쁜 사람이란 뜻이야? 아니야, 친구. 독일인이라는 말 자체에는 아무런 의미도 없단다. 인간은 속마음을 보고 판단해야 하는 거야. 겉으로 드러난 거로는 아무것도 판단할 수 없어. 그런 건 문제 될 게 조금도 없거든.

교도관들은 내가 독일인이라며 특별히 잘 대접한단다. 그것 역시 바보 같은 짓이야. 세네치오 세르펜스를 옮겨 심었니? 아니야, 당연히 못 옮겨 심었겠지. 나이를 먹으니 내 생각만 하는구나. 박스웰 부인에게 말해서 오두막에 있는 책을 도서관으로 모두 옮겨놓도록 해주련? 일단 지금은 대접이 융숭해서 위스키 없이도 어렵지 않게 견딜 수 있단다. 빨리 만나고 싶구나.

네 친구
박사가

11

"당장 전화하자."

박스웰 부인이 나를 데리고 사무실로 들어갔다. 바버톤 교도소 재피반 질 소장은 박스웰 부인에게 빌리어스 대령이 본 볼렌스틴 교수님을 내가 면회하도록 지시했다고 말했다. 용감한 소년 얘기를 많이 들었다며 직접 만나고 싶다고도 했다. 나를 통해서 도서관 책을 보낸다면 박사에게 전달하겠다는 말도 했다. 마지막으로 음악가며 학자인 교수님을 모시게 되어 영광이라고 덧붙였다.

박스웰 부인은 박사가 좋아할 만한 식물학 서적 가운데 세 권을 고르고, 나는 책 세 권과 쪽지 한 장을 받아들고 박사를 만나러 교도소로 갔다.

교도소 정문에 도착했다. 무쇠로 만든 정문에 쇠사슬과 자물쇠가 묵직했다. 지금까지 본 것 가운데 가장 커다란 자물쇠였다. 어른 손 두 배만큼 컸다. 저렇게 큰 자물쇠를 열려면 열쇠가 얼마나 커야 할까 궁금했다. 정문은 약 4m 높이였다. 꼭대기에는 꼬챙이를 60센티 간격으로 용접해서 90센티 길이를 안쪽으로 30도 정도 구부린 다음에 가시철망을 15센티 간격으로 감았다.

교도소 담장 꼭대기도 가시철망을 두른 꼬챙이가 있었다. 담장은 푸른색 화강암을 쌓아서 만들었다. 나는 암석 성분을 별생각 없이 분석했다. 바버톤 근방에서 파내 장석과 석영 성분이 많았다. 운모 성분도 많을 게 분명했다. 박사와 함께 1년 남짓 지낸 덕분에 움직이지 않는 사물을 거의 전부 분석하는 습관이 생겼다. 게다가 근방 지리도 꿰뚫었다. 담장을 넘어서 탈출하는 건 불가능하다는 결론이 나왔다.

정문 옆 높다란 곳에 교회 종이 하나 달리고, 밑으로 줄이 하나 내려와서 대롱거렸다. 벽에는 '용무가 있는 사람은 종을 치시오'라는 안내판이 있었다.

나는 줄을 당겼다. 심장이 두근두근했다. 종에서 귀청이 터질 것 같은 소리가 울리며 정적을 뒤흔들었다. 장총을 어깨에 걸친 교도관 한 명이 약 6m 떨어진 감시초소에서 나와 정문으로 다가왔다. 새까만 군화가 광택을 번뜩이며 하얀 자갈길을 우두두둑 밟았다. 정문 빗장 틈새로 쪽지를 넣었다. 교도관이 의심스러운 눈으로 쪽지를 펼쳐서 잠시 들여다보더니, 나를 쳐다보며 물었다.

"아프리카너 할 줄 알아?"

고개를 끄덕였다. 혓바닥 부기가 많이 가라앉아, 턱에 감은 철삿줄 때문에 귀에 거슬리긴 해도 아주 조그만 소리로 그런대로 말할 수 있었다.

젊은 교도관은 안도하는 한숨을 내쉬며 아프리카너로 쪽지 내용을 번역하겠냐고 물었다. 북서부 트랜스발 출신으로 아프리카너만 사용한 사람이라서 영어를 몰랐다.

"본 볼렌스틴 교수님을 만나러 왔으며 반 질 소장님이 면회를 허락했다는 내용입니다."

"전화로 물어볼 테니까 잠시 기다려, 알았지?"

교도관이 경비초소로 갔다. 전화를 거는 모습이 보였다. 업무가 손에 안 익은 새내기 같았다. 이윽고 수화기를 내려놓더니 머리를 문밖으로 내밀어 고개를 끄덕이며 소리쳤다.

"들어와!"

하지만 정문이 잠겼다. 교도관은 어이없다는 표정으로 머리를 흔들며 사라지더니 큰 고리에 달린 커다란 열쇠를 들고 다시 나타났다. 놀랍게도 정문은 쉽게 열렸다. 안으로 들어서자 뒤에서 문을 철컥 잠그는 소리가 들렸다. 젊은 교도관이 손가락으로 가리키며 행정실 건물로 가서 등록하라고 했다.

"잘 가렴. 쪽지를 번역해 주어서 고마워. 참 착한 아이로구나."

정문과 행정실 건물 사이에는 아무것도 없었다. 자갈길 양쪽에 잔디밭이 약 150센티 넓이로 길게 뻗어 나가고 그 너머는 햇볕이 새빨갛게 달군 진흙 연병장이었다. 길 양쪽에서 자라는 잔디는 보기 좋지만, 시뻘건 연병장 진흙과 우중충한 회색 담장과 건물은 흉했다. 담장 위로 불쑥 튀어나온 조그만 망루에서 교도관 머리가 보였다. 교도관이 걸어 다니며 감시하도록 망루 양쪽으로 약 15m씩 발판을 걸쳤다. 어깨에 장총을 걸친 교도관 두 명이 발판을 따라 오갔다. 땅에 있는 사람은 나밖에 없는 것 같았다. 밖으로 나갈 때 내가 탈출하려는 죄수가 아니라는 사실을 저 사람들이 어떻게 알까 궁금했다. 손으로 들고 가도록 하얀 깃발 비슷한 거라도 줄 것 같았다.

한참을 걸었다. 사방에 억눌린 분위기가 가득했다. 끔찍한 정적이 감돌았다. 나무가 없어서 매미 우는 소리조차 안 들렸다. 정적을 깨는 새 소리도 없었다. 맨발로 자갈을 밟는 소리만 가득했다. 조그맣고 어두침침한 창문이 3층에 쭉 늘어섰다. 어두운 감방에서 눈동자 수백 쌍이 마음대로 걷는 나를 부러워하며 게걸스럽게 쳐다보는 광경이 머릿속에 떠올랐다.

행정실 건물로 들어가는 문은 열려있었다. 잠시 망설이다 머리를 들이밀고 내부를 둘러보았다. 조그만 복도가 있었다. 재판관 사무실과 마찬가지로 왁스 칠 냄새가 코를 찔렀다. 긴 의자 세 개가 교회처럼 늘어서서 복도 절반을 채웠다. 벽에는 쇠창살로 막은 창문이 하나 있었다. 쇠창살 사이로 사무실이 보았다. 나는 복도로 들어가서 제일 앞쪽 의자에 앉아서 기다렸다.

얼마나 기다렸는지 모르겠지만 시간이 꽤 지난 것 같았다. 쇠창살 사이로 유니폼을 입은 사람 두 명이 지나다니는 게 가끔 보였다. 하지만 그들은 밖을 내다보지 않았다. 전화로 통화하는 소리가 가끔 들릴 뿐이었다. 그렇게 한참 기다리는데, 한 사람이 수화기를 잡고 아프리카너로 말하는 소리가 들렸다. 많이 화난 목소리였다.

"아직 도착하지 않았다고, 바보야! 아이한테 방향을 똑바로 알려준 게 확실해? 꼬맹이가 교도소를 이리저리 돌아다니게 하면 어떡해! 거의 30분이 지났는데 아직 기별도 없다고. 아이를 찾아봐야겠어. 다 네놈 때문이야!"

이윽고 수화기를 '쾅' 내려놓는 소리가 들렸다.

"이리와!"

다른 사람을 부르는 것 같더니, 잠시 뒤에 문이 열리고 커다란 사내 두 명이 차례대로 나왔다. 나중에 나온 사람이 먼저 나온 사람보다 젊은 것 같았다.

먼저 나온 사람이 복도에 발을 내딛자마자 나를 보고 소리쳤다.

"하느님 맙소사! 어디에 갔다 온 거야?"

"아무 데도 안 갔어요. 여기에 가만히 있었어요, 아저씨."

내가 귀에 거슬리는 목소리로 대답했다.

"그래? 왔다고 왜 말하지 않았지?"

상대가 묻는데, 약간 누그러진 목소리였다. 내 턱에 묶인 철사를 본 것 같았다.

나는 의자 뒤 벽에 붙은 경고문 두 장을 가리키고 두려움을 억누르며 설명했다.

"저기에 '여기에서 기다릴 것', '조용히 할 것'이라는 글씨가 있어서요."

젊은 사람이 갑자기 웃으며 말했다.

"1회전은 저 애가 이긴 것 같군요, 부장님."

나이 많은 사람도 껄껄 웃으며 말했다.

"좋아, 네가 이겼다. 이리 오너라. 신상명세서를 작성해야 해."

두 사람은 나를 데리고 사무실로 들어갔다. 부장님이라는 사람이 이름과 주소, 나이를 적은 다음에 전화를 걸어서 소장과 통화할 수 있냐고 묻더니 잠시 뒤에 수화기를 내려놓았다.

"소장님께서 너를 만나겠다고 하신다. 지금 시찰 중이니, 20분쯤 기다려야겠구나."

그리곤 젊은 교도관을 쳐다보며 말했다.

"크립캅, 피케이한테 차와 비스킷을 갖다 주게."

나는 그 사람이 왜 '크립캅'인지 의아했다. '돌머리'란 뜻이다. 선입관 때문인지 커다란 키에 금발 사내를 바라보니 빼빼 마른 모습이 마치 돌덩이를 깎아놓은 것처럼 보이기도 했다.

돌머리가 일어나서 손을 내밀며 말했다.

"어차피 잠시 기다려야 할 것 같으니 소개나 하자. 나는 오덴달, 요하네스 오덴달이야."

사내는 아프리카너 방식대로 성을 먼저 말하고, 이름을 다시 말하며 소개했다. 그리고 나이가 더 많아 보이는 사람을 가리키며 소개했다.

"저분은 스미트 부장님."

그 사람은 나를 쳐다보지도 않고 손을 내밀었다. 나는 너무 당황해서 얼굴을 빨갛게 물들이며 손을 가볍게 잡았다. 혹시 잭해머 스미트와 무슨 관계가 있는 건 아닐까? 형제가 아닐까?

하지만 물어볼 배짱이 없었다. 사실 스미트는 아주 흔한 아프리카너 성이다. 나로선 진짜 형제라면 광부보다 성격이 좋기를 희망할 뿐이었다.

돌머리가 다정하게 말했다.

"이리 와, 차 타는 곳을 보여줄게. 차를 만드는 카피르인이 한 명 있는데, 중간부터는 우리가 직접 차를 타거든. 간단해. 우리가 매주 1실링을 모아서 우유와 설탕과 비스킷을 사면 당국에서 차를 제공해.

그런데 감시를 잘해야 돼. 카피르 검둥이 놈들이 훔쳐간다고. 여기는 도둑놈이 득실거리거든."

사무실 뒤편 조그만 부엌으로 들어가자, 돌머리가 전기 주전자에 물을 넣고 전선을 꽂았다.

"피케이라. 이런 이름은 처음 듣는군."

"내가 정한 건데 이제 진짜 이름이 됐어요."

"그래, 그건 나도 마찬가지야. 권투시합을 할 때 머리를 아무리 맞아도 끄떡없는 걸 보고 사람들이 나를 돌머리라 부르더군. 이제 원래 이름을 가끔 잊어먹을 정도야."

순간 나는 깜짝 놀라며 물었다.

"아니, 권투를 하세요?"

"응. 이곳에서 별 탈 없이 지내려면 권투를 해야 돼. 물론 권투 자체를 좋아하기도 하고. 주말에 여기저기를 돌아다니며 시합하거든. 럭비 시합보다 재밌어."

돌머리가 조그만 싱크대 찬장에서 찻잔 세 개를 꺼냈다.

"스미트 부장님이 코치야. 한때는 헤비급으로 활동했지."

돌머리가 말을 멈추고 깡통에 있는 차를 숟가락에 가득 담아 찻잔에 넣더니 다시 말했다.

"하지만 이제 쉬운 시합은 다 끝났어. 다음 달에 처음으로 돈벌이 시합을 할 예정이야. 시합을 잘하면 돈을 꽤 벌겠지. 사비에에 여자친구가 있어. 결혼을 약속했지."

돌머리가 전기 주전자를 들어서 찻물 단지에 물을 붓더니 숟가락으로 휘저은 다음에 뚜껑을 닫으며 물었다.

"너도 권투를 하니, 피케이?"

대답을 기대하지 않고 예의상 묻는 말이었다. 나는 심장이 쿵쿵거리는 걸 억누르며 말했다.

"아니에요, 하지만 배우고 싶어요. 가르쳐 주세요, 아저씨."

돌머리가 깜짝 놀란 눈으로 쳐다보았다. 농담이 아니라고 생각한 것 같았다.

"턱부터 나아야지. 아직은 권투를 하기에 너무 어려. 물론 스미트 부장님은 어린아이도 가르치지만 제일 어린애가 열 살이 넘거든."

"나도 열 살처럼 할 수 있어요. 학교에서 열 살짜리랑 공부해요. 권투도 열 살처럼 할 수 있어요. 그리고 턱은 8주만 지나면 다 낫는대요."

"와! 그렇게 빨리! 하지만 열 살은 열 살이야. 면회 서류에 적은 걸 보니 일곱 살이더군."

"처음에는 머리로 다음에는 가슴으로 권투를 하면 열 살처럼 할 수 있어요."

"놀랍군. 너는 참 이해할 수 없는 아이야, 피케이. 그러면 스미트 부장님께 부탁해보렴. 그 양반이 대장이니까. 하지만 포기하는 게 좋을 거야."

"아저씨가 부탁 좀 해주세요, 네?"

나는 너무 흥분해서 목소리가 떨렸다.

"물어는 보마. 그 양반 대답이야 뻔하겠지만."

돌머리는 찻잔에 차를 차례대로 따르곤 우유와 설탕 세 숟가락을 넣고서 숟가락으로 휘저었다. 그리고 찬장으로 다시 가더니, 다른 깡통을 꺼내서 비틀어 열었다.

"죽일 놈의 카피르! 여기에 비스킷이 있었는데 다 사라졌어. 죽일 놈의 깜둥이는 벌써 작업반으로 도망쳤을 거야. 비스킷은 다음에 줄게, 피케이."

"오덴달 아저씨, 부장님께 부탁하는 걸 잊으면 안 돼요. 웰터급 세계 챔피언이 되려면 지금부터 권투를 시작해야 한다고요."

나는 아무 생각 없이 말했다. 선언이라기보다는 단편적으로 무심코 흘러나온 생각에 불과했다. 그런데 돌머리가 휘파람을 불며 말했다.

"그래, 네 말이 맞아. 그런 야심을 품었다면 일찍부터 시작해야지."

그러더니 말을 멈추고 한 손에는 김이 무럭무럭 나는 찻잔 두 개를, 다른 손에는 찻물 단지를 들고 다시 말했다. 찻물 단지에 올려놓은 설탕 그릇이 아슬아슬했다.

"다음 달에 넬스프루트에서 시합할 때 부장 동생을 이기면 정말 좋겠는데."

돌머리가 고개를 돌려서 어깨너머로 쳐다보며 다시 말했다.

"괜찮다면 돌머리라고 부르렴. 나는 괜찮으니깐."

돌머리를 따라 사무실로 돌아갔다. 스미트 부장은 서류를 작성하느라 바빴다. 돌머리가 차 한 잔을 내 앞에 내려놓으며 말했다.

"피케이가 부탁할 게 있대요, 부장님."

그리고 나를 쳐다보며 말했다.

"부탁하렴, 피케이."

스미트 부장은 서류에서 눈조차 안 뗐다.

"제발, 선생님, 나한테 권투를 가르쳐 주세요, 네?"

나는 기어드는 목소리로 부탁했다.

스미트 부장은 눈길도 안 준 채 찻잔을 들어서 입으로 후후 불며 한 모금 마신 다음에 비로소 대답했다. 의자에 앉은키가 나보다 컸다.

"너무 어려, 피케이. 3년 뒤에 오라고. 그때 생각해 보지. 서류 내용을 읽어보니 담력이 좋더군. 권투를 하기에 자질이 좋아. 하지만 덩치는 일곱 살짜리 보아 아이보다 작잖아."

그리곤 내 머리를 쓰다듬으며 다시 말했다.

"조금 있으면 열 살이 될 테니 그때 보자."

그때 아프리카인 한 명이 사무실로 들어왔다. 회색 천으로 만든 반바지에 죄수들이 입는 셔츠를 걸쳤다. 늙은 나이에 몸매는 가냘팠다. 한 손에 찻물 단지 뚜껑을 들었다.

"차를 만들어 드리러 왔습니다, 나으리. 그런데 단지가 없더군요."

그는 아프리카너로 천천히 말하고 고개를 숙인 채 가만히 기다렸다. 돌머리가 두 발자국 다가가서 목덜미를 잡고 추켜올려서 뺨을 억세게 갈겼다. 소리가 커다랗게 일어났다. 얼굴이 으스러진 것 같았다. 돌머리가 목덜미를 놓자 노인네가 바닥에 쓰러져서 훌쩍거렸다.

"검둥이 개자식! 비스킷을 다 훔쳐갔지. 하나도 아니고 다 훔쳐갔어. 개새끼!"

돌머리가 궁둥이를 걷어차며 호통치자, 노인네는 한 손으로 단지 뚜껑을 든 채 다른 손으로 돌머리 무릎을 부여잡고 사정했다.

"아니에요, 나으리! 정말로 아니에요, 나으리! 비스킷을 안 훔쳤어요. 저는 그런 사람이 아닙니다, 나으리."

돌머리가 스미트 부장을 쳐다보며 말했다.

"제발, 부장님, 이 검둥이 개자식을 채석장으로 보내자고요. 처음에는 설탕을 훔치더니 이번에는 비스킷까지 훔치잖아요."

그리곤 발밑에서 훌쩍이는 아프리카인을 내려다보았다. 노인네 코에서 흐른 피가 번뜩이는 군화로 뚝뚝 떨어졌다. 돌머리가 발로 차서 노인네를 벽으로 나뒹굴게 하며 소리쳤다. 노인네는 벽에 머리를 부딪치면서 손에 든 뚜껑을 바닥에 떨어뜨렸다.

"아니, 어디다 피를 흘리는 거야. 더러운 검둥이 개자식이 신발에 피를 흘렸잖아!"

돌머리가 벽에 부딪혀 어지러워하는 노인에게 발을 한 짝 내밀며 소리쳤다.

"혓바닥으로 핥아, 카피르, 빨리!"

노인네가 순식간에 정신을 차리더니, 피가 안 흐르도록 손가락으로 코를 꽉 움켜쥔 다음에 허리를 숙여서 장화에 묻은 피를 혀로 핥다, 시키지도 않은 다른 쪽 군화까지 핥았다.

"신발에 묻은 침도 닦아, 더러운 검둥이 새끼야. 나는 가축병에 걸리고 싶지 않다고!"

스미트 부장이 그 말을 듣고 눈길도 안 준 채 낄낄거렸다. 아프리카인은 웃옷을 벗어 코피가 안 흐르도록 숨을 계속 들이켜면서 돌머리가 신은 군화를 닦았다.

"바닥에 떨어진 피도 닦아."

흑인 노인이 녹색 리노륨에 떨어진 피를 깨끗이 닦았다.

"이제 일어나서 꺼지라고, 나쁜 새끼야!"

아프리카인이 서둘러 일어서자 돌머리가 발로 걷어찼다. 노인네가 큰대자로 나뒹굴더니, 웃옷을 한 손으로 거머쥔 채 네발로 기어서 밖으로 후다닥 나갔다.

돌머리가 손바닥을 보고 웃으면서 말했다.

"저놈들은 머리가 쇠야. 그래서 주먹으로 안 쳐."

이어서 나를 쳐다보며 다시 말했다.

"카피르를 때릴 땐 머리를 건들면 안 된다는 사실을 명심하라고, 피케이. 까딱하다 주먹이 부러질 수도 있으니깐. 얼굴을 때리는 건 괜찮지만 머리는 절대 안 돼."

돌머리는 주먹으로 손바닥을 툭툭 치면서 말을 이었다.

"중요한 시합을 앞둔 상태에서 더러운 카피르 머리를 때리다 주먹이 깨지면 곤란하지."

스미트 부장은 아무 말 않더니 차를 한 모금 마신 다음에 말했다.

"저놈은 채석장으로 못 보내. 관절염이 있거든. 채석장으로 가면 일주일도 안 돼서 죽을 거야. 게다가 커피와 차를 제대로 타는 카피르는 저놈밖에 없어."

부장이 자기 앞에 놓인 차를 가리켰다.

"이렇게 맛없지 않거든. 숟가락으로 젓지 말고 차를 넣기 전에 단지를 먼저 따뜻하게 데우라고 했잖아."

부장이 미소를 머금은 얼굴로 다시 말했다.

"다음에는 먼저 자세히 알아보고 때리라고. 비스킷은 내가 다 먹었어. 오늘 아침에 아무것도 안 먹어서 배가 고팠거든."

돌머리가 입을 딱 벌리더니 이윽고 씩 웃으면서 대답했다.

"그건 그렇다 쳐도 설탕을 훔쳤는데 아무려면 어때요?"

그때 전화벨이 울렸다. 스미트 부장이 수화기를 들고 잠시 듣더니 '알았어'라고 대답하곤 수화기를 내려놓으며 말했다.

"소장님이 오셨다. 가자, 얘야."

나는 박스웰 부인이 준 책을 들고 스미트 부장을 따라 2층으로 올라갔다. 그래서 조그만 사무실로 들어섰다. 어떤 여자가 까맣고 커다란 기계로 타이프를 치는데, 기계 뒷면에 '레밍턴 코로나'라는 금박 글씨가 있었다.

"어서 오세요, 스미트 부장님. 소장님께서 기다리십니다."

여자가 말하고 나서 나를 보고 빙그레 웃었다.

우리는 커다란 사무실로 들어섰다. 사방에 동물 머리 박제가 가득했다. 소장이 앉은 의자 바로 뒤에 얼룩 영양 머리를 걸었는데 우아하게 굽은 뿔이 벽까지 닿았다. 그 앞에 검은담비 머리가 있었다. 커다란 겜스복 머리와 엘란들 머리도 있었다. 그 옆으로도 머리 다섯 개를 나란히 걸었다. 회색 다이커와 클립 스프링어, 스틴 복, 리복, 스프링복 등 조그만 수사슴 종류였다.

고개를 돌려서 뒤를 보았다. 거기에도 동물 머리를 걸었다. 사자 머리가 새까만 갈기를 내뻗은 채 입을 크게 벌리고 포효하며 내려다보았다. 옆에는 표범과 치타 머리가 있었다. 한쪽에는 육식 동물 머리를 진열하고 다른 쪽에는 그들이 잡아먹는 얼룩말과 새까만 암소 영양을 진열했다. 밑에는 보아제 모서와 영국제 리-메트리포드를 한 자루씩 걸었다. 보아 전쟁 당시에 사용한 장총이다. 바로 밑에 줄루족이 사용하는 기다란 창도 있었다. 중간중간에 액자를 걸었는데, 액자마다 사냥꾼이 모여서 찍은 조그만 사진이 있었다. 대부분 노획한 동물을 앞에 두고 찍은 사진이었다.

사무실에는 큰 가죽 의자 두 개와 긴 소파 하나가 있었다. 바닥에는 얼룩말 가죽과 사자 가죽을 깔았다. 소장 머리 바로 뒤에 초상화 두 점을 걸었는데, 하나는 영국 국왕 조지 2세고 다른 하나는 멸망한 보아 공화국의 마지막 국가 원수 폴 크루거 대통령이었다. 보아 대통령은 호두나무를 타원형으로 깎아서 우아한 액자에 넣었는데, 조지 2세는 공공기관에 의무적으로 걸도록 지급한 싸구려 금박 액자였다.

반 질 소장이 책상 뒤에서 몸을 일으켰다. 아주 커다란 책상으로 표면에 유리를 깔았다. 책상에 있는 건 소장이 뭔가를 적던 종이철과 만년필과 재떨이가 전부였다.

"잘 왔소, 스미트. 자, 어서 앉으시오."

소장이 말하더니, 나를 쳐다보며 물었다.

"아, 이 아인가 보지요?"

소장이 책상 뒤에서 나와 큰 손을 내밀었다. 스미트 부장보다 덩치가 컸다. 배는 해리 크라운보다 많이 나오고, 부장과 돌머리처럼 군복 비슷한 회색 유니폼을 입었다. 어깨 기장에 별 네 개와 왕관 하나를 달고 옷깃 꼭대기를 파란 벨벳으로 누빈 장식이 다를 뿐이다. 나는 손을 살짝 잡고 흔들었다. 너무 수줍어서 어떻게 인사해야 좋을지 몰랐다.

"앉으렴, 얘야."

소장은 가죽 의자를 가리키고, 나는 거기에 걸터앉았다. 엉덩이만 살짝 걸쳐서 두 발을 바닥에 간신히 댔다. 반 질 소장이 소파에 무겁게 앉으며 말했다.

"그래, 교수님을 만나고 싶다고?"

나는 고개를 끄덕이며 대답했다.

"그렇습니다, 아저씨."

소장이 몸을 고쳐 편히 앉으며 말했다.

"교수님은 법으로 억류한다는 판결을 받았어. 나는 법을 준수해야 하지. 하지만 여기에서는 내가 법이야. 여기에 있는 한 교수님은 어디든 오갈 수 있어. 물론 담장 안에서 말이다. 또한 공식 면회 시간에 한해서 누구든 면회할 수 있고."

소장이 나를 쳐다보고 빙그레 웃다가 다시 말했다.

"하지만 너만 예외로 하겠어. 아무 때나 면회하도록 말이다. 단, 일요일은 제외다."

소장이 말을 멈추더니 나를 다시 쳐다보며 물었다.

"그래, 어떠냐, 피케이? 오랜 친구를 다시 만날 수 있으니 말이다."

"고맙습니다, 반 질 아저씨."

"아, 괜찮아, 별거 아니야."

소장이 스미트 부장을 쳐다보며 다시 말했다.

"한 어른과 한 소년이 쌓는 우정을 결코 깨뜨릴 순 없어. 이 아이는 부친이 없어. 나는 그 기분을 알지. 내가 저 나이 때 우리 아버님도 스폰 콥에서 캐롤라이아 시민들과 함께 세상을 뜨셨네."

스미트 부장이 두 손을 무릎에 올려놓고 고개를 숙이면서 공손하게 대답했다.

"아, 그렇습니까!"

"저 소년한테 일요일만 빼고 아무 때나 드나들도록 통행증을 만들어 주도록. 알겠소?"

"알겠습니다, 소장님. 피아노는 어떻게 됐습니까, 소장님?"

스미트가 묻자, 반 질 소장이 한 손으로 넓적다리를 철썩 때리며 말했다.

"깜빡 잊을 뻔했군. 고맙소, 스미트."

소장이 나를 다시 쳐다봤다.

"교수님 피아노를 여기로 가져오기로 했어. 우리 가운데 음악을 사랑하는 사람이 아주 많거든. 사람들은 보아인이 야만인이라고 생각하는데 음악에 관한 한 우리는 누구한테도 안 지지. 우리는 교수님 같은 분이 여기에 계시는 걸 영광으로 여긴단다. 놀라운 분이지! 음악에 관한 한 진짜 교수님이거든. 정말 훌륭해!"

"교수님을 만나게 해주셔서 정말 고맙습니다, 아저씨."

소장이 스미트를 바라보며 말했다.

"인사성이 바르군. 맘에 들어요."

그리곤 다시 나를 바라봤다.

"괜찮아, 아무것도 아니야. 아무 때나 오고 싶을 때 오라고, 알겠지?"

소장이 잠시 망설이다 다시 말했다.

"조그만 부탁이 있는데, 들어주겠니, 피케이? 월요일 열 시에 시장 광장에서 읍내 시민을 모아놓고 조그만 음악회를 개최할 예정인데, 사람들한테 알려주지 않겠니? 시장한테 전화로 부탁했는데 믿을 수가 있어야지. 박스웰 부인한테 전해서 모든 사람한테 알리면 좋겠는데, 할 수 있겠니?"

나는 고개를 끄덕였다. 소장이 기쁜 표정으로 말했다.

"고맙다, 피케이. 내 생각에는 앞으로 우리가 서로를 좋아할 것 같구나. 스미트 부장님이 너를 교수님한테 안내할 거다. 교수님께 주려고 책을 가져왔구나. 한번 보자꾸나."

나는 큰 의자에서 뛰어내려 책을 건넸다. 소장이 제일 위에 있는 걸 집어서 책장을 주르륵 넘기며 내용을 훑었다.

"식물에 관한 책이군. 나는 식물을 잘 몰라. 하지만 동물은 잘 알지. 동물에 관한 건 아무거나 물어보라고."

소장이 두 손을 들어서 장총을 겨누고 손잡이를 당기는 흉내를 내며 입으로 '탕!' 한 다음에 말했다.

"내가 잡았지."

소장이 총을 내리는 흉내를 내며 빙그레 웃었다. 금니 두 개가 보였다.

"나는 야생 동물을 사랑해."

소장이 책을 집어서 나에게 건네곤, 박제한 동물 머리를 만족스러운 표정으로 둘러보았다.

스미트 부장이 크게 헛기침하자, 소장이 우리를 다시 쳐다보고 어깨를 두드리며 다정하게 말했다.

"그래, 만나서 반가웠다, 피케이. 필요한 게 있으면 언제든 찾아와서 부탁하렴, 알겠지?"

드디어 결단을 내릴 시간이 찾아왔다. 판사에게 산수 숙제를 해주겠다고 제안할 때처럼 모험할 것인가 말 것인가 결정해야 했다. 행여나 부장에게 미움을 사면 모든 걸 잃을 터였다. 열 살이 되어도 권투를 못 배울 위험을 감수해야 했다. 결단을 내렸다.

"반 질 소장님, 여기서 권투를 배울 수 있을까요?"

소장이 자리에서 일어나 우리를 배웅하려는 자세를 취하다 잠시 주춤하며 되물었다.

"권투를 배우고 싶니? 그건 스미트 부장 소관인데?"

"열 살이 된 다음에 생각하자고 이미 대답했습니다, 소장님."

부장이 쌀쌀맞지 않으려고 신경 쓰며 대답했다.

"지금 일곱 살인데 열 살까지 기다리려면 늙어 꼬부랑 할아버지가 되겠군."

"새벽 다섯 시 삼십 분에 훈련을 시작하는데 저 아이는 다른 데 살아서 제시간에 못 옵니다."

"그 시간까지 오겠습니다. 약속합니다. 한 번도 안 어기겠습니다. 제발요, 스미트 부장님."

스미트 부장이 군화를 오랫동안 내려다보더니 이윽고 입을 열었다.

"턱이 나으면 한번 해볼 순 있겠지. 하지만 어머니가 너를 가르쳐도 좋다고 허락해야 한다."

그리곤 고개를 들어서 소장에게 호소하는 눈빛으로 말했다.

"저 아이는 너무 어려요, 소장님."

"금방 자랄 거요, 스미트. 내가 기억하기론 당신과 당신 동생도 아주 어려서 시작한 것 같은데? 동생은 아직도 시합을 뛰나?"

"네, 소장님. 다음 시합 때 오덴달과 싸웁니다."

"맞아. 저지대 헤비급 타이틀 매치가 다음 토요일이지. 입장권을 갖다 주시오, 부장."

"네, 소장님. 비서한테 전달했습니다, 소장님."

반 질 소장이 우리를 문으로 안내하며 말했다.

"잘해보도록, 피케이."

계단을 내려오자 스미트가 웅크리고 앉아서 내 목덜미를 움켜쥐었다. 소장 사무실을 떠날 땐 아무 말도 안 했으나 나는 큰 곤경에 처했다는 사실을 처음부터 직감했다. 두 눈을 꼭 감고 주먹이 날아오기만 기다렸다. 지난 일 년 동안 매 맞은 일이 거의 없었다. 물론 어머니에게 가끔 맞았지만 기숙학교에서 맞은 것에 비하면 아무것도 아니었다. 일 년이 지났는데도 머리가 터질 것 같은 주먹질이 뇌리에 선했다. 그런데 놀랍게도 주먹은 날아오지 않았다. 두 눈을 뜨고 스미트를 쳐다보았다. 얼굴에 분노가 가득했다.

"지금 확실하게 말하겠는데 다시는 그렇게 골탕 먹이지 말라고, 알겠어? 나는 한 번 말하면 그대로 하는 성격이야. 명심하도록!"

부장이 목덜미를 잡고 흔들었다. 내가 울기를 바라는 것 같았다. 하지만 나는 울지 않고 두 눈을 계속 쳐다보았다.

"그런 눈으로 쳐다보는 이유가 뭐야? 뻔뻔하게."

"아니에요, 아저씨. 작년에 아저씨 동생이 그래브로트에서 싸우는 걸 봤어요. 그때 권투를 배우겠다고 결심했어요."

스미트 부장 두 눈에 깜짝 놀라는 표정이 스쳤다.

"그걸 보았다고? 진짜? 그 시합을 보았어?"

나는 고개를 끄덕였다.

"호피 그론월드랑 시합했어요."

스미트 부장이 목덜미를 놓았다.

"나도 봤어. 놀라운 시합이었지! 그런데 너도 보았다고? 진짜?"

부장이 무릎을 펴고 일어서더니 갑자기 눈을 동그랗게 뜨고 쳐다보았다.

"그러고 보니 호피 그론월드 곁에 있던 꼬마로군! 이제 기억나. 우리는 네가 호피 아들인 줄 알았어."

사무실에 다시 들어섰다. 돌머리가 바닥에 엎드려서 팔굽혀 펴기를 하다 우리가 들어서자 일어섰다.

"작년에 우리 동생이 그래브로트에서 웰터급 그론월드랑 시합한 거 기억나?"

돌머리가 고개를 끄덕였다.

"피케이도 보았어. 저 애가 그론월드 곁에 있던 그 애야."

돌머리가 웃으며 말했다.

"나는 그때 5파운드를 잃었어요. 웰터급이 라이트 헤비급을 이길 거라고 누가 생각하겠어요?"

"그론월드는 평범한 웰터급이 아니야. 내 말을 명심하라고. 전쟁터에서 살아남으면 남아프리카 챔피언이 될 테니까. 장담해. 너 정도는 식은 죽 먹기일 거야."

돌머리가 웃으며 대답했다.

"글쎄요. 내가 부장님 동생인 줄 아세요? 다음 토요일에 멋있게 눕힐 테니 한번 보시라고요."

"장담하지 말라고, 오덴달. 잭해머 스미트는 쉬운 상대가 아니야. 이번에는 단단히 준비할 거야. 그렇게 기고만장하지 말라고!"

스미트가 갑자기 나를 쳐다보며 말했다.

"좋아, 마음을 바꿨다. 너를 끼워주지. 하지만 2년 동안 링에서 시합할 수 없어. 연습만 하면서 펀치력과 기술을 익히는 거야, 알겠어?"

나는 고개를 끄덕였다. 너무 기뻐서 눈물이 글썽였다. 드디어 웰터급 세계 챔피언으로 첫발을 내디딘 거다.

"돌머리, 피케이를 교수님한테 데려다줘. 내가 전화할 테니 교도관 식당으로 가도록."

부장이 나를 다시 쳐다보며 말했다.

"면회가 끝나면 이리 오렴. 출입증을 끊어줄 테니까."

우리는 행정실 건물을 나와서 다른 건물로 갔다.

"우리가 쓰는 체육관이야."

실내가 넓었다. 우리는 샌드백으로 다가갔다. 한쪽 구석에 링이 있었다. 바닥에 커다란 가죽공도 여러 개 있었다. 돌머리가 허리를 굽혀서 하나를 들어 나에게 내밀며 말했다.

"자, 피케이, 받아보라고."

나는 두 손을 내밀었다. 돌머리가 살짝 던졌다. 내가 가죽공을 받다 엉덩방아를 찧자, 돌머리가 깔깔대며 말했다.

"무거운 공이야. 칠 킬로나 나간다고. 그 공을 들어서 머리 위로 던지면 링에 오를 수 있을 거야."

자리에서 일어났다. 창피했다. 허리를 굽혀서 커다란 가죽공을 들려고 했다. 있는 힘을 다해서 간신히 들다가 다시 떨어뜨렸다.

"괜찮은데, 피케이."

돌머리가 빙그레 웃으며 말했다. 우리는 링 옆으로 갔다. 링 냄새와 땀 냄새가 좋았다. 내가 링에서 시합하려면 앞으로 2년이 지나야 한다. 2년이 빨리 지나기만 간절하게 바랄 뿐이었다.

체육관을 떠나 커다란 운동장을 가로질렀다. 축구 운동장 절반 크기였다. 바버톤에 온 다음 날 새벽에 언덕 꼭대기에서 바라본 곳이다. 운동장을 담장이 에워쌌다. 늙은 죄수 두 명이 갈퀴를 들고 운동장을 가로지르며 자갈을 대각선으로 긁었다.

"오늘은 금요일이라 대각선으로 긁는군. 나는 월요일이 제일 좋아. 한가운데에 커다란 별을 그리거든."

무슨 말인지 몰라도, 요일마다 갈퀴를 다른 방향으로 긁는다는 건 알 수 있었다. 죄수는 자갈이 긁힌 방향을 보고 요일을 파악하겠다는 생각도 들었다.

"죄수는 모두 어디 있나요, 돌머리?"

행정실 건물을 나왔는데도 갈퀴로 자갈을 긁는 죄수 두 명 말고는 아무도 안 보였다.

"아, 모두 작업하러 나갔어. 대부분은 농장으로 파견 나가고 일부는 채석장, 일부는 프란찌노스 러스트 제재소로 나가지. 그들을 쓸 사람들이 새벽 4시에 골라가서 일 시키다 오후 6시까지 여기로 데려와. 낮에 여기에 있는 죄수는 너무 늙어서 힘들게 일할 수 없는 죄수야. 우리한테 차를 만들어 주는 새끼처럼 말이야. 살인자는 감방에서 못 나오고, 식사도 감방에서 해. 하지만 오래 놔두진 않아. 주변에 살인자가 있다는 건 좋은 일이 아니거든. 다른 카피르인도 무서워하고 교도관도 꺼림칙하게 여기고. 그래서 최대한 빨리 교수형을 시키지."

"백인 죄수는 어떻게 하나요? 그들도 작업을 나가나요?"

돌머리가 깜짝 놀란 표정으로 대답했다.

"아니야, 그러지 않아! 백인이 할 일은 아니야. 백인 죄수는 프리토리아로 이송할 때까지 머무는 정도라, 힘들게 일할 필요는 없어. 오래 머물지 않거든. 가령 누르드캅에서 부인과 아이 세 명을 죽인 죄수처럼 죄가 너무 무거운 경우에는 치안판사가 판결할 때까지 감방에 계속 가두지. 그러다 판결이 떨어지면 기차로 프리토리아로 이송해. 운이 좋으면 호송 교도관으로 선정돼서 10파운드 6펜스를 받고 프리토리아에 가서 하루 휴가를 즐길 수 있지."

우리는 자갈 운동장을 가로지르고 좁은 아치를 지나서 담장 뒤편으로 갔다. 본관 건물에서 함석판 지붕이 길게 뻗어 나오고, 지붕을 따라 늘어선 굴뚝 세 군데에서 연기가 피어올랐다.

"부엌이야. 교도관용 식당은 저쪽 끝이고."

박사는 나를 보고 크게 반겼다. 껴안고 머리를 쓰다듬었다. 파란 눈에 눈물까지 글썽거렸다.

"이제 너를 봤으니 잠이 제대로 오겠구나. 턱 좀 보자. 쯧쯧쯧. 내가 맞아야 하는 건데. 그러면 너는 괜찮을 텐데. 그래, 맞아, 피케이. 전쟁이 일어나면 평화를 사랑하는 사람이 제일 먼저 박해받는 이유는 뭘까? 너는 알겠니?"

나는 박사가 그렇게 흥분하는 모습을 본 적이 없었다. 떨리는 목소리로 쉴 사이도 없이 말하는 바람에 나는 한참 뒤에 비로소 말할 기회가 생겼다.

"턱은 괜찮아요. 4주일이나 6주일이 지나면 철사를 빼요. 하지만 입을 안 열고 말하는 법을 배워서 말할 순 있어요."

박사가 웃으며 말했다.

"너와 나는 저들이 입에 재갈을 채우더라도 기어코 말하는 방법을 찾아낼 거야, 피케이."

그리곤 머리를 계속 쓰다듬었다. 진짜 나라는 걸 확인하려는 것 같았다.

박스웰 부인이 보낸 책을 건넸다. 박사는 책을 받아서 잠시 들추다 식탁에 내려놓았다.

"좋은 여자야. 우둔하지도 않고. 너와 그 사람은 아주 똑똑해. 어버부부버브. 그리고 앤드루 변호사도. 나는 가련하고 늙은 독일인 음악 교수가 하소연하는 말에 사람들이 귀를 기울일 거로 생각하지 않아. 독일 홍역이 전역에 퍼졌거든. 너와 박스웰 부인만 그 병에 안 걸린 거야."

박사는 슬픈 어조로 농담하며 낄낄대고, 나는 기쁜 표정으로 말했다.

"아무 때나 오고 싶을 때 여기에 올 수 있어요."

박사가 시무룩한 표정을 떠올렸다.

"언덕이 없어서 소용이 없어. 여기에선 아무것도 가르쳐 줄 수 없거든."

"그렇지 않아요. 책을 보면서 이것저것 가르쳐 줄 수 있어요. 그리고 내가 산에서 선인장을 찾아오면 그걸 놓고 토론할 수도 있고요."

박사가 환하게 웃었다.

"네 말이 맞아, 피케이. 인간은 정신이 자유로우면 진정으로 자유로울 수 있어. 예전처럼 친구로 지내는 거야. 어버부부버브. 또 있어. 저들이 스타인웨이를 가져올 거야. 그러니 피아노 교습도 계속할 수 있어. 어머니께 말씀드리면 아주 좋아하실 거야. 월요일에 그걸 가져오러 나도 함께 갈 거야. 잘못 옮기면 안 되거든. 그때 선인장 정원을 마지막으로 둘러볼 수 있겠구나. 너도 오겠니, 피케이?"

심슨 의사 선생은 다음 주에 특별히 치료하지 않아도 된다고 말했다. 우리 할아버지도 한쪽 눈을 찡끗 감으며 "누구 말이라고 거역하겠니? 네 말대로 시니치오 세르펜스를 동항에 심었으니, 빨리 퇴원해서 구경하러 가자꾸나"라고 말한 적이 있었다.

나는 가겠다 대답하고, 박사는 아주 기뻐했다. 그러다 어두운 그림자를 갑자기 떠올렸다.

"피케이, 월요일에 어이없는 일이 있을 거야. 내가 결정한 게 아니야. 나를 믿어야 해. 그래서 너한테 오라는 거야. 반 질 소장이 읍민을 초청해서 자신의 문화 수준을 자랑하려는 것 같아. 그런데 나는 그렇게 어이없는 장난을 하기엔 너무 늙었어. 제발 나 좀 도와주렴."

"반 질 소장님이 박스웰 부인한테 전해서 사람들을 한 시에 시장 광장으로 나오도록 알리라고 하셨어요. 이유는 말하지 않았고요."

바로 그때 돌머리가 부엌으로 이어진 문에서 나타났다. 손에 든 접시에 구운 감자가 담겼다. 돌머리가 접시를 건네며 말했다.

"자, 먹거라."

내가 철삿줄로 감은 턱을 가리키자, 돌머리가 폭소를 터뜨렸다.

"미안해. 깜빡 잊었어."

그리곤 박사에게 다시 권하는데, 박사도 고개를 저었다.

"월요일이야, 피케이. 12시에 선인장 정원으로 오너라. 그러면 자세히 설명할게. 하루 전에 베토벤 심포니 5번을 찾아보도록. 겉장에 내 이름과 '베를린 1925'라고 적었어. 거기에 악보가 있어. 바로 그게 내가 찾는 거야."

나는 어디를 찾아야 할지 알 것 같았다. 박사는 혼자 연습하는 악보를 피아노 걸상에 넣었다. 하지만 그것을 찾아보라는 게 뭔가 이상했다. 박사 자신이 잘 알 텐데 말이다.

"피케이, 악보 위에 있는 걸 물병에 넣어. 피아노 걸상 뚜껑을 여는 열쇠는 베란다에 놓은 알로에 사포나리 화분 밑에 있단다."

박사는 영어로 악센트 없이 계속 말했다. 돌머리는 무슨 말인지 알아들을 수 없어서 감자만 열심히 먹었다. 내가 이상한 표정으로 쳐다보자, 박사는 손가락을 입술에 대서 교도관에게 들키지 않도록 하라고 신호했다.

어디선가 경적이 울렸다. 돌머리가 마지막 감자를 입안에 넣으며 말했다.

"점심시간이야, 피케이. 이제 부장님한테 가야 해. 교수님도 점심을 드셔야 하고. 원한다면 교도관들과 함께 먹어도 괜찮고."

"점심은 집에서 먹어야 해요. 고마워요, 오덴달 아저씨. 지금 몇 시인가요?"

"지금 울린 게 열두 시 경적이야. 그리고 그냥 돌머리라고 불러,

알겠지?"

고개를 끄덕거렸다. 어느덧 나는 어른을 이름으로 부르는 게 익숙했다. 빨리 뛰어서 집으로 가야 했다. 어머니는 지금쯤 내가 도서관에서 돌아올 거로 예상할 터였다. 앞으로 바버톤 교도소를 드나든다는 사실을 어머니가 어떻게 받아들일지, 얘기를 어떻게 꺼내야 할지 난감했다. 그러다 보니 박사가 지시한 내용에 대한 호기심도 어느덧 사라졌다.

다음다음 날 주일학교가 끝나자마자 선인장 정원으로 곧장 갔다. 덤과 디는 일요일 오후에 쉬는 터라, 나는 오두막에 가서 청소를 해달라 미리 부탁하고, 쌍둥이 자매는 기꺼이 동의한 상태였다. 둘 다 크게 흥분한 표정으로 두 손에 빗자루와 먼지떨이를 들고 청소 도구를 다양하게 담은 무쇠 양동이를 머리에 인 다음, 예전에 청소라곤 한 적이 없을 게 분명한 오두막을 어떻게 청소할지 즐겁게 떠들어대며 나를 따라왔다.

쌍둥이 자매는 스와지 말을 못해서 일요일 오후에 쉬더라도 할 수 있는 게 별로 없었다. 당시에는 별로 생각하지 못했으나 자매 모두 고립감에 시달리는 게 분명했다. 농장에서 살 때는 농장일꾼보다 지위가 한 단계 높아서 그만큼 우월감을 만끽할 수 있었다. 하지만 읍내로 온 다음부터는 외로운 꼬마 깜둥이에 불과했다. 집 밖으로 나가면 얘기할 사람도, 만날 사람도 없었다. 우리가 유일한 가족이었다. 그러니 수녀원에 은둔한 수녀처럼 집안에 틀어박힐 뿐이었다.

선인장 정원에 도착하자 쌍둥이 자매가 청소를 시작했다. 누구도 간섭하지 않고 자신들이 모두 알아서 한다는 게 기분 좋은 것 같았다. 나는 오두막 베란다로 가서 알로에 사포나리 화분을 찾았다. 비누 알로에라고도 하는 식물이었다. 두꺼운 이파리에 연녹색과 적갈색 반점이 있었다.

나는 있는 힘을 다해서 커다란 화분을 밀어내고 그 밑에서 열쇠를 꺼냈다. 그리고 걸상으로 급히 가서 자물쇠를 열었다. 안에는 30센티에 달하는 공간이 있었다. 인쇄한 악보와 손으로 그린 악보로 가득했다. 테이프로 묶은 악보 뭉치도 있었다. 당시로선 그게 무언지 알 수 없었다. 악보를 하나하나 뒤지며 베토벤 교향곡 5번을 찾았다. 쉽게 안 보였다. 그러다 다른 종이 뭉치를 집어 드니 조니 워커 스카치가 눈에 띄었다. 술병을 드니, 바로 밑에서 베토벤 교향곡 5번이 나왔다.

며칠 전 금요일 오후에 점심을 마치고 도서관에 가서 박스웰 부인에게 소장이 부탁한 말을 전한 적이 있었다. 당시에 박스웰 부인이 궁금한 표정으로 물었다.

"어떻게 준비했는데, 피케이? 혹시 교수님이 나오시니?"

"모르겠어요. 12시에 오두막으로 가서 스타인웨이를 교도소로 가져간대요. 나더러 그곳으로 와서 도와달라고 하더군요."

"하느님 맙소사! 교수님이 연주하는 거야! 교수님이 시장 광장에서 피아노를 연주하는 게 분명해! 진짜 멋있어! 벌써 흥분되는군!"

나는 박스웰 부인이 그렇게 흥분하는 모습을 처음 보았다. 갑자기 모든 게 또렷하게 드러나는 것 같았다.

"하지만 박사님은 달가워하지 않는 것 같아요. 반 질 소장이 읍민을 모아놓고 자신의 문화 수준을 자랑하려고 그러는 거래요. 그래서 내 도움이 필요하대요."

박스웰 부인은 너무 흥분해 내 말을 못 들은 것 같았다. 두 눈을 반짝이며 이렇게 말할 뿐이었다.

"언젠가 교수님 소문을 들었는데, 진짜 유명한 피아니스트였어. 하지만 이해할 수 없는 게 있어. 유럽에서 그렇게 유명한 피아니스트가 모든 걸 포기하고 이처럼 조그만 아프리카 마을에 와서 여자아이나 가르치며 궁색하게 사는 게 도무지 이해가 안 돼."

"산에 올라가서 선인장 같은 식물을 채집하며 사는 게 좋아서 그럴 거예요."

박스웰 부인은 내 말을 안 들었다. 뭔가 깊이 생각하는 것 같았다.

"피케이, 교수님이 무얼 부탁하시던? 도움이 필요하다고 말씀하시면서 말이야."

"겉에 박사 이름과 '베를린'이 적힌 베토벤 심포니 5번을 찾아달라고 했어요."

"그래! 야호! 대단하겠군! 베토벤이라고? 진짜 대단하겠어. 어릴 적에 천재적인 젊은 연주자 아더 루빈스타인이 앨버트 홀에서 연주하는 걸 들으려고 가족과 함께 런던으로 간 적이 있어. 그때 5번 교향곡을 처음 들었지."

박스웰 부인이 손바닥을 치고 머리 위에서 힘차게 도는 선풍기를 바라보며 감탄했다.

"아, 좋아라! 아, 아, 너무 행복해! 아, 세상에!"

"그리고 악보에 있는 걸 물병에 넣으라고 했어요."

"왜?"

박스웰 부인이 별다른 뜻 없이 물었다. 시장 광장에서 박사가 피아노를 연주한다는 소식에 정신을 완전히 빼앗긴 게 분명했다. 마을에서 문화를 대표하는 사람으로서 박스웰 부인이 취할 조치는 분명했다. 수수께끼에는 아무런 관심도 없는 게 분명했다.

"피케이, 그만 실례해야겠다. 오늘은 문을 일찍 닫아야겠어. 전화할 데가 너무 많거든. 한 시라고? 반 질 소장이 그렇게 말한 게 확실해?"

나는 고개를 끄덕인 다음에 떠날 채비를 했다.

"어머니께 사랑스러운 장미를 보내주어서 고맙다고 전하련? 나중에 고맙다고 편지할 거야."

박스웰 부인이 벌써 전화 다이얼을 돌리기 시작했다. 도서관 문을 나설 때는 "바버라, 전혀 상상할 수도 없는 멋진 일이 생겼어"라고 말하는 목소리도 들렸다.

나는 악보를 손에 들고 가만히 서서 조니 워커를 바라보았다. 박사는 이 방에서 술을 마신 적이 없다. 그런데 술병이 왜 여기에 있단 말인가? 그때 돌머리가 안 나타났더라면 그 얘기를 들었으리라. 그러면 모든 걸 분명히 알았을 텐데. 주머니에서 박사가 보낸 편지를 꺼내서 다시 읽었다. 어쩌면 단서가 있을 것 같았다. 마지막 구절을 특히 눈여겨보았다.

"위스키가 없어도 어렵지 않게 견딜 수 있단다."

나이가 충분하면 쉽게 풀겠지만 이제 일곱 살이니 어른들 술버릇을 내가 어떻게 알겠는가? 수수께끼를 풀 수 없었다.

박사가 말한 게 술병인지 아닌지 확실히 몰라도, 박사가 말한 악보 바로 위에 있는 건 술병이 분명했다. 게다가 걸상 안에 있는 것 가운데 물병에 넣을만한 건 그것밖에 없었다. 지난번에 위스키를 가방에 넣어서 얼마나 끔찍한 사건이 일어났던가! 신중하게 판단해야 했다. 결국 마음을 정한 다음, 물병과 조니 워커를 들고 정원으로 나가서 물병을 주둥이만 볼록 나오도록 땅속에 묻고 술을 따랐다. 좋은 계획이었다. 술을 거의 안 흘렸다. 텅텅 비운 술병은 이제 선인장 정원에 심는 마지막 병이 될 터였다.

술을 물병에 다 따르고 안으로 다시 들어와서 물병을 피아노 걸상에 넣고 그 위에 악보를 놓았다. 그런 다음에 자물쇠를 잠그고 열쇠를 주머니에 넣었다.

디와 덤이 청소한 덕분에 티끌 하나 안 보였다. 스타인웨이는 양초를 칠하고 닦아서 광택이 번지르르했다. 쌍둥이는 피아노 걸상에 나란히 앉아서 낄낄대며 불협화음을 만들다 폭소를 터뜨리기도 했다. 쌍둥이가 오후 반나절을 그렇게 즐겁게 보내는 광경은 처음 보았다. 그때 이후 4년 동안 두 사람은 매주 일요일 오후만 되면 오두막에 가서 깨끗하게 청소했다. 자기네 집에 와서 일요일 오후를 즐겁게 보낸다고 생각하는 것 같았다.

나는 월요일 아침 9시에 오두막으로 갔다. 식물을 분리하고 잡초를 뽑으며 시간을 보냈다. 2시간 정도 지나자 언덕을 힘겹게 올라오는 트럭 소리가 들렸다.

다이아몬드 T형 트럭 한 대가 눈에 들어왔다. 뒤이어 자동차 한 대도 보였다. 트럭이 머리를 언덕 밑으로 돌리자 자동차가 조금 밑에 멈췄다. 흑인 죄수 6명과 장총을 걸친 백인 교도관 2명이 트럭에서 내렸다. 운전사와 다른 교도관 1명은 앞 좌석에 앉았다. 트럭에서 내린 교도관 가운데 한 명은 금요일에 교도소 정문에서 만난 사람이었다. 내가 먼저 인사하자, 상대편 역시 두 발을 땅에 딛자마자 손을 내밀며 말했다.

"나는 커트 마라시스야, 잘 있었어?"

나는 아프리카너 방식으로 내민 손을 잡고 흔들며 잘 지냈다고 대답한 다음, 건강은 어떠냐고 형식적으로 물었다. 바로 그때 자동차가 언덕 위로 올라왔다. 운전석에 돌머리가 있었다. 옆에는 스미트 부장이 앉았다. 자동차가 트럭 앞에 멈추더니, 돌머리가 나와 자동차 뒤로 가서 뒷문을 열었다. 놀랍게도 거기에서 박사가 나왔다. 하얀색 깨끗한 셔츠에 파란 타이를 맨 정장 차림이었다. 헌병 사병이 발길질해서 땅으로 나뒹굴다 찢어진 바지는 깨끗하게 수선한 상태였다. 정장은 깨끗하게 세탁하고 구두는 번쩍거렸다. 진짜 멋있었다. 스미트 부장과 돌머리가 오랜 친구를 만난 듯 나를 반겼다.

박사는 표정이 불안했다. 돌머리와 스미트 부장이 집으로 들어가자 나를 바라보며 급하게 말했다.

"말할 게 있다, 피케이. 오늘은 진짜 힘든 걸 해야 하는 날이야."

우리는 교도관을 따라 오두막으로 들어갔다. 박사는 스타인웨이와 걸상을 가리켰다. 마음이 불안해서 그런지 깨끗하게 청소했다는 사실조차 모르는 것 같았다. 약간 섭섭하지만 아무 말도 안 했다. 중요한 건 깨끗한 게 아니었다.

교도관 두 명이 더 들어왔다. 거트와 나머지 교도관 한 명이 밖에서 죄수를 감시했다. 교도관들이 박사와 함께 스타인웨이를 안전하게 운반할 방법을 검토했다.

돌머리가 나가서 죄수들을 데려왔다. 박사는 피아노 운반 광경을 지켜보는 게 마음 아프니 밖으로 나가서 정원을 구경해도 괜찮겠냐 묻고, 스미트 부장은 웃음으로 허락을 대신하며 교도관이 따라가야 한다고 덧붙였다.

"거트 마라시스 아저씨를 아는데, 그 아저씨랑 가면 안 될까요?"

내가 재빨리 부탁했다. 스미트 부장이 어깨를 으쓱하곤 거트에게 따라가라고 신호하며 말했다.

"언덕 위로 도망가면 곤란하니깐 조심하라고, 알겠어?"

스미트가 농담조로 말했다. 정석대로 하는 걸 좋아하는 신중한 성격이라는 걸 느꼈다. 거트는 영어를 몰라, 박사와 나는 편하게 얘기할 수 있었다.

우리는 정원으로 걸어갔다. 큰 선인장과 알로에 사이로 조니 워커 술병이 햇빛을 받아 반짝거렸다. 박사는 오랫동안 아무 말 않고 식물을 쳐다보며 걷다가 가끔 허리를 굽혀서 자세히 살폈다. 정원 전체를 머릿속에 심어두려는 것 같았다. 감옥에서 지내는 동안 뇌리에 담아둔 정원을 하나씩 떠올리며 외로움을 달래리라. 그러다 마침내 걸음을 멈추고 빨간 바위에 앉아서 언덕을 올려다보았다. 거트는 약간 떨어진 거리에서 풀잎을 씹었다. 어깨에는 장총을 걸쳤다. 상관이 지켜보지 않아서 기분이 좋은 것 같았다.

이윽고 박사가 입을 열었다.

"피케이, 저 바보들이 나한테 오늘 읍내에서 연주하라는구나. 지난 16년 동안 연주한 적이 없는데 오늘 하라는 거야. 피케이, 연주할 수 없어. 그런데 해야 돼."

박사를 올려다보았다. 잔뜩 찡그린 얼굴이 눈에 들어왔다.

"하기 싫으면 하지 마세요, 박사. 강제로 시키진 못할 거예요!"

단호한 어조로 말했다. 하지만 확신이 있는 건 아니었다. 짧은 경험에 비추어 볼 때 언제나 행정당국이 의도한 대로 모든 게 흘러갔다. 강제로 시킬 수 있었다.

박사가 고개를 돌려서 쳐다보았다.

"피케이, 나는 너를 가장 사랑한단다. 오늘 연주하지 않으면 앞으로 너를 못 만나. 그건 생각만 해도 견딜 수 없구나."

좌절감이 깊게 밴 목소리였다. 나는 박사 가슴에 안겼다. 박사가 머리를 쓰다듬었다. 우리는 그대로 앉아서 알로에가 점점이 박힌 언덕과 그 너머로 푸르른 보랏빛 산을 쳐다보았다. 마침내 박사가 다시 말했다.

"1925년 베를린에서 있었던 일이야. 나는 몇 개월 동안 병을 앓다가

베를린 오페라 하우스에서 연주하는 그룹에 복귀했지. 나는 네가 피아노 걸상에서 찾은 악보를 연주하기로 했어. 베토벤 심포니 5번은 위대한 음악이야. 훌륭한 음악가가 아니면 연주할 수 없지. 베토벤은 위대한 작곡가인 동시에 위대한 피아니스트였어. 피아니스트를 이용해 문화인 행세나 하려는 사람은 전혀 이해할 수 없는 영혼을 작품에 담았지. 그날 밤 나는 위대한 교향곡을 멋지게 연주했어. 3악장 전까지. 그런데 3악장으로 들어가는 순간, 갑자기 정체 모를 공포감이 몰려들더구나. 손에도 머리에도 가슴에도. 30년 동안 힘겹게 연습했지만 충분하지 않았어. 공포감에 휩싸이고 말았어. 수천 번 연습하고 연주회에서 40번 이상 연주한 교향곡을 도저히 연주할 수 없었어. 음악이 끝났어. 갑자기 모든 음률이 사라졌어. 처음에는 관객이 기침하는 소리만 간간이 들리더니 차츰 웅성대는 소리가 들리더구나. 급기야 야유가 터져 나왔지. 연주회 책임자가 나와서 나를 무대 뒤로 데려가더구나."

박사가 두 손을 무릎에 올려놓고 머리를 숙였다.

"그런 다음부터 사람들 앞에서 피아노를 연주하지 않았단다. 지난 16년 동안 밤만 되면 피아노 앞에 앉았지. 언제나 똑같은 악보였어. 3악장만 들어가면 늘 똑같은 현상이 일어났어. 손가락과 머리와 가슴에서 음악이 올라오지 않는 거야. 머리에서는 늑대 떼가 울부짖고. 그 소리는 위스키가 들어간 다음에야 조용히 가라앉았단다. 오늘 1시에 그 곡을 다시 연주해야 돼. 관객을 다시 마주해야 돼. 안 그러면 너를 잃겠지."

나는 박사가 개인적으로 겪는 딜레마를 이해했다고 장담할 순 없다. 박사가 겪는 고통과 굴욕을 이해하기엔 너무 어리고 세상 물정에 너무 어두웠다. 하지만 박사가 내적으로 깊은 고통에 시달리는데 내가 도와줄 수 있는 건 하나도 없다는 만큼은 느낄 수 있었다.

“옆에 꼭 붙어 있을게요, 박사. 옆에서 악보를 한 장씩 넘겨줄게요.”

박사가 커다란 천을 꺼내서 코를 푼 다음에 말했다.

“너는 좋은 친구야, 피케이.”

박사가 예전처럼 껄껄 웃으며 머리칼을 쓰다듬더니 내 손을 살폈다. 방금까지 선인장 사이에서 잡초를 뽑느라 무릎과 손이 더러웠다.

“파트너가 되려면 먼저 깨끗하게 씻어야 하겠다. 관객 앞에서 초라한 꼴을 보일 순 없으니까. 그래, 맞아. 관객이 16년을 기다린 거야.”

박사가 일어나서 내 손을 잡았다.

“가자, 피케이, 빨리 움직이자.”

박사와 나는 스미트 부장과 함께 자동차 앞 좌석에 타고 마을로 들어섰다. 돌머리는 트럭을 운전하고 거트는 자동차 뒷좌석에 앉았다. 스타인웨이는 트럭 뒤에 싣고서 끈으로 단단히 묶었다. 그것으로 모자라 죄수 다섯 명이 사방에서 피아노를 움켜잡고 한 명은 바닥에 앉은 자세로 피아노 걸상을 무릎 사이에 끼웠다.

시장 광장에서 약 2㎞ 거리에 멈추더니, 교도관 두 명이 죄수 여섯 명을 트럭에서 끌어냈다. 교도관 한 명은 트럭 뒤로 다시 올라타고 다른 한 명은 죄수를 몰고 교도소로 행진했다. 우리는 크라운 대로변으로 들어섰다. 저잣거리에서 약 300m 거리였다. 대로변에는 아무도 없었다. 일요일 오후 같았다.

“하느님 맙소사. 소장님이 큰일을 당하실까 걱정스럽군.”

스미트 부장이 혼자 말했다. 자동차는 트럭 뒤에서 계속 달리다 트럭 앞으로 나왔다. 상점마다 문을 모조리 닫았다. 심지어 점심시간에 문을 한 번도 안 닫던 ‘굿헤드 바틀 상점’과 ‘샤보이 카페’조차 마찬가지였다. 드디어 광장으로 접어들었다. 입이 딱 벌어졌다.

시장 광장에 수천 명이 발 디딜 틈도 없이 가득했다. 우리가 나타나자 환호성이 일었다. 교도관 한 명이 우리에게 큰 가로수 아래를 가리켰다. 그곳에 공간이 있었다. 스미트 부장이 거트에게 장총을 안 보이도록 조심하면서 자동차에 있으라고 지시했다.

교도관 여러 명이 사다리를 타고 트럭 뒤로 올라서 스타인웨이에 묶인 줄을 풀었다. 한 명이 피아노 의자를 스타인웨이 앞에 놓았다. 교도소에서 나온 전기 기술자가 마이크를 연결했다.

박사는 관객을 보고서 몸을 떨었다. 박사 무릎에 앉은 터라 생생하게 느낄 수 있었다.

"피케이, 물병에 넣으라는 건 제대로 넣었니?"

박사가 굳은 목소리로 물었다.

"네, 걸상 안에 있어요, 박사."

"피케이, 그것을 들고 있다가 달라고 하면 주려무나, 알겠지?"

나는 고개를 끄덕였다.

자동차가 가로수 아래에 도착했다. 소장이 기다리다 문을 열어주었다. 박사가 내리는데 걸음이 불안해, 반 질 소장이 부축했다.

"자, 교수님. 교수님께서 영광스러운 게르만 민족이란 사실을 잊지 마세요. 우리 남아프리카 교도소 당국은 교수님 편입니다. 저 루이넥한테 문화가 무언지 본때를 보여주세요!"

박사가 두려운 표정으로 사방을 둘러보더니 내가 옆에 있는 걸 확인하고 당부했다.

"물병을 잊지 말아라, 피케이."

우리는 광장 한가운데로 걸어갔다. 박사는 내 손을 꽉 잡고 소장에게 부축을 받으며 걸었다.

관객은 크게 흥분했다. 전쟁이 일어난 이후로 이처럼 시끌벅적한 월요일은 처음이었다. 드디어 트럭이 있는 곳에 도착했다. 굵은 줄 양쪽으로 의자 20열 정도가 있었다. 박스웰 부인이 멋진 모자와 장갑을 끼고서 제일 앞줄에 앉았다. 다른 상류층 부인들도 비슷한 옷차림이었다. 트럭 뒤에는 의자가 세 줄이었다. 교도소 교도관들과 부인들이 그곳에 앉았다. 대단히 기쁜 표정이었다.

트럭에 도착하자 박사는 억지로 마음을 가다듬었다. 박사와 나는 아무 도움 없이 사다리를 타고 트럭 뒤로 올라갔다. 소장도 돌머리 부축을 받으며 사다리를 타고 올라왔다. 돌머리가 마이크로 다가갔다.

"마이크 실험. 하나, 둘, 셋, 넷."

마이크 소리가 광장 구석 네 곳에서 커다랗게 울렸다. 돌머리는 만족스러운 표정으로 트럭을 내려서 스미트 부장 옆으로 갔다. 소장이 마이크 앞으로 다가갔다.

"식사 숙녀 여러분. 신사 숙녀 여러분."

소장은 아프리카너와 영어로 인사하더니, 다음부터 영어로 계속 말했다.

"여러분께서 신문을 읽어 잘 아시듯이 며칠 전 우리 읍내에 사시는 존경하는 칼 본 볼렌스틴 교수님께서 큰 곤경에 처했습니다. 교수님은 국제적으로 유명한 음악 교수님으로 지난 15년 동안 우리 읍에 사시면서 여러분의 어린 딸한테 피아노를 가르쳤습니다. 지금은 독일에서 태어났다는 이유 하나로 교도소에 갇혔습니다."

관객이 여기저기서 야유했다. 누군가 소리쳤다.

"한 번 독일놈이면 끝까지 독일놈이다!"

여기저기서 폭소와 함께 박수가 터져 나왔다. 소장이 한 손을 높이 치켜들었다.

"나는 보아인이지 영국인이 아닙니다. 우리 보아인은 권리를 빼앗기면 어떻게 되는지 누구보다 잘 압니다!"

더 큰 야유가 터져 나왔다. 아까 일어난 목소리가 관중 사이에서 다시 소리쳤다.

"입 닥쳐, 보아 놈아!"

소장은 그 소리에 신경을 안 쓰고 계속 말했다.

"아니요, 내 말은 사실이오. 여러분은 우리한테 자유를 강탈하더니 이제는 교수님한테도 자유를 강탈했습니다!"

야유가 커다랗게 일어났다. 갑자기 오그라디 스미스 시장이 일어나서 소장에게 소리쳤다.

"그만 꺼져. 사람들이 폭동을 일으키겠어!"

소장은 앞에 마이크가 있다는 사실을 망각한 채 벌컥 화냈다.

"뭐라고? 게딱지만 한 마을에서 시장 짓 좀 해 먹는다고 이래라저래라 하는 거야?"

야유가 멈췄다. 오그라디 스미스 시장은 인기가 없었다. 체구는 뚱뚱한데 키는 소장에 비해 최소한 25센티나 작았다. 그런 시장이 자리에서 나와 시 참사원들에게 도움받아 사다리를 올라서 마이크 앞으로 가더니, 발끝으로 서서 마이크에 대고 소리쳤다.

"지금이야말로 교도소를 비롯한 나치 소굴을 바버튼에서 몰아낼 때입니다. 이곳은 조지 국왕과 대영제국에 충성하는 마을입니다. 신이여, 국왕을 보살피소서!"

거의 모든 사람이 손뼉 치며 환호했다. 오그라디 스미스 시장이 고개를 돌려서 소장을 올려다보았다. 소장 역시 독선적이고 이기적인 표정으로 시장을 내려다보았다.

나는 박사와 함께 트럭 뒤에 올라탄 터라 사람들 열댓 명이 군중을 헤치며 다가오는 광경을 볼 수 있었다. 그래서 스미트 부장에게 소리쳤다.

"사람들이 앞으로 나와요."

부장은 돌머리와 함께 사다리 밑에서 사람들이 시장의 충동질에 안 흔들리도록 위압감을 조성하다 내 말을 듣고 재빨리 사다리를 타고 트럭 뒤로 올라서 사다리를 끌어올렸다. 마이크도 잡아당겨 스타인웨이 옆에 놓았다. 트럭으로 만든 연단 절반이 텅 비었다. 시장과 소장이 연단 끝으로 허겁지겁 물러나서 걸상에 앉은 박사와 내 옆에 섰다.

트럭과 굵은 줄 뒤편 첫 번째 의자 열 사이에 3m에 달하는 공간이 있었다. 상류층 사람들이 피아노 연주를 자세히 보도록 만들어 놓은 공간이었다. 그 공간을 가로지르며 폭도가 트럭 뒤로 몰려들었다. 스미트 부장과 돌머리가 높은 곳에서 살피는 한편 다른 교도관이 방어벽을 설치했다. 트럭 주변에서 싸움이 일어났다. 의자에 앉은 여자들이 비명을 지르며 안전한 곳으로 피하느라 야단법석이었다. 소장이 스타인웨이 뒤에 몸을 숨긴 채 얼굴을 내밀다 주먹을 한 방 맞았다. 오그라디 시장은 피아노 밑으로 뚱뚱한 몸을 밀어서 숨었다.

박스웰 부인이 자리에서 일어나 우리에게 필사적으로 손을 흔들며 소리쳤다.

"뛰어내려, 피케이. 어서 도망치라고. 빨리 도망쳐!"

그때 박사가 소매를 잡아끌었다.

"물병, 피케이."

박사가 손을 내밀더니, 위스키가 든 물병을 건네자, 뚜껑을 열어서 깊이 한 모금 마시다 건네주었다.

"내가 머리를 끄덕일 때마다 악보를 한 장씩 넘기렴."

박사가 악보를 펼쳤다. 베토벤 5번 교향곡 후반부였다. 드디어 건반을 두드렸다. 마이크 다리가 넘어져서 머리가 피아노 앞으로 쓰러졌다. 피아노 소리가 광장 네 귀퉁이에 설치한 스피커를 통해 천둥처럼 울려 퍼졌다.

거의 동시에 관중이 난동을 멈추었다. 싸움도 멈췄다. 트럭 주변과 공터에 있던 사람들이 의자 열 뒤로 사라졌다. 시장이 스타인웨이 밑에서 빠져나와 소장과 함께 다른 사람에게 부축받으면서 다시 놓인 사다리를 타고 내려갔다. 눈물을 훌쩍이던 여자들도 울음을 멈추었다.

연주는 계속 흘러갔다. 2악장이 끝나고 3악장으로 들어갔다. 이윽고 3악장도 끝나고 4악장으로 거침없이 치달았다. 박사는 악보를 넘겨야 할 때마다 고개를 끄덕였다. 완벽한 연주였다. 관중은 천둥과 같은 환호로 응답했다.

물론 관중이 지적인 측면에서 이해할 수 있는 건 많지 않았다. 그들이 이해할 수 있는 음악이 아니었다. 하지만 감성적인 측면에서 충분히 느낄 수 있었다. 그 연주를 평생 못 잊을 터였다. 박스웰 부인이 눈물을 흘리며 가슴에 두 손을 댔다. 다른 부인들도 박스웰 부인을 흉내 냈다.

스미트 부장이 교도관 몇 명에게 소리쳤다. 트럭이 나갈 길을 교도관들이 만들기 시작했다. 스미트 부장은 마이크를 트럭 뒤로 잡아끌면서 돌머리에게 트럭 운전석에 올라타서 빨리 몰고 떠나라고 소리쳤다. 트럭이 움직였다. 스미트가 앞 좌석으로 넘어갔다. 박사가 관중에게 인사하고 걸상에 앉았다. 그래서 건반을 다시 현란하게 두드리며 베토벤의 '월광 소나타'를 연주했다.

그렇게 행복한 박사를 나는 본 적이 없다. 박사는 피아노를 계속 두드렸다. 교도소 정문을 지나고 행정실 건물에 드리운 창살 앞에 이를 때 비로소 연주를 멈추고 물병을 쭉 들이켠 다음에 걸상에서 일어나 담장 밖으로 펼쳐진 언덕을 바라보았다.

나는 걸상을 재빨리 열고서 악보와 물병을 집어넣고 자물쇠를 채운

다음, 열쇠를 주머니에 넣었다. 박사가 머리를 쓰다듬으며 말했다.

“이제 늑대 떼가 안 울어. 어버부부버브.”

박사가 조용히 말하고 언덕을 다시 쳐다보았다.

12

매일 아침 다섯 시 15분 전이면 디나 덤이 커피와 구운 빵을 가지고 와서 깨워 나는 5시가 조금 지나면 어깨에 책가방을 메고 5킬로미터쯤 떨어진 교도소로 바삐 걸었다.

나는 정기적으로 출입하는 우유 배달부처럼 위험하지 않은 사람으로 인정받아 검문 절차 없이 교도소로 들어갈 수 있었다. 교도관들이 담장 위 발판에서 손을 흔들어 주었다. 그들은 1시간 반을 더 보내야 야간 근무를 끝낼 터였다. 오랫동안 지겹게 보초를 서느라 하나같이 지친 상태에서 내가 나타난다는 건 긴 밤이 지나고 새벽이 왔음을 알리는 신호였다.

나는 가장 뛰어난 위장술은 일관성이라는 사실을 깨달았다. 어떤 일을 주기적으로 오랫동안 반복하다 보면 다른 사람 눈에 별로 안 띈다. 그 세계의 일원이 되는 것이다. 상습범은 다 아는 사실이다. 교도소에서 그런대로 괜찮게 지내려면 장기적인 안목으로 계획을 세워야 한다. 습관을 매일, 매주, 매월, 매년, 점차 조금씩 바꿔나가며 최종 목적에 맞춰야 한다. 그래서 마침내 일상으로 굳으면 상대는 그걸 더는 속임수로 여기지 않는다. 일상사로 인정하는 것이다.

죄수는 일관성에 관한 한 교도관보다 유리하다. 교도관은 바뀌기도

하고 승진도 하고 다른 곳으로 이동도 한다. 그러나 장기 복역수는 교도소에 오래 머무는 터라, 계획을 실천할 시간이 충분하다는 이점이 있다. 교도소에서는 장기수가 실질적인 권위를 갖는다. 교도관은 교도소를 운영하면서 장기수에게 무의식적으로 의존할 때가 많다. 젊은 죄수를 억누르는 것 역시 바로 장기수다. 젊은 죄수는 교도소 생활을 견디는 인내력이 부족하다. 요구 사항을 폭력으로 관철하는 걸 좋아한다. 장기수라는 부차적인 권위 체계가 없다면 교도소는 언제 어떤 일이 일어날지 모르는 위험한 곳으로 돌변할 터였다.

어느덧 나도 이런 죄수들 세계로 조금씩 빠져들었다. 이가 하나도 없는 기엘 피트라는 늙은 장기수가 오랫동안 엄청나게 노력한 결과였다. 기엘 피트는 아프리카너로 '황색 베드로'라는 뜻이다. 여기엔 이름 그 이상의 의미가 있다. 기엘 피트는 검지도 희지도 않은 혼혈이었다. 비록 흑인 취급을 받지만 마음 깊은 곳엔 백인이 되려는 환상으로 가득했다. 양쪽 모두에게 멸시받는 아프리카 이방인이었다. 게다가 상습범이라서 출옥할 가망도 없다 보니, 그늘진 교도소 세계에서 영향력이 가장 커다란 장기수가 되었다.

일과는 새벽 5시 30분에 체육관에서 시작한다. 권투부는 스미트 부장에게 지도받으며 유연 체조부터 시작한다. 모두 20명인데 11살에서 15살 사이 사내아이가 네 명이었다. 선임 순서는 체중에 따라 정한다. 잭해머 스미트를 10라운드 판정으로 이겨서 저지대 헤비급 챔피언이 된 돌머리가 제일 높은 선임이고 내가 제일 아래였다.

스미트 부장은 링에서 호루라기를 불고, 우리는 거기에 맞춰서 익숙하게 체조하며 몸을 풀었다. 스미트 부장이 지시하는 대로 도중에 팔굽혀 펴기와 앉았다 일어서기도 했다. 스미트 부장은 팔굽혀 펴기가 팔과 어깨를 단련하며, 앉았다 일어서기는 복부 근육을 강화한다고 믿었다.

스미트 부장은 격투기도 좋아했다. 보아인 체질에는 권투보다 격투기가 적합하며, 특히 교도관은 직업상 공격적일 수밖에 없는 만큼 격투기가 맞는다고 주장했다. 링에서 싸울 때는 기술보다 강인한 끈기와 용기가 더 중요하다고도 말했다. 바버톤 교도관 출신은 저지대 전역과 피터스버그 및 프리토리아에서도 거칠어서 다루기 힘든 선수로 유명했다.

스미트 부장은 자기가 한 말을 충실히 지켰다. 처음 2년은 나를 링에 올리지 않았다. 돌머리 너머로 가죽공을 넘겨야 링에 오를 수 있다고 규정했다. 첫 번째 목표는 그렇게 생겼다. 그래서 유연 체조가 끝나면 15분간 다른 선수들이 짝지어 스파링 연습할 때 나는 팔을 못 들 때까지 가죽공을 들고 연습했다.

그런 뒤에 5분간 샤워하고 강당으로 가서 박사에게 피아노 교습을 받는다. 7시 30분에는 교도관 식당에 함께 가서 아침을 먹었다.

박사는 교도소에서 특별한 위치였다. 감방에 있으나 마음대로 돌아다니고, 교도관 식당에서 식사하고 노역은 안 했다. 반 질 소장이 "교수님은 피아노만 연주하세요, 그러면 충분합니다, 알겠지요?" 하고 당부할 정도였다.

박사는 체육관에 와서 권투부가 연습하는 광경을 종종 구경했다. 내가 권투시합을 하고 싶어, 링에서 다른 사람과 맞서고 싶어 안달한다는 것도 잘 안다. 나에게 그런 욕구가 생긴 이유를 박사는 이해할 수 없었다. 하지만 존중했다. 링에서 빨리 시합하고 싶다고 초조해할 때는 음악을 예로 들며 진정시켰다.

"음악에서 가장 중요한 건 연습이야. 언제나 연습이 제일 중요해. 연습을 잘하면 기초가 튼튼하거든. 기초가 튼튼하지 않으면 훌륭한 음악가가 될 수 없어. 권투도 그럴 게 분명해. 암, 그렇고말고."

그래서 나는 권투선수에게 필요한 온갖 연습을 했다. 피아노 건반처럼 익숙하게 다양한 펀치를 구사하도록 샌드백을 열심히 쳤다. 처음 2년 동안 날마다 기초를 다지느라 낡은 샌드백을 무지막지하게 두들겼다. 내가 다가가면 샌드백이 두려워서 몸을 움츠린다고 착각할 정도였다. 때로는 울면서 사정하는 것 같기도 했다.

"피케이, 오늘은 무시무시한 어퍼컷 좀 그만 날려, 제발!"

"아이고, 안 돼, 라이트 크로스는 안 돼. 라이트 크로스만큼은 도저히 못 견디겠어."

하지만 시간이 지나면서 스피드볼에 점차 빠져들었다. 영어를 못하는 젊은 교도관 거트 역시 권투부로 나랑 친하게 지내는데, 교도소 작업실에서 낡은 스피드볼을 낮춰주어 나도 스피드볼을 때릴 수 있었다.

몇 주일 동안 스피드볼을 때리며 연습하다, 권투 글러브가 처음으로 스피드볼을 번개처럼 연달아 때리는 소리를 낸 날을 아직도 생생하게 기억한다. 프레드 아스테어나 보장글스가 탭댄스 소리를 처음으로 완벽하게 낼 때도 똑같은 기분이었으리라.

몇 주일이 지난 뒤에 스미트 부장이 다가와서 지켜보았다. 나는 두근거리는 가슴을 달래고 재빨리 몸을 놀리며 스피드볼을 연타했다. 가죽과 가죽 부딪치는 소리가 리드미컬하게 '타타타타' 흘러나왔다.

"빠르군, 피케이, 괜찮아!"

부장은 그렇게 말하고 다른 데로 걸어갔다. 2년 뒤에 쇼팽 서곡에서 가장 어려운 소절을 익히고 느낀 전율도 스미트 부장에게 칭찬받고 느낀 전율에 비할 수 없었다. 스미트 부장이 나에게 직접 말한 건 권투부에 들어오고 6개월 만에 처음이었다.

스타인웨이 피아노는 강당에 보관했다. 강당은 바닥이 나무로 공간이 아주 넓었다. 교도관과 가족 행사를 주로 그곳에서 했다. 강당에는 프랑스제 미그논 피아노도 있었다. 스타인웨이는 클래식 연주를 할 때만 사용했다. 반 질 소장이 특별히 명령했다. 그처럼 훌륭한 피아노를 밴조나 아코디언 따위처럼 사용할 순 없다는 것이다. 당연히 명령은 관철되고, 스타인웨이는 가장 훌륭한 걸 상징했다.

교도관과 그 가족은 스타인웨이가 자신들의 사회적 지위를 높인다고 생각했다. 따라서 스타인웨이를 연주하는 박사와 나는 특별한 지위를 누렸다. 실력은 서툴러도 나는 천부적인 재능을 타고난 음악인으로 존경받았다. 위대한 독일인 교수가 교습한다는 사실 하나 때문에 한창 피어나는 천재로 인정받았다.

박사는 정말 다정한 성격이라서 그런 평가를 절대로 부정하지 않았다. 박사는 내가 아는 가장 정직한 사람이긴 해도 바보는 아니었다. 사소한 장점이나 특기가 있으면 교도소에서 이익이 많다는 사실을 충분히 깨달았다. 하지만 자신의 천재성이 좁은 울타리에서만 존경받는다는 건 정말 수치스럽지 않을 수 없었다.

학교에서 돌아올 때면 선인장 정원에 거의 매일 들렀다. 일요일에는 교회가 끝난 다음에 디와 덤을 데리고 오두막을 청소하러 갔다. 박사는 정원에서 자라는 모든 식물을 도표로 정리하고 발육 상태를 나와 함께 검토했다. 정원에는 선인장만 수천 종이니, 도표는 천재적인 지성을 유감없이 발휘한 작품이 아닐 수 없었다. 몇 주일에 걸쳐 교정했으나 틀린 부분은 11군데가 전부였다.

나는 도표를 참고해서 선인장이 성장하는 상태를 보고서로 작성했다. 박사는 꽃이 피고 지는 내용을 노트로 정리하면서 식물을 솎아내거나 가르라고 가끔 지시했다. 갈라낸 선인장은 삼베 망태기에 담아서 교도소로 가져오고, 박사는 두 번째 선인장 정원을 만들었다. 선인장

꽃을 벌레가 갉아먹는 일도 있었다. 그러면 그놈을 성냥갑에 담아서 박사에게 보여주며 자문을 구했다. 내 힘으로 할 것 같으면 박사가 해충 퇴치법을 가르쳐 주었다. 하지만 그런 경우는 드물었다. 박사는 어떤 생물이든 생태계에 나름대로 존재 가치가 있다고 믿었다. 해충이 지나치게 많아서 정원 생태계를 파괴할 우려가 있을 때만 퇴치법을 알려주었다.

박사는 그것을 메뚜기 전염병에 비유해서 설명했다. 메뚜기 전염병은 자연적인 현상이나, 자연이 자연을 파괴하는 폭동이기도 하다는 거다. 이럴 때도 박사는 퇴치법을 알려주었다. 그러면 박스웰 부인과 우리 할아버지가 약품을 준비하고 덤과 디는 노동력을 제공했다. 그래서 해충을 대체로 박멸할 수 있었다. 덤과 디는 그곳 일을 일요일 소풍처럼 여기고, 자신들이 맡은 일에 대단한 자부심을 느꼈다. 흙을 만지며 작업하는 것도 좋아했다. 그들 역시 선인장에 반한 것 같았다.

턱이 다 나은 직후에 보조 간호사 마리를 우리 집에 초대한 적이 있다. 그런 다음부터 우리 어머니와 가까운 친구가 되었다. 마리는 바느질을 정말 좋아해 몇 시간이고 앉아서 어머니와 잡담하며 단추 구멍과 어깨 패드 따위를 만들곤 했다. 마리가 신의 마수에 떨어지는 건 이제 시간문제였다.

마리는 농장 출신답게 디와 덤도 이해했다. 놀랍게도 그들을 지배하려는 기색도 없었다. 디와 덤에게 호박 핫케이크와 옥수수빵 만드는 법 등, 새로운 요리법도 몇 가지 가르쳐 주어, 내가 즐겨 먹는 음식도 늘었다.

어느 일요일 오후에 마리를 오두막에 데려간 적도 있다. 디와 덤은 길을 가는 동안 말이 거의 없었다. 오두막에 도착한 다음에는 마리가 일거리를 지시했다. 쌍둥이 자매는 시간이 갈수록 얼굴이 시무룩하게 변했다. 나는 실수했다는 사실을 깨달았다. 그리곤 마리를 오두막에 두 번 다시 초대하지 않았다. 디와 덤은 몹시 기뻐했다. 그들이 마리를 좋아하긴 해도 여자들 사이에는 간섭하면 안 될 부분이 있다는 걸 나는 그때 처음 느꼈다. 오두막은 이제 박사 소유가 아니었다. 디와 덤이 주인이다. 마리가 이래라저래라 하는 건 예의를 모르는 손님이나 침입자가 주인에게 오만하게 지시하는 행위와 같았다.

마리는 농장에 다녀올 때마다 내가 먹도록 고구마나 신선한 달걀을 가져왔다. 돼지족발이나 버터, 베이컨 따위도 가끔 가져왔다. 할아버지에게는 큰 담뱃잎을 다발로 가져다주기도 했다. 할아버지는 '아프리카의 북'이라는 짐바브웨 혼합 담배를 태우는데, 마리가 가져온 생담배는 자극이 너무 강해서 싫어했다. 하지만 마리에게는 말하지 않고 창고 천장에 매달았다.

가끔은 빗물이 가득한 44갤론 드럼통에 큰 담뱃잎 두어 장을 집어넣기도 했다. 그래서 담배 진이 우러난 물로 장미에 생긴 진딧물을 없앴다. 하지만 물을 우릴 때 사용하는 담뱃잎은 극소량에 불과했다. 따라서 천장에 매단 담뱃잎이 금방 불어나다, 결국엔 교도소에서 내 신분을 끌어올리는 핵심요소 가운데 하나가 되었다.

혼혈 기엘 피트는 처음 1년 동안 오전 피아노 연습시간마다 곁에 머물렀다. 무릎을 꿇고 앉아서 마루에 광내야 하기 때문이다. 그러다 보니 강당 일부처럼 보였다. 배경에 묻힌 그림자가 된 것이다. 그는 "안녕하세요, 나으리? 작은 나리도 안녕하세요?" 하고 우리에게 인사하면서 이 빠진 입으로 부드럽게 웃었다. 오늘 하루도 더할 나위 없이 즐겁다는, 달리 가고 싶은 곳은 여기 말고 없다는 표정이었다. 박사는 인종차별주의자가 아니고 나 또한 어릴 때부터 하인들과 섞여서 지낸 터라, 우리 역시 부드럽게 응답했다. 유색인 죄수에게 말하는 건 금지다.

그래서 노인은 우리가 무심코 하는 대답이 꽤 고마웠던 것 같다.

기엘 피트는 조그맣고 초라했다. 왼쪽 눈이 오른쪽 눈보다 처진 데다 눈꺼풀 역시 축 늘어져서 눈알이 많이 드러났다. 두 눈은 항상 핏발서서 크게 운 것처럼 보였다. 코는 납작하고 싯누런 얼굴에는 십자형 흉터가 있었다. 아랫입술은 일부가 잘려나가고 자주색 흉터 조직이 늘어나서 늘 의기소침한 인상이었다.

1m 60센티 정도 키에 다리는 양쪽이 모두 휘었다. 처음부터 휜 건 아니었다. 여러 번 부러진 걸 대충 치료한 결과였다. 다리를 똑바로 편다면 키가 9~10센티는 늘어나리라. 거친 세상을 살아오면서 외모가 흉측하게 변한 것 같았다. 그래서 교도소 바깥세상에서 오래 버티는 것 역시 그만큼 더 어려웠으리라. 설사 행운이라는 게 있었다 해도 바깥세상에서 다 닳아 문드러졌으리라.

유색인 구역으로 악명 높은 케이프타운 6번 지구에서 태어난 그는 55년을 살면서 40년을 교도소에서 보냈다. 그래서 남아프리카 주요 교도소 운영체제를 모두 안다고 자부했다. 위장술도 대단했다. 교도관이 아무리 때려도 증오나 원한을 안 품었다. 그런 감정은 이미 오래전에 초월했다. 게다가 구타행위 자체를 일종의 자학으로 여겼다. 남을 때린다는 건 자신이 그만큼 경솔하다는 증거에 불과하다는 거다. 박사와 마찬가지로 기엘 피트도 완벽한 전문가였다. 도덕이나 옳고 그름에 대한 개념은 조금도 없었다. 살아가는 이유는 단 하나, 교도소 체제에서 자신에게 주어진 권리보다 더 많은 걸 얻는 거였다. 자유란 환상에 불과하다는 사실을 오래전에 깨달은 거다.

기엘 피트는 전과가 정말 많았다. 교도소 생활도 그만큼 오래 했다. 전과가 몇 개인지 교도소에 얼마나 있었는지도 옛날에 잊어버려, 이제 신경조차 안 썼다. 확실히 아는 건 자신처럼 나이가 많고 기력이 떨어진 사람은 교도소에서 살아남기 힘들다는 것이다. 하지만 오랜 수형 생활을 통해 박사 못지않은 전문가가 되었다. 거간꾼으로 천재적인 재능을 발휘했다.

교도소에서 암시장을 형성해 담배나 설탕, 소금, 대마초 등을 취급한 것이다. 심지어 교도소 안팎을 드나드는 우편물까지 통제했다. 막대한 이권을 장악한 셈이다. 권투에 대해서도 백과사전에 가까울 정도로 많은 걸 알았다. 몸동작 하나하나에 깃든 결점과 약점을 파악하는 데 천부적 재능을 타고난 것 같았다. 내가 권투선수를 하려고 애쓴다는 사실이야 누가 보아도 또렷했다. 하지만 기엘 피트가 나를 적당한 대상으로 점찍은 건 재치 하나로 험한 세상을 살아온 동물적 육감 때문이었다. 움직이기 전에 주변 공기를 살피고 실낱같은 기회를 포착하고 주판알을 돌린 다음, 자신이 가진 모든 걸 재빨리 쏟아붓는 동물적 육감이 대단했다.

기엘 피트가 1년 넘게 심혈을 기울인 결과, 나는 나도 모르는 사이에 심부름꾼이 되었다. 몇 주일 간격으로 조금씩 진행한 대화를 통해 서로를 이해한 것 같더니, 어느새 내 손으로 담배 이파리를 갖다 주기 시작한 것이다.

당시에 나는 '유포비아 의사 선인장'이라는 식물군을 솎아냈다. 땅에 붙어서 자라며 가시가 엄청나게 많은 선인장이다. 조건이 좋으면 재빨리 번식해서 다른 선인장 화단으로 침투했다. 가시가 많아서 양철통 바닥에 담배 이파리를 널찍하게 깔았다. 왜 그랬는지는 확실치 않다. 거의 무의식적이었다. 기엘 피트가 아무 연관성도 없는 얘기를 띄엄띄엄 끈질기게 늘어놓은 결과였다. 담배는 어느 교도소든 최고 사치품이었다. 동시에 가장 기본적인 필수품으로 인기가 엄청났다. 전쟁 동안에는 교도소 암시장에서 품귀현상이 심하고, 따라서 부르는 게 값이었다.

나는 교도소에 들어갈 때 몸수색을 안 받는다. 하지만 그날은 가방 대신 양철통을 들어서 교도관이 호기심을 느끼고 양철통 속을 보자고 했다. 나는 별로 걱정하지 않았다. 담배 이파리가 바닥에 깔린 걸 완전히 잊어버렸기 때문이다.

"이렇게 못생긴 식물을 좋아하다니 정말 이상해, 그치?"

교도관이 양철통을 들여다보며 말했다. 박사가 교도소에 조성한 선인장 정원은 교도관 식당 옆이라서 툭하면 농담거리로 등장했다. 교도관이 볼 때 선인장은 교도소 분위기에 딱 맞는 식물이라, 이런 농담이 절로 나왔다.

"죄수가 폭동을 일으키면 선인장 정원에 숨자고. 그러면 카피르 놈들이 못 찾을 거야."

나는 권투 연습이 끝나면 양철통을 들고 강당으로 갔다. 그러면 기엘 피트가 여느 때와 똑같이 선인장 정원으로 들고 갔다. 처음부터 우리 일을 돕더니, 일 년이 지날 즈음에는 박사 밑에서 일하는 하인처럼 굴었다. 양철통을 들고 다시 돌아올 때는 잔뜩 찌그러진 얼굴에 미소가 가득했다.

"나리가 훌륭한 권투선수로 자라도록 도와드립죠."

그러면서 우리 관계가 본격적으로 시작됐다. 그날 오후에 학교 수업을 마치고 집으로 돌아가서 할아버지에게 담배 얘기를 꺼냈다. 도덕적인 부분에 문제가 있으리라고는 생각도 못 했다. 일요일을 제외하고 일 년 이상 교도소를 매일 들락거린 터라, 나는 교도소를 충분히 파악했다. 기숙학교 확대판이었다. 잘못했건 안 했건 힘없는 죄수는 포악한 교도관에게 끔찍한 시련을 겪었다. 정상적인 논리가 안 먹히는 분위기였다. 박사와 나는 어느 편에도 안 섰다. 우리는 연극을 구경하는 관객에 불과했다. 하지만 우리 할아버지는 도덕을 중시하는 행위를 회의적인 눈길로 바라보는 분이었다. 그래서 각 항목을 분리해서 판단했다. 인코시-인코시카지에게 담석증을 치료받을 때도 그랬고 보아인은 음악과 사격에 재능이 있다고 인정할 때도 그랬다.

우리는 테라스로 올라가는 계단에 앉았다. 할아버지는 파이프에 담배를 넣고 꽉꽉 눌러서 불을 붙이고 칠이 까져서 군데군데 녹슨 지붕을 바라보더니, 내가 한 번도 수색당하지 않는 걸 몇 번이고 확인한 다음, 죄수에게 담배를 주어야 한다고 결론 내렸다.

"불쌍한 검둥이들. 영국에서 17세기에 그런 것보다 가혹해. 대부분은 사소한 실수로 갇혔잖아. 한 번 따끔하게 야단치면 끝날 일로!"

이 말은 틀린 부분도 있다. 바버톤 교도소는 감시가 심했다. 정치범을 제외한 죄수는 대부분 어느 사회든 공식적으로 처벌할 범죄를 저질렀다. 하지만 진짜 범죄는 죄수를 감시하는 행정 당국이 저질렀다. 사소한 규칙을 어긴 것 때문에 맞아 죽는 죄수가 종종 나왔다. 그럴 때마다 교도관은 환희를 느끼는 것 같았다.

지금 생각하니, 할아버지는 마리가 가져와서 산처럼 쌓이는 담뱃잎도 줄이고 끔찍이도 싫어하는 부정부패에 나름대로 저항도 한다는 생각으로 그렇게 판단한 것 같다. 할아버지는 담뱃잎을 담가서 우려낸 물로 해충을 퇴치하는 방법을 자세히 가르쳐 주고 그 내용을 쪽지에 담아서 박사에게 전하라고 했다. 박사에게 선인장 정원 옆에 드럼통을 세워놓고 담뱃잎 두 개를 거기에 가끔 넣으면, 설사 담뱃잎 더미를 가지고 들어가다 들키더라도 박사는 담배를 안 태우니 어렵지 않게 설명할 수 있다는 거였다.

박사는 고지대 수용소로 이송하지 말고 바버톤 교도소에서 계속 지내도록 해달라고 오래전에 청원했다. 사랑하는 언덕과 선인장 정원과 피아노가 있는 곳이 마음에 들었던 거다. 물론 나도 큰 몫을 차지한 것 같다. 반 질 소장은 박사를 교도소의 인적 자산으로 여겼다. 박사는 영어를 사용하는 마을 사람에게 우월감을 과시하는 좋은 무기니, 청원 역시 기꺼이 받아들였다. 지금 생각하면 군 당국은 박사를 민간인 교도소에서 수용소로 옮기려고 계속 애쓰다 결국엔 포기한 것 같다. 그래서 박사는 소장에게 자비로운 보호를 받으며 전쟁 기간을 마저 보낼 수 있었다.

물론 박사도 밀수조직에 교묘하게 가담했다. 작업에 파견 나간 죄수는 밤에 돌아오고 새벽녘에 다시 나가지만 박사는 교도소에서 온종일 지냈다. 예전에 모르던 또 다른 아프리카를 만날 수밖에 없었다. 박사는 지성인으로 행동할 뿐 어느 편에도 가담하지 않으려 했다. 흑인과 백인의 딜레마나 운명적으로 결정 난 백인 우월론에 맞서기보다는 검은 아프리카에 의존하며 하인을 부리지 않는 식으로 문제를 피하려 했다.

그러나 박사는 동정심이 많고 심지가 곧은 사람이었다. 그래서 지독할 정도로 잔인한 행위에 분노했다. 물론 나도 그렇지만 특히 박사는 인간의 저속한 속성을 잘 몰랐다. 그 점에 관한 한 아마 내가 박사보다 더 많이 겪었을 것이다.

우리는 주변에서 일어나는 잔인한 행위를 수없이 보았다. 감정이 폭발하거나 선과 악이 대치하는 와중에 일어나는 게 아니었다. 좋고 나쁜 건 상관이 없었다. 오로지 악만 존재했다. 이성으로 판단하면 죄수를 편들 수밖에 없었다. 너무나 잔인한 상황에 누구든 자신이 살아갈 방법만 떠올렸다. 기엘 피트 역시 교도관 이상으로 무자비하고 간교할 수밖에 없었다. 나는 담배를 비롯한 물품을 들여오고, 기엘 피트는 그것 하나로 막강한 힘을 발휘했다. 위치를 다지고 목적을 달성하려고 교도관이 휘두르는 권력 이상으로 무자비한 권력을 휘둘렀다.

나중에 드러났지만 기엘 피트는 영어도 웬만큼 했다. 하지만 나에게 처음 말할 때는 아프리카너를 사용했다. 기엘 피트는 나를 정복하자 박사를 두 번째 정복 대상으로 설정했다. 완벽한 하인으로 변신해서 박사에게 봉사했다. 박사가 필요한 걸 미리 파악해서 실천하려고 애쓰면서도 정상적인 사회 구조에서 추방당한 박사와 나만의 세계에 침범하지 않는 겸손한 하인이었다.

기엘 피트는 그럴싸한 핑계를 만들어 권투부가 연습할 때 체육관으로 들어오기도 했다. 처음에는 눈에 안 띄게 마루를 닦거나 창문을 청소하는 데 열중해서 체육관 일부처럼 익숙한 그림자가 되었다. 그리고 1년이 지나자 세탁물 심부름꾼이 되어, 샤워실에서 땀에 전 팬티와 권투용 운동화를 가져가고 광이 번쩍번쩍하게 세탁해서 다음 날 갖다주더니, 내가 돌머리 너머로 공을 넘길 즈음에는 권투 권위자가 되고, 부장은 아이들 연습을 맡겼다.

부장은 자신의 우월성을 증명할 필요가 있을 때면 기엘 피트가 우리에게 가르친 내용을 일부러 반박했다. 하지만 아주 가끔 그럴 뿐, 대체로 우리에게 신경을 안 썼다.

기엘 피트가 지도하면서 어린 선수들 실력이 많이 좋아졌다. 죄수긴 해도 권투선수를 만드는 데는 천재였다. 예전에 체육관에서 일하면서 케이프 프로빈스 유색인 라이트급 챔피언으로 활동한 적도 있었다. 처음에는 스미트 부장이 명령해서 더러운 황색 카피르에게 억지로 지도받았지만, 뛰어난 솜씨에 결국엔 아이들도 기꺼이 받아들였다. 기엘 피트는 방어에 초점을 맞추며 이렇게 주장했다.

"상대한테 펀치를 안 맞으면 다치는 일도 없어요. 모험하다간 펀치에 맞아서 다칠 수밖에 없어요. 권투는 싸움이 아니에요. 싸움은 헤비급이나 바보가 하는 거예요."

나는 그걸 배우려고 2년을 참고 기다린 게 아니었다. 하지만 박사는 기엘 피트가 옳다 하고, 사실 여덟 살짜리 꼬마가 생각하기에도 논리 자체는 반박할 여지가 없었다.

몇 주일이 지나자 11살짜리 아이와 함께 링에 올라설 수 있었다. 아이는 콧물코라고 불리는, 콧물코 브롱코스트였다. 콧구멍 한쪽이나 양쪽으로 늘 콧물이 흘렀다. 덩치도 크고 사나우나, 권투부에 들어온 지 몇 주일밖에 안 돼서 기술이 부족했다. 그런데 내가 펀치볼을 연습할 때 콧물코가 밀어 고무매트에 걸려서 넘어진 것이다. 나는 재빨리 일어나서 맞붙을 자세를 취했다. 그때 스미트 부장이 링으로 올라가라고 지시했다. 마침내 기회가 왔다. 심장이 뛰었다.

우리는 링에 올랐다. 체격으로 본다면 호피와 잭해머 스미트가 싸우는 꼴이었다. 그러나 다행히도 나는 지난 2년 동안 힘들게 연습했으며 기엘 피트가 가르친 6주일 동안 기술을 많이 익혔다. 콧물코는 나를 쫓으면서 주먹을 계속 휘둘렀다. 닿기만 해도 나가떨어질 만큼 강한 주먹이었다. 나는 상대가 휘두른 주먹을 모조리 피하고, 그렇게 3분이 지나자 스미트 부장이 호각을 불어서 중지시켰다.

권투부 모두 링 주위로 몰려들었다는 사실을 그때 처음 알았다. 호각을 불자 모두가 손뼉을 쳤다. 일생일대의 감격스러운 순간이었다. 드디어 피케이가 2년이라는 수습과정을 끝낸 것이다. 이제 웰터급 세계 챔피언으로 끊임없이 나아가는 일만 남았다.

나는 링에서 나가려고 돌아섰다. 그 순간 뭔가 이상한 느낌이 들어서 머리를 재빨리 숙였다. 큰 주먹이 공기를 가르며 지나갔다. 나는 무의식적으로 오른손 어퍼컷을 날리며 체중을 실었다. 어퍼컷이 콧물코 브롱코스트 명치 한가운데에 꽂혔다. 주먹이 느슨한 복부에 깊숙이 박히며 갈비뼈 사이로 공기를 밀어내는 걸 느꼈다. 콧물코가 배를 잡고 비틀대다 바닥에 쓰러져서 고통스러워했다. 일격에 쓰러뜨린 것이다. 갑자기 링 주변에서 환호성이 일어, 나는 당혹스러운 표정으로 쭉 훑어보았다. 다른 사람들 뒤에서 빠른 춤을 몰래 추는 기엘 피트가 눈에 들어왔다. 터져 나오는 기쁨을 억누를 수 없다는 듯, 이 하나 없는 입술을 우스꽝스럽게 벌린 상태였다. 그러다 조심성을 잃고 커다랗게 소리쳤다.

"하나 생겼군, 권투선수가 하나 생겼어."

모두 즐거워하다 유색인이 끼어드는 순간에 정적이 감돌았다. 스미트 부장이 천천히 다가가다 갑작스레 주먹을 휘둘렀다. 조그만 기엘 피트가 입에 강한 주먹을 맞으며 나뒹구는데, 코에서 피를 분수처럼 뿜어댔다.

"누가 너같이 더러운 카피르한테 물어봤어?"

스미트 부장이 소리치곤 오른손 관절을 문지르며 돌아오다 말했다.

"하지만 저 노란 놈 말이 맞긴 맞아."

그러다 콧물코가 비틀거리며 일어서는 걸 보고서 덧붙였다.

"브롱코스트, 바보 멍청이야. 빨리 가서 샤워나 해."

나는 링에 그대로 있었다. 내가 일으킨 소란이 약간 당혹스러웠다. 기엘 피트가 체육관 바닥을 게처럼 기어서 문으로 가는 게 보였다. 그러더니 문에 이르자 비틀대며 일어나서 나를 쳐다보고 싱긋 웃으며 엄지손가락을 살짝 치켜세웠다. 눈여겨보지 않으면 알아챌 수 없을 만큼 가벼운 동작이었다. 찌그러진 얼굴에 놀랍게도 행복한 표정이 가득했다.

그날 아침엔 학교로 가는 길에 콧물코 브롱코스트가 나무 뒤에서 갑자기 나타나 펀치를 휘둘렀다. 나는 재빨리 피하며 라이트 크로스로 머리를 강타해서 뒤로 자빠뜨린 다음에 도망쳤다. 경험으로 비추어 볼 때 세상에는 콧물코 같은 작자가 널린 터라 권투뿐 아니라 싸움질도 배우는 게 좋겠다는 생각이 들었다. 기엘 피트라면 싸움질도 가르쳐 줄 것 같았다.

그러나 그 생각은 빗나갔다. 기엘 피트는 나를 진정한 권투선수로 만들려고 애썼다. 그건 자존심 이상이었다. 권투선수가 싸움꾼으로, 싸움꾼이 건달로 타락하는 과정을 그는 너무나 잘 알았다.

"조그만 나으리, 싸움 기술을 배우면 속도도 주의력도 떨어져요. 주의력이 떨어지면 기술도 떨어지고요."

기엘 피트가 괴기스러운 웃음을 흘리며 덧붙였다.

"권투선수답게 싸워서 이기려면 시간은 그만큼 더 걸리겠지만, 점잖은 선수로 남을 수 있답니다."

실망스러웠다. 나는 거칠어지고픈 야망이 있었다. 점잖은 건 내가 설정한 목록에 없었다! 점잖게 행동한다면 어떻게 거칠어지겠는가? 그래서 사정했다.

"기엘 피트, 제발. 진짜 더럽고 야비한 속임수 한 가지만 가르쳐줘."

며칠을 조르자 마침내 승낙했다.

"그럼 한 가지만 가르쳐 줄 테니 다시는 안 조르겠다고 약속하세요, 알겠지요?"

"그 대신 제일 더럽고 야비한 수법이어야 해. 약속할 수 있겠어?"

"좋아요, '뱃사람의 경례'를 가르쳐 주지요. 내가 알기에 제일 야비한 속임수에요. 제대로 하려면 타이밍 맞추는 걸 배워야 해요. 권투선수도 배워둘 만한 속임수에요. 선수 자격을 잃는 건 아니니까요."

"그게 정말 제일 치사한 수법이야?"

"자신 있게 말할 수 있어요. 정말 교묘한 수법이라 경찰도 자주 사용해요. 그리곤 조서를 쓸 때 손을 댄 적이 없다고 하지요. 이 수법을

'리버풀 키스'라고도 해요."

그리곤 손바닥을 이마에서 8센티 정도 높이로 올리더니, 머리를 번개처럼 박았다. 이마가 손바닥을 때리는 소리가 요란하게 들렸다.

"다른 사람 머리에다 이렇게 하는 거예요."

기엘 피트가 나를 잡아당기면서 느린 동작으로 시범했다. 정말 느린데도 머리가 나가떨어질 뻔했다. 두 눈에 눈물이 어렸다. 잭해머 스미트가 호피를 쓰러뜨릴 때 사용한 게 바로 이거였다. 호피가 갑자기 쓰러진 이유를 알 것 같았다.

"나으리, 해보세요."

기엘 피트가 자기 이마를 손으로 툭툭 치면서 말했다. 똑같이 했다. 이마가 심하게 부딪쳤다. 싸움질이 두려웠다. 샌드백을 치는 것과 확실히 달랐다. 하지만 몇 주일 동안 열심히 연습해서 리버풀 키스를 완벽하게 구사할 수준으로 끌어올렸다. 샌드백을 재빨리 당기며 상대편 머리 즈음에 박치기를 번개처럼 날렸다. 기엘 피트는 자신을 대상으로 가끔 연습하도록 해주었다. 그래서 제대로 할 때마다 씩 웃으며 말했다.

"한 번 제대로 익히면 평생 안 잊지요. 중요한 건 눈 깜짝할 사이에 하는 거예요. 제대로 하면 상대방을 단 한방으로 잠들게 하지요. 틀림없어요."

학교는 불편한 게 하나 있었다. 내 나이 또래보다 두 학년이 높아서 친구를 사귀는 게 어려웠다. 같은 또래 아이는 나를 괴물로 여겼다. 기숙학교를 겪고 나서 교도소까지 들락거리다 보니 나는 같은 또래 누구보다 강했다. 턱뼈 사건으로 어느 정도 유명인사가 되었지만, 반에서 덩치가 가장 작고 수줍음을 많이 타는 아이로 지내면서 남들과 안 어울렸다. 특별히 애쓰지도 않았는데 강하다는 평판이 생기고 그래서 혼자 지낼 수 있었다.

나는 공격적이지 않다. 우리 반에서 가장 강하다는 존 홉킨스와 제프리 스크루비가 도전해도 나는 안 싸우려고 애썼다. 웰터급 세계 챔피언을 꿈꾸는 사람이 싸움질이나 한다는 건 적절하지 않다고 여겼기 때문이다.

판사는 물론이고 배심원들조차 두 아이보다 강한 터라 나는 조금도 두렵지 않았다. 학교에서 영어를 사용하는 아이들은 내가 권투를 배운다는 사실과 교도소를 출입한다는 사실을 몰랐다. 보아 아이가 조금 있긴 한데, 싸움질 말고는 영국 아이들과 안 어울리기 때문이다. 열 살짜리 아이 두 명이 며칠 동안 집적댔다. 그래서 기엘 피트에게 얘기하니, 그는 이럴 수도 저럴 수도 없는 내 입장을 금방 이해했다.

"꼬마 나으리, 그런 일은 간단해요. 자세히 알려줄 테니 꼭 내 말대로 하세요. 우선 두 사람한테 두려워서 벌벌 떤다고 믿도록 하세요. 절대로 안 싸우겠다고 말하세요. 싸우고 싶지 않다고 말이에요. 그러면 더욱 건방지고 거만하게 굴 거예요. 손으로 밀치더라도 참으세요. 하지만 명심할 건 그러는 광경을 여러 아이가 보아야 한다는 거예요. 그렇게 며칠이 지나면 결국 그 아이들이 시간과 장소를 일방적으로 통보하며 싸우자고 할 거예요. 그러면 두려워하는 표정으로 싸움에 동의하세요. 알겠어요?"

기엘 피트가 어깨를 잡고 두 눈을 똑바로 보았다.

"상대방을 과소평가하는 자는 싸움에서 질 확률이 높아요. 명심하세요, 꼬마 나으리. 기습이 가장 중요해요."

모든 일이 기엘 피트 말대로 흘러갔다. 쉬는 시간마다 집적대더니 아이들이 보는 앞에서 몸을 밀치기 시작했다. 나는 싸우기 싫다고 계속 항변했다. 결국 학교가 끝나면 영화관 뒤로 나오라는 요구를 받았다.

그곳에서 둘 가운데 한 명을 골라서 싸우라는 것이다.

마을 영화관 뒤 작은 공터로 갔다. 아이들이 싸우는 장소로 널리 사용하는 곳이었다. 아이들 50명 이상이 존 홉킨스와 제프리 스크루비 주변을 가득 메웠다. 하나같이 영어를 사용하는 아이들이었다. 콧물코 브롱코스트만 예외였다. 싸움 이야기를 어떻게 들은 게 분명했다. 그러더니 놀랍게도 나에게 다가와서 아프리카너로 말했다.

"네 세컨드를 봐주러 왔어. 쟤네는 모두 루이넥이야. 저들이 무슨 짓을 할지 몰라."

나는 깜짝 놀란 표정으로 쳐다보며 말했다.

"나도 루이넥이야."

"알아. 하지만 너는 보아 루이넥이야. 그게 다르지."

나는 홉킨스와 싸우기로 정했다. 두 놈 가운데 덩치가 큰 녀석이었다. 자신을 선택하리란 기대조차 않은 터라, 매우 기뻐하는 것 같았다.

아이들이 동그라미를 만들며 에워쌌다. 콧물코가 서툰 영어로 소리쳤다.

"좋다! 조용히 해! 싸운다!"

홉킨스가 강펀치를 날렸으나 어림도 없었다. 내가 갈비뼈에 강타했다. 상대는 깜짝 놀라며 머리를 흔들더니 다시 달려오며 팔을 크게 휘둘러서 머리를 때리려 했다. 나는 몸을 재빨리 굽혀서 주먹을 피하며 코를 강타했다. 상대가 갑자기 동작을 멈추더니 한 손을 들어서 얼굴을 만졌다. 나는 레프트를 날린 다음에 라이트로 명치를 갈겼다. 어이없게도 상대가 울음을 터뜨렸다.

"시합 끝!"

콧물코가 내 손을 번쩍 들었다. 홉킨스는 완전히 기죽어서 훌쩍대며 아이들 사이로 사라졌다. 나는 제프리 스크루비를 가리켰다. 상대가 두려워하는 순간, 나는 갑자기 힘이 솟구치는 걸 느끼면서 소리쳤다.

"스크루비, 네 차례다."

스크루비가 기어드는 소리로 사과했다.

"미안해, 피케이."

내가 이겼다. 기엘 피트가 말한 그대로였다. 아이들이 갑자기 나를 찬양했다. 느낌이 말할 수 없이 좋았다. 그때 콧물코가 한 발 앞으로 나오며 소리쳤다.

"너희 더러운 루이넥 가운데 이 애와 싸우고 싶은 사람 없어?"

침묵만 흐를 뿐 누구도 꼼짝하지 않았다. 덩치가 아주 커다란 녀석조차 마찬가지였다.

"네놈들은 모두 겁쟁이야, 알겠어?"

콧물코가 으르릉대더니 고개를 천천히 돌려서 나를 바라보고 이를 드러내며 환하게 웃었다. 나도 웃음으로 답했다. 나에게 감정이 많을 텐데 내 편을 들어준 게 고마웠다.

"좋아, 그럼 내가 해보지."

콧물코가 갑자기 말했다. 아이들이 웅성거렸다. 커다란 충격을 받은 것 같았다. 사실 나도 충격이 컸다.

"공평하지 않아. 너는 피케이보다 너무 커."

제프리 스크루비가 항의하고, 누군가 소리쳤다.

"나이도 훨씬 많아."

"입 닥치지 않으면 가만 안 두겠어."

콧물코가 스크루비에게 다가가서 집게손가락으로 가슴을 찌르며 말했다. 그리곤 돌아서서 나를 보며 자세를 취했다.

링에서 처음 대결한 게 4개월 전이다. 상대는 그동안 권투 기술을 상당히 습득했다. 나는 멀리 떨어져서 재빨리 움직이며 주위를 빙빙 돌아 실수를 유도했다. 그러나 주먹에 두어 차례 맞았다. 정말 커다란 충격이 몰려들었다. 하지만 나는 시간문제에 불과하다는 걸 알고 있었다. 그래서 재빨리 파고들며 주먹을 정확하게 날리곤 했다. '처음엔 머리로, 다음엔 가슴으로, 처음엔 머리로, 다음엔 가슴으로.' 나는 호피가 말한 소리를 되뇌며 끊임없이 빠르게 움직이려 애썼다. 콧물코가 한두 차례 접근했으나 소득은 없었다. 근거리에서는 내가 훨씬 훌륭한 복서였다. 상대는 강펀치가 언제 날아올지 모른다고 생각했는지 거리를 유지하며 주먹을 날렸다. 내가 할 수 있는 거라곤 상대가 헛방을 계속 날리게 하는 게 전부였다. 아이들이 나를 편들며 큰 소리로 응원했다. 하지만 콧물코가 너무 강해, 결과는 불 보듯 뻔하다고 생각하는 것 같았다.

"어서 덤비라고, 더러운 보아 자식아. 벌벌 떨지 말고."

내가 화를 돋웠다. 콧물코가 갑자기 동작을 멈추고 두 눈을 부릅뜨더니 갑자기 소리치며 달려들었다. 결정적인 순간에 옆으로 살짝 피하자, 상대가 비틀거렸다. 그러면서 나에게 몸을 돌릴 때는 머리가 내 머리와 같은 높이로 내려왔다. 상대는 등을 영화관 벽으로 향한 상태고 내 등은 아이들을 향한 상태였다.

나는 재빨리 다가서며 양손으로 멱살을 움켜쥐고 리버풀 키스를 정확하게 날렸다. 너무나 완벽해서 나 자신도 어리벙벙할 정도였다. 콧물코는 완전히 정신을 잃고 땅바닥에 나뒹굴었다. 무슨 일이 일어났는지도 모르겠다는 표정이었다. 아이들은 등 뒤에 있어서 정확히 볼 수 없었다. 내가 멱살을 잡으려고 두 손을 잽싸게 치켜든 걸 아이들은 두 주먹을 불끈 쥐고 한 방 먹이는 것쯤으로 생각했다. 그 사건 이후로 아이들 사이에선 이런 말이 떠돌아다녔다.

"피케이가 '어서 덤비라고, 더러운 보아 자식아. 벌벌 떨지 말고' 하고 소리치더니 턱에다 펀치 두 방을 날려서 콧물코 브롱코스트를 때려눕히더군."

놀랍게도 콧물코는 코를 훌쩍이다 비틀대며 일어나더니, 아이들 사이를 비집고 나가서 건물 밑으로 걸어갔다. 그래서 골목을 반쯤 내려가다 말고 돌아서서 아프리카너로 소리쳤다.

"언젠가 꼭 복수하고 말겠어, 더러운 루이넥 자식아!"

등을 보이며 멀어지는 콧물코를 영국 아이들이 조롱했다. 하지만 나는 달랐다. 야비한 짓에 당했다는 걸 알면 상대는 체면만 잃고 발길을 돌리진 않을 터였다. 그러나 콧물코조차 주먹에 맞았다고 믿었다. 진짜 놀라웠다.

홉킨스와 콧물코 브롱코스트를 물리친 이후로 나는 학교에서 영웅이 되었다. 학교에 보아계 학생은 60여 명에 불과했다. 누르드캅에서 일하는 광부나 농부, 프란찌노스 러스트에 있는 제재소 일꾼, 혹은 교도관 자녀였다. 대체로 영국 학생보다 체격도 좋고 공격적이었다. 영국 학생은 보아 아이에게 괴롭힘을 당한 경험이 누구나 한두 번씩 있었다. 나는 보아인과 싸워서 이긴 유일한 존재였다. 패전한 바다에 유일하게 떠오른 승리호였다.

몸집이 콧물코와 비슷한 보아 아이들이 가끔 도전했다. 그리고 학교가 끝나면 영화관 뒤는 아이들로 가득했다. 한편에는 보아 아이들, 다른 편에는 영국 아이들이 그룹을 이루었다. 나와 상대는 두 그룹이 마주 보는 가운데에 섰다. 교도소 아이들은 독자적인 그룹을 형성했다. 어느 편에 낄지 애매한 것 같았다. 하지만 내가 이길 때마다 기뻐하는 표정이 또렷했다.

기엘 피트는 훌륭한 코치였다. 교도소 아이들과 싸우는 경우는 절대로 없어, 나는 뛰어난 복싱기술로 늘 이겼다. 그런 다음에 몸집이 커다란 보아 아이가 덩치가 비슷한 영국 아이에게 도전해서 이기곤 했다.

그래서 두 인종 사이에서 세력 균형을 이룰 수 있었다.

교도소 아이들은 내가 아프리카너를 하는 일종의 명예 보아인인데다 자신들과 한패라서 내가 이기는 건 문제가 안 된다고 설명했다. 그런 말은 처음이었다. 콧물코조차도 체육관에서 스파링할 때를 제외하고는 나에게 집적대지 않았다.

중립에 서면 이익이 많다. 전쟁하는 동안에는 양측이 신뢰할 중재자가 늘 필요했다. 모든 아이가 나를 천재로 인정했다. 그래서 보아 아이들과 영국 아이들이 친하게 지낼 기회를 끌어낼 수 있었다. 양측 의견을 조정해서 럭비나 클레이이래트, 복복 같은 경기를 주선했다. 힘과 인내를 바탕으로 하는 격렬한 경기였다. 선수 후보자가 적어도 대체로 보아 아이들이 이겼다.

같은 나이 또래는 40여 명이며, 어느새 나는 확고부동한 지도자로 자리 잡았다. 나쁜 기분은 아니었다. 별 볼 일 없는 존재가 갑자기 유명인사로 되어서 기분이 황홀했다. 하지만 부담스러울 때도 있었다. 싸움을 해결하고 약자를 못살게 구는 일을 막고 어린아이들이 잘못하면 바로 잡아주어야 했다. 바로 그때 담배 위기가 발생했다.

마리네 농장이 담배 수확에 실패했다. 따라서 3개월 동안 창고가 텅텅 비었다. 마리는 자신이 잘못이라도 한 것처럼 미안해서 어쩔 줄 모르겠다는 표정으로 사과하기 일쑤였다. 할아버지가 괜찮다고 할수록 마리는 죄책감에 빠지는 것 같았다.

기엘 피트는 암시장 보급 책임자로 이미 확고부동한 위치를 확보했다. 담배 말고도 소금과 설탕까지 취급했다. 편지쓰기도 손대서 교도소와 남아프리카 전역을 연결했다. 외부와 접촉해서 우편환도 반입했다. 죄수가 설탕이나 소금, 담배 등을 주문하면 기엘 피트는 30% 높은 가격에 판매했다. 담배 한 개비에 3펜스를 받았다. 담배는 전쟁 때문에 공급이 줄어, 당시로써는 가장 비싼 사치품이었다. 이파리 형태로 담배를 소량 반입해서 가늘게 말아 팔았다.

1주일 동안 중노동 끝에 담배 한 개비를 피우는 건 일반 죄수로서 상상도 할 수 없는 사치였다. 담배 한 개비나 설탕 한 숟가락 혹은 소금 한 숟가락 같은 사소한 물품이 희망과 절망을 가르는 교차로로 작용하는 모습을 내 눈으로 직접 보았다. 담배 한 개비를 303 탄피에 넣어 항문 속에 보관한 죄수는 자신을 부자로 여겼다. 탄피는 쓸모가 많았다. 죄수는 탄피와 항문으로 하나밖에 없는 저장공간을 확보했다. 탄피는 아이들이 육군 부대 사격 연습장에서 모았다. 그건 기엘 피트가 싼 가격에 판매한 유일한 품목이다. 죄수들이 저장공간을 확보해야 사업도 번창하기 때문이다.

편지쓰기 또한 중요한 일이었다. 박사는 기엘 피트가 부르는 대로 편지를 쓰는데, 볼품없이 생긴 조그만 사내는 한 번에 수십 명에 달하는 흑인 주소와 수십 통에 달하는 편지 내용을 모조리 기억했다. 박사는 편지를 주로 밤에 써서 나에게 가르칠 음악이론을 한 장 쓰고 그 뒤에 편지를 덧붙여 아침에 건네는 식이었다. 몸을 조금만 뒤져도 들통 날 정도로 어수룩한 방법이었다. 하지만 박사는 교활한 면이 없었다. 음악이론을 담은 공책도 교도관이 스타인웨이처럼 존경의 대상으로 여길 거로 생각한 것 같았다.

편지 내용은 대체로 비슷했다. 어떤 언어를 사용하든 글에 익숙하지 않은 사람은 편지를 형식적인 내용으로 압축하는 경향이 있다. 가족에게 안부를 전하고 아이들 안부를 묻는 정도였다. 극히 사소하면서도 결국 모든 인간에게 가장 중요한 관심사였다. 돈을 요구하는 내용도 있었다. 하지만 불가능하다는 사실을 잘 아는 터라 가족에게 그런 부담을 지우는 경우는 극히 드물었다.

가장이 체포되었다는 사실이나 갇힌 곳 자체를 가족이 모르는 게 다반사였다. 어느 날 갑자기 아무것도 아닌 일로 잡혀서 근처 교도소에 갇힌 건데, 경찰이 안 알려서 행적조차 못 찾는 거였다. 따라서 편지는 죄수에게 외부와 연결되었다는 만족감을 주는데 최고였다.

박스웰 부인이 우체국장 임무를 멋지게 수행했다. 도서관에서 책 뒷장에 찍는 '바버톤 시 빌리에르 거리 바버톤 시립도서관'이라고 새긴 커다란 사각형 도장을 빈 봉투에 찍고 우표를 붙여서 답장용이라는 안내문과 함께 편지에 넣었다. 답장용 봉투에는 발송자 이름도 적었다. 처음에는 '사랑하는 남편에게'라고만 적을 뿐 수신자 이름조차 없는 답장이 왔기 때문이다.

박스웰 부인은 나와 함께 바깥 봉투에 주소를 적어서 편지를 부쳤다. 그리고 이렇게 설명했다.

"세상에는 깐깐한 사람이 많아. 서투른 글씨로 적은 편지가 도서관에 많이 오면 우체국장이 의심할 수 있어. 다행히도 지난 몇 년 동안 답장용 봉투에 도서관 직인을 찍어서 시골 회원한테 반납 기간이 지났다고 알리는 통지서를 발송했단다. 그러니 당장은 의심을 못 할 거야."

우체국장은 조금도 의심하지 않았다. 그래서 우편 수송 체제는 완벽하게 돌아갔다. 답장 편지를 교도소로 가져가서 피아노 걸상에 넣고 자물쇠로 채웠다. 열쇠는 박사와 나만 있었다. 하지만 단언컨대 기엘 피트도 마음만 먹으면 자물쇠를 언제든 딸 수 있었을 거다.

외부에서 죄수에게 보내는 돈은 대개 2실링짜리 우편환 형태였다. 우편물은 박스웰 부인이 모두 개봉했다. 그래서 우편환을 현금으로 바꾸고 봉투에 넣어서 앞면에 수신자 이름을 썼다. 봉투는 편지 칼로 조심스럽게 개봉했다. 손잡이에 이발소 기둥 간판처럼 하얀색과 까만색 줄무늬가 있는 칼이었다. 칼날 한쪽에는 '애인에게 편지를 쓰셨나요?'라는 문구가, 다른 쪽에는 '1924년 브리턴에서 산 기념품'이라는 문구가 있었다. 박스웰 부인 애인이 누굴까 궁금했으나, 지금 생각하니 아무도 없을 거라고 단정한 것 같다. 어쨌든 나는 칼로 개봉할 때 생긴 자국을 감추려고 얇은 고급 종이를 붙였다.

교도소 정기 우편 제도는 이렇게 돌아갔다. 우표와 편지지 대금은 박스웰 부인이 기꺼이 부담했다. 아내가 수감 중인 남편에게 보내는 편지를 가끔 읽기도 했다. 물론 영어를 아는 사람이 대필한 편지였다. 그래서 내가 듣도록 커다랗게 읽으면서 눈물을 글썽이곤 했다. 편지는 대개 어린애 글씨처럼 울퉁불퉁한 글씨로 서너 줄 적은 게 전부였다.

> 남편 마푸니 토카시에게
>
> 어떻게 지내나요? 아이들은 잘 있어요. 가진 것이 이것밖에 없어요. 주인이 나가라고 합니다. 일자리도 먹을 것도 없어요. 막내는 이제 두 살이에요. 당신과 똑 닮았어요. 우리는 달리 갈 곳이 없어요.
>
> 당신 아내
>
> 부야니

편지에 동봉한 2실링 우편환은 전 가족이 이틀 이상 굶었다는 걸 암시한다. 박스웰 부인은 눈물을 훔쳐내면서 양심에 비추어 떳떳하니 설사 체포당하더라도 절대 후회하지 않겠다고 말했다. 그리곤 친구를 비롯해 도서관에 오는 사람을 여럿 설득해서 헌 옷을 모아 가난한 죄수 가족들에게 보냈다. 심지어 굶주리는 가족이 있으면 사비를 털어서 우편환을 보냈다. 죄수는 '무관심한 사회와 지나치게 엄격한 국가 사이에서 비참하게 희생된 죄 없는 사람들'이라고 주장했다. 그래서 죄수를 '샌드위치'라고 하면서 이렇게 말하곤 했다.

"우리는 샌드위치한테 더 많은 옷을 보내야 합니다."

"반 크라운을 보내야 할 가엾은 샌드위치가 여기에 있습니다."

박스웰 부인은 44갤론 드럼통을 구해 뚜껑 전체를 가로지르며 구멍을 기다랗게 뚫어서 도서관에 놓았다. 거대한 헌금통 같았다. 옆면에는 '옷을 넣어서 샌드위치 기금 마련을 도웁시다'라고 적었다. 옷을 가져오는 사람은 많으나 샌드위치 기금이 무언지 묻는 사람은 없었다.

박스웰 부인은 "모두 아는 걸 자기만 모른다고 흉볼까 봐 아무도 안 묻더군" 하고 말했다. 박스웰 부인이 설명한 말에 따르면 샌드위치란 샌드위치 백작을 따서 만든 말이다. 지독한 도박꾼으로 항상 노름하느라 바빠서 식사할 시간조차 없었다. 집사는 그 문제를 해결하려고 빵조각 사이에 음식물을 끼워서 주고, 그래서 샌드위치가 처음 나왔다는 것이다.

"샌드위치 기금이 뭐냐고 묻거들랑 유명한 샌드위치 백작이 가난한 사람을 도우려고 만든 기금이라고 대답하자꾸나. 그러면 더는 안 물을 거야. 너도 그렇게 생각하지 않니, 피케이?"

결국엔 누군가 물어볼 게 분명했다. 바버톤에서는 전쟁과 관련된 기금을 다양하게 조성했다. 그 가운데서 샌드위치 백작기금이 가장 유명해서 마침내 전쟁 포로에게 양말을 짜주는 일보다 중요한 기금으로 자리 잡았다. 코로네이션 공원에서 부활절과 크리스마스 축제가 열릴 때 박스웰 부인은 나와 함께 샌드위치 판매대를 운영해서 지역 유지들이 기증한 케이크를 비롯해 맛난 음식을 팔았다. 어머니는 디와 덤이 구운 호박 핫케이크를 보낸 건 물론, 디와 덤에게 판매대에서 일하도록 허락도 했다. 두 사람은 어머니가 똑같은 모양으로 만든 앞치마와 모자를 착용하고 가판대에 케이크를 진열하거나 빵을 자르고 버터를 발라 샌드위치를 만드는 등 아침부터 어두울 때까지 열심히 일했다.

나는 교도소 권투부라서 교도소 아이로 간주한 터라, 교도관 부인들이 빵과 과자를 가판대 판매용으로 며칠 동안 구워주곤, 자신들이 만든 게 제일 먼저 팔리는 걸 보고서 매우 즐거워했다. 보아인 여성은 대체로 상류층 안방마님보다 빵 굽는 솜씨가 좋았다. 엉성하게 만든 샌드위치 백작기금 판매대에서 우편요금 전체와 빈곤한 가족 상당수에 보낼 돈과 의복을 충분히 모을 수 있었다.

담배 위기가 닥칠 때도 샌드위치 백작기금으로 해결했다. 박스웰 부인은 우리 학교 교장에게 편지를 보내 아이들이 집에서 담배꽁초를 가져오도록 부탁했다. 군대 막사 부사관 식당에서 꽁초를 모으기도 했다. 사람들은 재생한 담배를 전범에게 보낼 거로 추측했다. 박스웰 부인이 죄수에게 보낼 거라고 간단하게 대답했기 때문이다.

어떤 아이는 부모가 전쟁 기금에 이바지한 대가로 배급받은 귀중한 담배를 반 갑이나 가져오기도 했다. 그래서 갖다 주자, 기엘 피트는 뛸 듯이 기뻐했다. 담배꽁초 자루는 오두막으로 옮겼다. 디와 덤은 수건으로 마스크하고 1주일에 걸쳐 모은 꽁초를 찢으면서 일요일 오후를 꼬박 보냈다. 기엘 피트로서는 차라리 잘된 셈이었다. 뻣뻣한 담뱃잎을 마는 지겨운 일을 안 해도 되기 때문이다. 하지만 나중에 마리네 농장에서 담뱃잎을 다시 소출할 때는 얼굴을 잔뜩 찌푸린 채 그 지겨운 일을 다시 해야 했다.

이 모든 일로 죄수들이 대단히 고마워한다는 사실을 나는 전혀 몰랐다. 언젠가 죄수들이 시청 정원에서 화단을 일구는 모습을 구경하는데, 깜짝 놀랄 일이 일어났다. 선창자가 부르는 노래 박자에 맞추어 곡괭이를 똑같이 올리고 내리면서 작업하다, 내가 다가가자 선창자가 노래 가사를 바꾸었다.

"누가 다가오는지 보아라."

그러자 죄수들이 합창했다.

"누군지 말해주오, 말해주오."

선창자가 노래했다.

"우리 올챙이 천사라네."

나머지가 되받았다.

"찬양하세, 찬양하세."

그들이 누구에게 노래하는지 몰라서 주위를 둘러보는데, 나 말고 아무도 없었다. 교도관이 나를 알아보고 소리쳤다. 줄루어를 모르는 게 분명했다.

"요즘은 재미가 어때?"

"덕분에 아주 좋아요, 아저씨."

교도관은 따분함을 참다못해 나를 얘기 상대로 삼으려는 모양이고, 선창자는 계속 노래했다.

"강한 투사, 혼혈인의 친구."

나머지 죄수들이 합창했다.

"올챙이 천사, 올챙이 천사."

올챙이 천사 앞부분에서 곡괭이를 일제히 들어 올리더니, 올챙이 천사 뒷부분에서 똑같이 내리찍었다. 나를 찬양하는 노래 같았다.

"이번 주말 넬스프루트에서 남아프리카 선수권 대회가 열릴 때 부장이 너를 12세 이하 시합에 출전할 거라고 들었어."

"네, 아마 제가 가장 작을 거예요. 하지만 부장님은 괜찮을 거라고 하시더군요."

"담배와 설탕, 소금을 주어서 고맙소. 머나먼 가족한테 편지와 구호품을 보내서 고맙소."

합창이 다시 들렸다.

"진심으로, 진심으로."

"아홉 살이 좀 어리긴 해. 보아 아이가 열한 살이면 꽤 클 텐데."

계속 찬양하는 노래가 당혹스럽지만, 나는 어깨를 으쓱하며 대답했다.

"두 주일만 지나면 열 살이에요."

"그렇겠지. 네가 싸울 녀석은 열두 살이 되고."

희망이 없다는 투였다.

"가봐야겠어요. 도서관에 가야 하는데 벌써 늦었어요."

죄수들이 부르는 노래에서 최대한 빨리 벗어나고 싶었다.

"잘할 거야. 네가 스파링하는 걸 보았는데, 아주 빠르더군."

교도관이 나를 가만히 보고 빙그레 웃으며 덧붙였다.

"진짜 이상한 녀석이군, 피케이. 왜 갑자기 화난 것처럼 얼굴을 붉히는 거야?"

선창자가 계속 노래했다.

"갈증을 풀어주는 달콤한 샘물, 가뭄을 해결하는 비구름."

곡괭이가 일제히 올라가면서 "올챙이 천사", 일제히 내리꽂으면서 "올챙이 천사, 경배하네, 경배하네."

나는 도서관으로 마냥 달렸다. 곤혹스러운 느낌이 사라질 즈음엔 온몸이 땀으로 흠뻑 젖었다.

다음 날에 항의하자, 기엘 피트는 올챙이 천사가 내 이름이라는 걸 인정하며 말했다,

"그건 대단한 찬사에요, 꼬마 나리. 그들이 볼 때 꼬마 나리는 진짜 천사예요."

박사도 귀를 기울였다. 박사가 옆에 있을 땐 우리도 영어로 말했다.

"맞아, 자네가 볼 때도 우리는 천사고, 기엘 피트. 돈을 많이 벌었을

테니까, 안 그런가?"

박사가 말하며 껄껄 웃자, 기엘 피트는 부정하지 않았다.

"큰 나으리, 교도소란 곳은 항상 그렇습죠. 발각이라도 나는 날엔 저 같은 놈은 그냥 죽을 수밖에 없습니다요. 그러니 목숨을 건만큼 뭔가 얻는 게 있어야 하지 않겠습니까요? 30%는 그렇게 많은 편이 아닙죠. 프리토리아와 요하네스버그에서는 50%, 로빈 섬과 폴스무어에선 60%나 올려 받습니다요, 나으리."

"자네는 치사한 인간일세, 기엘 피트. 하지만 더 얘기 않겠네."

박스웰 부인과 마찬가지로 박사도 편지 작업이 중요하다는 걸 충분히 깨달았다. 아무런 동정도 못 받고 쓰레기 같은 음식을 먹으며 중노동에 시달리는 사람들이 생명을 유지하는 데 소량의 암거래가 얼마나 중요한지도 충분히 깨달았다. 죄수가 먹는 거라곤 뼈다귀 조각이 가끔 떠다니는 시래깃국과 옥수수죽이 전부였다. 생명을 간신히 지탱할 뿐 농장이나 제재소나 화강암 채석장에서 잔혹하게 노동할 정도는 아니었다.

교수는 분배 체계가 안 잡히면 혼란이 일어나리라는 것 역시 잘 아는 터라, 기엘 피트 역할을 인정할 수밖에 없었다.

"인간은 누구나 형제를 돌보려는 욕구와 사랑이 내면에 존재해. 인간 내면에는 야만성이 있지만 상냥함과 동정심도 공존하지."

박사는 한숨을 내쉬며 손수건을 꺼내서 교도소 분위기를 씻어내려는 듯 얼굴을 훔쳤다.

"이런 곳에서 짐승처럼 살다 보면 누구든 조그만 관심이라도 갈구할 수밖에 없어. 누군가 자신을 걱정한다는 징후가 조금만 있어도 어두운 산속을 밝히는 횃불처럼 빛나는 거야. 누군가 보살핀다는 징후를 느끼면 일부나마 영혼을 정화하고 마음의 불을 밝힐 수 있는 법이야."

식사량이 너무 적어서 힘든 육체노동을 할 수 없는 터라 누구든 죄수를 고용하는 사람은 정오에 먹을 걸 주어야 한다. 죄수는 그걸 먹어야 생명을 유지할 수 있다. 그래서 죄수 1인당 고기 230g과 옥수수 500g으로 만든 채소 고기 스튜를 제공하는 게 규칙이었다. 그런데 교도관이 음식량을 절반으로 줄이고 차액을 10실링씩 나눠 갖는다는 소리를 가끔 들었다. 죄수를 짧은 기간 고용할 때만 가능한 음모였다. 장기적으로 고용하는 경우라면 죄수가 허약해서 일할 수 없기 때문이다. 이건 정말 커다란 모험이었다.

스미트 부장은 교도관을 순번제로 돌리며 매주 다른 작업을 맡겨서 사취를 못 하게 했다. 교도소로서는 죄수가 외부에서 하루 한 끼나마 충분히 식사해야 교도소 음식 공급량을 줄일 수 있었다. 물론 모두 기엘 피트가 한 얘기라서 전적으로 믿을 순 없지만, 교도관이 사취하다 잡혀서 해고는 물론 군대에 징집당하는 사례는 가끔 있었다. 권투부에서는 누구도 사취하려 들지 않았다. 이들은 스미트 부장 덕분에 음악 솜씨가 뛰어난 교도관보다 좋은 대우를 받았다. 작업대와 함께 외부로 나가는 일도 드물었다. 주로 낮에 근무하며 경비 업무를 맡았다.

줄루인은 전체 죄수 가운데 1/4도 안 되지만 교도소 내부에서 가장 높은 지위를 차지했다. 작업 노래는 대개 줄루어로 만들고, 휴식시간을 요청하거나 작업 속도를 조정하는 죄수 역시 늘 줄루인이었다. 줄루어는 시적인 언어로, 전통적인 줄루 노래가 많았다. 게다가 줄루인은 시적 감성을 타고난 터라, 최근에 일어난 사건을 서정시로 담아서 정보를 전달하는 능력이 탁월했다.

장기수 사이에서도 정보 전달 방식은 똑같았다. 이곳 교도관은 주로 아프리카너를 사용했다. 농장 출신이라서 쇼나어나 샹간어나 스와지어를 하는 교도관은 있으나 줄루어를 하는 교도관은 거의 없었다. 읍내 주민은 보아인이 사용하는 아프리카너와 광산에서 사용코자 영어에

몇몇 아프리카 언어를 혼합해서 만든 파나갈로라는 언어를 가끔 배울 뿐 아프리카 원주민 언어는 안 배웠다.

나는 '천사'라는 단어 앞에 '올챙이'가 붙는 이유를 물었다. 처음에는 기엘 피트도 모르는 것 같았다. 아니면 최소한 모르는 척했다. 나는 줄루인이 이름 붙이는 법을 안다. 이유 없이 붙이는 법은 없다. 이름을 조심스럽게 선택해서 상대의 개성과 지위를 정확하게 담아낸다.

예를 들어, 돌머리는 자기 별명이 '당나귀 막대기'라는 걸 모른다. 별 이유 없이 기다란 고무 곤봉을 휘둘러서 나온 별명이다. 교도관 대부분은 죄수를 때릴 때 주먹을 사용한다. 주먹을 사용한 체벌은 비공식적이며 이른바 우정어린 설득이라는 게 주된 논리다. 곤봉은 보고할 필요가 있을 때만 사용한다. 그러나 돌머리는 예외였다. 저지대 헤비급 챔피언으로 주먹을 신중하게 관리해야 하는 터라 일상적으로 체벌할 때도 당나귀 막대기를 사용했다. 하지만 교도소 밖조차 카피르인이 심각한 비행을 저지를 때만 몽둥이질을 할 뿐 평상시에는 주먹을 사용하기 때문에 그는 이렇게 변명하곤 했다.

"나 같은 사람이 냄새나는 검둥이 녀석을 때리느라 새끼손가락을 다칠 순 없잖아."

교도소 행정실 건물 내부에서 꼬불꼬불 기다란 통로를 따라 걸어간 기억이 난다. 그곳에서는 장기수 오륙 명이 무릎에 걸레를 감은 채 바닥에 꿇어앉아서 먼지 한 점 없는 복도 바닥을 닦았다. 멀리서 선창자가 소리 높여 노래하는 소리가 일어났다.

"머리를 숙이고 열심히 일하라, 당나귀 막대기가 온다."

그러자 나머지가 합창했다.

"당나귀 막대기, 당나귀 막대기."

우리가 지나갈 때 죄수들은 잠시 청소를 멈추고 두 손을 겸손하게 맞잡고 웃으며 말했다.

“안녕하세요, 나으리. 안녕하세요, 작은 나으리.”

‘천사’ 앞에 ‘올챙이’가 붙는 데는 이유가 있는 게 분명한 터라, 나는 기엘 피트에게 그 이유를 고집스럽게 물었다.

“작은 나으리, 그럼 설명해 드리죠. 사람들은 교수님을 ‘개구리’라고 부른답니다. 조용한 밤에 피아노를 치니까요. 줄루 사람들이 볼 때 개구리는 밤에 가장 커다랗게 울거든요. 작은 나리는 개구리가 데리고 다니는 소년이라서 올챙이라는 별명이 생긴 거예요.”

줄루식 논리에 따른 기막힌 호칭이 아닐 수 없었다.

13

기엘 피트는 돈을 벌면서 점차 살이 붙고 배가 나왔다. 권투부에서 없으면 안 될 존재도 되었다. 체육관 청소와 세탁일을 도맡은 데다, 교도소 작업실에서 파랗고 노란 셔츠나 하얀 경기용 팬티를 만드는 일까지 했다. 그러나 뛰어난 코치 실력이 무엇보다 돋보였다. 권투에 대해 백과사전처럼 해박한 지식으로 아이들에게 많은 내용을 가르쳐 주었다. 아이들은 어느덧 머리를 사용하는 영리한 권투 선수로 변신하면서 천부적으로 호전적인 성격에 진짜 기술을 결합해 나갔다. 15세 이하부터 12세 이하까지 바버톤 블루스는 2년 동안 시합에서 한 번도 안 졌다.

실제 경기에 처음 들어간 건 순전히 행운이었다. 넬스푸르트에서 8월 초에 선수권 대회가 있을 예정으로, 그날은 10번째 생일을 며칠 앞둔 날이었다. 나는 10살이면 11살이나 다름없으므로 1년 차이로 권리를 잃을 순 없다고 사람들을 설득하려 애썼다. 그러나 스미트 부장은 마음을 바꿀 위인이 아니며, 내 편을 들면서 거드는 사람도 없었다. 게다가 12살 이하에 참가하는 콧물코 브롱코스트와 포니 크루거는 12살에 가까워, 나보다 두 살이나 많았다.

기엘 피트는 내가 머리가 좋아서 속도만 보강하면 덩치가 작은 문제는 극복할 수 있다며 발놀림을 늘 강조했다.

"작은 나리는 발로 싸우는 법을 배워야 돼요. 훌륭한 선수는 춤추는 댄서에요. 발을 움직이는 것만 보아도 알 수 있지요."

그러면서 자세를 정확히 잡고 펀치에 체중을 싣는 방법도 알려주어, 체중이 작아도 펀치가 좋았다.

"펀치가 시시하면 상대편이 계속 밀어붙여서 녹다운시키고 말 거예요. 그러니 권투선수는 처음부터 펀치가 강하게 보여야 해요."

나는 대회에 나가 이름 모를 적수와 시합하고 싶은 열망이 가득했다. 두 해가 지나도록 권투 연습을 거른 날은 한 번도 없었다. 스파링이 아니라 관중이 지켜보는 앞에서 링에 올라 처음 보는 상대와 정식으로 겨루고 싶었다. 그래서 몸과 마음을 다해 지금까지 열심히 연습했다.

선수권 대회를 며칠 앞두고 콧물코가 체육관에 안 나왔다. 연습이 끝난 뒤에 스미트 부장이 기엘 피트를 불렀다. 두 사람이 한참 진지하게 얘기하면서 나를 가끔 쳐다보았다. 마침내 기엘 피트가 나에게 다가왔다. 떠오르는 미소를 감추려고 무척 애쓰는 표정이었다.

"아, 소인은 오늘 기분이 아주 좋습니다, 작은 나으리. 아주 행복해요. 이유를 알고 싶지 않으세요?"

"감옥에서 풀어준대?"

내가 묻자, 기엘 피트가 웃었다.

"아니에요, 결코 그런 건 아니에요. 아, 기분이 정말 좋아요. 이제 권투선수 제자가 생겼으니까요. 좋은 계획이 있습죠. 기분 좋아 죽겠구먼요.”

“도대체 무슨 소리를 하는 거야?”

기엘 피트가 허리를 숙이자, 얼굴이 코앞까지 다가왔다. 입에서 악취가 났다.

“작은 나리가 대회에 출전하게 되었어요. 브롱코스트 작은 나리가 황달에 걸렸대요. 그래서 대신 시합하는 거예요.”

두 귀가 의심스러웠다. 학교에서 황달이 유행했다. 콧물코도 병에 걸려서 대회에 출전할 수 없었다. 대신 내가 출전하게 된 것이다. 너무 기뻤다. 기엘 피트를 안으려 했으나 상대가 옆으로 재빨리 피해서 빙그레 웃으며 말렸다.

“안 돼요, 안 돼요, 작은 나으리. 그러면 부장이 나를 때릴 거예요. 빨리 가서 부장한테 고맙다고 인사하는 게 좋아요. 서두르세요. 마음을 바꿀지도 모르니까요, 네?”

나는 스미트 부장이 돌머리와 얘기하는 곳으로 달려가 옆에서 가만히 기다렸다. 두 사람은 한참 동안 나를 못 본 척하며 대화하더니 마침내 부장이 퉁명스러운 어조로 물었다.

“피케이, 웬일이냐?”

“경기에 나가게 해주셔서 감사합니다, 스미트 부장님. 최선을 다하겠어요.”

더듬거리며 말했다. 부장이 주먹을 주무르며 대답했다.

“그래도 안 될 거야. 어차피 질 거야. 하지만 좋은 경험이 되겠지. 첫 번째 시합에서 이기는 사람은 거의 없어.”

그러고는 돌아서서 다른 데로 걸어갔다.

기엘 피트는 나에게 경기장에서 신도록 깨끗하게 세탁해야 하니 다음

날 아침에 운동화를 가져오라고 했다. 줄로 내 가슴과 허리둘레도 쟀다. 나는 학교가 끝난 뒤에 집으로 가자마자 디와 덤에게 운동화를 가방 옆에 놓아두라고 부탁했다. 기엘 피트가 세탁해야 하니 잊으면 안 될 터였다. 내가 커피를 마시는 동안 덤이 조용히 일어나더니 잠시 뒤에 운동화를 가지고 왔다. 티 하나 없이 깨끗하게 세탁한 상태였다.

"그 노랑이는 자기만 똑똑한 줄 아는 모양이야. 우리가 주인님께 더러운 신발을 신겨서 보낼 줄 아나 봐."

디 자매는 기분이 상한 게 분명했다. 기엘 피트는 권투선수들에게 필요한 일을 그동안 모두 했으며 이제 나도 권투선수가 되었으니, 나에게도 똑같이 해야 한다고 길게 설명하자, 디가 말했다.

"그래도 주인님 옷가지와 운동화 세탁을 그 사람한테 맡길 수는 없어."

덤이 뒤이어 말했다.

"그건 여자가 할 일이야. 이 집에 사는 사람들 세탁물은 우리가 책임져."

권투시합에 출전한다는 소식을 어머니가 어떻게 받아들일지 모호했다. 여태껏 권투 얘기를 한 적이 없었다. 어머니는 피아노 교습을 받으려고 교도소에 아침 일찍 가는 거로 알았다. 어머니는 요하네스버그 가게에서 주문한 무도복 세 벌을 만드느라 늦은 시간까지 작업했다. 재봉실에서 재봉틀 소리가 밤늦도록 흘러나왔다.

문을 똑똑 두드리고 재봉실로 들어갔다. 진보랏빛 호박단이 사방에 가득했다. 무도복을 거의 만든 상태였다. 어머니는 그것을 몸에 대고 신데렐라가 무도회장에 막 들어선 듯한 표정을 지었다. 목선이 V 형태로 깊이 파이고 소매가 풍성했다. 치맛자락은 가느다란 허리에서 굽이치고 몸을 움직일 때마다 호박단이 반짝반짝 빛났다. 치맛자락을 스치는 소리가 품위 있고 매혹적이었다.

"너무 호화롭지 않니? 전쟁이 한창인데 어디서 이런 물건을 구했는지 모르겠구나."

어머니가 발로 차자 치맛자락에서 파도가 일어, 청록색 단이 속에서 살짝 드러났다.

"어머닌 정말 아름다워요."

저절로 흘러나온 소리였다. 아부하려는 생각은 없었다.

어머니가 미소 짓더니 천을 두둑이 댄 옷걸이를 집고 벽으로 다가가서 튀어나온 막대기에 걸었다. 그냥 걸어놓기만 해도 스스로 생기를 발산하면서 조그만 재봉실에 신비로운 빛을 가득 채웠다.

"마귀는 인간을 정말 어지럽게 만들어. 너무나 매혹적이고 너무나 아름다워."

어머니가 말하며 한숨을 내쉬었다. 신은 춤을 엄격하게 금지한다는 기억이 그때 비로소 뇌리에 스쳤다. 심장이 덜컥 내려앉았다. 신이 춤을 그렇게 싫어한다면 권투시합은 어떻게 생각할까? 그러나 내가 아는 한 하느님은 남자니까 춤은 싫어할지라도 권투는 좋아할 게 분명하다고 생각하며 마음을 달랬다.

어머니가 재봉틀 앞에 다시 앉으며 말했다.

"권투 때문에 온 거지, 그렇지?"

"네, 어머니."

깜짝 놀란 느낌이 목소리에 그대로 드러났다.

"그래, 스미트 부장이라는 사람이 오늘 아침에 다녀가셨다. 좋은 사람이더구나. 그렇지만 그 사람이 한 말을 흡족하게 받아들인 건 아니야. 네 할아버지한테 말씀드리고 점심을 마친 다음에 신께 조용히 상의 드렸다. 신께서는 분명한 방침을 안 알려주시더구나. 할아버지는 괜찮다고 생각하시는 것 같고."

어머니가 고민스러운 표정으로 갑자기 고개를 들었다.

"네가 피아노에 전념하기를 엄마가 얼마나 바라는지 아니? 신께서도 네가 그러기를 바라실 거야. 그렇지 않다면 이렇게 곤란한 환경에서 배우는 걸 허락하지 않으셨을 테니까. 스미트 부장은 네가 권투 선수로 탁월한 재능이 있다고 생각하는 것 같더구나. 교수님은 너한테 음악에 탁월한 재능이 있다고 말씀하신 적이 없는데."

"박사는 쇼팽 연주가 아주 좋아진다고 했어요."

내가 박사를 살짝 흉내 내며 말하자, 어머니가 호박단 드레스에 맬 허리띠에 장식 단추를 달다가 고개를 들고 올려다보았다.

"교수님을 그런 식으로 부르면 못써. 그렇지 않아도 이 마을에는 정말 좋은 사람이 별로 없어. 그분은 진짜 음악 교수님으로 존경받을 만한 분이야. 독일인이라는 게 불행할 뿐이지. 히틀러가 이긴다면 우리 모두 독일식 엑센트로 우스꽝스럽게 말해야 할 거야. 금요일에는 잠자리에 일찌감치 들려무나. 토요일 밤에 늦도록 못 잘 테니까."

"고맙습니다, 고마워요, 고마워요!"

나는 기뻐서 펄쩍펄쩍 뛰며 소리치다, 어머니를 껴안고 입을 맞췄다.

"신께서 허락하실지 모르겠구나."

어머니가 말했다. 하지만 입 맞추는 건 기뻐했다.

"그만 가보거라."

금요일 아침에 유연 체조를 마치자, 스미트 부장이 우리를 링 주변으로 불러모았다.

"먼저 몇 가지만 얘기하겠다."

그리곤 기엘 피트와 아이 다섯 명이 있는 한쪽 구석을 바라보며 계속 말했다.

"15세 이하는 한 번 다운당하면 끝장이야. 다시 일어나야 소용없어. 그러니 절대로 다운당하지 말도록."

그러더니 오른편에 선 돌머리를 잠시 쳐다보다 말했다.

"오덴달은 프로 선수라서 경기에 출전할 수 없어. 따라서 헤비급에 거트가 나가고 오덴달과 내가 세컨드를 본다. 배운 대로 해라, 알겠나? 반칙은 금물이다. 괜히 잘난 척하면서 규칙을 어기지 마라. 너희는 규칙을 충분히 안다. 가장 정확한 주먹이 이긴다. 기엘 피트가 지금까지 너희한테 가르친 게 바로 그것이다. 나머지는 보통 때 하던 체급으로 싸운다. 전술 변화가 필요하면 내가 지시하겠다."

스미트 부장이 말을 마치고 돌아설 때 발아래서 뭔가를 발견하곤, 허리를 숙여서 색깔이 파랗고 조그마한 경기용 셔츠를 집어 들었다. 셔츠 앞에는 노란색으로 BB라는 글씨를 새겼다. 바버톤 블루스를 뜻하는 글씨였다. 부장이 셔츠를 빙글 돌려서 우리에게 보여주었다. 뒷면에는 깨끗한 글씨로 피케이가 있었다.

"축하한다, 피케이."

모두가 손뼉 치며 소리쳤다.

"바버톤 블루스에 들어온 걸 환영한다."

머릿속에서 함성이 일었다. 심하게 울 때 그런 것처럼 목이 메었다. 스미트 부장이 몸을 다시 숙이더니 옆에 노란 줄이 있는 파란색 팬티를 집어 경기용 셔츠와 함께 나에게 던졌다. 팬티와 셔츠가 공중에서 양쪽으로 흩어졌다. 나는 왼손을 총알같이 뻗어 팬티를 잡고 오른손으로는 셔츠를 낚아채고, 부장은 감탄하며 말했다.

"저 녀석은 진짜 빨라. 두 손도 잘 쓰고. 몸무게가 8킬로만 더 나가면 좋을 텐데."

경기용 팬티와 셔츠를 보여주니, 박사도 기뻐하는 것 같았다. 3라운드 경기라고 말하자, 박사가 물었다.

"쇼팽이라면 3라운드까지 할 수 있겠니?"

나는 박사가 가장 소중하게 여기는 음악이 결코 뒷전이 아니라는 걸 보여주고 싶어서 단호한 표정으로 고개를 끄덕였다. 하지만 박사도 내 마음이 쇼팽 소곡보다는 KO 되지 않는 데 집착한다는 걸 잘 알았다. 기엘 피트가 들어오는 게 곁눈에 보였다. 기엘 피트는 다른 사람이 신경을 안 쓰도록 눈에 조금도 안 띄게 들어오는 각도를 정확히 안다. 일부러 내 눈에 띈 게 분명했다.

기엘 피트가 이 시간에 강당에 들어오는 건 흔치 않았다. 내가 우편물을 피아노 걸상에 넣어두면 나중에 스타인웨이를 청소하러 와서 가져가는 정도였다. 우체통 옆에 우리 셋이 함께 있는 일은 없도록 하자고 결정도 한 상태였다. 곁눈질로 보니 발치에 양동이를 내려놓고 창문을 닦는 척했다. 마침내 박사도 알아채고 손을 들어서 나를 막으며 경고했다.

"우리가 연습할 때 들어오면 안 되네. 그게 규칙이야."

찌그러질 대로 찌그러진 조그만 남자가 양동이를 재빨리 집어 들더니 우리 쪽으로 총총히 걸어와서 박사가 귀찮은 표정으로 물었다.

"왜 그러나?"

"제발, 나으리. 아주 중요한 일이에요."

기엘 피트가 양동이를 내려놓고서 천으로 싼 꾸러미를 하나 꺼냈다.

"사람들이 돈을 모아서 작은 나리께 드릴 선물을 만들었습죠."

천을 풀자 경기용 신발이 한 켤레 나왔다. 나도 모르게 입이 딱 벌어졌다. 너무나 멋진 신발이었다. 검정 가죽이 부드럽게 빛났다. 구두창은 엷은 남색 가죽이었다.

"사람들이 올챙이 천사한테 선물하려고 함께 마련했습죠. 우리 모두

장만했으니, 내일 이걸 신고 힘껏 싸우셔야 해요."

나는 피아노 걸상에서 벌떡 일어섰다. 기쁨을 억누를 수 없었다. 기엘 피트가 이 없는 입을 벌리고 환하게 웃으며 말했다.

"한번 신어보세요."

나는 학교 신을 재빨리 벗고 경기용 신발을 신었다. 가죽이 부드럽고 유연해서 깃털처럼 가벼웠다. 발에 꼭 맞았다.

"기엘 피트, 여태껏 받은 선물 가운데 최고야. 정말이야."

"모두 힘을 합쳐서 마련했습니다요. 나리한테 고마운 마음을 전달하고 싶어서요."

기엘 피트가 갑자기 무릎을 꿇고 경기용 신발을 쌌던 천으로 바닥을 닦았다. 본능이 위험을 감지한 것이다. 약 5초가 지나자 교도관 한 명이 강당 입구에 들어섰다. 새로 온 교도관이었다. 식당에서 본 적이 있었다. 부인이 천식을 앓는 터라 프리토리아 센츄럴에서 저지대 근무를 자청한 교도관으로 이름은 보만이었다. 그가 한 손으로 문틀을 잡고 말했다.

"교수님, 소장님께서 오시랍니다. 아침 식사를 마치고 상부에 보고서를 올려야 한다는군요."

보만이 가려고 돌아서다 기엘 피트를 발견하고 소리쳤다.

"이리 와, 카피르!"

기엘 피트가 벌떡 일어나서 강당을 가로지르며 달려갔다.

"네, 나으리, 여기 대령했습니다, 나으리."

"여기서 뭐 하는 거야?"

교도관이 다그치자, 박사가 허리를 숙여서 학교 신발 한쪽을 집어 들며 말했다.

"아이가 신발에 뭘 묻혔어요. 그걸 치우려고 들어왔답니다."

교도관이 신발 바닥을 자세히 들여다보았다.

"그렇지요?"

박사가 말하며 신발을 흔들어 보이더니, 기엘 피트가 닦던 마룻바닥을 가리키며 다시 말했다.

"들어올 때 바닥에 더러운 게 묻었어요."

보만이 씩 웃었다.

"다음에는 혀로 핥으라고 하세요. 똥도 잘 먹으니까요."

그리곤 기엘 피트를 쳐다보며 물었다.

"그렇지 않나, 카피르? 네놈들은 상대가 싼 똥을 서로 처먹잖아, 그치?"

기엘 피트는 차려자세로 서서 머리를 숙였다. 하지만 가느다란 두 다리가 상처와 종기로 얼룩져서 휘어, 무릎 부분이 벌어졌다.

"아닙니다, 나으리."

기엘 피트가 부드럽게 말했다. 체념한 듯한, 아무것도 두렵지 않은 목소리였다. 다음에 벌어질 일을 아는 것 같았다. 교도관이 팔을 뻗어서 목덜미를 움켜잡았다.

"내가 그렇다면 그렇다고 대답하는 거야, 알겠나? 자, 너희는 똥을 먹지, 카피르?"

"네, 나으리."

기엘 피트가 대답했다.

"크게! 더 크게 말해. 똥이나 처먹고 사는 개 같은 새끼야!"

"네, 그렇습니다, 나으리!"

"뭐가 그렇지?"

"네, 저희는 상대가 싼 똥을 먹습니다, 나으리."

프리토리아에서 온 교도관이 우리를 쳐다보며 말했다.

"보세요, 교수님. 이놈들은 상대가 싼 똥을 먹는다고 했잖아요. 그러니 다음부터는 혀로 핥아서 치우게 하세요. 그렇게 하는 게 가장 합당하니까요."

보만이 몸을 돌려서 나가자, 기엘 피트가 천천히 걸어서 우리에게 다가왔다. 발에 아무것도 안 신어서 걸을 때 아무 소리도 안 났다. 그러더니 싱긋 웃으며 말했다.

"고맙습니다, 큰 나으리. 저 사람 말이 맞습니다. 감방에서는 누구나 똥을 먹지요."

그리고 양동이를 집어 들고 고개를 돌려서 쳐다보며 말했다.

"작은 나으리, 발입니다. 권투는 발로 하는 거예요. 정확한 펀치가 점수를 올립니다. 클린치는 절대로 하지 마세요. 그렇게 하면 덩치가 큰 상대편한테 밀려요. 행운을 빌게요, 작은 나으리. 우리 모두 마음속으로 응원할 거예요."

"고마워, 기엘 피트. 사람들한테 고맙다고 전해줘."

"뭐, 그런 걸 가지고 그러세요. 별거 아닌 걸요. 사람들이 나리를 사랑해요. 그들한테 승리를 안겨주세요."

그리고 밖으로 나가자, 박사가 목을 가다듬으며 침묵을 깼다.

"자, 쇼팽을 시작할까, 응?"

나는 박사 품에 안기며 대답했다.

"재치가 진짜 대단했어요, 박사."

박사가 껄껄 웃었다.

"팔자 사나운 피아노쟁이치곤 괜찮은 편이었지, 그치?"

박사가 갑자기 이마를 찌푸렸다.

"그런데 소장이 보자는 이유는 뭐지?"

다음 날 아침 여덟 시에 거리가 70㎞나 되는 넬스프루트로 떠날 예정이었다. 그래서 금요일 오후 6시에 잠자리에 들어, 보통 때처럼 해가 돋기 직전에 깼다. 침대에 누워서 앞으로 벌어질 일을 떠올렸다. 첫 시합에 지면 어떻게 하지? 그래서 절망하면 어쩌지? 동부 트랜스발 그룹 일곱 개가 출전하니 결승전에 나가려면 두 번을 이겨야 해. 지금까지 6라운드를 뛰어본 적이 없어. 게다가 두 번을 이긴다 해도 결승에서 3라운드를 또 뛰어야 해. 집중력을 잃고서 상대편에 밀려서 쓰러지면 어쩌지? 설사 점수에 앞섰다 해도 바닥에 쓰러지면 어쩌지?

나는 도저히 견딜 수 없어서 벌떡 일어나 옷을 입고 밖으로 나가 정원을 가로지르며 달렸다. 십여 분이 지나자 언덕 꼭대기에 올라서 박사와 만난 바위에 앉을 수 있었다.

이른 봄이라 새벽바람이 차가웠다. 추위에 살짝 떨면서, 골짜기로 번져나간 햇살이 발아래로 어둠이 가득한 마을에 조금씩 스며드는 광경을 지켜보았다. 지붕과 거리와 나무들이 점차 밝아왔다. 자카란다 나무는 아직 꽃을 피우지 않았다. 하지만 봄에 꽃피우는 나무들이 마을 여기저기에서 빨간 꽃을 활짝 피웠다.

병아리 할아버지라면 어떻게 할까 생각했다. 평소처럼 가볍게 처리할 것 같았다. 병아리 할아버지는 함께 의논할 상대로 중요성이 줄긴 했으나 일종의 점검 장치 같은 존재로 여전히 작용했다. 그래서 어려운 순간에 어떻게 행동할지 함께 검토했다. 호피도 떠올렸다. 호피가 오면 얼마나 좋을까! 확신 가득한 목소리가 활기차게 일어났다.

"피케이, 머리로 생각하고 가슴으로 판단해라."

마음을 한참 달래다, 해가 떠오를 무렵에 언덕을 내려왔다. 알로에 몇 그루가 벌써 꽃을 피웠다. 키가 큰 '알로에 페록스'였다. 보석처럼 빛나는 조그만 새 한 마리를 햇살이 비추었다. 주황색으로 빛나는 알로에꽃 주변을 날아다니며 꿀을 빨아 먹는 새였다. 길게 휜 바늘 부리로 꿀을 빨아 먹는 동안 빠른 날갯짓으로 공중에 가만히 머물렀다. 날갯짓이 너무 빨라서 흐릿한 동그라미로 보일 정도였다. 저렇게 빠른 펀치를 날릴 수 있다면 어떨까 상상했다. 그러면 나와 시합한 상대는 다른 사람에게 이렇게 말할 것이다.

"오른쪽으로 주먹을 날리려고 마음을 먹는 동안 웰터급 세계 챔피언이 내 턱을 삼백 번이나 갈겼어."

도저히 있을 법하지 않은 소리였다.

집으로 돌아오자 디와 덤이 아침 식사로 카피르 옥수수죽과 달걀부침과 베이컨을 준비하고 기다렸다. 식탁에는 양철 도시락이 있었다. 부활절 축제 때 '샌드위치 백작기금' 모금에 참여해서 샌드위치를 며칠 구운 이후로 샌드위치에 관한 한 세계적인 권위자로 자부하는 쌍둥이 자매였다. 그래서 도시락을 열면 약간 놀라는 경우가 종종 있었다. 강판에 간 당근을 섞은 잼이나 아보카도 열매와 땅콩이 가끔 등장했다. 양파와 파파야는 내가 싫어하고 구스베리 잼과 말미트는 그들이 싫어했다.

어쩌면 9라운드까지 뛸 수도 있는데 두 사람이 영양식으로 무엇을 쌌을까 궁금했다. 그러나 열어보지 않았다. 하지만 워낙 많이 넣은 바람에 틈이 벌어져 호박 핫케이크 여섯 개를 기름이 안 배는 종이로 깨끗이 포장한 게 보였다.

"어젯밤에 구웠어. 제일 좋아하는 거잖아!"

덤이 말했다. 두 사람 모두 만족스러운 표정이었다.

책가방에 짐을 하나씩 넣기 시작했다. 물론 멋진 경기용 신발도 넣었다. 디가 한 번 더 닦아서 티끌 하나 없었다. 할아버지와 어머니에게 작별인사를 한 다음, 일곱 시 반에 문 앞에 앉아서 파란색 교도소 트럭을 기다려야 했다. 교도소로 가겠다고 했으나 커트가 "괜찮아, 몇 분밖에 안 걸리잖아. 태우러 갈 테니 힘을 비축하라고!" 말했다.

거트는 다른 교도관과 달랐다. 남을 돕는 걸 정말 좋아했다. 하지만 자신은 카피르인이 아주 크게 잘못했을 때만 때린다면서 이렇게 말하기도 했다.

"카피르인도 고통을 느끼지. 하지만 백인이 느끼는 것과 다를 거야. 그들은 원숭이랑 비슷하니까."

아침 식사를 마치고 할아버지에게 인사하러 갔다. 그래서 다 이기다 바닥에 쓰러져서 지면 어떻게 하느냐고 물었다. 할아버지는 여느 때처럼 담배를 재고 불을 댄 채 뻐끔뻐끔 빨면서 파란 연기 사이로 눈을 가늘게 뜨고 대답했다.

"내가 보아 전쟁 때 하던 식이 제일 좋겠군."

"어떤 식이요?"

"최대한 빨리 도망치는 거."

할아버지는 이게 제일 커다란 문제였다. 조언이 절실하게 필요할 때 별다른 도움이 안 됐다.

파란 교도소 트럭이 언덕을 올라오는 게 보였다. 거트가 운전대를 잡았다. 옆 좌석에 어떤 사람이 앉아서 신문을 읽었다. 누군지 안 보였다. 거트가 문 앞에서 멈추며 활기차게 말했다.

"피케이, 뒤에 타. 다른 아이는 다 탔어."

나는 다른 아이에게 도움을 받으며 트럭 뒤에 올라탔다. 즐거웠다. 거트가 기어를 바꿔서 속도를 내기 시작했다. 열네 살짜리 아이 보키 드 비어는 자리에 앉으라 소리치고, 다른 아이들은 나를 보고 낄낄댔다. 그래서 바람 소리와 엔진 소리보다 커다랗게 소리쳤다.

"뭐가 그렇게 우스워?"

보키 드 비어가 운전석 뒤 유리창을 가리켰다. 중절모를 쓴 사람이 있었다. 눈에 익은 모자였다. 박사가 확실했다. 믿을 수 없었다. 내가 놀라는 걸 보고 아이들이 배꼽을 잡으며 웃어댔다. 기대조차 않던 행운이었다.

3년 전에 기차를 타고 도착한 이후로 마을을 떠나는 건 처음이었다. 이른 봄 아침이 흠잡을 데 없이 청명했다. 트럭은 계곡을 가로지르며 머나먼 언덕으로 달렸다. 가시 관목과 아카시아에서 벌써 녹색 잎사귀가 반짝거렸다. 한 달만 지나면 사방에서 꽃망울이 피어나 노란색과 분홍색으로 골짜기를 가득 메울 터였다.

도로포장 상태가 좋아서 넬스프루트에 9시 반에 도착했다. 바람을 맞아서 눈과 볼 주위가 당겼다. 마을 회관 뒤편 주차장에서 차가 멈췄다. 드디어 맨땅에 내리는 게 기뻤다. 나는 박사가 앉은 곳으로 달려가서 문을 열어주었다. 박사가 파란 눈을 번뜩였다. 나만큼 흥분한 것 같았다.

"이번에도 밖에서 만났구나, 피케이. 아주 좋아, 그렇지? 어버부부버브."

"어떻게 빠져나왔나요?"

내가 어설픈 목소리로 묻자, 박사가 껄껄 웃으며 설명했다.

"소장이 허락했어. 그래서 어제 아침에 나를 보자고 한 거였어."

나는 얼굴을 찡그리고 박사는 어깨를 으쓱했다. 우리는 교도소 시스템이 돌아가는 방식을 안다. 받는 게 있으면 주는 것도 있다.

"소장이 바라는 건 대단한 게 아니야. 다음 달에 여단장이 프리토리아에서 오는데 그때 쇼팽을 연주하라는 정도야."

나는 관객 앞에서 연주하는 게 박사에게 얼마나 힘든 건지 잘 안다. 그래서 어떤 형태로든 마을 콘서트에서 연주하는 제안은 끊임없이 거절했다. 연주자에서 오래전에 은퇴한 것이다. 시장 광장에서 점심시간에 두려움을 억누르고 베토벤을 성공적으로 연주했으나, 자신이 기대에 못 미쳤다며 얼마나 괴로워했던가! 가장 위대한 피아니스트는 박사라는 사실을 부정하는 사람은 바버톤 어디에도 없다고 박스웰 부인이 말한 걸 전하자 "고맙다고 전하렴. 하지만 너무 늙고 허약해서 베토벤과 모차르트를 엉터리로 연주하는 나 자신을 도무지 참아낼 수 없단다"고 대답했다.

"절대로 연주하지 않겠다고 했어야죠!"

"쯧쯧, 피케이. 그러면 네가 데뷔하는 시합을 못 보잖아. 웰터급 세계 챔피언이 데뷔전을 치를 때 옆에 있었다고 자랑하고 싶거든. 어버부부버브."

"그래도 연주하면 안 돼요."

"물론 베토벤이나 모차르트, 브람스는 안 돼. 그러나 쇼팽 정도는 무난하게 칠 수 있어. 여단장이 오면 쇼팽을 연주할 거야. 그건 그렇게 힘든 일이 아니야."

우리는 마을 회관에 뒷문으로 들어가서 복도를 내려갔다. '바버톤 블루스'라고 종이에 써서 붙여 놓은 문이 눈에 띄었다. 옷을 갈아입은 사람은 아무도 없으나 실내는 먼지와 땀 냄새로 가득했다. 스미트 부장이 벽 끝에 서서 몸을 기대고, 옆에는 돌머리가 있었다.

"옷은 여기에서 갈아입는다. 한꺼번에 갈아입는 건 아니야."

끽끽거리는 소리가 들렸다.

"아침엔 아이들 오픈 경기가 있고 오후엔 체급별 경기가 있다. 결승은 오늘 밤 6시부터다. 아무도 마을 회관을 떠나선 안 된다. 미리 경고하는데 누구든 맥주를 마시다 들키면 단단히 각오해야 할 거야. 우리는 이기러 왔다. 그러니 무슨 일이 있더라도 이겨야 한다! 자, 구호를 힘차게 외쳐보자!"

"모두는 하나를 위해, 하나는 모두를 위해!"

우리 모두 외쳤다. 박사가 내 어깨에 손을 얹었다. 자랑스러웠다.

"기엘 피트도 오면 좋았을 텐데요."

내가 속삭였다. 모두 밖으로 나갔다. 돌머리가 아이들은 남으라고 소리쳤다. 박사는 응급치료 담당이므로 수건과 응급치료 장비를 가지러 주차장으로 가면서 금방 돌아오겠다 약속하고, 돌머리는 싱긋 웃으며 말했다.

"오늘은 내가 기엘 피트다."

"그 말은 우리가 때려도 된다는 뜻인가요?"

보키 드 비어가 건방진 어투로 묻고, 모두 커다랗게 웃었다. 돌머리도 빙그레 웃었다.

"내가 너희를 돌볼 거야. 그리고 부장님과 내가 세컨드를 본다. 그러면 지금 옷을 갈아입도록. 십오 분 뒤에 데리러 오마. 다른 데 가면 안 돼, 알겠지?"

나는 구석으로 가서 경기용 신발부터 신었다. 아이들이 몰려드는 가운데 보키 드 비어가 커다란 소리로 물었다.

"어디서 구했니?"

그걸 받을 때 너무 흥분한 터라 미처 변명거리를 생각하지 않았다. 그래서 더듬거리며 대답했다.

"응. 저, 할아버지가 만들어 주셨어."

"야! 할아버지가 구두장이라니 운이 좋구나."

포니 크루거가 감탄했다.

"우리 할아버지는 구두장이라기보다 정원사에 가까워."

"어쨌든 네 할아버지는 손재주가 정말 좋으신가 봐."

보키 드 비어가 부럽다는 어투로 말했다. 다른 아이도 마찬가지인 것 같았다.

학교에서 신는 회색 양말을 말아 내려서 경기용 신발 위로 접었다. 그다음엔 파란색 멋진 셔츠와 노란 줄이 있는 파란색 반바지를 입었다. 허리는 잘 맞았다. 하지만 기엘 피트는 내 키가 크기를 바라는 마음에 길이를 너무 기다랗게 만들었다. 반바지 끝이 무릎까지 내려올 정도였다. 자리에서 일어나자 다른 아이들이 배꼽을 잡으며 웃어댔다. 마티 스니맨과 넬스 스테코벤은 마룻바닥을 굴렀다. 기다란 바짓가랑이 사이로 제비 다리처럼 가느다란 다리가 우스꽝스럽게 보이겠다는 생각이 들었다. 하지만 자랑스러웠다.

포니 크루거와 나는 12살 이하 최연소부 소속이므로 바버톤 블루스에서 제일 먼저 시합할 예정이었다. 돌머리가 따라오라고 했다. 그를 따라 시민회관으로 들어섰다. 동부 트랜스발 여러 마을에서 온 아이들이 어른들 사이에 있었다. 그들도 옷을 갈아입고 대기하는 중이었다. 사방을 둘러보았다. 누구와 싸울지 궁금했다.

박사가 들어와서 옆으로 다가왔다. 우리는 다른 사람과 약간 떨어진 의자에 앉았다. 박사가 내 손을 잡았다. 나보다 더 초조한 듯, 커다란 손수건을 꺼내서 이마를 훔쳤다.

"너만 할 때 라이프치히에서 구두시험을 치렀는데 그때도 지금처럼 초조하진 않았을 거야."

"괜찮을 거예요, 박사. 기엘 피트 말대로 발을 빠르게 움직이면서 시합하면 될 거예요. 스미트 부장이 그러는데 나는 굉장히 빠르대요. 이따 보세요. 아무도 못 따라잡을 테니까요."

"훌륭하구나, 피케이. 하지만 덩치 큰 보아 아이랑 붙으면 어쩌냐?"

나는 얼굴에 미소를 띠면서 호피가 한 말을 되풀이해서 박사를 안심시키려 했다.

"문제없어요, 박사. 덩치가 클수록 쓰러지는 소리도 큰 법이에요."

감상적인 기분이 들었다. 호피가 이렇게 말할 때 어떤 기분이었는지 알 것 같았다. 당시에 호피도 감상적인 기분이었던 게 분명하다.

박사가 앓는 소리를 내다 얼굴을 빨간 손수건에 파묻으며 말했다.

"피케이, 조심하렴. 링에 올라온 사람은 좋은 사람이 아니란다."

바로 그때 돌머리가 부르자, 박사가 내 손을 재빨리 잡으며 말했다.

"위험하면 재빨리 달아나렴, 피케이. 나는 머릿속으로 바그너만 들릴 것 같구나. 오로지 바그너일 뿐 모차르트가 아니야."

돌머리와 스미트 부장 곁에 배불뚝이 남자가 있었다. 기다란 흰색 바지에 흰색 셔츠를 걸친 대머리였다. 약간 떨어진 곳에는 어른 둘과 아이 하나가 있었다. 나보다 훨씬 크긴 해도 콧물코만큼 크진 않았다. 빨간 셔츠를 걸쳤는데, 가슴팍에 '새비'라는 하얀 글씨가 있었다. 돌머리 약혼녀가 사는 마을이었다.

배불뚝이 남자가 나를 쳐다보더니 스미트 부장에게 말했다.

"저 아인 별로 안 크군. 정말 저 애가 시합하길 바라는 거요?"

부장이 고개를 끄덕이며 대답했다.

"좋은 경험이 될 겁니다."

배불뚝이 남자가 새비에서 온 아이를 보더니 다시 나를 의심스러운 눈초리로 쳐다보았다. 그러다 스미트 부장에게 시선을 돌리며 말했다.

"상대방은 키도 20센티나 더 크고 팔 길이도 12센티는 더 길 거요."

"다칠 것 같으면 재빨리 끌어내겠소."

"그럼 두 눈을 부릅뜨고 지켜보기만 바라겠소."

배불뚝이가 머리를 저으며 말했다. 새비에서 온 두 사람이 빙그레 웃었다. 마음속 생각을 알 것 같았다. 자기네 꼬마가 1회전을 가볍게 통과하겠다며 기뻐하는 게 분명했다.

돌머리가 나를 보며 소개했다.

"이분은 드 클라크 선생님이셔, 피케이. 주심과 부심 역할을 맡으실 거야. 어젯밤 프리토리아에서 오셨단다."

"안녕하세요, 선생님."

나는 손을 내밀며 인사했다.

심판이 손을 잡고 가볍게 흔들며 칭찬했다.

"예의가 바른 아이로구나."

새비에서 온 사람이 심판 등 뒤에 있다가 그 얘기를 듣고 자기가 데려온 소년을 밀어서 나처럼 인사하게 하는 모습이 눈에 띄었다. 드 클라크 심판이 등을 돌리고 링 아래 마룻바닥에 있는 커다란 나무 상자를 가리키며 말했다. 상자에는 글러브가 50개쯤 있었다.

"10온스 정도 글러브가 좋을 거요. 어떤 아이도 다치는 걸 보고 싶진 않으니까. 자, 각자 글러브를 골라서 제시하시오, 알겠소?"

스미트 부장이 말했다.

"그렇다면 이리 가져오시오. 내가 직접 봐야겠소."

"우리 것도 봐주세요."

새비에서 온 사람이 말하면서 글러브 한 켤레를 가지고 앞으로 나왔다. 드 클라크 심판이 글러브 두 켤레를 살피다 적당하다고 말했다.

"좋아요, 글러브를 끼세요. 5분 뒤에 시작합시다."

심판이 링 옆 탁자에 앉은 사람을 돌아보며 말했다.

"5분이야, 알겠지?"

그 사람이 고개를 끄덕이곤, 앞에 놓은 커다란 시계를 들여다보았다. 종도 있는 걸 보면 시간 기록원이 분명했다.

돌머리와 스미트 부장이 글러브 끈을 열심히 매주었다. 나는 비장한 각오를 다졌다. 사실, 두 사람은 내가 권투 하는 모습을 감독한 적이 없었다.

"명심해, 피케이. 권투는 확률 게임이야. 상대가 때리는 것보다 더 정확하게 더 많이 때리면 이기는 거야. 클린치는 안 돼. 클린치하면 상대편이 바닥에 내동댕이칠 테니 말이야. 그리고 코너나 로프 쪽으로 몰리지 마."

탁자에 앉은 사내가 종을 울렸다. 우리는 링으로 걸어갔다. 내가 로프 사이로 들어가도록 돌머리가 도와주었다. 돌머리와 부장이 뒤따라 올라왔다. 코너에 의자가 있어, 스미트 부장이 앉으라고 말했다.

새비에서 온 아이가 일어나서 허공에 주먹을 날리는데 나는 요강에 앉은 꼬마처럼 앉아 있으려니 약간 창피했다.

"자! 둘 다 가운데로."

드 클라크 심판이 링으로 올라와서 소리쳤다.

"이름은?"

"드 토이트입니다, 선생님."

"피케이예요, 선생님."

"정정당당하게 시합하기 바란다, 알겠나? 클린치는 안 돼. 떨어지라고 소리치면 바로 떨어져야 해. 허리 아래나 머리 뒤를 치는 일이 없도록. 한 번 녹다운되면 시합은 끝이야. 알겠나, 피케이, 드 토이트?"

"네, 선생님."

둘이 동시에 대답했다.

"좋아. 종이 울리면 중앙으로 나와서 서로 글러브 터치하고 시작하도록. 두 사람 모두 행운을 비네."

코너로 돌아가서 스미트 부장이 지시한 대로 앉았다. 첫 번째 시합이라 그런지 여러 팀이 주변으로 모여들었다. 일부러 구경하려고 시내에서 온 사람도 있었다. 내 시합을 구경하는 첫 번째 관중이었다. 심장이 두근거렸다. 드 토이트도 자기 코너에서 일어나 사방을 둘러보았다.

나처럼 눈이 마주치는 걸 바라지 않는 것 같았다. 의자에 앉은 높이로 봐서 그런지 드 토이트가 훨씬 커 보였다. 하지만 기다리고 기다리던 순간이다. 전혀 두렵지 않았다. 종이 울렸다.

"한 방 먹여, 피케이, 알겠지?"

의자에서 벌떡 일어나자 돌머리가 말했다.

우리는 링 중앙에서 글러브를 댔다. 드 토이트가 주먹을 뻗었다. 나는 그 밑으로 재빨리 파고들며 레프트와 라이트로 턱을 강타했다. 상대가 깜짝 놀라며 눈을 동그랗게 떴다. 물론 큰 충격은 아니나 선제 공격에 성공해서 상대를 놀라게 했다는 게 기뻤다.

드 토이트는 훌륭한 선수였다. 안정을 되찾고 주변을 빙빙 돌다 주먹을 뻗었다. 레프트 스트레이트가 어깨를 지나 귀 옆을 스쳤다. 나는 그 밑으로 파고들며 어퍼컷으로 늑골을 강타했다. 흠칫하는 느낌이 들었다. 충격을 받은 게 분명했다. 상대가 어깨 위로 라이트를 날렸다. 나는 그 밑으로 파고들어 똑같은 곳에 한 방을 정확하게 먹였다. 상대가 팔로 감싸며 클린치했다. 예상 못 한 상황이었다. 두 손으로 늑골을 치는데 너무 붙어서 효과가 없었다. 클린치를 도저히 빠져나올 수 없었다.

"떨어져!"

심판이 소리쳤다. 동시에 드 토이트가 팔을 느슨하게 풀었다. 나는 그 틈을 타고 재빨리 빠져나왔다. 남은 1회전 동안 상대가 계속 쫓아다니게 만들었다. 내가 발놀림이 빠르고 그만큼 몸놀림도 빨랐다. 1회전이 끝날 무렵엔 상대가 펀치를 날리기 전에 두 발을 어떻게 움직이는지 파악할 수 있었다. 종이 울리기 직전엔 안으로 파고들어 라이트 단타를 얼굴에 깨끗하게 먹였다.

시합 중에는 아무 소리도 못 들었으나 관중은 끊임없이 떠들썩하게 응원했다. 종이 울릴 때는 굉장한 박수가 터져 나왔다. 내 이름을 외치며 격려하는 소리도 들렸다. 휘파람 소리도 한두 차례 들렸다.

"잘했어, 피케이."

돌머리가 칭찬했다. 스미트 부장이 수건으로 얼굴을 닦아주면서 말했다.

"상대편이 라이트 크로스를 계속 헛쳤지만 그렇게 많이 빗나가진 않았어. 조심하라고. 저 녀석이 허점을 파악하면 강타를 날릴 수도 있어. 얼굴을 어깨 밑으로 숙여. 저 녀석이 한 방 날리더라도 어깨로 받아내는 거야."

2회전을 알리는 종이 울렸다. 나는 드 토이트가 계속 쫓아다니게 했다. 세컨드가 코너로 몰아붙이라고 지시한 게 분명했다. 그래서 나를 코너로 몰려고 애썼다. 하지만 마지막 찰나에 내가 왼쪽으로 빠지는 척하다 오른쪽으로 빠져나가는 바람에 형편없는 라이트 크로스를 날릴 수밖에 없었다. 그러나 똑같은 방법을 여러 번 써먹다 한 방 맞았다. 레프트 어퍼컷에 복부를 맞은 거다. 등 뒤에 로프만 없다면 다운당할 터였다. 상대는 내가 충격받은 걸 알아채고 끝장내려는 욕심에 사로잡혀 계속해서 주먹을 크게 날렸다. 내가 할 수 있는 건 몸을 구부리고 발을 빠르게 놀려서 고비를 넘기는 게 전부였다.

놀랍게도 2라운드 중반부터 상대가 힘이 빠진 것 같았다. 지금까지 펀치를 너무 많이 날린 것이다. 멋진 한 방으로 나를 비틀거리게 했지만 나머지는 글러브에 모두 막혔다. 나는 재빨리 움직여서 상대를 몰아붙이기 시작했다. 2라운드가 끝날 무렵에 관중이 웃었다. 내가 마음먹은 대로 때리는 것처럼 보였기 때문이다. 상대 얼굴에 절망의 그림자가 떠올랐다. 강한 펀치에 맞아서 그런 건 아니었다. 기엘 피트가 말한 대로 상대편을 지치게 만들었기 때문이다. 종이 울렸다. 점수에서 앞선 게 확실했다.

스미트 부장이 말했다.

"이제 펀치를 먹이지 않아도 이기겠어. 저 애가 공격하는 걸 피하기만 해, 알겠어? 되받아치기만 하라고. 이제 공격하지 마. 저 녀석이 행운의 펀치를 못 날리는 한 네가 분명히 이기니까."

"부장님이 시키는 대로 해, 피케이. 피하기만 하는 거야."

돌머리가 웃으며 덧붙였다. 마지막 라운드를 알리는 종이 울렸다. 우리는 링 중앙에서 서로 글러브를 터치했다. 드 토이트는 나를 때려눕히라고 지시받은 게 분명했다. 계속 달려들면서 사나운 펀치를 갈겨댔다. 상대가 헛칠 때마다 레프트 스트레이트나 라이트 훅으로 쓰러뜨리고 싶었지만 신중하게 움직일 뿐 큰 펀치를 안 날렸다. 관중은 내가 펀치를 피할 때마다 웃었다. 나도 기분이 어지간히 좋아졌다. 주변을 빙빙 돌면서 피한 덕분에 펀치 한 방 안 맞았다. 이제 조금만 지나면 종이 울릴 터였다. 그러면 승리는 내 것이었다.

갑자기 라이트 크로스가 날아왔다. 미처 피할 수 없었다. 어깨와 얼굴에 충격이 느껴졌다. 감전이라도 된 것처럼 눈앞이 번쩍거렸다. 무의식적으로 뒤로 빠지며 등 뒤에 있는 로프를 잡고 다운당하지 않으려 했다. 주먹이 또 날아와서 머리를 숙이며 가까스로 피했다. 드 토이트가 다시 날린 라이트가 얼굴을 스치며 지나갔다. 다리도 괜찮아지고 머리도 맑아졌다. 나는 라이트 스트레이트 밑으로 빠져나가 몸을 피했다. 바로 그때 종이 울렸다.

박사가 링사이드에서 펄쩍펄쩍 뛰며 소리쳤다.

"진짜 잘했어. 어버부부버브!"

내 인생에서 최고로 기쁜 순간이었다.

코너로 돌아가려 할 때 드 클라크 심판이 우리를 링 중앙으로 불렀다. 우리는 링 중앙에서 악수했다. 시합할 수 있어서 고마웠다고 드 토이트에게 인사했다. 하지만 그는 눈물만 글썽일 뿐 아무 대답도 없었다. 졌다고 생각하는 것 같았다.

"버릇이 좋구나, 피케이. 교육을 잘 받았어."

드 클라크 심판이 또 칭찬했다. 그러더니 양손으로 우리 손을 잡고서 소리쳤다.

"3라운드 전승으로 신사 피케이 승리!"

심판이 내 손을 추켜들었다. 관중이 새로 생긴 이름을 부르며 환호했다. 바버톤 블루스 팀도 휘파람을 불어대며 환호했다. 스미트 부장이 말했다.

"잘했어. 그러나 좋아하긴 일러. 얼간이처럼 했는데 운이 좋았던 거야. 멀리 떨어지라고 하면 멀리 떨어지라고, 알겠어? 라이트 크로스로 나뒹굴 뻔했잖아. 다음에도 그러면 수건을 던질 거야, 알겠어?"

나는 고개를 끄덕이며 잘못을 시인하는 것처럼 보이려고 애썼다. 돌머리가 글러브를 벗겨내자 갑자기 두 손이 가벼워져 둥둥 떠다니는 것 같았다. 느낌이 좋았다. 가슴속에서 소용돌이치며 홀로 일어서는 힘 같았다. 스미트 부장이 그렇게 말했다 해서 기가 꺾일 필요는 없었다. 링에서 뛰어내렸다. 3m 높이처럼 높게 느껴졌다.

박사가 나를 꼭 껴안더니 양손을 잡고 덩실덩실 춤추었다. 약간 우스꽝스러웠다.

"피케이, 진짜 자랑스럽구나! 어버부부버브!"

박사가 갑자기 멈추고는 호주머니에서 빨간 손수건을 꺼내 코를 풀었다. 고개를 드는 눈에 파란 물기가 어렸다.

"멋진 무용이었어. 그래, 진짜 훌륭했어! 어버부부버브."

예전에는 박사가 어버부부버브를 그렇게 많이 하는 걸 들은 적이 없었다.

포니 크루거는 박스브루그에서 온 아이와 싸워서 이기고 마티 스니맨도 13세 이하에서 이겼다. 보키 드 비어는 15세 이하에서 이겼다. 우리는 바버톤 블루스가 자랑스러웠다. 준결승에 모두 진출했다. 포니 크루거와 나는 12살 이하라서 둘 다 준결승을 통과하면 결승에서 만날 터였다.

그러나 우리 희망은 곧 무너졌다. 리덴버그에서 온 크룬이라는 녀석이 있는데 열한 살짜리로선 지금까지 본 아이 가운데 덩치가 가장 컸다. 키는 최소한 나보다 30센티나 크고 몸통도 두 배나 굵었다. 녀석은 권투선수가 아니었다. 그런데도 1라운드에서 넬스프루트 아이를 순식간에 해치웠다. 우리는 그 녀석을 '킬러 크룬'이라고 불렀다. 쳐다보기만 해도 오싹할 정도였다. 보키는 12살 이하가 아닌 15살 이하에서 싸우는 게 다행이라며 안도의 한숨을 내쉬었다.

포니 크루거가 준결승에서 킬러 크룬과 붙었는데 1회전을 가까스로 끝내고 2회전에 들어가자마자 몇 초 만에 주저앉았다. 시합이 끝나서 다행이라는 표정이었다. 킬러 크룬에게 맞아서 오른 눈이 감겼다. 링에서 내려올 때는 이렇게 말했다.

"무시무시한 고릴라랑 싸운 것 같아."

나는 점심 직전에 카프무이덴에서 온 아이와 싸웠다. 어깨가 딱 벌어지고 덩치가 좋은 녀석인데 키는 나보다 많이 안 컸다. 턱이 내 머리를 안 넘는 상대와 시합하는 건 처음이었다. 좋은 시합이었다. 나는 재빠른 몸놀림 덕분에 상대가 휘두르는 펀치를 계속 피할 수 있었다. 상대가 스트레이트를 강하게 날릴 때마다 글러브로 막으면서 피한 터라 어려운 건 없었다. 그런데도 상대가 꽤 많은 펀치를 날려서 그만큼 많은 점수를 얻었다. 마지막 라운드를 시작하기 전에 스미트 부장이 얼굴을 닦아주며 말했다.

"이번 시합엔 충분히 잘하지 못했어. 레프트 스트레이트를 잘 봐. 저 녀석은 레프트를 날린 다음엔 오른쪽 글러브를 꼭 떨어뜨려. 그 틈을 파고들어서 두 손으로 복부를 공격해."

글러브를 터치하고 마지막 라운드를 시작했다. 스미트 부장이 옳았다. 상대는 레프트를 던진 다음에 오른손을 떨어뜨렸다. 레프트 밑으로 파고들어서 상대를 밀어낼 때까지 다섯 번 내지 여섯 번 연속으로 펀치를 정확하게 날렸다. 마지막 공이 울렸다. 관중이 열광했다.

"신사 피케이! 신사 피케이!"

관중은 모두 보아인인데 영국 말로 소리치는 게 재미있었다. 나는 상대에게 고맙다 인사하고 상대도 똑같이 말했다. 이윽고 드 클라크 심판이 선언했다.

"3라운드 전승. 신사 피케이 승리!"

관중이 환호하며 손뼉 쳤다. 바버톤 블루스가 미친 듯이 환호했다. 박사는 자제력을 잃고 흥분했다.

"한 군데도 안 다쳤어. 멍든 데도 없어. 완벽해. 쇼팽을 지금 막 완벽하게 연주한 것 같아, 그렇지 않니?"

박사가 웃는 얼굴로 수건을 던지며 계속 말했다.

"스미트 부장이 샤워하고 옷을 갈아입으래. 결승전은 오늘 밤 6시야."

박사가 갑자기 조그만 목소리로 덧붙였다.

"피케이, 결승전은 덩치 큰 보아 애야. 멋지게 춤춰야 해. 그 녀석은 바그너처럼 움직여. 넌 모차르트 피아노 협주곡처럼 싸워야 해. 가볍고 빠르게 완벽한 기회를 잡으면서, 알겠지?"

박사가 복도 끝에서 안락의자가 있는 작은 대기실을 찾아내더니, 점심을 먹은 뒤에 거기에 누우라고 했다. 어른이 싸우는 예선전을 보고 싶어서 좀이 쑤셨지만 드러누울 수밖에 없었다. 더운데도 박사가 교도소 담요를 덮어주었다. 놀랍게도 곧 잠들었다. 박사가 5시 정각에 데리러 왔다. 몸이 약간 뻐근하고 따가웠다. 박사가 권투복으로 갈아입기 전에 따뜻한 물에 샤워하라고 했다.

회관으로 다시 들어간 건 6시가 다 될 때였다. 예선전은 이미 모두 끝났다. 보키 드 비어가 말하길 바버톤 블루스에서 다섯 명이 결승까지 올랐다. 거트도 끼었다. 쉬운 시합과 어려운 시합을 한 번씩 겪었지만 몸 상태는 괜찮다고 했다. 결국 바버톤 블루스 열네 명 가운데 결승까지 나간 선수는 아홉 명이었다. 다가가서 축하하니, 거트가 즐거워하며 말했다.

"아직까진 별거 아니야, 피케이. 운이 좋았어. 하지면 결승전에선 너랑 마찬가지로 덩치가 산처럼 커다란 슈퍼헤비급과 맞붙어. 예선전을 1회전 KO로 모두 이긴 놈이야."

"아저씬 속도가 있잖아요. 속도가 전부라고요."

내가 기엘 피트를 흉내 내며 말하자, 거트가 진지하게 대답했다.

"코너로 몰리지 않을 때 얘기야."

"그렇다면 코너로 안 몰리면 되잖아요."

내가 경박하게 말했다. 그러나 사실 나 자신에게도 절실한 말이었다.

"이제 네 차례야. 너한테 돈을 걸었어, 피케이. 장담컨대 넌 해낼 거야."

그러나 마음속으로 우려하는 소리가 들렸다. 무척 걱정스러운 게 분명했다.

포니 크루거가 다가오더니 스미트 부장이 부른다고 했다. 스미트 부장은 돌머리와 함께 드 클라크 심판과 열심히 갑론을박하느라 내가 온 것도 모르는 것 같았다. 나는 그들이 주고받는 이야기를 가만히 들었다.

"체중 차이가 12킬로, 아니 16킬로는 날 거요. 마음이 안 내켜요. 전혀 안 내킨단 말이오."

심판이 중얼거리면서 고개를 설레설레 흔들자, 돌머리가 반박했다.

"두 차례 예선 경기를 보았잖아요. 그 앤 거의 안 맞았어요. 훌륭한 선수라고요."

"물론 솜씨야 나무랄 데 없지요. 지금까지 본 아이 가운데 최고예요. 하지만 크룬에 비하면 난쟁이예요. 크룬은 상대를 1회전에 모두 쓰러뜨렸어요. 성질이 포악해요. 어린 선수를 수없이 보았지만 그 녀석은 스포츠맨이 아니에요."

클라크 심판이 두 손을 펼치며 계속 회유했다.

"기회는 많아요. 이제 겨우 열 살이잖소. 더 자랄 때까지 기다려요. 내년쯤이면 될 거요. 그 앤 챔피언 감이에요. 시합을 잘못해서 망치기엔 너무 아까운 아이예요."

스미트 부장 얼굴에 망설이는 표정이 또렷했다. 머릿속이 혼란스러운 게 분명했다. 심장이 쿵쿵쿵 뛰었다. 침을 삼킬 수 없었다. 목에 뭐가 맺힌 것 같았다. 부장이 고개를 숙이고 생각하더니 배불뚝이 심판을 슬쩍 쳐다보며 말했다.

"약속할게요, 드 클라크 심판. 아이가 충격을 받은 것처럼 보이면 수건을 즉시 던지겠습니다. 당신은 피케이를 몰라요. 그 애는 이 시합에서 뛰려고 3년을 연습했습니다. 3년 동안 한 번도 훈련에 안 빠졌어요. 지난 2년 동안 샌드백과 공을 때리며 싸웠습니다. 기회도 안 주고 포기하라는 건 부당합니다."

"그러면 1라운드만 뛰게 하겠소, 스미트. 조금만 맞아도 크룬한테 TKO승을 선언할 거요. 아시겠소?"

스미트 부장이 고개를 끄덕였다.

"좋습니다. 심판은 당신이니까요."

부장이 나를 발견했다. 나는 이제 막 온 것처럼 빙그레 웃었다. 그들은 나에게 기회를 주어야 한다. 나는 마땅히 크룬과 붙어야 한다. 호피가 잭해머 스미트와 싸운 것에 비하면 내가 크룬과 싸우는 건 아무것도 아니다. 나는 이길 수 있다. 분명히 이긴다.

"피케이, 이제 글러브를 끼자."

스미트 부장이 돌머리에게 글러브를 받아 왼손에 끼웠다.

링에 올라서 작은 걸상에 앉았다. 킬러 크룬도 걸상에 앉았다. 요강에 앉은 모습이 아니었다. 나를 노려보는데, 덩치가 너무 컸다! 상대가 웃었다. 속으로 말하는 소리가 들리는 것 같았다.

'꼬마 녀석을 1라운드에 때려눕혀야지.'

'그러려면 먼저 나를 잡아야 할 거야, 나쁜 놈아.'

나는 속으로 독백했다. 그러나 상대가 점점 커지면서 링 전체를 가득 메우는 기분이 들었다.

결승전을 보려고 사람들이 도착하면서 마을 회관을 절반가량 채웠다. 바버톤 콘서트에서는 더 많은 청중을 내려다보며 쇼팽을 아무렇지 않게 연주했다. 하지만 권투 팬은 달랐다. 훨씬 원색적인 무언가가 있었다.

"모차르트 피아노 협주곡처럼 싸워야 해."

박사가 한 말이 뇌리를 스쳤다. 박사가 모차르트 협주곡을 아르페지오 없이 빠르고 가볍게 완벽한 타이밍을 맞추며 연주하는 소리를 머릿속에 떠올렸다. 그런 방식으로 킬러 크룬을 공격한다는 게 그럴듯했다.

"안면을 공격하지 마라, 피케이. 몸통을 계속 공격하는 거야. 잽싸게 들어가고 나오면서 양손으로 펀치를 날려. 정확하게 펀치를 날려서 점수를 따야 돼. 상대가 팔을 휘두르는 사정거리 밖에서 움직이고 무슨 일이 있더라도 로프 쪽으로 몰리면 안 돼. 중앙에서 계속 맴돌며 싸워. 상대편이 뒤꽁무니만 쫓아다니게 하라고, 알겠니?"

주의해서 들었으나 결국엔 기엘 피트 말이 제일 마음에 들었다. 발을 재빨리 놀려야겠다고 새삼 다짐했다. 나는 킬러 크룬이 어떤 유형인지 몰랐다. 첫 번째 상대는 1분도 못 가서 쓰러지고 포니는 2라운드 초반에 쓰러졌다. 1라운드 역시 계속 뒷걸음질하며 도망치다 시간을 보냈다.

의자에 앉아서 기다리는 동안 크룬이 악의에 찬 미소를 머금고 노려보았다. 갑자기 왜소한 기분이 들었다. 약간 당혹스러웠다. 판사가 앞에 있다는 느낌이 되살아났다. 링은 법정이고 관중은 배심원이었다.

눈을 감고 열에서 하나까지 세었다. 보름달이 떴다. 나는 바위에 올라섰다. 폭포에서 물이 엄청나게 떨어졌다. 발아래에서 강과 골짜기와 드넓은 초원이 은빛으로 펼쳐졌다. 나는 지금 막 사자를 죽인 줄루족 용사였다. 엉덩이에 사자 가죽을 두르고 허리에 사자 꼬리가 감긴 걸 느낄 수 있었다. 심호흡하고 첫 번째 폭포로 뛰어내렸다. 하얀 물거품과 함께 우레 같은 소리가 일었다. 수면 위로 떠올라 두 번째 폭포 가장자리로 가서 또 밑으로 뛰어내렸다. 그리고 가장자리로 헤엄쳐 세 번째 웅덩이로 다시 뛰어내렸다. 세 번째 폭포수가 떨어지는 수면 위로 떠올랐다. 물결이 은빛으로 춤추었다. 제일 앞에 있는 디딤돌이 달빛을 받아서 반짝였다. 징검다리 열 개를 건너서 맞은편으로 갔다.

그런 다음에 눈을 뜨고 크룬을 노려보았다. 킬러 크룬이 시선을 돌렸다. 다시는 쳐다보지 않았다. 내 눈빛에서 뭔가 이상한 기운을 느낀 게 분명했다.

심판이 우리를 부르더니, 손목을 잡아 공중으로 들어 올린 다음에 나를 먼저 소개했다.

"신사 숙녀 여러분, 왼쪽은 바버톤 블루스의 신사 피케이!"

관중석에서 박수가 쏟아졌다. 두 사람 덩치가 너무 달라서 이상하게 보이는지 폭소를 터뜨리는 사람도 있었다.

"오른쪽은 린덴버그의 마티누스 크룬!"

관중은 이미 응원 대상을 정했는지 린덴버그 진영을 제외하고는 의례적인 박수만 했다.

코너로 돌아왔다. 나이가 제일 어린 아이들 시합이지만 첫 번째 결승전이라서 관중이 뜨겁게 응원했다.

1라운드 공이 울렸다. 자리에서 벌떡 일어났다. 킬러 크룬은 오만한 태도로 거들먹거리며 천천히 일어났다. 우리는 링 중앙으로 나아갔다. 상대가 자기 어깨높이도 안 되는 얼굴로 레프트를 뻗었다. 어림없었다. 귀 옆으로 스치고 지나게 했다. 곧이어 오른 주먹이 날아왔다. 머리를 숙이며 피했다. 드 토이트가 처음에 써먹은 방식이었다. 나 역시 같은 방식으로 파고들며 레프트와 라이트로 복부를 강타했다. 체중이 실린 펀치였다. 하지만 상대는 끄떡도 안 했다. 파리가 앉은 정도로 여기는 것 같았다. 나는 발을 재빨리 놀리며 뒤로 물러섰다. 어리숙한 레프트 어퍼컷이 눈앞을 스쳤다. 관중이 주춤했다. 하지만 어림도 없는 펀치였다.

나는 링 중앙에서 크룬 주위를 맴돌았다. 상대는 펀치를 네 차례나 날려서 모두 빗나갔다. 이번에는 라이트 단발을 날렸다. 머리카락을 스쳤다. 힘을 너무 많이 주었는지, 상대가 균형을 잃고 비틀거렸다. 나는 재빨리 파고들며 라이트와 레프트 연타를 조금 전에 때린 부위로 날렸다. 체중이 실린 펀치를 네 방이나 갈겼다. 그러나 욕심내서 두 번 더 갈긴 게 문제였다. 상대가 거대한 팔로 껴안더니 몸으로 튕겨냈다.

나는 몸이 빙그르르 돌면서 링을 가로지르며 튕겨 나갔다. 다리를 피스톤처럼 빠르게 움직여서 균형을 잡으려 애썼다. 로프에 부딪히는 순간에 두 팔로 로프 중간을 재빨리 잡아서 몸을 안정시켰다. 라이트 스트레이트가 날아오는 걸 눈을 동그랗게 뜨고 쳐다보았다. 그럴 때는 상대가 어퍼컷을 날려야 한다. 그러면 로프를 등진 터라 밑에서 올라오는 펀치를 도저히 못 피했다.

그런데 상대는 라이트 스트레이트를 날렸다. 게다가 한 방에 끝낼 욕심으로 어깨를 너무 뒤로 빼서 내뻗는 펀치였다. 나는 머리를 오른쪽으로 재빨리 틀면서 피했다. 경기를 단번에 끝낼 수도 있는 펀치가 귀를 때리며 지나갔다. 쇠뭉치가 밀고 들어오는 느낌이었다. 하지만 판사에게 더 강한 펀치를 맞은 적도 있었다.

왼쪽으로 페인팅하면서 오른팔 밑으로 빠져서 로프를 벗어났다. 상대가 몸을 재빨리 돌렸다. 하지만 이미 자세를 잡은 다음이었다. 나는 정확한 기회를 잡아 체중이 가득 실린 라이트 크로스를 날려서 맹렬한 속도로 턱에 정확히 꽂았다. 상대 머리가 뒤로 확 젖혀졌다. 충격을 받은 게 분명했다. 지금까지 날린 펀치 가운데 최고였다. 거트가 나중에 말하길, 내가 비슷한 덩치였다면 킬러 크룬은 최소한 1주일 동안 정신을 못 차릴 거라고 했다.

크룬이 당황하며 머리를 흔들었다. 충격을 받고 분노를 터뜨리며 맹렬하게 쫓아왔다. 나는 계속 피하면서 레프트 스트레이트를 어깨 위로 넘기다 상대가 라이트 크로스를 날릴 때 그 밑으로 파고들며 복부에 펀치 두 방을 날렸다. 복부에 빨간 자욱이 생겼다. 1라운드를 끝내는 공이 울렸다. 나는 코너로 돌아오면서 드 클라크 주심이 빙그레 웃는 얼굴을 보았다.

스미트 부장과 돌머리가 링으로 올라왔다. 박사는 코너 옆을 지키는

데, 커다란 손수건을 두 손으로 잡고 비비 꼬았다. 뺨으로 눈물이 흘러내렸다.

"정말 잘했다."

돌머리가 환하게 웃으며 칭찬했다. 스미트 부장은 아무 말도 없이 강펀치가 스친 귀 주변에 바셀린을 발랐다. 그리곤 괜찮은 귀를 손으로 막고 펀치가 스친 귀에 대고 소리쳤다.

"들리니, 피케이?"

"네, 부장님, 잘 들려요."

"이제는 상처를 안 입고 싸움을 이끌면 좋겠어."

부장이 말하더니, 돌머리를 돌아보며 지시했다.

"물을 반 잔 더 주도록. 헹구기만 하고 삼키면 안 돼."

부장이 다시 나를 쳐다보며 계속 말했다.

"잘 들어, 피케이. 저 고릴라는 네 가지 펀치밖에 구사할 수 없는 것 같아. 라이트 스트레이트, 레프트 스트레이트, 라이트 크로스, 레프트 어퍼컷. 저놈은 격투사야. 지금까지 네 가지 펀치 말고는 사용할 필요가 없었겠지. 펀치력도 좋고 날리는 각도도 좋아. 하지만 레프트 어퍼컷이 약간 어리숙하고 라이트 크로스를 뻗을 때는 힘을 너무 주어서 속도가 떨어지는 게 약점이야. 그 밑으로 파고들며 복부를 공격한 건 정말 훌륭해. 아주 멋있는 펀치야. 저놈은 아주 강해. 하지만 네가 지금처럼 펀치를 계속 날리면 점수에서 앞장설 수 있어. 계속 움직여야 한다는 걸 명심해, 알겠니? 저놈이 꽁무니만 쫓아다니게 하라고. 저놈은 너만 한 지구력이 없어. 계속 쫓아다니게 하면서 복부를 공격하는 거야, 알겠지?"

스미트 부장이 그렇게 빨리 말하는 건 한 번도 들어본 적이 없었다. 물론 나는 부장이 속으로 무얼 생각하는지 안다. 이길 수 있다는 가능성을 처음 떠올린 게 분명했다.

"이제 공격하지 말고 반격만 하는 거야, 알겠니? 오로지 반격만 하는 거야."

나는 고개를 끄덕였다. 2라운드 공이 울렸다. 크룬이 자리에서 일어나며 곧장 돌진했다. 싸움을 끝내겠다는 각오를 읽을 수 있었다. 2라운드 초반에는 머리를 숙이고 이리저리 피하거나 뒤로 물러서며 주변을 빙빙 돌았다. 상대는 펀치를 최소한 50번 이상 날렸으나 단 한 방도 맞힐 수 없었다. 헛손질만 계속하자 관중이 웃었다. 상대는 서서히 좌절했다. 2라운드 후반에 접어들면서 동작도 둔하고 라이트 크로스를 뻗는 속도도 많이 줄었다. 숨도 거칠게 몰아쉬었다.

땀 냄새도 났다. 어이가 없었다. 어린이가 흘리는 땀은 냄새가 안 난다. 최소한 보키 드 비어 정도는 되어야 냄새가 난다. 그러나 킬러 크룬은 땀 냄새가 또렷했다. 나는 라이트 크로스를 가끔 파고들며 복부를 공격했다. 크룬은 어이없을 정도로 상상력이 부족했다. 라이트 크로스를 시계추처럼 규칙적으로 뻗으니, 나 또한 그 밑을 규칙적으로 파고들며 두세 차례 심지어 서너 차례까지 복부 한가운데다 펀치를 날렸다. 숨소리가 더욱 거칠어졌다. 레프트와 라이트를 적중할 때마다 앓는 소리를 뱉어내기도 했다. 복부 가운데를 집중적으로 공격한 게 점차 효과를 발휘했다. 2라운드 끝을 알리는 공이 울렸다. 그때는 나도 꽤 지친 상태였다.

관중이 일어나서 손뼉 쳤다. 코너로 돌아와서 쳐다보니, 이제 박사는 손수건을 입에 넣고 질겅질겅 씹었다.

"저놈이 이번 라운드에서 끝장내려 할 거야, 피케이. 1라운드랑 2라운드는 네가 이겼어. 점수론 어림없으니 널 다운시키려 들겠지."

스미트 부장이 평소와 달리 흥분한 목소리로 숨을 몰아쉬며 계속 말했다.

"그러니 가까이 가지 마라. 펀치를 적중시키지 않아도 괜찮으니 멀찌감치 떨어져서 피하기만 하라고, 알겠지? 결정타만 맞지 마. 그러면 이긴 거나 다름없어. 진짜 훌륭해! 네 솜씨는 진짜 훌륭해!"

부장이 눈빛을 번뜩였다.

마지막 라운드 공이 울렸다. 링 가운데서 만나 글러브를 가볍게 마주쳤다. 킬러 크룬은 아직도 숨을 거칠게 몰아쉬었다. 가슴팍이 오르락내리락했다. 내가 한 걸음 물러설 때마다 계속 쫓아오며 욕했다.

"죽여버리겠어, 더러운 루이넥!"

기엘 피트는 상대편이 위협하면 맞장구쳐서 조금도 두렵지 않다는 걸 보여주어야 한다고 알려준 적이 있었다.

"그러면 이리 와서 잡아보라고, 보아 새끼야."

내가 되받아쳤다. 상대가 달려들었다. 옆으로 피했다. 그러다 옆을 스치면서 휘두른 팔에 맞고 바닥에 쓰러졌다. 정식 펀치가 아니었다. 안쪽 팔에 맞은 것이다. 하지만 어쨌든 바닥에 주저앉았다. 도저히 믿을 수 없는 사태가 일어난 것이다. 규칙상 바닥에 한 번 쓰러지면 그것으로 패배다. 내가 시합에서 졌다! 괜히 말하다 집중력을 잃고 시합에서 지다니! 바닥에 쓰러진 걸 도저히 믿을 수 없었다. 머릿속에서 으르렁대는 소리가 들렸다. 엄청난 절망감이 가슴속으로 몰아닥쳤다.

"다운이 아니야, 계속해."

드 클라크 심판이 외치는 소리가 몽롱하게 들렸다. 일어서려고 했다. 마치 물속에서 움직이는 것 같았다. 졌다는 생각이 감각을 마비시킨 것이다. 킬러 크룬이 달려왔다. 서투른 레프트 어퍼컷이 턱 앞으로 빗나갔다. 이번에 상대는 라이트 크로스를 날려야 한다. 난 막 일어나서 옆으로 피할 수 없기 때문이다. 라이트 크로스를 날리면 나는 턱에 맞고 그대로 나뒹굴 수밖에 없었다. 하지만 다행히 어퍼컷이라서 머리를 뒤로 젖히며 간단하게 피했다. 그리고 뒤로 재빨리 물러나 사정거리 밖에서 크룬 주변을 맴돌았다. 돼지같이 우둔할 뿐 권투는 조금도 못했다. 이제 돼지 같은 놈은 기회를 두 번 다시 못 잡을 터였다.

나는 계속 헛치도록 유도했다. 상대편이 조금 이상한 것 같았다. 가슴팍을 들썩들썩하면서 가쁘게 숨 쉴 뿐 아니라 펀치도 약했다. 나는 안으로 재빨리 파고들며 두 주먹으로 복부를 최대한 강하게 연타했다. 상대가 두 팔을 떨어뜨렸다. 상대편 글러브가 허리에 닿았다. 아무런 힘도 느낄 수 없었다.

상대가 기진맥진한 상태로 나에게 몸을 기댄 채 글러브로 허리를 더듬었다. 그러다 글러브 엄지손가락이 고무줄에 끼었는지 내 팬티가 벗겨지며 발목까지 내려왔다. 어찌할 바를 몰랐다. 넘어질 것 같아서 뒤로 물러날 수도 없지만, 어차피 상대가 두 팔과 몸무게로 얽어매서 움직일 수도 없었다. 나는 그대로 서서 연타를 날렸다. 팬티가 벗겨져 엉덩이가 관중에게 드러난 상태였다. 상대가 마지막으로 있는 힘껏 밀쳐내는 순간에 나는 발목에 걸친 팬티에 걸려서 넘어졌다. 글러브를 낀 손으로 팬티를 끌어 올리려 했으나 허사였다. 관중석에서 폭소가 터져 나왔다. 킬러 크룬이 손을 무릎까지 내린 채 머리를 흔들면서 내려다보았다. 여전히 헐떡거리며 숨을 몰아쉬는 모습이었다.

"다운이 아니야! 크룬, 코너로 돌아가!"

드 클라크 심판이 소리치고는 손목을 잡고 일으켜서 팬티를 올려주었다. 나는 글러브로 불알을 가렸다. 당시에는 속옷을 아무도 안 입었다. 관중에게 불알과 엉덩이를 내보이긴 했지만 그런 건 아무래도 괜찮았다. 문제는 킬러 크룬이 링 안에 있다는 것이다. 필요하다면 옷을 다 벗고 싸우겠다는 각오를 다졌다. 드 클라크 심판이 자기 바지로 글러브를 닦아준 다음에 소리쳤다.

"계속!"

킬러 크룬을 향해 얼굴을 돌렸다. 상대가 등을 보였다. 아직도 가슴팍이 위아래로 오르내렸다. 수건이 갑자기 상대 머리 위로 날아서 내 발 앞에 떨어졌다. 도저히 믿을 수 없었다. 크룬 코너에서 수건을 던진 것이다. 싸움은 끝났다. 드 클라크 심판이 재빨리 걸어와서 만면에 미소를 머금으며 내 손을 높이 치켜들었다.

"TKO승, 신사 피케이!"

관중이 좌석에서 모두 일어나며 환호했다. 스미트 부장과 돌머리가 링으로 뛰어올랐다. 돌머리가 나를 번쩍 들어 목마를 태우고 링을 한 바퀴 돌았다. 모든 사람이 열광했다.

드 클라크 심판이 크룬 코너로 가더니, 잠시 뒤에 링 중앙으로 돌아와서 손을 들어 조용히 하라고 신호했다. 시간 기록원이 모두 조용히 하도록 공을 울렸다. 돌머리가 나를 내려놓았다.

"린덴버그 측에서 마르티누스 크룬이 천식 때문에 기권했다는 사실을 여러분한테 말씀드리길 부탁했습니다."

관중 일부가 야유했다. 하지만 대부분은 폭소를 터뜨렸다. 누군가가 소리쳤다.

"루이넥 병 때문에 졌다고 하지그래!"

배불뚝이 심판이 손을 다시 들었다.

"나는 1라운드와 2라운드에서 신사 피케이가 절대 우세했으며 3라운드도 앞서고 있었음을 여러분한테 알려드리겠습니다. 명백한 TKO승입니다. 여러분 앞에서 단언하건대 신사 피케이는 앞으로 위대한 선수가 될 것입니다. 여러분 모두 이 아이가 처음 시합한 장소를 잊지 말고 기억하십시오."

관중이 휘파람을 불고 발을 구르며 환호했다. 스미트 부장이 내 손을 잡고 링 밖으로 나갔다. 박사는 울었다. 나는 옆에 앉아서 손을 잡아주었다. 그리곤 남겨둔 호박 핫케이크 두 개를 나누어 먹고서 함께 샤워실로 갔다.

"기엘 피트를 비롯해 교도소 사람들 모두 오늘 밤에 아주 좋아하겠구나."

박사가 말하더니, 수건을 건네며 덧붙였다.

"청량음료 한 잔 갖다 줄까? 어떤 색깔로 사줄까?"

"돈이 없잖아요."

"그런 건 걱정하지 않아도 돼, 신사 피케이!"

박사가 흰색 리넨 양복 주머니를 뒤져서 반 크라운 동전 2개를 꺼냈다.

"5실링 아니에요! 어디서 났나요?"

내가 깜짝 놀라며 묻자, 박사가 겸연쩍게 웃으며 대답했다.

"린덴버그에서 온 신사와 내기를 했어."

"내기요? 나한테 돈을 걸었다고요? 지면 어떻게 하려고요? 줄 돈이 없잖아요."

박사가 동전을 짤랑대며 주머니에 다시 넣고선 집게손가락으로 코를 긁으며 대답했다.

"모차르트를 연주했는데 질 리가 없지."

나는 미국 크림 소다를 부탁했다. 호피가 그래브로트 파텔 상점에서 운동화를 바꿔준 다음에 카페에서 사준 음료수로, 내가 제일 좋아하는 거였다. 그걸 마시면 승리한 기쁨을 호피와 나누는 기분이 들 것 같았다. 기엘 피트와 호피가 왔다면 더없이 기쁠 것 같았다.

나를 찾아서 1

초판 1쇄 발행 2018년 12월 28일

지은이 브라이스 커트니
옮긴이 김옥수
펴낸이 김소연

펴낸곳 비꽃
등록 2013년 7월 18일 제2013-000013호
주소 서울 강북구 삼양로16길 12-11
이메일 rain__flower@daum.net 전화 02)6080-7287 팩스 070-4118-7287
홈페이지 www.rainflower.co.kr

ISBN 979-11-85393-69-8
979-11-85393-19-3 (세트번호)

이 도서의 국립중앙도서관 출판시도서목록(CIP)은 서지정보유통지원시스템 홈페이지(http://seoji.nl.go.kr)와 국가자료공동목록시스템(http://www.nl.go.kr/kolisnet)에서 이용할 수 있습니다.
(CIP제어번호: CIP2018040096)

값 14,000원